不读诗词，不足以知春秋历史；不读诗词，不足以品文化精粹；不读诗词，不足以感天地草木之灵；不读诗词，不足以见流彩华章之美。

人一生要读的古典诗词

董洪杰 主编

红旗出版社

图书在版编目（CIP）数据

人一生要读的古典诗词 / 董洪杰主编 .
— 北京：红旗出版社，2017.3
ISBN 978-7-5051-4087-5

Ⅰ . ①人… Ⅱ . ①董… Ⅲ . ①古典诗歌 – 诗
集 – 中国 Ⅳ . ① I222

中国版本图书馆 CIP 数据核字（2017）第 047200 号

书　　名	人一生要读的古典诗词			
主　　编	董洪杰			
出 品 人	李仁国		责任编辑	于鹏飞
总 监 制	高海浩		封面设计	子　时
出版发行	红旗出版社		地　　址	北京市朝阳区化工路 18 号
邮政编码	100727		编 辑 部	010-51274617
E – mail	hongqi1608@126.com			
发 行 部	010-57270296			
印　　刷	北京中创彩色印刷有限公司			
成品尺寸	720 毫米 × 1020 毫米　1/16			
字　　数	400 千字		印　　张	20
版　　次	2017 年 5 月第 1 版		2017 年 5 月第 1 次印刷	
书　　号	ISBN 978-7-5051-4087-5		定　　价	56.00 元

欢迎品牌畅销图书项目合作　　联系电话：010-57274627
凡购本书，如有缺页、倒页、脱页，本社发行部负责调换

前言

古人说，不读诗词，不足以知春秋历史；不读诗词，不足以品文化精粹；不读诗词，不足以感天地草木之灵；不读诗词，不足以见流彩华章之美。

中国是一个"诗歌的国度"，古典诗词是中国传统文化的奇葩，是我们民族文化遗产中极为珍贵的一部分。早在3000多年前，我们的祖先就创作出了以"诗三百"为代表的优秀诗篇，此后每个历史时期，诗歌创作都结出了丰硕的成果，其中不少名篇佳句脍炙人口，传颂至今。它们已经融入我们的文化性格里，启发着我们的心智，滋养着我们的心灵，丰富着我们的精神，陶冶着我们的人格，成为我们日常生活的一部分。

这是一本能让你花最少的时间读完最美的古典诗词的经典之作，为你达到"腹有诗书"的境界提供一扇方便之门。书中收录了数百首在思想上和艺术上具有最高成就的古诗词，有文学史上著名诗人和词人的代表作，有各类题材的作品精粹，有广泛社会影响的名篇佳句等，比较全面地反映了我国古典诗词的全貌，能有效地帮助你了解古代名诗名词的概貌和更深入地领悟古典诗词的意蕴。

《古诗源》是唐之前古诗最重要的选本，由清朝人沈德潜选编。"诗至有唐为极盛，然诗之盛，非诗之源也。……则唐诗者，宋、元之上流，而古诗又唐人之发源也。"（沈德潜）故而编选此书。《古诗源》选辑了先秦至隋各个时代的诗歌，也包括一些民歌谣谚。

《诗经》是我国古代第一部诗歌总集，是中国优秀传统文化中的核心经典之一。《诗经》不仅记录了我们民族的感情之源，还是我们的语言之源。现代汉语中的许多词汇、成语、典故、谚语、格言都是出自《诗经》。如"切磋"、"琢磨"、"寤寐以求"、"巧笑倩兮，美目盼兮"等，举不胜举。

以屈原为代表作家的《楚辞》的产生，开辟了中国文学史上继《诗经》以后的一个新时代。屈原是我国文学史上第一个伟大诗人，产生于长江流域的《楚辞》，开创了中国文学的浪漫主义先河，给后世文学以深远的影响。

从汉立到隋灭这漫长的八百多年时间里，我国诗歌获得空前发展。如果说短诗是汉诗的锋芒，那么乐府就是汉诗的光辉。东汉末年的动乱时代，其中最具影响力的是《古诗十九首》。它抒写了乱世中人生的悲苦，它将叙事、写景和抒情熔于一炉，它的语言朴实自然而生动妥帖。一方面，《古诗十九首》是五言创作达成熟的标志；另一方面，它是"建安文学"的先声。

魏晋南北朝诗具有清劲的风骨、洒脱的精神、深刻的内涵、自然的审美，在中国诗歌史上具有承前启后的作用。

唐诗在中国文学史上占有举足轻重的地位，代表着我国诗歌的最高水平。王勃、李白、王维、杜甫、白居易、李商隐等诗坛巨匠以他们杰出的创作才华成就了唐诗最壮美的光彩，将唐诗推到前所未有的高度，并形成了流派纷呈、名家辈出的局面。唐诗可以说是无美不具。

宋词是中国古代文学皇冠上光辉夺目的一颗明珠，又像一座芬芳绚丽的园圃。她以姹紫嫣红、千姿百态的风神，与唐诗并称双绝。

元曲是中华民族灿烂文化宝库中的一朵奇葩，它在思想内容和艺术成就上都体现了独有的特色，和唐诗、宋词鼎足并举，都代表一代文学之盛，成为我国文学史上三座重要的里程碑。

宋、元、明、清诗和元、明、清词都有很多传世之作，表现了不同时代的文学特点。

本书以中国文学史为纲，集合了历代诗词著名选本的精华，讲述了先秦、两汉、魏晋南北朝、唐五代、宋元明清各个时代的诗词艺术特点。为了帮助读者更好地理解原作，本书还增设了相关辅助性栏目：作者介绍简单介绍了作者的生平和作品风格，使读者对作者有一个大体了解；注释部分除对难懂的词语进行注释外，还对全部难字进行了注音；译文力求忠于原作，使读者能直接了解原诗词的语言风格；赏析部分介绍写作背景和写作意图、诗词的意境和写作特点，以及作者所要表达的情感和作品的意义。此外，书中还选配了众多契合诗意词意的图片，给读者带来视觉享受的同时，也扩大其想象空间。你需要做的只是跟随本书走入古典诗词美丽清新的世界，感受至美意境，体验诗情人生。

目录

·唐 诗·

·唐宋词·

·元 曲·

·宋元明清诗·

·元明清词·

古歌谣

击壤歌①

日出而作，日入而息，凿井而饮，耕田而食，帝力何有于我哉②！

【注释】

①击壤：古时一种游戏。王应麟《困学纪闻》二十引《风土记》曰："以木为之，前广后锐，长尺三寸，其形如履，先侧一壤于地，遥于三四步，以手中壤击之，中者为上。"②帝：指帝尧。

【诗解】

此歌创作时间已不可考。全歌古朴质厚，写出了远古初民日出而作、日入而息的纯朴生活。歌谣的大意是：白天出门辛勤地工作，太阳落山了便回家去休息，凿井取水便可以解渴，在田里劳作就可以过上自给自足的生活。这样的生活多么惬意，帝王的力量对我来说又有什么作用呢！

采薇歌①

登彼西山兮②，采其薇矣③，以暴易暴兮，不知其非矣④。神农、虞、夏忽焉没兮，我安适归矣⑤！于嗟徂兮，命之衰矣⑥。

【注释】

①司马迁《史记·伯夷列传》曰："武王已平殷乱，天下宗周，而伯夷、叔齐耻之，义不食周粟，隐于首阳山，采薇而食之。及饿且死，作歌。"②西山：首阳山。③薇：野豌豆，嫩苗可食。④"以暴"两句：以武王之暴臣易殷纣之暴主，还不知这样做的错误。⑤"神农"两句：言神农、虞、夏禅让之道已湮没无存，如今暴臣暴主相争夺，无所依归。⑥于（xū）嗟（jiē）：感叹词。徂（cú）：往也，死也。以上两句是说：今日饿死，亦是命衰运薄，不遇大道之时，以至忧虑而死。

【诗解】

伯夷、叔齐商末孤竹君之二子。相传其父遗命要立次子叔齐为继承人。孤竹君死后，叔齐让位给伯夷，伯夷不受，叔齐也不愿登位，先后都逃到周国。周武王伐纣，二人叩马谏阻武王不要以暴易暴。武王灭商后，他们耻食周粟，采薇而食，饿死于首阳山。临终前唱出了这首歌，表现了生于乱世而不遇的怨恨和悲伤。

饭牛歌①

南山矸，白石烂②，生不逢尧与舜禅③。短布单衣适至骭④，从昏饭牛薄夜半⑤。长夜漫漫何时旦⑥？

【注释】

①饭：借为"贩"，贩卖。②矸（gàn）：山石白净的样子。烂：灿烂。以上两句以山石明丽灿烂，隐喻尧舜唯贤是用的盛世。③禅：尧以天下为公，把帝位传给有才德的舜，此所谓"禅让"。这与后世帝王将帝位传给子孙不同。"生不"句为宁戚感伤生不逢时。④骭（gàn）：小腿。宁戚生活穷困，衣不蔽膝。⑤薄：至。⑥"长夜"句：以长夜漫漫比拟自己长久不遇，不知何时才能受到君主的重用。

【诗解】

相传此诗为春秋时宁戚所作。宁戚，春秋时卫国人，早年怀经世济民之才而不得志。他获悉齐桓公重人才，便决心投靠齐国，以便有一番作为。他不畏艰难来到临淄，自我推荐，击牛角高歌。这首歌表现了宁戚对尧舜盛世的向往以及空有壮志才能而无法施展的悲伤。宁戚最终得到齐桓公的重用，拜为大夫，后长期任齐国大司田，负责齐国的农业生产，帮助齐国迅速富裕起来，是齐桓公主要辅佐者之一。

忧慷歌

贪吏而不可为而可为，廉吏而可为而不可为。贪吏而不可为者，当时有污名？而可为者，子孙以家成。廉吏而可为者，当时有清名？而不可为者，子孙困穷被褐而负薪。贪吏常苦富，廉吏常苦贫。独不见楚相孙叔敖，廉洁不受钱。

【诗解】

据《史记·滑稽列传》载，楚国令尹（宰相）孙叔敖为官廉洁，去世后，其子贫苦。善于讽谏时事的伶人优孟特意模仿孙叔敖的言谈笑貌，令楚庄王难辨真假，以为孙叔敖复生，欲再以为相。优孟就唱了这首《忧慷歌》，歌的大意是说：贪官可以做也不可以做，清官可以做也不可以做。若说贪官是不可以做的，难道当时就会有坏名声吗？贪官也是可以做的，家族子孙坐享其成。若说清官是可以做的，难道当时就会有好名声吗？清官也是不能做的，因为子孙会背着木柴穿着粗布衣穷困潦倒。贪官常因为富足而烦恼，清官常因为贫困而烦恼。唯独不见了楚国的宰相孙叔敖，他廉洁奉公不收受钱财。优孟的行为感动了楚庄王，楚庄王最终封赏了孙叔敖的儿子，这就是有名的"优孟衣冠"的故事。前人评价此诗说："将廉吏之不可为说透，而主意于一语缀出，情深语竭。楚王听之，不觉自入。"

去鲁歌

彼妇之口，可以出走。彼妇之谒①，可以死败。盖优哉游哉，维以卒岁②。

【注释】

①谒：进见。②维：语气助词，无意义。

【诗解】

春秋时，孔子杀死乱政的少正卯，在内政外交方面都有所作为，鲁国大治。齐国惧怕鲁国强大，送女乐、好马给鲁国执政者季桓子，季桓子从此耽于淫乐，不理朝政。孔子非常失望，带领部分弟子离开了鲁国，开始了长达十四年的周游列国的生涯。临走时，他以歌表白心声，后称孔子离开鲁国时所作的这首歌为《去鲁歌》。歌词大意是：那些妇人的口啊，可以把大臣赶走；亲近那些妇人啊，可以使国破家亡。好悠闲啊好悠闲，我只有这样安度岁月。歌曲表达了孔子内心对政局的无可奈何，而又对祖国的眷恋不舍的复杂情感。从此孔子的思想也开始发生了变化，进入到"知天命"的阶段。

楚狂歌

凤兮凤兮①，何德之衰？往者不可谏②，来者犹可追③。已而已而，今之从政者殆而④。

【注释】

①凤：比喻圣者孔子。②谏：匡正。③追：补救。④已：止，算了。殆：危险。

【诗解】

这首歌出自《论语·微子》，楚国的狂人接舆唱着歌经过孔子的车前，唱道："凤鸟啊，凤鸟啊，您的德行为什么这样衰微？过去的已经不能挽回，未来的还来得及改正。算了吧，算了吧，今天的从政人物也太危险了。"春秋时代礼崩乐坏，战争频繁，政治混乱。很多有学问的人看到

时世太乱，难以挽救，便消极起来，采取了隐居避世的态度。楚国的狂人接舆就是代表。他看到一心想要恢复周代礼乐典章制度的孔子，就以歌唱的方式规劝孔子不要知其不可为而为之。

沧浪歌

沧浪之水清兮①，可以濯我缨②；沧浪之水浊兮，可以濯我足。

【注释】

①沧浪：水名，实指不详。②濯（zhuó）：洗涤。缨：系帽的丝带。古人重冠，故以清水濯之。《说文解字》："缨，冠系也。"

【诗解】

《楚辞·渔夫》："沧浪之水清兮，可以濯吾缨；沧浪之水浊兮，可以濯吾足。"隐喻人生在世应随波逐流才能尽其天年，所谓"举世皆浊我亦浊，众人皆醉我亦醉"。《沧浪歌》复见于《孟子·离娄》，讲述孔子听孺子唱出沧浪之歌，便引之以告诫弟子，明白儒者自取（自由选择）之道。水清只是清水，水浊仅是浊流，濯缨濯足皆凭自决。

渔父歌

日月昭昭乎寝已驰，与子期乎芦之漪。日已夕兮，予心忧悲。月已驰兮，何不渡为！事寝急兮将奈何！芦中人，岂非穷士乎！

【诗解】

据《吴越春秋》记载，伍员（字子胥）父兄被楚平王所杀，子胥过昭关，奔逃去吴，后有追兵。到了江边，见江中有渔父。子胥呼喊渔父，渔父先后吟唱上面的《渔父歌》。既渡过子胥，见其十分饥饿，告诉他：我为你取饭来！渔父走后，伍子胥生疑，躲到芦苇深处。渔父果然拿来饭食，并呼：芦中人，岂非穷士乎？子胥看得真切，出来吃饱肚子后，解下价值百金的佩剑，欲赠予渔父，渔父不受。临行，子胥嘱咐渔父千万不要泄露自己的行踪！渔父应诺。子胥走了不远，听得身后有响声，回头一看，见渔父竟然翻船自沉！

越人歌

今夕何夕兮①，搴舟中流②？今日何日兮，得与王子同舟③？蒙羞被好兮④，不訾诟耻⑤。心几烦而不绝兮⑥，得知王子⑦。山有木兮木有枝，心说君兮君不知⑧！

【注释】

①夕：夜晚。《诗经·唐风·绸缪》："今夕何夕？见此良人。"②搴（qiān）舟：划船。中流：河中。③王子：指鄂君子晳。④蒙羞：感到害羞。被好：遇到相好。⑤不訾：不计量。诟：责骂。以上两句是说：只要能与王子相好，我就不在乎别人的责骂耻笑。⑥"心几"句：心中几多忧烦不绝如缕。⑦得知王子：能被王子相知。⑧说：通"悦"，喜欢、爱慕。

【诗解】

西汉刘向《说苑·善说》记载，楚王母弟鄂君子皙泛舟河中，乘青翰之舟，张翠盖，钟鼓齐鸣。摇船的是一位越地的姑娘，她趁乐声暂停，便怀抱双桨，用越语唱了这首歌谣，表达了她对鄂君子皙真挚的爱慕之情。歌词清新委婉，一唱三叹，是越女心曲的自然流露，优美动人。谐音双关的运用，尤显得含蓄蕴藉。

琴歌

乐莫乐兮新相知，悲莫悲兮生别离。

【诗解】

春秋时齐国大夫杞殖，于齐庄公四年（公元前 550 年）先伐卫、晋，回师袭莒。他与华周率少数甲士夜出隧险，突击至城郊。莒君以重赂约和，他拒不接受，后在激战中被俘而死。据《列女传》记载其妻哭夫于城下十日，城墙为之倒塌。琴曲专著《琴操》中说，杞殖死了，他的妻子就抚琴作了这首歌。歌词大意是说：快乐啊，快乐莫过于新人相知；悲伤啊，悲伤莫过于活着就分离。

易水歌

风萧萧兮易水寒①，壮士一去兮不复还②！

【注释】

①萧萧：疾风声。②壮士：荆轲自称。

【诗解】

荆轲是卫国人，后来到燕国，受到燕太子丹的礼遇，被称为荆卿。荆轲为报太子丹的知遇之恩，于公元前 227 年入秦刺杀秦王。临行时，"太子及宾客知其事者，皆白衣冠以送之。至易水上，既祖，取道。高渐离击筑，荆轲和而歌，为变徵之声，士皆垂泪涕泣，又前如歌曰：'风萧萧兮易水寒，壮士一去兮不复还！'复为羽声慷慨，士皆瞋目，发尽上指冠。于是荆轲就车而去，终已不顾"。全诗慷慨悲壮，秋风萧萧、易水清寒的自然景物烘托渲染了荆轲英勇赴难的侠士本色和视死如归的献身精神。

楚人谣

楚虽三户，亡秦必楚。

【诗解】

此谣出自《史记·项羽本纪》，大意是说：楚国即使只剩三户人家，使秦朝灭亡的也一定是楚国。这话最终应验，陈胜、项羽、刘邦都是楚国人。"楚虽三户，亡秦必楚"

后来常作为必胜信念的强烈表达。

大地之歌

履霜①，直方②，含章③。括囊④，黄裳⑤。龙战于野⑥，其血玄黄⑦。

【注释】

①履霜：踏着秋霜。②直方：大地平直方正，辽阔无际。直：平坦。方：古人以为天圆地方。③含章：大地多姿多彩。章：文采。④括囊：忙着系装满粮食的口袋，形容秋收的景象。括：结扎。囊：口袋。⑤黄裳：黄色的衣裳。⑥龙战于野：龙蛇在田野里厮斗。⑦玄黄：血淋漓貌。

【诗解】

《易经》保存了大量古代的歌谣。《易经》有六十四卦，每一卦有六爻，爻分为阳爻和阴爻。解释爻之意义的文辞叫爻辞。《易经》的爻辞多引用当时流行的歌谣。爻，先秦时代称作"繇"；"繇"的本字是"谣"，即歌谣。《易经》的成书年代不会晚于《诗经》，它所引的古歌当然时代更早。爻辞所引的歌谣以三言、四言为主，亦有二言、五言、七言等，已开始向《诗经》整齐的四言诗靠近。本诗引自《易经·坤》。这是一首描写秋天景色的大地之歌。诗的大意是：到了秋天霜降的季节，

一眼望去大地坦荡无垠，丰收的田野里多姿多彩，人们忙着把丰收的果实装进口袋，大家都穿着黄色的衣裳。最后两句意在劝诫：秋天虽然是丰收季节，但如果不懂得把持收敛而是急功近利，最终导致争斗的发生，就像两条龙在在原野上撕咬，鲜血淋漓。

婚礼之歌

屯如①，遭如②。乘马③，班如④。匪寇⑤，婚媾⑥。乘马，班如。求婚媾，屯其膏⑦。乘马，班如。泣血⑧，涟如⑨。

【注释】

①屯如：艰难不前的样子。屯：艰难不前。如：通"然"。②遭如：回转不前的样子。遭：回转。③乘：四匹马驾的车。④班：通"盘"，指盘旋，徘徊。⑤匪寇：不是抢掠。⑥婚媾：婚姻。⑦屯其膏：盛满油脂，以作聘礼。屯：聚集。膏：油脂。⑧泣血：流泪。⑨涟如：泪流的样子。

【诗解】

本诗引自《易经·屯》。这是一首古老的婚礼歌谣。首先是描写婚礼的开端；接着

是婚礼的发展，介绍求婚的聘礼；最后进入高潮，新娘离家时啼哭不止，泪流满面，悲喜交加。

战斗之歌

同人于野①，同人于门②，同人于宗③。伏戎于莽④，升其高陵⑤，三岁不兴⑥。乘其墉⑦，弗克攻⑧。同人先号眺⑨，而后笑：大师克相遇⑩，同人于郊⑪。

【注释】

①同人于野：聚合族人于野外。同：聚合。②门：城门。③宗：宗庙。以上三句描写了聚合族人的三个阶段：由散居乡野的族人分别聚合，再集于城门，最后集合于宗庙而受命于先祖。④伏戎于莽：把军队埋伏在草莽丛林之中。戎：军队。⑤升其高陵：登上高地，占据有利的形势。升：登。⑥三岁不兴：战斗相持数年。三岁：数年。兴：起。⑦乘其墉：登上那城墙。墉：城墙。⑧弗克攻：没有人能攻取。克：能。⑨同人先号眺：众将士起初啼哭，因为战斗不利。⑩大师克相遇：众军终能抵御敌人。遇：抵挡。⑪同人于郊：会师郊外。

【诗解】

出自《易经·同人》。这是一首战斗之歌。其叙事的清晰完整是令人惊异的：首先概略记叙了集结军队的三个阶段，然后着重描述了战争的过程。这首诗表现了战士们敢于抗击来犯之敌的勇气，歌颂了他们坚强不屈的斗争精神。句式整齐，音韵和谐，是《易经》中不可多得的表现战争题材的杰作。

箕子之歌

明夷于飞①，垂其左翼②。君子于行③，三日不食④。

【注释】

①明：通"鸣"，鸣叫。夷：通"雉"，山鸡。于：动词词头，无实义。②垂其左翼：鸣雉低垂着左翼，这是形容鸣雉的疲乏无力。③君子：指纣之叔父箕子。行：出走，离去。④不食：箕子不食纣王俸禄，指不与暴君合作。

【诗解】

此歌出自《易经·明夷》。据黄玉顺《易经古歌考释》，这是箕子射猎雉鸡之歌。箕子是殷纣王的叔父，纣王无道，箕子苦心劝谏，纣王不听，反而要迫害箕子，箕子无奈装疯避世，周朝建立后武王曾向他咨询治国方略。这是一首表现箕子出淤泥而不染、独善其身的歌谣。诗歌运用比兴的手法，含义隐约含蓄，余味不尽。

诗经

关雎

关关雎鸠①，在河之洲。窈窕淑女②，君子好逑③。参差荇菜④，左右流之。窈窕淑女，寤寐求之⑤。求之不得，寤寐思服⑥。悠哉悠哉⑦，辗转反侧⑧。参差荇菜，左右采之。窈窕淑女，琴瑟友之⑨。参差荇菜，左右芼之⑩。窈窕淑女，钟鼓乐之⑪。

【注释】

①关关：水鸟相互和答的鸣声。雎（jū）鸠（jiū）：水鸟名，即鱼鹰。相传这种鸟情意专一。②窈（yǎo）窕（tiǎo）：幽静美丽的样子。淑：好，善。③逑（qiú）：配偶。④参（cēn）差（cī）：长短不齐的样子。荇（xìng）菜：一种水生植物，可以采来作蔬菜吃。⑤寤（wù）：睡醒。寐（mèi）：睡着。⑥思服：思念。⑦悠哉：思虑深长的样子。哉：语气词，相当于"啊"、"呀"。⑧辗转反侧：在床上翻来覆去睡不安稳。⑨友：动词，亲近。⑩芼（mào）：择取。⑪乐：使动用法，使……快乐，使……高兴。

【译文】

"关关关关……"相应和的一对雎鸠，栖宿在黄河中的小洲上。娴静美丽的好姑娘，正是与君子相配的好对象。长短不齐的荇菜，时左时右地去采摘它。娴静美丽的好姑娘，君子日夜心思都在追求着她。追求她却不能得到她，翻来覆去想她——睡不着。那么深长的深长的思念啊，翻来覆去不能成眠。长短不齐的荇菜，时左时右地将它采摘。娴静美丽的好姑娘，必能琴瑟和鸣相亲相爱。长短不齐的荇菜，左右选择才去摘取。娴静美丽的好姑娘，钟鼓齐鸣地将你迎娶。

桃夭

桃之夭夭①，灼灼其华②。之子于归③，宜其室家④。桃之夭夭，有蕡其实。之子于归，宜其家室。桃之夭夭，其叶蓁蓁⑤。之子于归，宜其家人。

【注释】

①夭夭（yāo）：娇嫩而茂盛的样子。②灼灼（zhuó）：花朵开得火红鲜艳的样子。华：同"花"。③之：指示代词，这，这个。子：女子，姑娘。于：往。归：女子出嫁。后世就用"于归"指出嫁。④宜：和顺，使动用法，使……和顺。室家：家庭。以下"家室"、"家人"同义。⑤蓁蓁

（zhēn）：叶子茂密的样子。

【译文】

桃树多么繁茂，盛开着鲜花朵朵。这个姑娘出嫁了，她的家庭定会和顺美满。桃树多么繁茂，垂挂着果实累累。这个姑娘出嫁了，她的家庭定会和顺美满。桃树多么繁茂，桃叶儿郁郁葱葱。这个姑娘出嫁了，她的家庭定会和顺美满。

汉广

南有乔木①，不可休思②。汉有游女③，不可求思。汉之广矣，不可泳思④。江之永矣⑤，不可方思⑥。翘翘错薪⑦，言刈其楚⑧。之子于归⑨，言秣其马⑩。汉之广矣，不可泳思。江之永矣，不可方思。翘翘错薪，言刈其蒌⑪。之子于归，言秣其驹⑫。汉之广矣，不可泳思。江之永矣，不可方思。

【注释】

①乔：高。②休：休息。思：语末助词。乔木高耸，很少树荫，因而不适宜在乔木下休息。③游女：出游的女子。女子出游，是汉魏以前长江、汉水一带的风俗。④泳：游泳渡过，泅渡。⑤江：长江。永：长，指江水流得很远。⑥方：古称竹筏或木筏为"方"。此处用作动词，乘筏渡江。⑦翘翘：众多树枝挺出的样子。错：错杂，杂乱。薪：柴。古时男女嫁娶时烧火炬照明，因此，这里用"错薪"起兴。⑧言：关联词，有"乃"、"则"的作用。楚：荆，一种丛生的树木。⑨之子：那个女子。于归：出嫁。⑩秣：喂马。⑪蒌（lóu）：蒌蒿，植物名，生在水泽中，可当饲料。⑫驹（jū）：小马。

【译文】

南边有棵高大的树，却不能在树下休息。汉水边上有位游赏的姑娘，想要追求却没希望。汉水宽广无边，不能游到对岸。长江浩浩荡荡，无法乘筏渡江。杂乱丛生的草木，只砍取其中的荆条。那位姑娘要出嫁，先喂饱她骑的马。汉水宽广无边，不能游到对岸。长江浩浩荡荡，无法乘筏渡江。杂乱丛生的草木，只割取其中的蒌蒿。那位姑娘要出嫁，先喂饱她骑的马。汉水宽广无边，不能游到对岸。长江浩浩荡荡，无法乘筏渡江。

绿衣

绿兮衣兮，绿衣黄里①。心之忧矣，曷维其已②！绿兮衣兮，绿衣黄裳③。心之忧矣，曷维其亡④！绿兮丝兮，女所治兮⑤。我思古人⑥，俾无訧兮⑦。絺兮绤兮，凄其以风。我思古人，实获我心！

【注释】

①衣：外衣。里：内衣。②曷：何时，怎么。维：语气词。已：停止。③裳：下衣。④亡：同"忘"。⑤女：同"汝"，你。治：制，纺织。⑥古：通"故"，离世，故去。⑦俾：使，让。訧（yóu）：过失，失误。

【译文】

绿色的衣服啊，绿上衣黄衬里。心中的忧伤，何时才能终止！绿色的衣服啊，绿上衣黄裙裳。心中的忧伤，何时才能消亡！绿色的丝啊，是你亲手纺出。我思念故人，使我避免了多少过错。粗粗细细葛布衣，穿上身凉风习习。我思念故人，事事称心我难忘。

燕燕

燕燕于飞，差池其羽。之子于归[①]，远送于野[②]。瞻望弗及[③]，泣涕如雨！燕燕于飞，颉之颃之[④]。之子于归，远于将之[⑤]。瞻望弗及，伫立以泣[⑥]。燕燕于飞，下上其音。之子于归，远送于南。瞻望弗及，实劳我心[⑦]。仲氏任只[⑧]，其心塞渊。终温且惠，淑慎其身。先君之思[⑨]，以勖寡人[⑩]。

【注释】

①之：指示代词，这，这个。子：姑娘。于归：出嫁。②于：往。野：郊外。③瞻望：向远处看。④颉（xié）：往上飞。颃（háng）：往下飞。⑤将：送。⑥伫（zhù）：站着等候。⑦劳：愁苦，忧伤。⑧仲：排行第二。任：可以信任。只：语气词。⑨先君之思：即"思先君"。先君：先父。⑩勖（xù）：勉励、激励。

【译文】

燕子双飞，参差不齐展翅膀。这位女子要出嫁，远远地送她到郊外。渐渐望她望不见，泪珠滚滚如雨下。燕子双飞，忽上忽下追随忙。这位女子要出嫁，送她不嫌路途长。渐渐望她望不见，久久站立泪涟涟。燕子双飞，忽高忽低相鸣唱。这位女子要出嫁，远远地送她城南外。渐渐望她望不见，苦苦思念欲断肠。二妹令人可信任，她心地真诚虑事深。既温和又贤惠，为人善良又谨慎。"时记先父有大恩。"临别对我多劝勉。

硕人

硕人其颀[①]，衣锦褧衣[②]。齐侯之子，卫侯之妻，东宫之妹[③]，邢侯之姨[④]，谭公维私[⑤]。手如柔荑[⑥]，肤如凝脂。领如蝤蛴[⑦]，齿如瓠犀[⑧]。螓首蛾眉[⑨]，巧笑倩兮[⑩]，美目盼兮[⑪]。硕人敖敖[⑫]，说于农郊[⑬]。四牡有骄[⑭]，朱帻镳镳[⑮]，翟茀以朝[⑯]。大夫夙退，无使君劳。河水洋洋[⑰]，北流活活[⑱]。施罛濊濊[⑲]，鳣鲔发发[⑳]，葭菼揭揭[㉑]。庶姜孽孽[㉒]，庶士有朅[㉓]。

【注释】

①颀：修长的样子。古代不论男女，皆以高大修长为美。②褧（jiǒng）衣：麻布做的外衣。女子出嫁途中穿，用来遮蔽尘土。③东宫：古代国君的太子住在东宫，所以东宫成了太子的代称。此指齐国太子得臣。④邢：国名。姨：妻的姊妹。⑤谭：国名。维：是。私：姐妹的丈夫。⑥荑：白茅的嫩芽。⑦领：脖子。蝤（qiú）蛴（qí）：天牛的幼虫，体长，圆而白嫩。⑧瓠（hù）犀（xī）：葫芦的子，洁白整齐。⑨螓（qín）：虫名，似蝉而小，额头宽广方正。⑩倩：口颊间美好的样子。⑪盼：眼神黑白分明，流动有神的样子。⑫敖敖：身体苗条的样子。⑬说（shuì）：停车休息。农郊：城郊。庄姜出嫁时先在都城近郊歇息。⑭牡（mǔ）：驾车的雄马。骄：高大、雄壮的样子。⑮朱帻（fén）：系在马口衔铁的红绸。镳镳（biāo）：鲜明的样子。⑯翟（dí）茀（fú）：用山鸡的彩色羽毛装饰的车子。朝：朝见。⑰洋洋：水势浩大的样子。⑱活活（guō）：流水声。⑲施：设置。罛（gū）：渔网。施罛：撒渔网。濊濊（huò）：渔网入水的声音。⑳鳣（zhān）：黄鱼。鲔（wěi）：鳝鱼。发发：鱼尾摆动、击水的声音。㉑葭（jiā）：芦苇。菼（tǎn）：荻苇。揭揭（jiē）：细长的样子。㉒庶：众。庶姜：指随嫁的众女。孽孽（niè）：服饰华丽的样子。㉓庶士：指随从的众人。朅（qiè）：英武健壮的样子。

【译文】

高个儿美人身材修长，麻纱罩衫披在锦衣上。她是齐侯的女儿，卫侯的娇妻，齐国太子的胞妹，邢侯之妻的妹妹，谭国国君是她的姐夫。手指纤纤如嫩荑，皮肤白润如凝脂。脖子雪白柔长如蝤蛴，牙齿洁白整齐有如葫芦子。螓一样方正的前额还有弯弯蛾眉，一笑酒窝显妩媚，秋水般的眼波顾盼有情。高个儿美人身材苗条，停下车马歇息在城郊。驾车的四马高大矫健，马嚼子的红绸随风飘飘。乘坐饰满雉羽的华车去上朝。大臣们早早告退，以免国君太辛劳。河水浩浩荡荡，滔滔奔流向北方。撒下渔网呼呼作响，黄鱼鳝鱼蹦跳乱闯，芦苇荻花细细长长。陪嫁的姑娘颀长美丽，护送的武士威武雄壮。

木瓜

投我以木瓜①，报之以琼琚②。匪报也③，永以为好也。投我以木桃，报之以琼瑶④。匪报也，永以为好也。投我以木李，报之以琼玖⑤。匪报也，永以为好也。

【注释】

①投：抛，投赠。木瓜：一种落叶灌木。古代风俗，以瓜果之类为男女定情信物。②报：报答，回赠。琼（qióng）：美玉美石的通称。琚（jū）：佩玉。③匪：通"非"。④瑶：美玉。⑤玖（jiǔ）：黑色的玉。琼玖：泛指美玉。

【译文】

你送我一个木瓜，我回送你一枚佩玉。这不只是回赠，而是为了永远相好。你送我一个桃子，我回送你一块美石。这不只是回赠，而是为了永远相好。你送我一个李子，我回送你黑色美玉。这不只是回赠，而是为了永远相好。

黍离

彼黍离离①，彼稷之苗②。行迈靡靡③，中心摇摇④。知我者谓我心忧。不知我者谓我何求。悠悠苍天⑤，此何人哉⑥？彼黍离离，彼稷之穗。行迈靡靡，中心如醉。知我者谓我心忧。不知我者谓我何求。悠悠苍天，此何人哉！彼黍离离，彼稷之实。行迈靡靡，中心如噎。知我者谓我心忧。不知我者谓我何求。悠悠苍天，此何人哉！

【注释】

①彼：指示代词，那，那个。黍(shǔ)：黍子，一种农作物，籽实去皮后叫黄米。离离：排列成行，整齐繁密的样子。②稷(jì)：谷子，一种农作物，籽去皮后叫小米。③行迈：行走不止。一说"迈"为远行。靡靡：步行缓慢的样子。④摇摇：心忧不安的样子。一说为"愮愮"，忧郁无处诉说的样子。⑤悠悠：遥远的样子，形容无边无际。⑥此：指这种颓败荒凉的景象。何人：指什么人（造成的）。

【译文】

那黍子生长满田畴，那谷子抽苗绿油油。我举步迟迟，因为心中彷徨愁闷。理解我的人说我心中忧愁。不理解我的人说我有什么贪求。悠悠苍天啊，是谁害得我要离家走？那黍子生长满田畴，那谷子抽穗垂下头。我举步迟迟，心中忧闷如醉。理解我的人说我心中忧愁。不理解我的人说我有什么贪求。悠悠苍天啊，是谁害得我要离家走？那黍子生长满田畴，那谷子结实不胜收。我举步迟迟，心中哽塞郁闷。理解我的人说我心中忧愁。不理解我的人说我有什么贪求。悠悠苍天啊，是谁害得我要离家走？

子衿

青青子衿①，悠悠我心②。纵我不往，子宁不嗣音③？青青子佩④，悠悠我思。纵我不往，子宁不来？挑兮达兮⑤，在城阙兮⑥。一日不见，如三月兮！

【注释】

①衿(jīn)：衣领。②悠悠：思念不已的样子。③宁：岂，难道。嗣(sì)：继续。音：音信。嗣音：即保持联系。④佩：指身上佩玉石的绶带。⑤挑：跳跃。达：放恣。⑥阙(què)：城门两边的高台。

【译文】

青青的是你衣领的颜色，悠悠思念的是我的心。

即使我不去看你，你为何不捎个音信？青青的是你佩带的颜色，悠悠的是我的思念。即使我不去看你，你为何不来？走来走去，心神不宁，在城门边的高台里。只有一天没见面，好像隔了三个月！

伐檀

坎坎伐檀兮①，置之河之干兮②，河水清且涟猗③。不稼不穑④，胡取禾三百廛兮⑤？不狩不猎⑥，胡瞻尔庭有县貆兮⑦？彼君子兮⑧，不素餐兮！坎坎伐辐兮，置之河之侧兮，河水清且直猗。不稼不穑，胡取禾三百亿兮？不狩不猎，胡瞻尔庭有县特兮⑨？彼君子兮，不素食兮！坎坎伐轮兮，置之河之漘兮⑩。河水清且沦猗⑪。不稼不穑，胡取禾三百囷兮⑫？不狩不猎，胡瞻尔庭有县鹑兮？彼君子兮，不素飧兮⑬！

【注释】

①坎坎：伐木声。檀：檀树，此树木质坚韧，可以造车。②置：放。前一个"之"：代词，它，指檀木。后一个"之"是结构助词。干：岸。③且：而且。涟(lián)：风吹水面所起的波纹。猗：同"兮"，表示感叹语气。④稼(jià)：耕种。穑(sè)：收获。稼穑指农业劳动。⑤胡：为什么。禾：百谷的通称。三百：形容很多，不是确数。廛(chán)：一亩，古代一个成年男子耕种的田。⑥狩(shòu)：冬天打猎。猎：夜间打猎。统称狩猎为打猎。⑦瞻：看，瞧。庭：院子。县：同"悬"，悬挂。貆(huán)：一种像狐狸的小兽，即獾猪。⑧彼：那，那些。⑨特：三岁的兽，大野兽。⑩漘(chún)：水边，岸。⑪沦(lún)：小而圆的波纹。⑫囷(qūn)：圆形的谷仓。⑬飧(sūn)：熟食，泛指吃饭。

【译文】

砍伐檀树叮当响，把它置于河岸上，河水清清起波纹。你们既不播种又不收割，为什么拿走三百亩的庄稼？不出狩又不打猎，为什么院子里挂獾猪？那些"君子"呀，可不白吃饭哪！砍伐车辐叮当响，把它置于河边上，河水清清不见波澜。你们既不播种又不收割，为什么拿走三百捆的庄稼？不出狩又不打猎，为什么院子里挂大兽？那些"君子"呀，可不白吃饭哪！砍伐车轮叮当响，把它置于河水边，河水清清旋起波纹。你们既不播种又不收割，为什么拿走三百囷的庄稼？不出狩又不打猎，为什么院子里挂鹌鹑？那些"君子"呀，可不白吃饭哪！

蒹葭

蒹葭苍苍①，白露为霜。所谓伊人②，在水一方③。溯洄从之④，道阻且长⑤。溯游从之⑥，宛在水中央⑦。蒹葭萋萋⑧，白露未晞⑨。所谓伊人，在水之湄⑩。溯洄从之，道阻且跻⑪。溯游从之，宛在水中坻⑫。蒹葭采采⑬，白露未已⑭。所谓伊人，在水之涘⑮。溯洄从之，道阻且右⑯。溯游从之，宛在水中沚⑰。

【注释】

①蒹(jiān)：又称荻，细长的水草。葭(jiā)：初生的芦苇。苍苍：芦苇入秋后，颜色深青，茂盛鲜明的样子。②谓：说。伊：指示代词，那，那个。③方：通"旁"，边，侧。④溯(sù)：逆着水流的方向行走。洄(huí)：弯曲盘旋的水道。从：追随，追寻，寻求。⑤阻：险阻，阻碍。⑥溯游：顺流而下。⑦宛：宛然，仿佛，好像。⑧萋萋：草长得茂盛的样子。⑨晞(xī)：干，晒干。⑩湄(méi)：水草交接的地方，水边，也即是岸边。⑪跻(jī)：地势高起。⑫坻(chí)：水中小沙洲。⑬采采：众多稠密的样子。⑭已：止。⑮涘(sì)：水边。⑯右：迂回，曲折。⑰沚(zhǐ)：水中小洲，小沙滩。

【译文】

　　细长的荻苇青苍苍，白露凝成冰霜。我思念的人啊，在水的那一边。逆着河道追寻她，道路崎岖而漫长。顺着流水追寻她，她好像在水的中央。细长的荻苇萋萋生，露水还没晒干。我思念的人啊，在河的岸边。逆着河道追寻她，道路崎岖而高险。顺着流水追寻她，她仿佛在水中沙洲上。细长的荻苇密密长，露水还没有消失。我思念的人啊，在河的水边。逆着河道追寻她，道路崎岖而曲折。顺着流水追寻她，她仿佛在水中沙滩上。

无衣

　　岂曰无衣？与子同袍①。王于兴师②，修我戈矛③，与子同仇④！岂曰无衣？与子同泽⑤。王于兴师，修我矛戟⑥，与子偕作⑦。岂曰无衣？与子同裳⑧。王于兴师，修我甲兵⑨，与子偕行。

【注释】

①袍：长衣。行军时白天当衣，晚上当被，类似现在的斗篷、披风。②王：此指秦王。于：句中助词。兴师：起兵，发兵。③修：修理、装配。戈矛：长柄兵器。④同仇：共同对敌。⑤泽：贴身的内衣。⑥戟：古代长柄武器，形似戈，有横直两锋刃，兼钩啄和刺击作用。⑦偕：共同。作：行动起来，一同出征作战。⑧裳：下衣，战裙，有护腿足的作用。⑨甲：铠甲。兵：武器的通称。

【译文】

　　谁说没有衣裳？和你共穿一件战袍。君王要起兵兴师，修整我们的戈与矛。和你共同对付敌人。谁说没有衣裳？和你共穿一件衣衫。君王要起兵兴师，修整我们的矛与戟，和你一起作战到底。谁说没有衣裳？和你共穿一件战裙。君王要起兵兴师，修整我们的铠甲兵器，和你并肩上战场。

月出

　　月出皎兮①，佼人僚兮②，舒窈纠兮③，劳心悄兮④。月出皓兮，佼人懰兮⑤。舒懮受兮，劳心慆兮⑥。月出照兮⑦，佼人燎兮⑧。舒夭绍兮，劳心惨兮⑨。

【注释】

①皎：明亮而洁白。②佼（jiǎo）：美好。僚（liáo）：同"嬼"，娇美的样子。③舒：缓，徐。窈（yǎo）纠（jiǎo）：形容女子走路时身材的曲线美。下面的"懮（yǒu）受"、"夭绍"义同。④劳心：忧心。悄：忧愁的样子。⑤恻（liú）：美好，妖冶。⑥懆（cǎo）：忧愁的样子。⑦照：此处用作形容词，明亮。⑧燎（liǎo）：明亮。⑨惨：当为"懆（cǎo）"，忧愁不安的样子。

【译文】

月亮出来那样皎洁，月下美人更俊俏，体态轻盈身段苗条，惹人思念我心忧煎。月亮出来那样皓白，月下美人更姣好，体态轻盈美丽妖娆，惹人思念我心焦。月亮出来那样明亮，月下美人更美好，体态轻盈婀娜多姿，惹人思念心烦躁。

七月

【原文】

七月流火①，九月授衣②。一之日觱发③，二之日栗烈④，无衣无褐⑤，何以卒岁⑥？三之日于耜⑦，四之日举趾⑧。同我妇子，馌彼南亩⑨，田畯至喜⑩。七月流火，九月授衣。春日载阳⑪，有鸣仓庚⑫。女执懿筐⑬，遵彼微行⑭，爰求柔桑⑮。春日迟迟⑯，采蘩祁祁⑰。女心伤悲，殆及公子同归⑱。七月流火，八月萑苇⑲。蚕月条桑⑳，取彼斧斨㉑，以伐远扬㉒，猗彼女桑㉓。七月鸣鵙㉔，八月载绩㉕。载玄载黄㉖，我朱孔阳㉗，为公子裳。

【注释】

①七月：夏历七月。流：向下行。火：星名，又名"大火"、"心宿"，是天蝎星座中最亮的一颗星。每年夏历五月，火星出现在正南方，六月以后，渐偏西，七月里便向西行沉下去，天气渐渐寒冷。②授衣：将缝制冬衣的工作交给女工。③一之日：夏历十一月，也即周历正月。周历以夏历十一月为正月。以下"二之日"、"三之日"、"四之日"，以此类推。觱（bì）发（bō）：风寒冷。④栗烈：同"凛冽"，空气寒冷。⑤褐：麻织短衣，无袖。⑥卒：终了。⑦于：修理。耜（sì）：农具，犁的一种，用来耕地翻土。⑧举趾：抬脚，下田耕种。⑨馌（yè）：送饭。南亩：泛指田地。⑩田畯（jùn）：掌管农事的官。⑪载：开始。阳：温暖，暖和。⑫仓庚：黄莺。⑬懿（yì）筐：深筐。⑭遵：顺着，沿着。微行：小路。⑮爰：于是。⑯迟迟：缓缓，形容春季日长。⑰蘩（fán）：白蒿，养蚕用。祁祁：众多的样子。⑱殆：将，只怕。及：与。同归：指被公子强行带走。⑲萑（huán）苇：芦

苇一类的草，可以制作蚕箔。此作动词，指收割萑苇。⑳蚕月：即夏历三月，这是养蚕的月份。条：动词，修剪。㉑斧斨（qiāng）：斧类工具（椭圆的叫斧，方的叫斨）。㉒远扬：指长得太长太高的桑枝。㉓猗：借作"掎"，拉。女桑：嫩桑叶。㉔鵙（jué）：鸟名，又名"伯劳"、"子规"、"杜鹃"。㉕载：则，始。绩：织麻。㉖玄：黑而带红色。㉗孔：非常。阳：鲜明。

【译文】

七月火星偏西方，九月女工制冬衣。十一月北风呼呼吹，十二月寒风凛冽刺骨。粗布衣服都没有，如何熬过寒冬期？正月里修理锄犁，二月份下田犁地。和妻子儿女一起耕作，饭菜送到田地，农官看到满心欢喜。七月火星偏西方，九月女工制冬衣。春天太阳暖洋洋，黄莺对对婉转啼。姑娘手提深竹筐，沿着那小路在行走，采呀采那嫩桑叶。春天日子渐渐长，采蒿的姑娘闹嚷嚷。姑娘心中暗悲伤，怕公子强邀一同归。七月火星偏西方，八月收割芦苇。三月修剪桑树，取来那把斧头，砍掉又高又长的枝条。七月伯劳树上唱，八月纺麻织布忙。染色有黑又有黄，我的红布最鲜艳，为那公子做衣裳。

【原文】

四月秀葽①，五月鸣蜩②。八月其获③，十月陨蘀④。一之日于貉⑤，取彼狐狸，为公子裘。二之日其同⑥，载缵武功⑦。言私其豵⑧，献豜于公⑨。五月斯螽动股⑩，六月莎鸡振羽⑪。七月在野，八月在宇。九月在户，十月蟋蟀入我床下⑫。穹窒熏鼠⑬，塞向墐户⑭。嗟我妇子，曰为改岁⑮，入此室处。六月食郁及薁⑯，七月亨葵及菽⑰。八月剥枣⑱，十月获稻，为此春酒⑲，以介眉寿⑳。七月食瓜，八月断壶㉑，九月叔苴㉒。采荼薪樗㉓，食我农夫㉔。

【注释】

①秀：植物不开花而结实叫"秀"。葽（yāo）：药草名，今名"远志"。②蜩（tiáo）：蝉。③获：收获庄稼。④陨：落下。蘀（tuò）：草木的落叶。⑤于：猎取。貉（hè）：兽名。似狐狸，毛深厚温暖。⑥同：会合，指聚众打猎。⑦缵（zuǎn）：继续。武功：武事。此处指田猎，古时田猎也属于军事演习。⑧言：语气助词。私：私人占有。豵（zōng）：一岁的小猪。此指小兽。⑨豜（jiān）：三岁的大猪，此指大兽。⑩斯螽：虫名，即蚱蜢。动股：相传斯螽以两股相切发声。⑪莎（suō）鸡：虫名，即纺织娘。振羽：两翼鼓动发声。⑫以上四句写蟋蟀由远而近，由室外躲进室内过冬。⑬穹（qióng）：空隙，孔洞。窒：堵塞。⑭向：朝北的窗子。墐（jìn）：用泥涂抹。户：门。⑮改岁：过年，更改一岁。⑯郁：一种李子。薁（yù）：野葡萄。⑰亨："烹"本字，煮。葵：蔬菜名，又名冬苋菜。菽（shū）：大豆黄豆一类。⑱剥：通"扑"，敲打。⑲春酒：冬日酿酒，春日始成，所以叫"春酒"。

⑳介：祈求。眉寿：长寿。长寿的人生有长眉，故称。㉑断：摘取。壶：葫芦之类。㉒叔：拾取。苴（jū）：青麻子，可食。㉓荼（tú）：一种苦菜。薪：采薪，用作动词。樗（chū）：臭椿。㉔食（sì）：养活。

【译文】

　　四月远志结子囊，五月知了声声唱。八月庄稼要收割，十月落叶随风扬。十一月捕貉子，剥取狐狸皮，好给公子做皮衣。十二月大伙儿聚一起，继续打猎练武忙。猎到小兽归自己，大兽献到公堂里。五月蚱蜢弹腿鸣，六月纺织娘鼓翼叫。七月蟋蟀野外鸣，八月屋檐底下唱，九月进到屋门里，十月钻到我床下。打扫垃圾熏老鼠，塞住北窗，泥抹门缝来御寒。可怜我的妻子儿女，眼看就要过年关，挤进这破屋居住。六月里吃那郁李和葡萄，七月里烹煮冬葵和大豆。八月把那枣儿打，十月收割稻米香。将它酿成好春酒，祝贺老爷寿命长。七月吃瓜，八月摘葫芦，九月拾取青麻，采摘苦菜又砍柴，养活咱们农家人。

【原文】

　　九月筑场圃①，十月纳禾稼②。黍稷重穋③，禾麻菽麦④。嗟我农夫。我稼既同⑤，上入执宫功⑥。昼尔于茅⑦，宵尔索绹⑧。亟其乘屋⑨，其始播百谷。二之日凿冰冲冲⑩，三之日纳于凌阴⑪。四之日其蚤⑫，献羔祭韭⑬。九月肃霜⑭，十月涤场⑮，朋酒斯飨⑯，曰杀羔羊。跻彼公堂⑰，称彼兕觥⑱，万寿无疆！

【注释】

　　①筑场圃：把菜园修筑为打谷场。古时场圃同地轮用，春夏为圃，秋冬平整筑实为场。②纳：收进谷仓。禾稼：五谷的通称。③黍稷重穋：都是谷物。黍：黍子，性黏。稷：高粱，性不黏。重：早种晚熟的谷。穋：晚种早熟的谷。④禾：此处专指小米。⑤同：收齐集中。⑥上：通"尚"，还要。执：执行，负担。宫功：修建宫室之事。⑦尔：语气助词。于茅：去割茅草。⑧索绹：用手搓绳。绹（táo）：绳子。⑨亟：同"急"，赶快。乘屋：爬上屋顶修缮房屋。⑩冲冲：凿冰的声音。⑪凌阴：冰窖。⑫蚤："早"的古字。⑬献羔祭韭：古代一种祭祀仪式，仲春二月，在取冰之时，以羔羊和韭菜祭寒之神。⑭霜：同"爽"。肃霜：天高气爽。⑮涤场：打扫场圃。⑯朋酒：两樽酒。斯：语中助词。飨（xiǎng）：同"享"，享用。⑰跻（jī）：登上。公堂：古代的公共场所。⑱称：举杯敬酒。兕（sì）觥（gōng）：兕牛角制成的酒器。

【译文】

　　九月里筑好打谷场，十月粮食进谷仓。黍子、高粱、早晚谷、米、麻、豆、麦都入仓。可叹我农家人，庄稼收完，又要服役修宫房。白天出外割茅草，夜晚搓绳长又长。急急忙忙盖屋顶，开春又忙种庄稼。腊月凿冰咚咚响，正月里送进冰窖藏。二月早取冰祭寒神，献上韭菜和羊羔。九月天高气又爽，十月清扫打谷场。两樽美酒共品尝，宰杀肥美小羔羊。登上公堂，举起那牛角杯，同声高祝"万寿无疆"！

鹿鸣

　　呦呦鹿鸣①，食野之蘋②。我有嘉宾③，鼓瑟吹笙④。吹笙鼓簧⑤，承筐是将⑥。

人之好我⑦，示我周行⑧。呦呦鹿鸣，食野之蒿⑨。我有嘉宾，德音孔昭⑩。视民不恌⑪，君子是则是效⑫。我有旨酒⑬，嘉宾式燕以敖⑭。呦呦鹿鸣，食野之芩⑮。我有嘉宾，鼓瑟鼓琴⑯。鼓瑟鼓琴，和乐且湛⑰。我有旨酒，以燕乐嘉宾之心。

【注释】

①呦呦(yōu)：鹿鸣叫的声音。②蘋：草名，一说为蒿草，一说为马帚，即北方的扫帚菜。③嘉宾：贵宾、佳客。④瑟：古代弹拨乐器。笙(shēng)：古代的一种簧管乐器。⑤簧(huáng)：笙中之簧叶。鼓簧：指吹笙，鼓动簧叶而发声。⑥承：奉（"捧"之古体）。筐：指盛币帛之竹筐。承筐：指主人命奴仆捧出盛币帛的竹筐。将：送。⑦好(hào)：爱护。⑧示：指示。周行(háng)：大道，正道。⑨蒿(hāo)：青蒿。⑩德音：好品德，美名。孔：很。昭：明。孔昭：很显著。⑪视：古"示"字。恌(tiāo)：轻浮，不正派。不恌，指正派厚道。⑫君子：指有道德修养有学问的人。则：准则。效：效仿。⑬旨：美，甘。旨酒：美酒。⑭式：语助词。燕：同"宴"，宴会。敖：即"遨"，游乐，逍遥。⑮芩(qín)：草名，蒿草之类。⑯琴：古代弹拨乐器名。古人往往以"琴瑟"喻夫妇或友人情谊和谐。⑰湛(zhàn)：同"沈"，深。

【译文】

群鹿呦呦鸣叫，来吃田野青草。我有佳客贵宾来啊，弹瑟又吹笙。吹笙吹笙，鼓簧鼓簧，捧出盈筐币帛，来赠我那尊贵的客人啊！贵宾对我无限厚爱，教我道理最欢喜。群鹿呦呦鸣叫，来吃田野青蒿。我有佳客贵宾来啊，品德高尚有美名。示范人们不可轻恌，君子学习好典型。我有琼浆美酒，贵宾就请畅饮逍遥吧！群鹿呦呦鸣叫，来吃田野芩草。我有佳客贵宾来啊，弹瑟弹琴来助兴。弹瑟又弹琴，宾主和乐又尽兴。我有琼浆美酒，贵宾沉醉乐开怀。

常棣

常棣之华①，鄂不韡韡②。凡今之人，莫如兄弟。死丧之威③，兄弟孔怀④。原隰裒矣⑤，兄弟求矣。脊令在原⑥，兄弟急难⑦。每有良朋，况也永叹。兄弟阋于墙⑧，外御其务⑨。每有良朋，烝也无戎⑩。丧乱既平，既安且宁。虽有兄弟，不如友生⑪？傧尔笾豆⑫，饮酒之饫⑬。兄弟既具⑭，和乐且孺⑮。妻子好合，如鼓瑟琴。兄弟既翕⑯，和乐且湛。宜尔室家⑰，乐尔妻帑⑱。是究是图，亶其然乎⑲？

【注释】

①常棣(dì)：又名唐棣，数朵花为一簇，实如樱桃状。诗中以此表达兄弟情谊。②鄂：花萼。韡韡(wěi)：光明、光辉，此处形容花色鲜明。③威：通"畏"，可怕。④孔怀：非常关心。⑤裒(póu)：缺少其人。⑥脊令：是一种水鸟。在原：水鸟在原，比喻有难。⑦急难：火速抢救之义。⑧阋(xì)：互相争斗，相互怨恨，相互争讼。⑨务：即"侮"。⑩烝(zhēng)：众多。戎(róng)：相助。⑪生：语气助词。⑫傧(bīn)：陈列。笾、豆：均系古代用于盛放食品的器皿。⑬饫(yù)：指家宴。

⑭具：俱，集。⑮孺：属，有亲慕之意。⑯翕(xī)：聚合，收敛。⑰宜：安。室家：家人，此指夫妇。⑱帑(nǔ)：通"孥"，子孙。⑲亶(dǎn)：信，诚。

【译文】

常棣花开一簇簇，花萼鲜艳又夺目。遍观当今世人啊，哪有像兄弟那样亲又亲。死亡的事多么可怕啊，只有兄弟相牵挂。原野洼地少个人啦，只有兄弟来寻找。水鸟脊令落郊原，兄弟急忙救急难。虽有良朋益友，徒唤奈何且长叹。兄弟家内也有纷争，对外则同心共御敌。虽有良朋益友，众友芸芸无所助。死丧祸乱平定了，生活幸福又安宁。虽有手足亲兄弟，不如好友情谊深。摆列餐具享美食，开怀畅饮酒意酣。兄弟相聚在

一起，融洽笃爱且和乐。妻儿和谐恩情深，奏瑟弹琴心相印。兄弟们友爱又和睦，融洽欢乐无穷尽。家庭美满又幸福，妻儿相依乐陶陶。深思熟虑理自明呀，确实如此当牢记。

采薇

采薇采薇①，薇亦作止②。曰归曰归，岁亦莫止③。靡室靡家④，猃狁之故⑤。不遑启居⑥，猃狁之故。采薇采薇，薇亦柔止⑦。曰归曰归，心亦忧止。忧心烈烈⑧，载饥载渴⑨。我戍未定⑩，靡使归聘⑪。采薇采薇，薇亦刚止⑫。曰归曰归，岁亦阳止⑬。王事靡盬⑭，不遑启处⑮。忧心孔疚⑯，我行不来⑰！彼尔维何⑱？维常之华⑲。彼路斯何⑳？君子之车。戎车既驾㉑，四牡业业㉒。岂敢定居，一月三捷㉓。驾彼四牡，四牡骙骙㉔。君子所依㉕，小人所腓㉖。四牡翼翼㉗，象弭鱼服㉘。岂不日戒，猃狁孔棘㉙。昔我往矣㉚，杨柳依依㉛。今我来思㉜，雨雪霏霏㉝。行道迟迟，载渴载饥。我心伤悲，莫知我哀！

【注释】

①薇：即野豌豆苗，可以食用。②作：初生。止：语气助词。③莫：古"暮"字。④靡：无。⑤猃(xiǎn)狁(yǔn)：我国北方的少数民族。西周时称猃狁，春秋时称北狄，战国以后称匈奴。⑥遑(huáng)：暇。启：跪坐。居：安坐。古人席地而坐，两膝着席，跪坐时腰板伸直，臀都跟足跟离开；安坐时臀部贴在足跟上。⑦柔：幼嫩。⑧烈烈：火势猛烈的样子，这里指忧心如焚。⑨载：又。⑩戍：戍守，指驻守的地方。⑪使：使者。聘：问候。归聘：带回问候家人的音信。⑫刚：粗硬，指薇菜将老，茎叶变粗变硬。⑬阳：阴历十月。⑭靡盬：没有止境。盬(gǔ)：停止。⑮启处：与上文"启居"同义。⑯孔：非常。疚：痛苦。⑰来：返回，归来。⑱尔：花盛开的样子。维何：

是什么。⑲常：通"棠"，棠棣。华：古"花"字。⑳路：同"辂（lù）"，古代的一种大车。斯何：同"维何"。㉑戎车：兵车，战车。㉒牡：雄马。业业：高大健壮的样子。㉓捷：通"接"，即接战。㉔骙骙（kuí）：强壮的样子。㉕依：乘。㉖腓（féi）：蔽护，掩护。㉗翼翼：行列整齐的样子。㉘弭（mǐ）：弓的两头缚弦的地方。象弭：用象牙镶饰的弓。鱼服：用鱼皮做的箭袋。服：通"菔"，箭袋。㉙棘：同"急"。㉚昔：过去。㉛依依：柳条随风摇曳飘拂的样子。㉜思：语气助词。㉝雨（yù）：降落，散落。霏霏：大雪纷飞的样子。

【译文】

采薇菜呀采薇菜，薇菜新芽已长大。回家乡呀回家乡，已盼到年终岁尾。抛弃亲人离家园，只因匈奴来侵犯。跪不宁来坐不安，只因匈奴来侵犯。采薇菜呀采薇菜，薇菜柔嫩刚发芽。回家乡呀回家乡，心里忧愁多牵挂。忧心如同被火焚，又饥又渴真苦煞。防地调动难定下，无法给家人捎音信。采薇菜呀采薇菜，薇茎渐渐长硬。回家乡啊回家乡，又到十月"小阳春"。王室差事无休无止，想要休息没闲暇。心中充满忧愁伤痛，远征在外难归还。那绚丽耀眼的是什么？那是棠棣的花朵。高大的马车属于谁？那是将军的战车。驾起兵车要出战，四匹雄马矫健齐奔腾。边地怎敢图安居？一月要争几回胜。驾着那四匹雄马，雄马强壮又矫健，将军乘坐在车中，小兵掩护也靠它。四匹马步调一致，象牙弓配着鱼皮箭袋。哪有一天不戒备？匈奴实在太猖狂。回想我当初出征时，杨柳依依随风吹。如今回来路途中，雪花纷纷飘落下。我行路艰难慢慢走，又饥又渴真劳累。满心伤感满腔悲，却没有谁人知道我的哀痛。

野有死麇

野野有死麇①，白茅包之②。有女怀春③，吉士诱之④。林有朴樕⑤，野有死鹿。白茅纯束⑥，有女如玉。舒而脱脱兮⑦！无感我帨兮⑧！无使尨也吠⑨！

【注释】

①麇（jūn）：兽名，即獐，似鹿而小，无角。②白茅：植物名，其叶洁白柔滑，古人用它包裹肉等物。③怀春：思春，指情欲萌动。④吉：善、良。⑤朴樕（sù）：一种灌木。⑥纯：包，捆。⑦舒：徐缓，缓慢。脱脱：又轻又慢的样子。⑧感：古同"撼"，振动，摇动。帨（shuì）：佩巾，遮蔽于胸腹之前。《礼记·内则》："女子生，设帨于门右。"可见自古以来，帨巾是女性的象征。⑨尨（máng）：长毛狗。

【译文】

野地里躺着死獐，用白色的茅草包起它。有个姑娘情窦初开，小伙子上前把话挑。森林中，丛丛树，原野上躺着死鹿。用那白茅捆束它，有个姑娘如花似玉。慢点儿，轻点儿啊！不要撩动我的佩巾，不要引得长毛狗叫。

式微

式微式微①，胡不归②？微君之故③，胡为乎中露？式微式微，胡不归？微君之躬，胡为乎泥中？

【注释】

①式：发语词。微：天黑。②胡：为什么。③微：非，若非，要不是。君：这里指统治者。

【译文】

天色愈来愈黑，为什么还不回家？若不是为主子的事，怎么会身沾露水？天色愈来愈黑，为什么还不回家？若不是为了主子的贵体，怎么会在泥水中受苦？

静女

静女其姝①，俟我于城隅②。爱而不见③，搔首踟蹰④。静女其娈⑤，贻我彤管⑥。彤管有炜⑦，说怿女美⑧。自牧归荑⑨，洵美且异⑩。匪女之为美，美人之贻。

【注释】

①静女：同"淑女"，文静娴雅的女子。姝（shū）：美丽，美好。②俟（sì）：等候，等待。隅（yú）：角落。③爱：躲藏，隐藏。④搔首：用手挠头。踟（chí）蹰（chú）：来回走动，走来走去。⑤娈（luán）：美丽，漂亮。⑥贻（yí）：赠送。彤（tóng）：红色。彤管：象征一片赤心和火样的热情。⑦有：助词。炜：红色鲜明，有光泽的样子。⑧说：同"悦"。怿（yì）：喜。说怿：喜爱。女：同"汝"，你。⑨牧：牧场，郊外。归（kuì）：通"馈"，赠送。荑（tí）：草名，白茅。古代常以白茅来象征婚媾。以白茅相赠，是一种求爱的表示。⑩洵：确实，真的。异：奇异。

【译文】

文静的姑娘多么美丽，约我等候在城门角。故意藏起来不让我看见，急得我挠头又徘徊。文静的姑娘多么漂亮，送给我一个红管。红管亮闪闪，我真喜欢它的美丽。从郊外回来送给我白茅，白茅实在美得出奇。并不是茅草有多好看，只因为是美人送的。

相鼠

相鼠有皮①，人而无仪。人而无仪，不死何为？相鼠有齿，人而无止②。人而无止，不死何俟③？相鼠有体，人而无礼！人而无礼，胡不遄死④！

【注释】

①相（xiàng）：看，瞧。②止：容止。言行适当，有所节制。或借作"耻"。③俟：等待。④遄

(chuán)：速，快，立即。

【译文】

看那老鼠都有皮，人却不懂礼仪。人既不懂礼仪，活着还有什么意义？看那老鼠都有牙齿，人却不知廉耻。人既不懂廉耻，不死还待何时？看那老鼠都有肢体，人却不懂守礼。人既不懂守礼，为什么还不赶快死？

氓

氓之蚩蚩①，抱布贸丝②。匪来贸丝③，来即我谋④。送子涉淇，至于顿丘⑤。匪我愆期⑥，子无良媒。将子无怒，秋以为期。乘彼垝垣⑦，以望复关⑧。不见复关⑨，泣涕涟涟。既见复关，载笑载言⑩。尔卜尔筮，体无咎言⑪。以尔车来，以我贿迁⑫。桑之未落，其叶沃若⑬。于嗟鸠兮⑭，无食桑葚⑮。于嗟女兮，无与士耽⑯！士之耽兮，犹可说也⑰；女之耽兮，不可说也！桑之落矣，其黄而陨。自我徂尔⑱，三岁食贫⑲。淇水汤汤⑳，渐车帷裳㉑。女也不爽，士贰其行㉒。士也罔极㉓，二三其德㉔！三岁为妇，靡室劳矣㉕。夙兴夜寐㉖，靡有朝矣㉗。言既遂矣，至于暴矣。兄弟不知，咥其笑矣㉘。静言思之，躬自悼矣。及尔偕老，老使我怨。淇则有岸，隰则有泮㉙。总角之宴㉚，言笑晏晏㉛。信誓旦旦㉜，不思其反㉝。反是不思㉞，亦已焉哉㉟！

【注释】

①氓（méng）：民，人。诗中男子的代称。蚩蚩（chī）：憨厚的样子。或同"嗤嗤"，笑嘻嘻的样子。②布：古货币名。贸：买，交易。一说"布"作"布匹"。以布匹换取丝，是以物换物。③匪：同"非"，不是。④即：就。即我：接近我，靠近我。谋：商量（婚事）。⑤顿丘：卫国地名，今河南清丰县西南。⑥愆（qiān）：拖延，耽误。愆期：约期而失信。⑦乘：登上。垝（guǐ）：毁坏，倒塌。垣（yuán）：墙。⑧复关：地名，氓所居住的地方。⑨复关：此代指氓。⑩载：语气助词。载笑载言：又说又笑。⑪体：卦象，即卜筮的结果。咎言：凶辞，不吉利的话。⑫贿：财物，指嫁妆。⑬其：代词，代指桑。沃若：润泽、茂盛的样子。⑭鸠：斑鸠，传说它吃多了桑果就会迷醉。⑮桑葚（shèn）：桑果。⑯士：男子。耽（dān）：迷恋，沉湎。⑰说：通"脱"，解脱，摆脱。⑱徂（cú）：往，到。徂尔：嫁给你。⑲三岁：多年，非确数。食贫：过受穷吃苦的生活。⑳汤汤（shāng）：水势很大的样子。㉑渐：浸湿。帷裳：车上的帷帐。写女子被弃后，渡淇水回去的情形。㉒爽：过错。贰：有二心，不专一。㉓罔：无。极：准则。罔极：没有准则，行为不端。㉔二三其德：三心二意。㉕靡：不，没有。室：家中。劳：家务辛苦。㉖夙：早，指黎明前。兴：起，起床。㉗靡有朝：不止一天，天天如此。㉘咥（xì）：嘻笑的样子，带有讥讽的意味。㉙隰（xí）：低湿的地方。泮（pàn）：岸边。㉚总角：古人未成年时将头发束成丫状角髻。宴：欢乐。㉛晏晏：相处和悦融洽的样子。㉜信誓：诚挚的誓言。旦旦：诚恳、忠实的样子。㉝反：变心，背叛。㉞是：这，指信誓。㉟已：止，罢了。焉哉：双重感叹词，表示感叹不已的语气，显示出女子的决绝。

【译文】

农家小伙笑嘻嘻，抱着布来换我的蚕丝。不是有心换丝，借机找我商量婚事。送他过淇水，送到顿丘才告辞。不是我拖延婚期，是你没有找个好媒人。请你不要生我气，约定秋天作为婚期。登上那破败的墙垣，眺望我思念的复关。不见我的复关，伤心泪儿涟涟。见到我的复关，又笑又说心欢畅。你去占卦问卜，卦象没有不吉的话。驾着你的车来，搬迁我的嫁妆。桑树叶儿未落，桑叶又嫩又润。唉，斑鸠，别贪吃那桑葚。唉，女人，不可与男人迷恋。男人迷恋，还可以解脱。女人迷恋，就无法自拔。桑树叶儿落下，枯黄憔悴任飘零。自从我嫁到你家，多年来吃苦受穷。淇河水奔流荡荡，浸湿了车上的帷帐。我做妻子并没有过错，男人你却反复无常。男人变化无常性，三心二意坏德行。做你妻子多年，家务辛劳没有什么不干。早起晚睡，天天如此，干也干不完。家业有成已安定，就变得粗暴无礼。兄弟们不知真相，嘻嘻讥笑再加嘲讪。静静细想，独自伤心悲叹。曾经发誓，与你白头到老，这样的偕老使我怨恨。淇水虽宽有堤岸，沼泽虽阔有边涯。回想年少未嫁时，你说我笑温雅无间。誓言说得响亮，却不料如今翻脸变冤家。违背的誓言不愿再想，从今与你一刀两断！

河广

谁谓河广？一苇杭之[①]。谁谓宋远？跂予望之[②]。谁谓河广？曾不容刀[③]。谁谓宋远？曾不崇朝[④]。

【注释】

①杭：即航，渡。一苇杭之：形容两地极近，此处为夸张手法。②跂（qì）：翘起脚跟。予：而。③曾（zēng）：乃，竟。刀：通"舠"，小船。④崇朝（zhāo）：指从天亮到吃早饭之间的一段时间，喻时间短暂。

【译文】

谁说河面太宽广？一片苇叶就能渡岸。谁说宋国太遥远？跂起脚尖我就能望见。谁说河面太宽广？却容不下一条小船。谁说宋国太遥远？不需一个早上就能到对岸。

君子于役

君子于役[①]，不知其期[②]。曷至哉[③]？鸡栖于埘[④]，日之夕矣，羊牛下来。君子于役[⑤]，如之何勿思[⑥]！君子于役，不日不月[⑦]。曷其有佸[⑧]？鸡栖于桀[⑨]，日之夕矣，羊牛下括。君子于役，苟无饥渴？

【注释】

　①君子：古代妻子对丈夫的敬称。于：去，往。役：古代徭役。②期：服役的期限。③曷（hé）：何，何时。④埘（shí）：在墙上挖洞或砌泥筑成的鸡窝。⑤指傍晚时分"鸡栖于埘"、"羊牛下来"尚有定时，而服役的人却没有归期。⑥如之何：怎么。⑦不日不月：没有定期。⑧有（yòu）：又，重新。佸（huó）：相会，团聚。⑨桀（jié）：亦作"榤"，指木桩，或以木桩支架起来的鸡棚。

【译文】

　丈夫去服役，不知道他的归期。他什么时候才能回来？鸡儿回窝，太阳也要落西山，羊牛都下了山坡。丈夫去服役，叫我怎能不苦苦思念？丈夫去服役，没日没月，何时才能相聚？鸡儿回窝，太阳也要落西山，羊牛都下了山坡。丈夫去服役，会否受到饥渴折磨？

采葛

　彼采葛兮①，一日不见，如三月兮！彼采萧兮②，一日不见，如三秋兮！彼采艾兮③，一日不见，如三岁兮！

【注释】

　①葛：植物名。其纤维可以织布，块根可以吃。②萧：植物名。一种蒿子，有香气，古人用它来祭礼。③艾：植物名，烧艾叶可以治病。

【译文】

　那采葛的姑娘，一天不见，像隔了三月不相见！那采萧的姑娘，一天不见，像隔了三季不相见！那采艾的姑娘，一天不见，像隔了三年不相见！

风雨

　风雨凄凄①，鸡鸣喈喈②。既见君子③，云胡不夷④？风雨潇潇⑤，鸡鸣胶胶⑥。既见君子，云胡不瘳⑦！风雨如晦⑧，鸡鸣不已⑨。既见君子，云胡不喜！

【注释】

　①凄凄：寒凉，阴冷。②喈喈：鸡叫的声音。③既：终于。④云胡：为何，为什么。夷：平静。⑤潇潇（xiāo）：风雨急骤的样子。⑥胶胶：鸡叫的声音。⑦瘳（chōu）：病愈。⑧晦（huì）：昏暗。⑨已：停止。

【译文】

　风雨交加阴又冷，鸡鸣喈喈报五更。丈夫已经回家来，心情为何不平静？疾风骤雨冷潇潇，鸡叫咯咯报天明。丈夫已经回家来，心病为何不痊愈？凄风冷雨天地昏，雄鸡报晓不停歇。丈夫已经回家来，心中为何不高兴?

野有蔓草

野有蔓草，零露洧兮①。有美一人，清扬婉兮②。邂逅相遇，适我愿兮。野有蔓草，零露瀼瀼③。有美一人，婉如清扬④。邂逅相遇，与子偕臧⑤。

【注释】

①零：落。露：露水。洧（tuán）：露水多的样子。②清扬：形容眉清目秀。婉：美好柔媚的样子。③瀼瀼（ráng）：露水大的样子。④如：而。⑤偕：一起。臧：善，美。一说通"藏"，指藏到幽僻的地方。

【译文】

蔓草青青，长在旷野里。晶莹剔透，露珠滴滴。美丽姑娘，眉清目秀，温柔多情。偶于路上巧相遇，情意相投合我愿。蔓草青青，长在旷野里。晶莹剔透，露珠串串。美丽姑娘，眉清目秀，温柔多情。不期而会巧相遇，情投意合两心欢。

伐木

伐木丁丁①，鸟鸣嘤嘤②。出自幽谷③，迁于乔木④。嘤其鸣矣，求其友声。相彼鸟矣⑤，犹求友声。矧伊人矣⑥，不求友生?神之听之⑦，终和且平。伐木许许⑧，酾酒有藇⑨。既有肥羜⑩，以速诸父⑪。宁适不来⑫，微我弗顾⑬。於粲洒扫⑭，陈馈八簋⑮。既有肥牡⑯，以速诸舅。宁适不来，微我有咎⑰。伐木于阪⑱，酾酒有衍⑲。笾豆有践⑳，兄弟无远㉑。民之失德㉒，乾糇以愆㉓。有酒湑我㉔，无酒酤我㉕。坎坎鼓我㉖，蹲蹲舞我㉗。迨我暇矣㉘，饮此湑矣!

【注释】

①丁丁：伐木声。②嘤嘤：鸟鸣声。③幽谷：深谷。④乔木：高大的树。⑤相：视、看。⑥矧（shěn）：况且。⑦神之听之：马瑞辰《通释》："《释诂》：'神，慎也。''慎，诚也。''神之'即'慎之'也。《广雅》：'听，从也。''听之'，谓能听从其言也。"⑧许许：象声词。朱熹《集传》："众人共力之声。"⑨酾：古人酿酒用筐沥除酒糟曰酾，后人称为"筛酒"。藇（xù）：《毛传》："美貌。"王先谦《集疏》："'有藇'犹'藇藇'也。经文凡叠句双字者，或变文作'有'，如此'有藇'及'庶士有朅'之类甚多。"⑩羜（zhù）：《毛传》："未成羊也。"⑪速：《郑笺》："召也。"即邀

请。诸父：《毛传》："天子谓同姓诸侯、诸侯谓同姓大夫皆曰父，异姓则称舅。"⑫宁适：于省吾《新证》："按适、敌古通，《尔雅·释诂》：'敌，当也。''宁适不来'，言宁当不来也。"⑬微：非。顾：惦念。⑭於：叹词。粲：鲜明貌。⑮簋（guǐ）：食器。⑯牡：公牛。⑰咎：过错。⑱阪（bǎn）：山坡。⑲衍：盈溢。⑳践：陈列貌。㉑无远：同在。㉒失德：即"失和"。㉓糇（hóu）：《说文》："乾饍食也。""乾"即今所谓乾粮，在此泛指食物。以：因而。愆（qiān）：过错，此处可引申为怨恨。㉔湑（xǔ）：与"醑"同义。㉕酤：买。㉖坎坎：击鼓声。我：闻一多《歌与诗》认为，实即"哦"之类的语气词。㉗蹲蹲：《毛传》："舞貌。"㉘迨：《郑笺》："及也。"

【译文】

咚咚作响伐木声，嘤嘤群鸟相和鸣。鸟儿本从深谷出，飞往高高大树上。小鸟嘤嘤啼不住，只是为了求知音。仔细端详那小鸟，尚且求友欲相亲。何况我们这些人，岂能不知重友情？天上神灵请聆听，赐我和乐与宁静。伐木呼呼斧声急，滤出美酒喷喷香。既有肥美羊羔在，请来叔伯叙情谊。即使他们没能来，不能说我缺诚意。屋里扫得真清爽，佳肴八盘桌上齐。既有肥美公羊肉，请我舅亲来尝尝。即使他们没能来，不能说我有过失。伐木就在山坡边，滤酒清清快斟满。盘儿碗儿排整齐，兄弟叙谈莫疏远。人们为啥失友情，饭菜不周致埋怨。有酒滤清让我饮，没酒快买我兴酣。敲起鼓儿咚咚声，扬起长袖翩翩舞。趁着今朝有闲暇，一定再把酒喝完。

玄鸟

天命玄鸟①，降而生商，宅殷土芒芒②。古帝命武汤③，正域彼四方④。方命厥后⑤，奄有九有⑥。商之先后，受命不殆⑦，在武丁孙子。武丁孙子，武王靡无胜。龙旂十乘⑧，大糦是承⑨。邦畿千里⑩，维民所止⑪，肇域彼四海⑫。四海来假⑬，来假祁祁⑭。景员维河⑮。殷受命咸宜，百禄是何⑯！

【注释】

①玄鸟：燕子。②宅：居。芒芒：广大。③古帝：指天帝。④正：治理。域：封疆。⑤方：古通"旁"，广，普遍。⑥奄有：尽有。九有：即九州。⑦殆：通"怠"，懈怠。⑧十乘：此指兵车十辆。⑨糦：指酒食，祭祀用的供品。⑩邦畿：指封畿。⑪止：居住。⑫肇：开始。⑬假：至，来朝。⑭祁祁：众多貌。⑮景：大。员：周围。维：围绕。⑯何：通"荷"，承受。

【译文】

上天命令神燕，降生下了契来做商王，住在殷这块广大的土地之上。古时候天帝命成汤治理天下，征服四方。遍告天下诸侯，商朝全部拥有九州之广。商的先王接受了天命勤政不怠，武丁子孙继承大业保兴旺。成汤更是好君主，十辆马车龙旗扬，酒食丰盛祭先祖。上千里辽阔的国土啊，是人民安居乐业的好地方。封疆达四海，四海诸侯络绎不绝朝见忙。高高的山原萦绕着黄河，殷商受之于天命万事吉祥，繁荣富强永无疆。

楚辞

离骚

【原文】

帝高阳之苗裔兮①，朕皇考曰伯庸②。摄提贞于孟陬兮③，惟庚寅吾以降④。皇览揆余于初度兮⑤，肇锡余以嘉名⑥：名余曰正则兮，字余曰灵均⑦。

【注释】

①帝，先秦的"帝"字，直至战国中期，都只指神界主宰者，夏以后的人间君主称"后"称"王"而不称"帝"。古氏族为了美化自己的世系，都要托祖于天神天帝，自称是某"帝"某"神"的后裔。高阳：即颛顼帝的别号。屈原之所以自托为其子孙，是因为颛顼的后代熊绎是周成王的大臣，受封于楚国，及至春秋楚武王熊通生子名瑕，后封于屈地，改姓屈，屈原就是他的后代。苗裔：后代的子孙。兮：文言助词，表示语气，相当于现在的"啊"。②朕（zhèn）："我"的意思，也就是先秦时古人的自称。据《史记·秦始皇本纪》，秦始皇二十六年起，才诏定为帝王自称。皇：光大，美，是古代常用于神圣人、物的赞颂状词。考：指已经死去的父亲或祖先。皇考：就是对已经死去的父亲（或祖先）的美称。伯庸："皇考"的表字。从《离骚》的艺术特点看来，应该是化名，例同下文的"正则"、"灵均"。③摄提："摄提格"的简称。古人把天宫划为子、丑、寅、卯、辰、巳、午、未、申、酉、戌、亥十二等分，称为十二宫。以岁星（木星）在天空转运所指向的方位来纪年。当岁星指向寅宫那一年，就叫摄提格，即寅年的别名。贞：正。孟：开端。陬（zōu）：夏历正月的别名。正月是一年的开端，故称"孟陬"。夏历正月是寅月。《楚辞》都用夏历。④惟：文言助词，常用于句首。庚寅：纪日的干支。寅年寅月寅日，古人认为是难得的吉日。吾：是作者在长诗中创造的神话式的艺术形象，不等于屈原本人。降：从天降临，与下文"百神翳其备降兮"的"降"意义相同。⑤皇：从王逸以来，都认为是"皇考"的简称。先秦文献中的单个"皇"字，用作名词，指天与古之帝王。王逸释"皇考"为亡父，又说它简称为"皇"，这不符合当时的语言习惯。刘向《九叹·愍命篇》把《离骚》的"皇考"理解为楚先王，相当于《诗经》颂诗里的"皇祖"、"皇王"，这样的"皇考"才可以简称为"皇"。览：观察。揆：揣度，衡量。览揆：就是研究的意思。初：开始。度：作名词解，气宇，气度。初度：就是初生时的气度。⑥肇：有"开端、起始"的意思，但此处另作他解。刘向在《九叹·灵怀篇》中有"兆出名曰正则兮，卦发字曰灵均"之句，闻一多在《离骚解诂》中认为"肇"是"兆"的借字，"肇""兆"古通，因此"肇"在这里取意为卜兆算卦。锡：借作"赐"，赐给。嘉：善。嘉名：就是美名，包括下文的"名"与"字"。古代贵族子弟要在祖庙行冠礼时才取字。行冠礼的年龄一般在二十岁左右，这表示正式加入统治集团，担负起国家大任。⑦"名余"二句：这是在向人阐述我的名和字。正则：公正而有法

则。灵均：灵善而均调。关于"正则"和"灵均"是否是屈原的名和字，至今众说纷纭，笔者认为，无论如何，"正则"、"灵均"都是美名。

【译文】

我是帝高阳的后裔，我的父亲名叫伯庸。在太岁寅年的正月，庚寅之日我降生。先父看到我初降时的气度，卜兆赐给我美名。我的名叫正则，我的字叫灵均。

【原文】

纷吾既有此内美兮①，又重之以修能②。扈江离与辟芷兮，纫秋兰以为佩③。汩余若将不及兮④，恐年岁之不吾与⑤。朝搴阰之木兰兮，夕揽洲之宿莽⑥。日月忽其不淹兮⑦，春与秋其代序⑧。惟草木之零落兮⑨，恐美人之迟暮⑩。不抚壮而弃秽兮⑪，何不改乎此度？乘骐骥以驰骋兮⑫，来吾道夫先路⑬！

【注释】

①纷：盛貌。《楚辞》句例，往往以一个字或三个字的形容词置于句首。内美：内在的本质的美，这里指前八句所美化的世系、生辰、"初度"、名字。②重（chóng）：加上。修：修饰。能：古通"态"，这里有"才能"的意思。屈赋经常以修饰容态比喻锻炼品德。③"扈江离"二句：扈（hù）：披在身上，楚地方言。江离：一种香草名，生在江中。芷：香草名，即白芷。辟：同"僻"，幽也。辟芷：幽香的芷草。纫：作动词，穿连。秋兰：香草名，秋季开花，花呈淡紫色。佩：这里作名词，指佩带在身上的饰物。这两句所描绘的"修能"，与《九歌》中的少司命、山鬼诸神一样，显然不是屈原的实际形象。④汩：水流急速的样子。⑤不吾与：不与吾，不等待我。与：等待。⑥搴（qiān）：拔取，楚方言。阰（pí）：大的山坡，楚方言。木兰：香树名，辛夷的一种。揽：采。宿莽：一种经冬不死的香草。无论时间流逝多快，木兰虽去皮不死，宿莽仍经冬不枯，暗喻自己在勤奋的锻炼中养成了清雅素洁的坚强个性。⑦淹：停留。⑧代序：轮换。序：古通"谢"。代序：即代谢。⑨惟：想。⑩美人：怀王。《离骚》里的美人都是"吾"思念、追求的对象，这是一个复杂巧妙的比喻。⑪今本句前有"不"字，宋洪兴祖《楚辞补注》说，他所见的《文选》古本没有。抚：据。壮，盛也。⑫骐骥：骏马，比喻有才能的人。⑬夫（fú）：语气助词。本篇除最后的"仆夫悲余马怀兮"的"夫"属实词外，其余都是语气助词。

【译文】

我既有许多内在的美德，又兼具其外在的才能。身披幽香的江离和白芷，带着秋兰穿连的佩饰。时光如流水我怕追不上，岁月恐怕也不等我；朝霞中攀折山上的木兰，夕阳下采撷水洲的宿莽。日月匆匆一刻不停，春秋更替永无止息；想到草木的凋零陨落，害怕怀王霜染两鬓。为何不趁壮年摈弃污秽，为何不改变这样的态度？乘上骐骥去驰骋，我来为你引路。

【原文】

昔三后之纯粹兮①，固众芳之所在②；杂申椒与菌桂兮③，岂维纫夫蕙茝④？彼尧舜之耿介兮⑤，既遵道而得路；何桀纣之猖披兮⑥，夫唯捷径以窘步！惟夫党人之偷乐兮⑦，路幽昧以险隘；岂余身之惮殃兮⑧，恐皇舆之败绩⑨！忽奔走以先后兮，及前王之踵武⑩；荃不察余之中情兮⑪，反信谗而齌怒⑫。余固知謇謇之为患兮^⑬，忍而不能舍也；指九天以为正兮^⑭，夫唯灵修之故也^⑮！初既与余成言兮^⑯，后悔遁而有他^⑰；余既不难夫离别兮，伤灵修之数化^⑱。

【注释】

①后：君王。昔三后：指老童、祝融、鬻熊。纯粹：丝无杂质称纯，米无杂质称粹；比喻古三王的德行美好。②固：本来。众芳：喻群贤。在：聚集。因为君王贤德，所以众多有才能的人才愿意聚集到他们身边。③申：这里是重叠的意思，形容茂盛。椒：花椒，一种灌木，所结的果子有香气。菌桂：应作"箘（jùn）桂"，即肉桂，一种香木。④维：唯，只有。蕙：兰草的一种，又名薰草。茝（chǎi）：即白芷。⑤耿：光明。介：正直。⑥猖披：衣不束带、散乱不整的样子。⑦党人：指朝廷里结党营私的群小。先秦的"党"字多指朋比为奸的结合，故孔子说"君子群而不党"，和后来的涵义不同。⑧惮：畏惧，害怕。⑨皇舆：君王的乘车，这里比喻楚国。败绩：本指军队溃败，此指车驾倾覆，喻国家灭亡。⑩踵：脚后跟。武：足迹。⑪荃：香草名，此处隐喻怀王。⑫齌（jì）怒：怒火中烧。"齌"本义指用猛火烧饭。⑬謇謇（jiǎn）：直谏忠言的样子。⑭九天：苍天，古说天有九层。正：通"证"，意思是指天为证。⑮灵修：作品中塑造的以怀王为原型的另一个艺术形象，寄望他德行兼备，使国家长盛不衰。灵：神。修：美。⑯通行本在这句前面，还有"曰黄昏以为期兮，羌中道而改路"两句，现已公认是衍文，故删去。成言：成约。⑰悔遁：变心。他：别的主意。这里是说秦相张仪游说楚怀王，以商於六百里之地劝他与齐断交，后来怀王信以为真之事。⑱数化：屡次变化。

【译文】

古代三王品德纯粹，群贤都围绕在他们周围。花椒丛和菌桂树杂糅相间，岂止是串连蕙草和白芷？那尧舜是多么耿直光明，遵循正道走正路。桀与纣衣不束带，只因贪图捷径难以前行。那些小人偷安享乐，国家的前途黑暗险阻。岂是我害怕自身遭殃，只怕王车将要毁坏。急匆匆前后奔走，想让你赶上先王的脚步；你不体察我的衷情，反而听信谗言对我发怒。明知忠言会招来祸患，想隐忍却难以舍割；遥指苍天为我作证，全都是为灵修的缘故。当初你与我盟誓，后来竟然反悔另有他想；我倒不难过与你分别，伤心的是灵修的变化无常。

【原文】

余既滋兰之九畹兮①，又树蕙之百亩。畦留夷与揭车兮②，杂杜衡与芳芷③。冀枝叶之峻茂兮④，愿竢时乎吾将刈⑤；虽萎绝其亦何伤兮⑥，哀众芳之芜秽⑦！

【注释】

①滋：培植。九畹：九是虚数，表示多（下文"九死"同此）。畹有十二亩、二十亩、三十亩几种说法。②畦（qí）：田垄，此作动词用，一行行地种植。留夷：即芍药。揭车：亦香草名。留夷和揭车都是楚地所产香草。③杂：套种。杜衡：即马蹄香。香草象征贤才。以上四句用栽植香草比喻培养英才。④冀：希望。峻：高大。⑤竢：同"俟"，等待。刈（yì）：收割。⑥萎绝：指草木的自然老化、死亡。⑦芜秽：指中途变质，即篇末"兰芷变而不芳兮，荃蕙化为茅"之意。

【译文】

我已培植九畹芝兰，又种下百亩蕙草。分垄栽培留夷和揭车，其中间杂杜衡和芳芷。希望枝叶繁茂，到时候我就收割；即便枯萎凋谢也不悲伤，只哀伤众芳草的中途芜秽变质。

【原文】

众皆竞进以贪婪兮①，冯不厌乎求索②；羌内恕己以量人兮③，各兴心而嫉妒④。忽驰骛以追逐兮⑤，非余心之所急；老冉冉其将至兮⑥，恐修名之不立⑦。朝饮木兰之坠露兮，夕餐秋菊之落英⑧。苟余情其信姱以练要兮⑨，长顑颔亦何伤⑩！揽木根以结茝兮⑪，贯薜荔之落蕊⑫；矫菌桂以纫蕙兮⑬，索胡绳之纚纚⑭。謇吾法夫前修兮⑮，非世俗之所服⑯；虽不周于今之人兮，愿依彭咸之遗则⑰！

【注释】

①竞进：争着向上爬。贪婪：贪得无厌，不知满足。②冯不厌：指贪得无厌。冯：通"凭"，楚方言"满"的意思。厌：满足。③羌：发语词，楚方言。恕：揣度。④兴心：生心，打主意。⑤驰骛：奔走。⑥冉冉：渐渐。⑦修：本义是长，古人以长为美，此处为"美"义。⑧落：始也。英：花的别名。落英：初生的花，即蓓蕾。早晨喝木兰花上坠落的露滴，晚上以秋菊初生的花为食，饮露餐英是比喻修炼品德，使自己人格高洁。木兰春天开花，菊花秋天始荣，这两句意同上文"朝搴阰之木兰兮，夕揽洲之宿莽"，也是以朝夕喻岁时。是说一年到头，无时无刻不在坚持修洁。⑨苟：只要。信：确实。姱：美好。练要：精要，是说操守纯粹。⑩长：长期。顑（kǎn）颔（hàn）：面貌憔悴黄瘦。这四句意承上节，众人因追求名利而自得，我却因追求仁义高洁为志向。⑪木根：此指木兰的根。⑫薜荔：香草名，蔓生灌木，亦称木莲。落蕊：初开的花。蕊：花心。⑬矫：举。菌桂：应作箘桂，这里指箘桂的嫩枝。⑭索：绳索，作动词，搓绳。胡绳：一种蔓生的香草。纚纚（xǐ）：长而下垂，整齐美观的样子。以上四句就是篇首所说的"修能"，是"吾"的神话形象的重要部分。⑮謇（jiǎn）：发语词，楚方言。法：效法。前修：前代的圣人。⑯服：佩，用。⑰彭咸：关于彭咸是谁有很多种说法，有说是"殷贤大夫"，也有说是彭祖祝融，即太阳神，但现在也没有确凿的证据。唯一可以肯定的是，彭咸应该是诗人心中的另一个美好化身，他包含了作者对德行深厚的理想人物的憧憬和赞美之情。

【译文】

众人都贪婪成性，个个贪得无厌欲壑难填；用自己的私心猜量他人，钩心斗角互相嫉妒。急速奔驰追逐私利，不是我心中之所急；衰老慢慢地将要来到，怕美名还不能建立。清晨饮木兰滴下的露水，傍晚吃秋菊的花瓣；只求我情操确实美好，长期饥饿也不悲伤。用木兰的根须串连白芷，再串薜荔的花蕊；用菌桂的嫩枝串连蕙草，把胡绳揉搓得又长又美。我效法前贤的模样，不是世俗之人所能够做到的；虽然不合于今人的趣味，只愿依从彭咸的风范。

【原文】

长太息以掩涕兮[1]，哀民生之多艰[2]；余虽好修姱以鞿羁兮[3]，謇朝谇而夕替[4]。既替余以蕙纕兮[5]，又申之以揽茝[6]。亦余心之所善兮[7]，虽九死其犹未悔。怨灵修之浩荡兮[8]，终不察夫民心。众女嫉余之蛾眉兮[9]，谣诼谓余以善淫[10]。固时俗之工巧兮，偭规矩而改错[11]；背绳墨以追曲兮[12]，竟周容以为度[13]。忳郁邑余侘傺兮[14]，吾独穷困乎此时也；宁溘死以流亡兮[15]，余不忍为此态也！鸷鸟之不群兮[16]，自前世而固然[17]；何方圆之能周兮，夫孰异道而相安！屈心而抑志兮，忍尤而攘诟[18]；伏清白以死直兮[19]，固前圣之所厚[20]。

【注释】

①太息：叹息。掩涕：掩面流泪。②民生：人生。先秦的"民"字，含义多有不同，一为百姓，一为自指，一为同列的小人。一般认为，这里的"民"一来是诗人自伤之词，一来也是哀百姓生活多艰。这是诗人悲天悯人的济世情怀的体现。③虽（雖）：同"唯"，只。好（hào）：爱好。修：修饰。姱：美貌。鞿：马缰绳。羁（jī）：马笼头。鞿羁：束缚，牵累的意思。④謇：发语词。谇（suì）：原义是劝谏。但与上下文意不相属，郭沫若在《屈原赋今译》中曾说"作为卒字解，言卒业也"，即完成的意思。替：废弃。⑤纕（xiāng）：佩的带子。⑥申：再次。⑦亦：语助词，在这里有转折的语气。善：爱好。⑧浩荡：原义水大貌，这里意同荒唐，没有准则。⑨众女：喻上文"众"、"党人"，是说包围在怀王身边的一群悭吝小人。蛾眉：美

貌，比喻美德。⑩谣诼（zhuó）：造谣诽谤，楚方言。⑪偭（miǎn）：违背。规：制圆形的工具。矩：制方形的工具。规矩：在这里比喻法度。错：同"措"，措施。⑫绳墨：木匠画直线用的墨线，喻法度。"规"、"矩"、"绳墨"都是匠人用的工具。⑬周容：就圆随方，苟合取容。⑭忳（tún）：忧郁，烦闷的样子。侘（chà）傺（chì）：心情不定、失意的样子，楚方言。⑮溘（kè）：突然。溘死：暴死。流亡：指暴死野外，尸体不得收殓，而随水漂泊。⑯鸷（zhì）鸟：鹰类的鸟，猛禽。⑰固然：本来就是如此。⑱尤：罪罚。攘：本义是取。诟：侮辱。忍尤攘诟：就是承受各种罪责侮辱。⑲伏：同"服"，保持。⑳厚：动词，看重。

【译文】

长声叹息眼泪擦不干，哀伤人民生活的艰难；我爱好修饰而受到牵累，早晨刚进谏晚上就被废弃。毁坏了我蕙草作的佩带，又申斥我拿的芳芷。这些都是我的爱好，纵然九死也不后悔。怨恨灵修昏聩荒唐，终究不能体察我的衷肠；众女流嫉妒我的美貌，造谣啄伤我是生性淫荡。世俗之人本来就工于取巧，违背规矩而改变措施；背弃绳墨而追随邪曲，竞相苟且取容以为法度。我忧郁苦闷惆怅失意，独自穷困窘迫在这样的时代；我宁愿暴死于野外，也不忍仿效这种丑态。雄鹰的不合群，自古以来就这样；方枘圆孔如何能吻合，异路人哪会相安？委屈心情压抑志向，隐忍罪责承担侮辱；坚守清白而死的正直，这本为前圣所称道。

【原文】

悔相道之不察兮①，延伫乎吾将反②；回朕车以复路兮，及行迷之未远。步余马于兰皋兮③，驰椒丘且焉止息④；进不入以离尤兮⑤，退将复修吾初服⑥。制芰荷以为衣兮，集芙蓉以为裳⑦；不吾知其亦已兮，苟余情其信芳！高余冠之岌岌兮⑧，长余佩之陆离⑨；芳与泽其杂糅兮，唯昭质其犹未亏⑩。忽反顾以游目兮⑪，将往观乎四荒⑫；佩缤纷其繁饰兮，芳菲菲其弥章⑬。民生各有所乐兮⑭，余独好修以为常⑮；虽体解吾犹未变兮⑯，岂余心之可惩⑰！

【注释】

①相：观察选择。察：仔细看清楚。②延：长久。一说引颈而望。伫：站立。延伫：长久站立。反：同"返"。③步马：解开车驾，让马散步。兰皋：长有兰草的水边。皋：水边。④椒丘：有椒树的山丘。且：暂且，姑且。焉：在这儿。⑤进：进仕。离：借作"罹"(lí)，遭遇。尤：罪祸。这是说既然进仕郁郁不得志，倒不如退隐以洁一身。⑥初服：芳洁的服饰，这里比喻美好的品德。⑦芰(jì)：菱。芰荷：荷叶，楚方言。芙蓉：荷花。衣、裳：古代分别指上衣，下服，以叶为衣，以花为裳。⑧高：用作动词，加高。岌岌(jí)：本是山高的样子，这里与高叠用，形容很高。⑨长：用作动词，加长。陆离：很长的样子。⑩泽：旧说是"润泽"，与"芳"义近。但从上下文来看，应该是芳的反面，即污浊。糅(róu)：混在一起。芳泽杂糅是说芳香与污浊混杂在一起，比喻"吾"曾与"众女"、"党人"共处。昭质，清白的本质。昭，明。这两句是出淤泥而不染的意思，我虽与一些奸邪小人共处于朝廷之中，但我决不会同流合污。⑪游：放纵。游目：远眺，放眼纵观。⑫四荒：四方荒远之处。荒：远。⑬菲菲：花草香气浓郁。弥：更加。章：同"彰"，显著。⑭民生：人生。⑮好修：爱好"修能"。常：习惯的意思，本作"恒"，与下文"惩"字叶韵，后因汉文帝叫刘恒，汉人为避讳而改。⑯体解：即肢解，古代一种酷刑，把人的四肢砍掉。⑰惩：戒惧而悔恨。

【译文】

悔恨选择道路不曾细察，踌躇不前我将要返回；掉转我的车走回原路，趁走入迷途还不太远。我的马徐行在兰草边，奔到椒山暂且休息；不前去遭遇罪祸，隐退去重新修我当年衣。缝制芰荷作上衣，采集芙蓉为下裳；没人欣赏我也没有关系，只要我的内心确实芳香。把我的冠冕做得更高，把我的佩带结得更长；芬芳与污泥虽然杂糅，它的光彩质地却未受损伤。蓦然回首张望，我将远观四方；佩带缤纷装饰锦簇，芬芳格外馥郁幽香。人们天生各有自己的喜乐，我独好修洁并习以为常；纵然肢解我也不会改变，难道我的心可以惩戒？

【原文】

女媭之婵媛兮^①，申申其詈予^②；曰："鲧婞直以亡身兮^③，终然夭乎羽之野^④。汝何博謇而好修兮^⑤。纷独有此姱节^⑥？薋菉葹以盈室兮^⑦，判独离而不服^⑧。众不可户说兮，孰云察余之中情^⑨？世并举而好朋兮^⑩，夫何茕独而不予听^⑪？"

【注释】

①女媭（xū）：一说是屈原的姐姐，一说是屈原的妹妹，都没有确实的证据，此处译为女伴即可，她是现实生活中对屈原既同情又缺乏理解的一类人物的艺术化身。婵（chán）媛（yuán）：关心爱切而显得婉转痛侧的样子。②申申：重叠不休，一遍又一遍。詈（lì）：责备。③鲧（gǔn）：传说中禹的父亲。婞（xìng）直：刚直。亡身：忘我。亡同"忘"。婞直亡身是说持正而不顾自身。④夭：死于非命。羽：山名。传说鲧被杀于羽山。⑤博：多。謇：直言。博謇：过于忠贞，爱说直话。⑥姱（kuā）：美好。节：节操。朱骏声《离骚补注》认为是"饰"字之误。饰指服饰，《离骚》以服饰喻节操。⑦薋（cí）：作动词，草堆积起来的意思。菉（lù）：即王刍，草类的一种。葹（shī）：即苍耳。菉葹都是恶草，比喻奸邪小人。⑧判：区别开来。服：佩带。⑨孰：谁。云：语助词。余：指"咱们"。⑩并举：互相抬举。好朋：喜欢结党营私。⑪茕（qióng）独：原义是无兄弟称茕，无子称独。

【译文】

女媭对我那么关切，再三地把我责备；她说："鲧刚直而忘身，结果死于羽山的原野。你何必直言好修洁，独自赋有这美好的节操？屋子里堆积着野花杂草，偏你与众不同不愿佩带。不能逐户去解说，有谁会体察咱们的真情；世人相互吹捧好结党朋，你为啥孤傲不听我的话。"

【原文】

依前圣以节中兮^①，喟凭心而历兹^②；济沅湘以南征兮^③，就重华而陈词^④；启《九辩》与《九歌》兮^⑤，夏康娱以自纵^⑥；不顾难以图后兮，五子用失乎家巷^⑦。羿淫游以佚畋兮^⑧，又好射夫封狐^⑨；固乱流其鲜终兮^⑩，浞又贪夫厥家^⑪。浇身被服强圉兮^⑫，纵欲而不忍^⑬；日康娱而自忘兮^⑭，厥首用夫颠陨^⑮。夏桀之常违兮^⑯，乃遂焉而逢殃^⑰；后辛之菹醢兮^⑱，殷宗用而不长^⑲。汤禹俨而祗敬兮^⑳，周论道而莫差^㉑。举贤而授能兮^㉒，循绳墨而不颇。

【注释】

①节中：节制不偏，保持正道。②喟（kuì）：叹息。凭：愤懑。历：经历，遭遇。兹：现在，此时。③济：渡。征：行。④重华：舜的名字。传说舜葬于沅湘以南的九嶷山。⑤启：禹之子。《九辩》与《九歌》：我国古代神话中两个有名的乐曲，传说是启上天做客时偷带下来的。⑥夏康娱以自纵：语法与下文"周论道而莫差"同。一说这句仍指启一人。康：大。康娱：过分地逸乐。另一说是指启及其儿子太康。例同下文"日康娱而自忘"。⑦五子：启的五个儿子。用：因而。失：指太康失国。一说"失"字是衍字。家巷：家乡，此指故都，太康耽于淫乐，被有穷国的后羿夺了故都。一说，家巷指内部的争斗。夏启十年至十一年间，五个儿子叛乱，被平定。夏启十五年，最小的儿子武观又叛，"五子家闺"就是指这两次内乱。或说"五子"即指武观。⑧淫、佚：都是过度享乐的意思。畋

（tián）：打猎。⑨封：大。⑩鲜终：少有好的结果。⑪浞（zhuó）：人名，即寒浞，相传是羿的国相。厥：其。家：妻室家小。传说后羿沉迷于游猎，不理政事，国相寒浞擅权，与妃子纯狐私通，害死后羿。⑫浇（ào）：人名，即过浇，寒浞的儿子。被服：穿戴，引申为负恃、信奉之义。强圉：多力也。⑬不忍：不肯自制。⑭自忘：忘记自身的安危。⑮颠陨（yǔn）：坠落。太康弟仲康之孙少康，

攻灭浇，夏遂复兴。⑯常违："违常"的倒文，违背了正常的道理。⑰乃：于是。遂：终于，结果。焉：语气词。⑱辛：纣王的庙号。菹（zū）醢（hǎi）：菹是切细的腌菜，醢是肉酱，此指古代的一种酷刑，把人剁成肉酱。⑲宗：宗祀，指王朝。⑳汤禹："汤"指商汤，"禹"指夏禹。在屈赋中禹汤并称共三次，下文"汤禹严而求合兮"、《怀沙》"汤禹久远兮"，都是先汤后禹。俨：读作"严"，严明。祗（zhī）：与"敬"意义相同。敬重法度，不敢胡作非为，即谨慎的意思。㉑周：指周初的文王、武王和周公等人。㉒举贤授能，是屈原重要的政治主张之一，在作品里反复强调。这四字虽只在这里出现一次，但屈赋是文学作品，不是政治论文，这一政治主张，主要寄寓于"骐骥"、"众芳"等大量形象化的语言之中。

【译文】

遵循前代圣贤坚持正道，可叹历尽如此磨难让人寒心；渡过沅水湘江而朝南行，向虞舜去陈述衷情；夏启窃得《九辩》、《九歌》，夏王朝纵情娱乐放任无度；不居安思危考虑后患，五个儿子起了内讧。后羿沉溺于游猎嬉戏，喜欢射杀大狐狸。本来淫乱之徒就没有好下场，又被寒浞抢占了他的妻室。浇身体强壮有力，放纵自己的欲望不加节制；每日寻欢作乐以致忘形，终究掉了脑袋。夏桀行为违背常理，于是遭到灾殃。纣王把忠臣弄成肉酱，殷朝的王位也因而不长久。汤和禹都谨慎敬戒，周先王讲求理法也没差错，举用贤者和能者，遵守规矩没有偏颇。

【原文】

皇天无私阿兮①，览民德焉错辅②；夫维圣哲以茂行兮③，苟得用此下土。瞻前而顾后兮，相观民之计极④；夫孰非义而可用兮，孰非善而可服⑤？阽余身而危死兮⑥，览余初其犹未悔⑦；不量凿而正枘兮⑧，固前修以菹醢。曾歔欷余郁邑兮⑨，哀朕时之不当；揽茹蕙以掩涕兮⑩，霑余襟之浪浪⑪。

【注释】

①私：偏私。阿：与"私"同义。无私阿：即公正不偏。②民：人，此指君主。错：同"措"，施行。看万民之中最有道德的，就让他做君王，让贤能之士去辅佐他。③维：唯。茂：美。④相（xiàng）观：仔细的考察。民：万民众生。计：计虑。极：目的。计极：最终的想法。⑤服：义同"用"。⑥阽（diàn）：临近危险。⑦初：初志，初衷。⑧枘（ruì）：插孔用的木栓，此指木柄。凿的上端圆形中空，枘插其内，是为柄。不迁就凿孔的方圆大小来削柄，就插不进去。这是比喻古代的

诤臣，不肯苟合取容，而不得善终。⑨曾：借作"增"，屡次。歔（xū）欷（xī）：悲泣抽噎的声音。⑩茹：柔软。⑪霑：同"沾"，浸湿。浪浪（láng）：流不断的样子。

【译文】

上天啊，不偏私，看到了有德行的才肯辅助。只有圣哲德行美好，才能够统治天下。考察了前王而又观省后代，看出了万民的心愿。哪有不义的人可被任用，哪有行为不好的人能被敬服？我纵使是身临绝境，回顾自己的初衷也不后悔。不度量凿孔的方圆而只求正枘，前代的贤人被剁成肉酱。我忧郁而又呜咽，哀怜我生不逢时。用蕙草擦干眼泪，眼泪滚滚沾湿了衣襟。

【原文】

跪敷衽以陈辞兮①，耿吾既得此中正②；驷玉虬以乘鹥兮③，溘埃风余上征。朝发轫于苍梧兮④，夕余至乎县圃⑤；欲少留此灵琐兮⑥，日忽忽其将暮。吾令羲和弭节兮⑦，望崦嵫而勿迫⑧；路曼曼其修远兮⑨，吾将上下而求索。饮余马于咸池兮⑩，总余辔乎扶桑⑪；折若木以拂日兮⑫，聊逍遥以相羊⑬。

【注释】

①敷：铺开。衽（rèn）：衣襟。②耿：明亮貌。中正：即上文"节中"，正道，真理。③驷：古代同驾一辆车的四匹马。这里作动词用，就是驾的意思。虬（qiú）：传说是无角的龙。鹥（yī）：传说中凤类的鸟，身有五彩。④轫：阻止车轮转动的木头。发轫就是在行车前把这块木头拿开，是出发的意思。苍梧：地名，舜所葬的九嶷山在其境内。⑤县圃：神话中的山名，在昆仑山顶。县："悬"的古字。⑥灵琐：神的宫门。灵，神。琐，门上雕刻的花纹。此代指门。⑦羲（xī）和：古代神话中十个太阳的母亲，又是太阳的赶车夫。弭（mǐ）：停。节：鞭子。⑧崦（yān）嵫（zī）：神山名，传说中日没之处。⑨曼曼：同"漫漫"，长而远的样子。修：长。⑩马：指上文当马驾用的玉虬。咸池：太阳沐浴的神池。⑪总：整理系结。辔：缰绳。扶桑：神树名，据说在东方，日出于扶桑之下。⑫若木：神树名，据说生在昆仑山的西极，青叶红花，光华下照。拂日：拂拭太阳，使它放出光明，不要昏暗下去。⑬相羊：同"徜徉"，自由自在地往来游玩，有逍遥之意。

【译文】

跪在衣襟上陈述衷情，我的心中耿直已得中正之道。驾玉虬乘彩凤，飘忽地乘风而上。清晨从苍梧动身，晚上便来到昆仑山上的悬圃。想要在这神山逗留片刻，无奈太阳却匆匆地要西沉入暮。我叫羲和慢慢地行车，看到崦嵫也不要急迫。前面的路那么长，那么远，我将要上天入地去寻求探索。让我的龙马在咸池饮水，把缰绳拴在扶桑树上。

折下几根枝条轻轻遮挡阳光，且让我无拘无束地在这里逍遥闲逛。

【原文】

前望舒使先驱兮①，后飞廉使奔属②；鸾皇为余先戒兮③，雷师告余以未具。吾令凤鸟飞腾兮，继之以日夜；飘风屯其相离兮④，帅云霓而来御⑤。纷总总其离合兮，斑陆离其上下⑥；吾令帝阍开关兮⑦，倚阊阖而望予⑧。时暧暧其将罢兮⑨，结幽兰而延伫⑩；世溷浊而不分兮⑪，好蔽美而嫉妒。

【注释】

①望舒：月神。②飞廉：风神。奔属：奔跑跟随。③鸾：神鸟名，形状如鸡而大，五色。皇：即"凰"，雌凤。④屯：聚集。离：读作"丽"，依附。⑤帅：同"率"，率领。霓：通"蜺"，虹霓。虹常有内外两层，通称为虹。古人分别言之，内层色鲜，称虹；外层色淡，称蜺。御：迎接。⑥斑：光彩斑斓。上下：天地。⑦阍：守门人。关：本义是门栓，此指天门。⑧阊（chāng）阖（hé）：天门。⑨暧暧：昏暗的样子。罢：完，指一天将尽。⑩结：结交，这里是寄情的意思。延伫：长久站立。⑪溷（hùn）：义同"浊"，肮脏浑浊。

【译文】

月神望舒在前面为我开道，风神飞廉跟在后面随着奔跑。鸾鸟凤凰在前头替我警戒，雷神却告诉我还没有准备好。我让凤鸟展翅飞腾，不管是白天还是黑夜都不停前行。旋风把分散的云朵聚集起来，率领着云霓前来列队恭迎。飘忽时聚时散，色彩斑斓乍离乍合，我让帝阍把天门打开，他却倚着天门冷冷地望着我。天色昏暗，一天将要过去，我编结着兰花久久地伫立。人世间是这样混浊善恶不分，总爱遮蔽美好的事物并且嫉妒它。

【原文】

朝吾将济于白水兮①，登阆风而缳马②；忽反顾以流涕兮，哀高丘之无女③。溘吾游此春宫兮④，折琼枝以继佩；及荣华之未落兮⑤，相下女之可诒⑥。吾令丰隆乘云兮⑦，求宓妃之所在⑧；解佩纕以结言兮⑨，吾令蹇修以为理⑩。纷总总其离合兮⑪，忽纬繣其难迁⑫；夕归次于穷石兮⑬，朝濯发乎洧盘⑭。保厥美以骄傲兮⑮，日康娱以淫游；虽信美而无礼兮，来违弃而改求⑯。

【注释】

①白水：神话中发源于昆仑山的河，饮后不死。②阆（làng）风：神山名，在昆仑山上。缳：系结，表示在这里停留。③高丘：指阆风山。无女：“吾”在天国碰壁以后，渡过白水，登上阆风山顶，却没有一个理想的神女可以追求。④春宫：东方青帝所居。⑤荣华：琼枝上的鲜花。⑥下女：指下文宓妃、简狄、二姚等下界名淑。她们都是神话式人物，只因不住在天上故称“下女”。“下”相对于天而言。诒（yí）：通“贻”，赠送。⑦丰隆：云神。⑧宓（fú）：古通“伏”。宓妃：传说是伏羲氏的女儿，因溺死于洛水，而成为洛水女神。⑨佩纕：佩用的丝带。结言：寄言结交。⑩蹇（jiǎn）修：人名，旧说为伏羲氏之臣。但从《离骚》的艺术特点来看，应该是作者虚构的寓言人物。⑪纷总总：指宓妃开始时心绪很乱，拿不定主意。离合：若即若离，不易捉摸。⑫纬繣（huà）：别扭。

难迁：难以迁就。⑬次：住宿。穷石：西极的山名，传说是夏代东夷族有穷氏后羿所居之地，说法不一。传说宓妃是河伯之妻，常与后羿偷情。⑭洧（wěi）盘：神话里的水名，发源于崦嵫山。⑮保：恃，仗。⑯来：招呼从者之词。违：放弃，丢开。

【译文】

　　明天早晨，我将渡过白水，登上阆风山把我的马拴在那里。猛然间回头望，忍不住流起泪来，哀伤这高山上没有理想的女子。匆匆地我游逛到春神的宫殿，折下玉树的枝条来续上佩饰。趁着这开放的花朵还未凋落，到下界去送给可心的女郎。我让丰隆驾起云彩，去寻找宓妃住的地方。把佩带解下来寄托我的心意，我让蹇修去做媒人。忙忙乱乱地她总是若即若离，忽然间闹起别扭，真难迁就。晚上，她在穷石住宿，早晨，她却在洧盘的岸边洗头。她仰仗着美貌而满脸骄傲，整日里在外面荒唐地漫游。她虽然貌美，可是太不懂礼节，走吧！我要丢弃她，另外去寻求（别的姑娘）。

【原文】

　　览相观于四极兮①，周流乎天余乃下；望瑶台之偃蹇兮②，见有娀之佚女③。吾令鸩为媒兮④，鸩告余以不好；雄鸠之鸣逝兮，余犹恶其佻巧⑤。心犹豫而狐疑兮⑥，欲自适而不可⑦；凤皇既受诒兮，恐高辛之先我⑧。欲远集而无所止兮⑨，聊浮游以逍遥；及少康之未家兮，留有虞之二姚⑩。理弱而媒拙兮，恐导言之不固⑪；世溷浊而嫉贤兮，好蔽美而称恶。闺中既以邃远兮⑫，哲王又不寤⑬；怀朕情而不发兮，余焉能忍与此终古。

【注释】

　　①览相观：三字同义连用，都是看的意思。②瑶台：玉台，犹"琼楼"，华贵美丽的建筑。偃蹇：高耸的样子。③有娀（sōng）：古代部落名。佚：美。传说有娀氏有个美貌的女儿，名叫简狄，未嫁时住在高台上面，她后来成了帝喾的次妃。④鸩（zhèn）：传说中的毒鸟，羽毛呈紫绿色，稍置酒中，即能致人死命。⑤佻巧：言辞不诚实。⑥犹豫、狐疑：都是双声联绵字，疑惑不决的意思。⑦适：往。⑧受：通"授"。诒：原义是赠给，作名词用，指聘礼。高辛：即帝喾。传说简狄为帝喾之妃，吞食玄鸟（燕子）的卵而生契，为商人的祖先。简狄的婚姻与玄鸟有关，而《离骚》此处不写玄鸟写凤凰，因为它是一部浪漫主义的作品，风格浓艳夸张，凤凰的形象比燕子华美得多，作者出于艺术上的需要，才这样处理。⑨集：就。⑩少康，夏代中兴的君主，是大康弟仲康之孙，其父名相。寒浞指使自己的儿子过浇杀相，少康逃到有虞国，国君把两个女儿嫁给他。后来少康杀浇复夏。有虞氏属姚姓，故其两个女儿称"二姚"。⑪导：致。导言：传递言语。固：成，牢固。⑫闺：宫中小门，引申为内室。闺中本义是女子所居之所，这里是女子的代称。邃：幽深，深远。⑬哲：明智。哲王：指楚怀王。寤：醒，喻觉悟。

【译文】

　　仔细观察了天空四方的边缘，在天上周游了一遍才降临大地。远远望瑶台那么巍峨壮丽，看见了有娀氏美女简狄。我吩咐鸩鸟去替我做媒，鸩鸟却告诉我说那美女不好。雄鸠边飞边叫着飞远了，可我却讨厌它的轻佻。心里犹豫不决而迟迟疑疑，想亲自前去又觉得不可以。凤凰已经送去了礼物，恐怕高辛已经比我先到了。我要到远处去又没有地方落脚，暂且随便游荡倒也逍遥。趁着少康还没有成家，有虞的两个女儿还在呢。提亲的媒人无能笨拙，恐怕这次传话又没有把握。世道混浊而又嫉贤妒能，喜欢隐蔽美好而宣扬邪恶。闺中的美人住在幽远深邃的地方，聪明的君王又还没觉悟。满怀衷情却无处倾诉，我怎能忍受这长久的痛苦了此一生！

【原文】

索薆茅以莛篿兮①，命灵氛为余占之②。曰："两美其必合兮③，孰信修而慕之④？思九州之博大兮⑤，岂唯是其有女⑥？"曰："勉远逝而无狐疑兮⑦，孰求美而释女⑧？何所独无芳草兮，尔何怀乎故宇⑨？世幽昧以眩曜兮⑩，孰云察余之善恶⑪？民好恶其不同兮⑫，惟此党人其独异⑬；户服艾以盈要兮⑭，谓幽兰其不可佩。览察草木其犹未得兮，岂珵美之能当⑮？苏粪壤以充帏兮⑯，谓申椒其不芳！"

【注释】

①索：取。薆（qióng）茅：是一种用来占卜的草。古代楚人有"茅卜法"，结草折竹来占卦就用此草。以：与。莛（tíng）、篿（zhuān）：都是算卦用的竹片，楚人用于另一种占卜。把两种不同的占卜工具写在一起，正如把扶桑与若木扯在一块、把燕子改作凤凰一样，是《离骚》特殊的艺术手法。②灵氛：卜师之名。从《离骚》的艺术特点看来，向灵氛问卜，是虚构假设之词。③其：表示肯定的语气助词。④信：真正，确实。修：美。慕：与上下文义矛盾，与"占"字韵也不叶，经多方考证，没有确切的文义。⑤九州：泛指天下。⑥是：此。⑦曰：古书中同一个人说的话，中间往往再用"曰"字。这是灵氛针对屈原所提出来的怀疑劝勉他勤奋努力，出去则必有遇合。勉：劝勉。⑧释：丢开，放弃。女：同"汝"，指"吾"。⑨宇：当从一本作"宅"，形之误。"宅"古音待洛反，与"恶"（乌各反）叶韵。故宅：老家，指楚国。⑩世：当从一本作"时"，"世"与"何所独无芳草"矛盾。眩曜：迷乱的样子。⑪云：语气词。余：包括"灵氛"与"吾"，就是咱们的意思，是一种表示亲密的称谓。⑫民：一般的人们。⑬惟：唯。此：指"故宇"。⑭户：披。艾：野草名，有怪味。要：古"腰"字。⑮珵（chéng）：美玉。当：借作"党"，懂得，楚方言。⑯苏：借作"叔"，索取。帏：佩在身上的香囊。对草木尚且缺乏辨别的能力，更不能鉴别美玉，那么玉再美也不适合他们。灵氛这样说，是为了坚定"吾"的去志。

【译文】

找到灵草和竹片，请灵氛为我占卜。她说："双方是美的一定能结合，可是谁真正美好值得去爱慕？想想天下是如此的广大，难道只是这里有美女吗？"她说："向远处去吧不要迟疑，哪有追求美好的人会把你丢下？什么地方没有芳草你何必如此怀念故土？世道既黑暗又让人眼花缭乱，谁能够详察咱们的善恶？人们的好恶本来就有不同，只是这里的小人更加独特不同。家家户户的人都在腰间挂满了艾草，反而说幽兰不可佩戴。分辨草木都不能真切，对美玉又怎能评价得恰当？拿粪土塞满了香囊，偏要说申椒一点也不香。"

【原文】

　　欲从灵氛之吉占兮，心犹豫而狐疑；巫咸将夕降兮①，怀椒糈而要之②。百神翳其备降兮③，九疑缤其并迎④；皇剡剡其扬灵兮⑤，告余以吉故。曰："勉升降以上下兮⑥，求榘矱之所同⑦；汤禹严而求合兮，挚咎繇而能调⑧。苟中情其好修兮，又何必用夫行媒；说操筑于傅岩兮，武丁用而不疑⑨。吕望之鼓刀兮，遭周文而得举⑩；宁戚之讴歌兮，齐桓闻以该辅⑪。及年岁之未晏兮⑫，时亦犹其未央⑬；恐鹈鴂之先鸣兮，使夫百草为之不芳⑭！"

【注释】

　　①巫咸：古代著名的神巫。但文中的巫咸，仅借用其名，不是历史人物，而是寓言人物。故下文巫咸称引周代的吕望、宁戚。降：从天降临。②怀：揣在怀里，准备。糈（xǔ）：精米，用于祭神

的祭品。椒糈：香草和精米。要：祈求。③翳：遮蔽，形容"百神"盛多。备：齐，全都。④九疑：山名，此指九嶷山诸神。⑤皇：读作"煌"，辉煌，是"剡剡"的状语。剡剡（yǎn）：发亮的样子。灵：神。⑥勉：勉强。升降上下：俯仰浮沉，只"求榘矱之所同"，不计地位之高低。⑦榘：即"矩"，量方形的工具。矱（yuē）：量长短的工具。同：合。⑧挚：即伊尹，汤时贤臣，帮助商汤灭夏。咎（gāo）繇（yáo）：即皋陶（yáo），传说是夏禹时期的贤臣，是精明公正的立法官。⑨说（yuè）：即傅说，相传本是傅岩地方筑土墙的奴隶，商王武丁梦到他，就画了像到处寻访，结果在刑徒中找到，后为殷高宗时贤相。筑：打土墙用的木杵。⑩吕望：又称吕尚，俗称姜太公。本属姜姓，因先代封邑在吕，故以吕为氏。传说曾在朝歌当过屠夫，遇文王而被重用，是周朝的开国贤臣。鼓：敲。鼓刀：敲刀发声，以招揽生意。⑪宁戚：春秋时卫国人，喂牛时敲着牛角唱歌，抒发怀抱，被齐桓公听到，带去列为客卿。该：预备。辅：辅佐大臣。该辅：预备作为辅佐。以上所举伊尹、傅说、吕望、宁戚诸人，都是处卑"好修"，就地待时，而得到知遇，都没有"用夫行媒"。⑫晏：晚。⑬犹其未：即"其犹未"。上文"虽九死其犹未悔"、"唯昭质其犹未亏"、"览余初其犹未悔"、"览察草木其犹未得"，都作"其犹未"。⑭鹈（tí）鴂（jué）：子规鸟，秋天鸣。巫咸的话至此止。

【译文】

想听从灵氛的占卜吉言，心里却又犹犹豫豫无法决断。巫咸将在晚上求神降临，我准备着香椒和精米去邀请他。百神遮天蔽日一齐降临，九嶷山的众神都纷纷去迎接。光灿灿地闪耀着灵光，巫咸又告诉我一些吉利的典故。他说："地上天下地去求索吧！去寻求道义相同的人。商汤夏禹诚心地寻求贤臣，才能和伊尹皋陶协同一心。只要内心确实是美好修洁的，又何必到处去托媒介绍？傅说曾在傅岩筑过土墙，武丁重用他却毫不怀疑。姜太公在朝歌操过屠刀，碰上周文王时得以荐举。宁戚喂牛时敲着牛角唱歌，齐桓公听到了任用他为辅佐。趁年岁还没有衰老，时势的极限还没有来到；当心那子规鸟叫得太早，使百草因此而芳香尽消。"

【原文】

何琼佩之偃蹇兮①，众薆然而蔽之②？惟此党人之不谅兮③，恐嫉妒而折之。时缤纷其变易兮，又何可以淹留④？兰芷变而不芳兮，荃蕙化而为茅。何昔日之芳草兮，今直为此萧艾也⑤？岂其有他故兮，莫好修之害也！余以兰为可恃兮⑥，羌无实而容长⑦；委厥美以从俗兮⑧，苟得列乎众芳⑨。

【注释】

①琼佩：玉树枝做的佩。此处是自喻。偃蹇：繁盛而高贵的样子。②薆（ài）然：受到遮蔽而显得黯然。③谅：诚实，信用。④淹留：久留。⑤萧、艾：都是蒿草，不香。⑥兰：旧说是暗射楚怀王的小儿子子兰，其实不然。⑦羌：发语词。容：外表。长：义同"修"，美好。古人以长为美。⑧委：弃。⑨苟得：能够得到，实际上还配不上。

【译文】

为什么琼玉的佩饰出众地美丽，众人就把它的光彩遮蔽？这些小人是没有诚信的，怕他们会妒忌而把玉佩毁弃！世俗纷乱易变，怎能在这里久久流连？兰与芷变得不再芬芳，荃与蕙变成了茅草。为什么往日的芳草，今日里直成了野艾臭蒿？难道还有其他的缘故？都只怪他们不洁身自好！本以为幽兰可以信赖，谁知道它也虚有其表，抛弃了美质随从世俗，苟且地名列众芳。

【原文】

椒专佞以慢慆兮①，榝又欲充夫佩帏②；既干进而务入兮③，又何芳之能祗④！固时俗之流从兮⑤，又孰能无变化？览椒兰其若兹兮，又况揭车与江离？惟兹佩之可贵兮⑥，委厥美而历兹⑦；芳菲菲而难亏兮，芬至今犹未沫⑧。和调度以自娱兮⑨，聊浮游而求女；及余饰之方壮兮⑩，周流观乎上下。

【注释】

①椒：王逸认为是暗射"楚大夫子椒"，但和"兰"一样，没有具体实证可考。《离骚》对众芳芜秽写得特别沉痛，在作品中一再严词谴责，应有作者的实际感受为生活基础。大概屈原被疏以后，

原来大批得到过屈原扶植、支持屈原的人，全都随风转舵，倒向靳尚等人一边，而与屈原为敌。这是符合旧时代官场世道的一般规律的。但要说哪种香草影射哪个人，那就很难说了。慆：义同"慢"，傲慢。②楺(shā)：茱萸(yú)一类的草，外形似椒而无香味。③干：义同"务"，钻营追求。④祗：敬重。⑤流从："从流"的倒文，随波逐流，趋炎附势。⑥惟：同"唯"。⑦委：作"秉"解释，把持，坚持。历兹：至今。⑧沫：消失，消散。⑨和：调和，缓和。调度：调整。这句是说把自己的心情调整得和悦、愉快一些。⑩饰：指琼佩。这一段是听了巫咸"吉故"之说后的感慨，是对他的反驳。其中心意思是故国里连众芳都已变质，只剩下"琼佩"、"偃蹇"，"吉故"不可能在故国重演再现。

【译文】

　　花椒专横谄媚而且傲慢，茱萸还想充满佩囊。既然都只贪图攀援钻营，又有哪种芳草能够坚持芳香之道？时俗本来就随波逐流，又有谁能够不生变化？看椒兰都已经这样了，更何况揭车和江离？只有这玉佩是可贵的，却遭到弃置经此危厄！清香依旧难以污损，芳香至今还留存。调节内心的思度求得欢娱，姑且四处逍遥寻求美女。趁着我的玉佩还璀璨美丽，到天上地下去到处游览！

【原文】

　　灵氛既告余以吉占兮，历吉日乎吾将行①。折琼枝以为羞兮②，精琼爢以为粻③。为余驾飞龙兮，杂瑶象以为车④；何离心之可同兮，吾将远逝以自疏！遭吾道夫昆仑兮⑤，路修远以周流；扬云霓之晻蔼兮⑥，鸣玉鸾之啾啾⑦。朝发轫于天津兮⑧，夕余至乎西极；凤皇翼其承旂兮⑨，高翱翔之翼翼⑩。忽吾行此流沙兮，遵赤水而容与⑪；麾蛟龙使津梁兮⑫，诏西皇使涉予⑬。

【注释】

　　①历：选择，挑选。②羞：这里泛指菜肴。③精：捣碎。今闽南话还称捣为"精"。爢(mí)：细末。粻(zhāng)：粮食。④象：象牙。⑤遭(zhān)：转，楚方言。⑥扬云霓：举云霓作为旌旗。晻(yǎn)蔼(ǎi)：云旗蔽日的样子。⑦玉鸾：玉制的车铃，挂在车横上，形状像鸾鸟。啾啾：铃声。⑧津：渡口。天津：天河的渡口。传说在箕、斗二星之间。⑨翼：作动词用，展翅。承：连接。旂：指云旗。⑩翼翼：整齐和谐的样子。⑪遵：循。赤水：神话里的水名，源出昆仑山。容与：从容宽适的样子。⑫麾：指挥。梁津：在渡口搭桥。梁：桥，这里用作动词。⑬诏：命令。西皇：西方天帝少埠。涉予：帮助我渡河。

【译文】

　　灵氛告诉我说卜占是吉祥的，选定好日子我就去远方。折琼枝来做菜肴，用碧玉捣碎做干粮。为我驾驭飞龙之车，用美玉象牙装饰那车。怎能跟异心人在一块？我将远游放飞自己！把行程转向昆仑，路途遥遥远天涯漫漫。用云霓做彩旗飘扬蔽日，玉制的车铃铿锵如鸟鸣。早晨从天河的渡口出发，黄昏就到了西天的尽头。凤凰的彩翎连接如云彩的旗帜，在天空之上高高飞翔。转眼间来到一片流沙之地，沿着赤水河从容优游。指挥蛟龙在渡口搭桥，叫西皇帮我渡过河流。

【原文】

　　路修远以多艰兮，腾众车使径待①；路不周以左转兮②，指西海以为期③。屯余车其千乘兮，齐玉轪而并驰④；驾八龙之婉婉兮⑤，载云旗之委蛇⑥。抑志而弭节兮⑦，神高驰之邈邈⑧；奏《九歌》而舞韶兮⑨，聊假日以媮乐⑩。陟升皇之赫戏兮⑪，忽临睨夫旧乡⑫；仆夫悲余马怀兮，蜷局顾而不行⑬。乱曰⑭：已矣哉！国无人莫我知兮⑮，又何怀乎故都？既莫足与为美政兮⑯，吾将从彭咸之所居⑰。

【注释】

　　①腾：传告。待：当从一本作"侍"，与"期"叶韵。径待：在路边侍卫。②路：路过。不周：神话里的山名，在昆仑山西北。③期：读作"极"，目的地。④轪（dài）：车轮的别名，楚方言。⑤婉婉：一作蜿蜿，龙在天空飞行蜿蜒的样子。⑥委蛇（yí）：即"逶迤"，舒卷蜿蜒的样子。⑦抑志：抑制自己的情绪。⑧邈邈：高远的样子。⑨韶：即九韶，传说是舜时的舞乐。⑩假日：利用时间。媮（yú）：通"愉"。⑪陟（zhì）：登。皇：皇天。戏：同"曦"，光明的样子。⑫临：居高临下。睨：斜视。⑬蜷局：卷曲不伸。顾：回头。⑭乱：本是古代乐曲里的一个名称，用在末尾，约当于今天的"尾声"。辞赋最后往往也有"乱"辞作为一篇的总结。⑮莫我知："莫知我"的倒文。⑯美政：理想的政治。⑰从彭咸之所居：追随彭咸去他的居处。

【译文】

　　行程悠远而艰难，叫随从的车辆在两旁等待。路过不周山向左转弯，直奔西海而去！成千的车辆列队集中，玉制的车轮隆隆转动。每辆车驾八条婉婉的神龙，车上云旗飘飘荡荡。控制住兴奋减少兴态，心神已经像奔马一样跑远了。奏起了《九歌》，舞起《九韶》，姑且娱乐一下来打发时光！登上了光辉灿烂的皇天，忽然间俯看到了故乡！仆人悲伤，马儿也怀恋，弯曲着身体回头看不肯向前。最后说：就这样算了吧！国家里没有人懂得我，我又何必怀念故都？既然没有人能同我推行美政，我将追随彭咸寻求安身的地方。

九歌

东皇太一

吉日兮辰良①，穆将愉兮上皇②。抚长剑兮玉珥③，璆锵鸣兮琳琅④。瑶席兮玉瑱⑤，盍将把兮琼芳⑥。蕙肴蒸兮兰藉⑦，奠桂酒兮椒浆⑧。扬枹兮拊鼓⑨，疏缓节兮安歌，陈竽瑟兮浩倡⑩。灵偃蹇兮姣服⑪，芳菲菲兮满堂。五音纷兮繁会⑫，君欣欣兮乐康⑬。

【注释】

①辰良："良辰"的倒文，为了与"皇"、"琅"押韵。②穆：恭敬肃穆。将：介词，同"以"。愉：通"娱"，此作动词用，使之快乐。③抚：抚摸。珥(ěr)：剑鼻，在剑柄上，此指剑柄。④璆(qiú)锵(qiāng)：佩玉相碰发出的声音。琳琅：美玉名。⑤瑶：美玉名，这里形容席的质地精美。瑱(zhèn)：同"镇"。玉瑱：压席的玉器。席铺在神位前面，上面摆着祭品。⑥盍(hé)：同"合"，聚集在一起。将：拿起。把：持。将把：摆设的动作。琼：美玉名，这里形容花色鲜美，例同"瑶席"。⑦肴蒸：祭祀用的肉。藉：垫底的东西。⑧奠：祭献。桂酒：桂花浸泡的酒。椒浆：香椒浸泡的美酒。⑨枹(fú)：鼓槌。拊：敲击。⑩陈：列。竽：笙类的吹奏乐器，有三十六簧。瑟：弹奏乐器，有二十五弦。倡：同"唱"。浩倡就是大声唱，气势浩荡。⑪灵：这里指以歌舞娱神的巫女。《九歌》里的"灵"都指所祀之神。偃(yǎn)蹇(jiǎn)：舞姿优美的样子。⑫五音：宫、商、角、徵、羽，是我国古代音乐的五种音阶。宫相当于C调的第一音，商相当于D调的第一音，以此类推。⑬君：指东皇太一。

【译文】

吉祥日子美好的时光，恭敬肃穆娱祭上皇。手持着玉饰的长剑，身上戴的佩玉脆响叮当。瑶玉装饰的席子、美玉制成的压镇，还有那满把的琼玉吐芬芳。蕙草裹着祭肉垫着馨兰，祭献上桂花美酒和椒浆。扬起了鼓槌敲打着，节奏舒缓伴着轻柔的歌声，吹竽鼓瑟众声齐唱。神灵翩然起舞，挥动着华丽的衣裳，浓郁的香气四溢满堂。五音齐鸣交响四方，神君喜悦而快乐安康。

云中君

浴兰汤兮沐芳①，华采衣兮若英②。灵连蜷兮既留③，烂昭昭兮未央④。謇将憺兮寿宫⑤，与日月兮齐光。龙驾兮帝服⑥，聊翱游兮周章⑦。灵皇皇兮既降⑧，猋远举兮云中⑨。览冀州兮有余⑩，横四海兮焉穷⑪。思夫君兮太息⑫，极劳心兮忡忡⑬。

【注释】

①浴：洗身体。沐：洗头发。古人祭祀前必须斋戒，用兰草沐浴。②英：花。以上二句，写迎神的巫女。③灵：云神。连蜷：长而婉曲。既留：已经留下来。④烂昭昭：写云神的神采灿烂。未央：未尽，正盛。⑤謇（jiǎn）：发语词，楚方言。憺（dàn）：安。寿宫：供神的神堂。⑥龙驾：驾龙车。诸神与《离骚》的"吾"一样，都用龙驾车。⑦聊：暂且。云神下天以前，先在天上盘旋一下。周章：周游往来。⑧皇：同"煌"。降：从天下降临地面。⑨猋（biāo）：去得很快的样子。这句写云神来飨，刚下来很快就走了，引起巫女的相思之苦。⑩览：云神所见。冀州：古称中国有九州，冀州、兖州、青州、徐州、扬州、荆州、豫州、幽州、雍州，冀州为九州之首，这里代指中国。有余：说云神的视野超出中国。⑪横：横奔。四海：古人以为九州周围有东南西北四海包围。四海指世界。焉：何。穷：尽。"焉穷"与"有余"互文，描写云神高瞻远瞩，无所不到，仅览中国而有余，横绝四海也不知其穷尽。⑫君：巫女对云神的尊称。⑬懆（chōng）：同"忡"，心忧的样子。

【译文】

用兰馨之水、白芷之香沐浴满身芳香，鲜艳多彩的衣服像花朵一样。神灵翩然起舞飘忽地降临，神采光辉灿烂不尽不藏。您且在寿宫安乐宴享，与日月同放光芒。穿着帝服乘驾龙车之上，暂且在九天之际遨游观览四方。神灵光芒灿烂的已经降临人间，倏忽间又像风一样飞回天上。览遍九州却仍心想他处，横行四海之后不知您的踪迹将停留何方。我思念神君啊却唯有叹息，无尽的愁思真让人忧虑劳伤！

湘君

【原文】

君不行兮夷犹①，蹇谁留兮中洲②？美要眇兮宜修③，沛吾乘兮桂舟④。令沅湘兮无波，使江水兮安流。望夫君兮未来⑤，吹参差兮谁思⑥？驾飞龙兮北征⑦，邅吾道兮洞庭⑧。薜荔柏兮蕙绸⑨，荪桡兮兰旌⑩。望涔阳兮极浦⑪，横大江兮扬灵。扬灵兮未极⑫，女婵媛兮为余太息⑬。横流涕兮潺湲⑭，隐思君兮陫侧⑮。

【注释】

①君：湘夫人对湘君的尊称。夷犹：犹豫不前的样子。②蹇（jiǎn）：发语词，楚方言。谁留：为谁而留。③要（yāo）眇（miǎo）：美好的样子。宜修：修饰得恰到好处。④沛：水势急，这里形容桂舟行速很快。⑤夫（fú）：语气助词。君：指湘君。⑥吹：湘君在吹。参差：即排箫。以竹管编排，各管参差不齐，故名。相传是舜发明。谁思："思谁"的倒文，即思湘君。⑦飞龙：指雕刻有龙形的船。征：行。⑧邅（zhān）：转弯，回转，楚方言。⑨薜荔：蔓生灌木，一名木莲。柏：即"箔"，帘。蕙：兰草类，亦名薰草、佩兰。绸：帏帐。⑩荪：香草名，一作"荃"，俗名石菖蒲。桡（ráo）：短桨。兰：兰草。旌：旗杆顶上的饰物。⑪涔（cén）阳：地名，在涔水北岸，洞庭湖西北。浦：水边。极浦：遥远的水边，指涔阳。今湖南澧县有涔阳浦，在洞庭湖与长江之间。涔阳可能是传说中湘夫人经常居留的地方。⑫极：引申义，到达。⑬女：侍女（戴震说）。婵（chán）媛（yuán）：关心痛侧的样子。⑭潺（chán）湲（yuán）：缓缓而流的样子。⑮悱（fěi）侧：即"悱恻"，内心悲痛。

【译文】

湘君啊！您犹豫不走。究竟在水中沙洲等待谁？我既美丽又善于修饰自己，来吧！与我急流中同乘桂木之舟。愿沅水、湘水风平浪静，还请江水缓缓而流。我盼望着您，为什么您却还不来？您吹着洞箫在思念着谁？我本驾着龙舟向北远行，却转道来了这优美的洞庭。用薜荔做舱壁蕙草做帐，用荪草装饰船桨兰草作为旌旗。眺望涔阳那遥远的水边，我要横渡大江以表达我的挚诚。我的真诚还没全部表达出来，侍女已经心疼地为我发出叹息。眼泪纵横滚滚而下不可收，隐痛地思念你而悱恻伤神。

【原文】

桂櫂兮兰枻①，斲冰兮积雪②。采薜荔兮水中，搴芙蓉兮木末③。心不同兮媒劳④，恩不甚兮轻绝！石濑兮浅浅，飞龙兮翩翩⑤。交不忠兮怨长，期不信兮告余以不闲！鼂骋骛兮江皋⑥，夕弭节兮北渚⑦。鸟次兮屋上，水周兮堂下⑧。捐余玦兮江中⑨，遗余佩兮澧浦⑩。采芳洲兮杜若⑪，将以遗兮下女⑫。时不可兮再得，聊逍遥兮容与⑬。

【注释】

①桂、兰：都是香木名。櫂（zhào）：同"棹"，长桨。枻（yì）：舵，也称艄，置于船尾，决定航向。②斲（zhuó）：同"斫"，砍也。江水冻结，上有积雪，须破冰开道。其实，当时还是秋风初起时节，不会有冰冻积雪。这是湘夫人比喻自己千方百计为爱情打开出路。③搴（qiān）：拔。芙蓉：莲花。木末：树梢。薜荔长于陆地，芙蓉生在水中，这两句是缘木求鱼的意思，形容求爱的艰难，所求不遂。④劳：徒劳。⑤濑（lài）：浅滩上的流水。翩翩：飞行轻快的样子。龙舟虽快，滩水太浅，这也是借喻单思之

苦。⑥鼂（zhāo）：古同"朝"（zhāo），早晨。皋：水边。⑦弭（mǐ）：停。节：鞭。渚（zhǔ）：江中沙洲。⑧次：停宿。周：环绕。这两句写处境的荒凉。⑨捐：弃。玦（jué）：环形而有缺口的玉饰。⑩遗：读作"坠"，丢下，义同"捐"。佩：佩玉。澧：水名，在湖南，注入洞庭。⑪芳洲：生芳草的水洲。杜若：香草名。⑫遗（wèi）：赠予，是"馈"的假借字。下女：地位卑下的侍女。"玦"与"佩"是男人的饰物，湘夫人本想送给湘君。因以为湘君背约不来，故而抛掉，表示决绝。采杜若给下女，则与此对照，意思是说：我与其送块玉佩给你这个薄情郎，还不如采芳草给地位卑下的女子。一说"女"指湘君的侍女，希望通过她代为说情。此说与捐玦遗佩的决绝态度不符。或说"女"指湘夫人的侍女，即上文"女婵媛兮为余太息"的"女"。⑬容与：舒缓放松的样子。

【译文】

　　桂木的船桨，兰木的船板，刚刚破开的厚冰又因寒雪而堆积起来。我就好像在水中把薜荔摘取，在树梢把芙蓉采摘。两人心意不相通媒人必是劳而无功，恩爱不深也必定会容易分离！水流在石滩上湍急地流淌，飞龙之舟掠过水面疾行翩翩。交往不以忠诚为准就会使怨恨深长，约会不守信诺竟对我说是没有时间！早晨我在江边奔驰疾走，傍晚我在北岸歇息。鸟儿栖息在屋檐之上，流水围绕在华堂之下。把我的玉玦抛弃在江中，而把我的佩饰留在澧水之岸。在芳洲上采摘杜若，想送给陪侍的女郎。消逝的岁月不能再来，姑且逍遥自在而放开胸怀！

湘夫人

【原文】

　　帝子降兮北渚①，目眇眇兮愁予②。嫋嫋兮秋风③，洞庭波兮木叶下④。登白薠兮骋望⑤，与佳期兮夕张⑥。鸟何萃兮蘋中？罾何食兮木上⑦？沅有茝兮澧有兰⑧，思公子兮未敢言⑨。荒忽兮远望，观流水兮潺湲。麋何食兮庭中？蛟何为兮水裔⑩？朝驰余马兮江皋，夕济兮西澨⑪。闻佳人兮召予，将腾驾兮偕逝⑫。

【注释】

　　①帝子：湘君对湘夫人的尊称。古人称男女不分性别，均作"子"。因为湘夫人是帝尧的女儿，所以这里的"帝子"相当于后世的"公主"。②眇眇：远望不清的样子。愁予：使我发愁。"愁"作动词用。③嫋嫋（niǎo）：柔弱而细长的样子。④波：动词，生波。⑤白薠（fán）：草名，秋季生长，雁所食。⑥佳：佳人，指湘夫人。期：约会。张：为晚间的约会而准备、张罗。⑦鸟：指不能入水的陆地飞禽。萃：聚集。蘋：水生植物，萍类。罾（zēng）：鱼网。这两句与《湘君》的"采薜荔兮水中，奉芙蓉兮木末"意同，突出了充溢于人物内心的失望与困惑，大有所求不得、徒劳无益的意味。⑧茝（chǎi）：香草名，即白芷。⑨公子：指湘夫人。古代贵族称公族，贵族子女不分性别，都可称"公子"。⑩麋（mí）：鹿的一种，较大。蛟：传说是无角的龙。水裔：水边。裔：本义是衣的下摆，引申为边。麋本当在山林而来到庭院里，蛟本当在深渊而来到水边。实写眼前荒凉景象，意同上文"鸟何萃兮蘋中，罾何为兮木上"。⑪济：渡。澨（shì）：水边。⑫腾驾：驾着马车奔驰。偕逝：同去。"召予"、"偕逝"，以及下文所写的同居生活，都是湘君夜宿"西澨"时的南柯美梦。

【译文】

湘夫人仿佛已经降临在北岸，我遥望不见而无限哀愁。微微的秋风，吹皱了洞庭湖水，落叶飘扬。我登上长满白蘋的高地纵目四望。与湘夫人的约会，一直忙到月昏黄。鸟儿为什么聚集在蘋草中？渔网为什么挂在树枝上？沅有白芷，澧有幽兰，我虽思念湘夫人却不敢讲。心思恍惚，举目四望，只看到那洞庭湖水缓缓流淌。野麋寻食，为什么拘束在庭院？蛟龙游戏，为什么困蹙在浅滩？清晨我骑马奔驰在江畔，傍晚就已经渡过了大江西边水岸。听说夫人在召唤我，将与你一同驰车去成欢。

【原文】

筑室兮水中，葺之兮荷盖①。荪壁兮紫坛②，播芳椒兮成堂③。桂栋兮兰橑④，辛夷楣兮药房⑤。罔薜荔兮为帷⑥，擗蕙櫋兮既张⑦。白玉兮为镇，疏石兰兮为芳⑧。芷葺兮荷屋，缭之兮杜衡。合百草兮实庭，建芳馨兮庑门⑨。九嶷缤兮并迎，灵之来兮如云⑩。捐余袂兮江中⑪，遗余褋兮澧浦⑫。搴汀洲兮杜若⑬，将以遗兮远者⑭。时不可兮骤得⑮，聊逍遥兮容与！

【注释】

①葺：编结覆盖。②紫坛：用紫贝铺砌的庭院。紫：指紫贝。坛：中庭，楚方言。③成：借作"盛"。用芳椒涂壁，香气满堂。④橑（liǎo）：椽。⑤辛夷：香木名。药：白芷。⑥罔：古同"网"，此作动词用，编结。⑦擗（pǐ）：掰开。櫋（mián）：帐顶。⑧疏：分布。石兰：兰草的一种。⑨庑（wǔ）：走廊。⑩九嶷：此指九嶷山的群神，即下句的"灵"。"偕逝"的美梦至此止。⑪袂（mèi）：复襦，外衣。⑫遗：读作"坠"，丢下。褋（dié）：汗衫。⑬汀：水中平地。⑭远者：陌生人。一说指湘夫人，想作最后的努力，但这与捐袂遗褋的决绝态度不符。⑮骤：屡次。骤得：一次次地得到。

【译文】

我们在水中建造一栋房子，用芷草修葺，用荷叶苫在房顶上。用荪草装饰墙壁，用紫贝砌中庭，把芳椒撒满屋子，满堂馨香。桂木做的栋梁，兰饰的天花板，辛夷的门楣，白芷的卧房。编结薜荔做帷帐，分蕙草做隔扇，全部已陈设妥当。洁白的美玉做席镇，压住四角，布列石兰散播它的芬芳。荷叶做的屋子，用芷草修葺，再用杜衡缠绕在房屋四围。聚集了百草充满庭院，筑起放置各种香草芳馨满溢的门廊。九嶷山的神灵纷纷来欢迎，为迎接湘夫人众神灵下降如同彩云一样。我把衣袖抛弃在江水之中，我把短衣丢在澧水岸旁。我在平洲上采摘杜若，向远方的情人表述衷肠。消逝的岁月不能再来，姑且逍遥自在而把心胸放宽！

大司命

【原文】

广开兮天门，纷吾乘兮玄云①。令飘风兮先驱，使冻雨兮洒尘②。君迴翔兮以下③，逾空桑兮从女④。纷总总兮九州⑤，何寿夭兮在予⑥。高飞兮安翔，乘清气兮御阴阳⑦。吾与君兮齐速⑧，导帝之兮九坑⑨。

【注释】

①纷：多，形容"玄云"。玄：黑色。②冻(dōng)雨：暴雨。③君：巫女对大司命的尊称，下同。④空桑：神话里的山名。女：同"汝"，指大司命。⑤总总：众多的样子。"纷"形容"总总"之状。九州：指九州上的人。⑥何：谁。予：我，大司命自谓。⑦乘、御：都是驾驭的意思。清气：天地间清明之气。阴阳：我国古代辩证思想中两个对立的基本概念，阴代表地、柔、死……阳代表天、刚、生……此处兼及阴阳变化而言。⑧与：跟从。齐速：严肃地快步走，也叫"趋"，为恭谨之貌。⑨导：引。帝：上帝。之：往。九坑：坑，音"冈"，一作"冈"，字同。"坑"古本作"阬"，虚。九阬，犹九虚，即九天。九冈就是九州的代称。冈是高地，九州对四海而言，也是指无水的高地的。上帝是造物主，掌握人间生杀予夺的决定权。大司命是上帝这种权威的具体执行者，把大司命带到九州，就是把上帝的这种神威传到九州。这就是"导帝之兮九坑"的意思。故接下去就由大司命自我炫耀这种神威。

【译文】

（神巫唱）打开天国的大门，我驾着纷盛的黑云。命令旋风在前面开路，叫暴雨冲洗道路清洗飞尘。（祭巫唱）神君您盘旋着降临，我越过空桑将您跟从。（神巫唱）九州上的黎民百姓，谁寿谁夭全掌握在我的手上！（祭巫唱）神君啊！您安详地高高飞翔，乘着天地间清明之气，驾御着宇宙的阴阳。我愿意跟着您啊，恭谨地疾速远去，引导天帝前往九天之上。

【原文】

灵衣兮被被①，玉佩兮陆离②。壹阴兮壹阳，众莫知兮余所为。折疏麻兮瑶华③，将以遗兮离居④。老冉冉兮既极⑤，不寖近兮愈疏⑥。乘龙兮辚辚⑦，高驼兮冲天⑧。结桂枝兮延伫，羌愈思兮愁人⑨。愁人兮奈何，愿若今兮无亏⑩。固人命兮有当⑪，孰离合兮可为⑫？

【注释】

①灵衣：神灵之衣。被被：同"披披"，飘动的样子。②陆离：光彩闪耀的样子。③疏麻：神麻。瑶华：玉色的花。④遗(wèi)：赠。离居：离居的人，指大司命。大司命居于天，巫女居于地，所以才这样说。⑤冉冉：渐渐。极：至。⑥寖(jìn)：渐渐。寖近：渐渐使之亲近。⑦"乘龙"二句：写大司命忽然离开祭堂，回天而去。龙：龙驾的车。辚辚：车声。⑧驼：通"驰"。⑨"结桂"二句：写神将离去，巫女对大司命的怀恋。羌：发语词，楚方言。思：指思念大司命。⑩无亏：指身体没有亏损。⑪固：本来。当：当然，本来的意思。⑫为：动词，任意安排，人为。以上四句是失恋后的自我宽慰，也反映古人的宿命思想。

【译文】

（神巫唱）神灵的衣裳随风飘动，腰间玉佩的光彩夺目灿烂。一生一死是自然的循环，谁也不知道是操纵在我的手上。（祭巫唱）折下一束神麻那如白玉般的花，我将把它赠送给离居的人聊表思念。生命的衰老已渐渐地来到，如果不再亲近就会愈加疏远。神君驾起龙车，其声辚辚，高高地奔驰向上直冲天空。我手拿着桂枝引颈远望，为什么越是思念越觉愁苦。忧愁又有何用，但愿永远像今天这样无所亏缺。既然人生命运本来就有定数，谁又能改变悲欢离合之恨呢？

少司命

秋兰兮麋芜^①，罗生兮堂下^②。绿叶兮素华^③，芳菲菲兮袭予^④。夫人兮自有美子^⑤，荪何以兮愁苦^⑥？秋兰兮青青^⑦，绿叶兮紫茎。满堂兮美人，忽独与余兮目成^⑧。入不言兮出不辞^⑨，乘回风兮载云旗^⑩。悲莫悲兮生别离，乐莫乐兮新相知。荷衣兮蕙带，儵而来兮忽而逝^⑪。夕宿兮帝郊^⑫，君谁须兮云之际^⑬？与女沐兮咸池^⑭，晞女发兮阳之阿^⑮。望美人兮未来，临风怳兮浩歌^⑯。孔盖兮翠旍^⑰，登九天兮抚彗星^⑱。竦长剑兮拥幼艾^⑲，荪独宜兮为民正^⑳。

【注释】

①麋芜：芎（xiōng）藭（qióng）幼苗的别名。芎藭通体芬芳，秋天开花，花色洁白。②罗生：是说"秋兰"与"麋芜"并列而生。③素：白色。华：花。④袭：指香气扑鼻。予：群巫自称。⑤夫（fú）：发语词。人：人们。美子：美好的儿女。古代男女均可称"子"。⑥荪：香草名，这里用作对少司命的尊称。⑦青青：借作"菁菁（jīng）"，草木茂盛的样子。⑧余：少司命自称。目成：眉目传情。⑨入：来。出：去。辞：告辞。⑩"乘回"句：以旋风为车，以云为旗。古人车上插旗。⑪儵（shù）：同"倏"，义同"忽"，忽有忽无不可捉摸的样子。⑫帝郊：天国的郊野。⑬君：对少司命的尊称。须：等待。谁须：须谁，等待谁。⑭女：同"汝"。沐：洗头。咸池：传说中太阳沐浴的神池。⑮晞：晒干。阳之阿：即阳谷，也作旸谷，神话中日所出处。⑯怳（huǎng）：同"恍"，失意的样子。浩歌：放声歌唱。⑰孔：孔雀的翎毛。盖：车盖，圆形似伞。翠：指翡翠的羽毛。旍（jīng）：古"旌"字。以孔雀的羽毛为盖，以翡翠的羽毛为旍，极言其仪仗服饰之美。⑱抚：抚摸。彗星：俗称扫帚星，古人认为是灾星。表示少司命为儿童扫除灾难。⑲竦（sǒng）：挺耸。艾：年幼的称呼。幼艾：泛指年幼的人。⑳正：主宰。

【译文】

秋天的兰草和细叶麋芜，在堂下并排而

生。嫩绿的叶子，素白的花儿，浓郁的清香阵阵扑面而来。凡人都有好儿女，神啊！您何必为此愁苦挂怀？青翠茂盛的秋兰绿叶紫茎，交相辉映。满堂都是迎神的美人，忽然间独独与我眉目传情。来时无语走了也不说再见，乘着旋风，树起云旗飘然而行。人生的悲哀莫过于生生的别离，快乐莫过于结识了新知己。穿荷衣系蕙带，倏忽而来又倏忽而去。傍晚在天国的郊野住宿，神啊！您久久停留在云际，到底是在等待谁呢？想与您同在咸池洗头，到九阳的曲隅把头发晒干。盼望美人啊，仍然没有来到，失意的我迎风高唱心神恍惚。孔雀翎装饰的车盖，翠鸟毛装饰的旌旗，您登上九天抚持彗星。手握长剑保护幼童，只有您才最应该成为百姓的主宰！

东君

暾将出兮东方①，照吾槛兮扶桑②。抚余马兮安驱，夜皎皎兮既明③。驾龙辀兮乘雷④，载云旗兮委蛇⑤。长太息兮将上，心低佪兮顾怀⑥。羌声色兮娱人⑦，观者憺兮忘归⑧。緪瑟兮交鼓⑨，箫钟兮瑶簴⑩。鸣鷈兮吹竽⑪，思灵保兮贤姱⑫。翾飞兮翠曾⑬，展诗兮会舞⑭。应律兮合节，灵之来兮蔽日⑮。青云衣兮白霓裳，举长矢兮射天狼⑯。操余弧兮反沦降⑰，援北斗兮酌桂浆⑱。撰余辔兮高驼翔⑲，杳冥冥兮以东行⑳。

【注释】

①暾(tūn)：温暖而明朗的阳光。②吾：祭者自称。槛：栏杆。扶桑：东方神树，日栖其上。兮：有"于"字的作用，说阳光将于扶桑那边照到我家栏杆。③皎皎：同"皓皓"，光明的样子。④辀(zhōu)：车辕，此指整个的车子。雷：谓车声如雷。一说用雷作车轮，亦通。⑤委蛇(yí)：即逶迤，舒卷蜿蜒的样子。⑥低佪：徘徊不进。心低佪：依恋不舍。顾：回头。顾怀：怀恋。⑦声色：指东君的车声旗色。⑧憺(dàn)：安然不动，这里有入迷的意思。⑨緪(gēng)：急促地弹奏。交鼓：相对击鼓。⑩箫：敲。瑶簴(jù)：挂钟的架。⑪鷈：同"篪(chí)"，与"竽"同是竹制的吹奏乐器，形如笛，有八孔。竽：形如笙而略大。⑫思：发语词，带有赞叹语气。灵保：指巫女。⑬翾(xuān)：鸟儿小飞的姿态。翠：翠鸟。曾(zēng)：飞。⑭展诗：此指展开诗章来唱。会舞：合舞。⑮灵：指东君的随从诸神。蔽日：形容众多。⑯矢：箭。这里是星名。天狼：恶星名，相传主侵掠之兆，其分野正当秦国地面。⑰弧：木弓，这里也是星名，指孤矢星。反：同"返"。沦降：指降落西方。⑱援：举。北斗：星名，这里象征酒斗。⑲撰：抓住。辔：马缰绳。驼：通"驰"。⑳杳：深远的样子。冥冥：黑暗。东行：古人认为，大阳白天西行，夜里又要在大地背面赶回东方。最后六句写太阳下山、群星毕现的情景。矢、天狼、弧、北斗，都是星名。全诗写了一天的始末，人们一天也不能离开阳光的普照。

【译文】

黎明的太阳即将在东方升起，照耀着栏杆和扶桑。轻拍我的马儿慢慢前行，夜色渐明而天露曙光。驾龙车乘火雷，车上的云旗迎风飘荡。一声长叹即将登天上，内心怀念着茫茫大地而迟疑惆怅。妙音曼舞让人如此贪恋，使观礼的人都流连忘返。紧弦密鼓，对擂声声，敲起编磬撼动木架。鸣篪吹竽，敬爱的灵保贤德又美丽。翾然而起的舞姿，灵动飘逸的舞步，我们吟唱着诗歌而群起共舞。应和着歌舞的节律，众神灵降临时将阳光都已遮蔽。

穿上青云上衣白霓裳，高举长箭射天狼。收起弧弓往西方而降，拿起北斗酌饮桂浆，手持马缰飞高驰翔，在冥冥夜色中我又转向东方。

河伯

　　与女游兮九河①，冲风起兮横波②。乘水车兮荷盖③，驾两龙兮骖螭④，登昆仑兮四望，心飞扬兮浩荡⑤。日将暮兮怅忘归⑥，惟极浦兮寤怀⑦。鱼鳞屋兮龙堂⑧，紫贝阙兮朱宫⑨。灵何为兮水中⑩？乘白鼋兮逐文鱼⑪。与女游兮河之渚，流澌纷兮将来下⑫。子交手兮东行，送美人兮南浦⑬。波滔滔兮来迎，鱼邻邻兮媵予⑭。

【注释】

　　①九河：传说禹治黄河时开了九条河道，此泛指黄河众支流。②冲风：冲地而起的风，即暴风。③水车：以水为车。荷盖：以荷叶为车盖，古代车盖为圆形，似伞。④骖(cān)：古代一辆车套四匹马，中间的两匹马叫"服"，两旁的两匹叫"骖"。这里作动词用，驾在两旁。螭(chī)：无角的蛟龙。这句是说：两条有角的龙驾在中间，两条无角的龙驾在两旁。⑤浩荡：水大貌，这里形容心情开阔。⑥怅：当作"憺"，迷恋。⑦惟：思念。极浦：遥远的水边。寤：醒。寤怀：从对昆仑的迷恋中警醒过来，怀念起遥远的水乡，极言思念之甚。⑧龙堂：壁上画龙的厅堂。⑨阙：王宫前面两边高耸的望台。⑩灵：对河伯的尊称。⑪鼋(yuán)：一种大鳖，色青黄。"白鼋"疑是神话中的怪异大鳖。文鱼：像鲫鱼、鲤鱼一类有斑纹的鱼。文鱼与白鼋一样，应该都是古代传说中的神异水族。⑫流澌：融解的冰块，也可以解释为流水。将：随同。⑬子、美人：都是河伯对巫女或洛神的美称。⑭邻邻：一作"鳞鳞"，连贯衔接，很有次序的样子。媵(yìng)：古代陪嫁的女子，此作动词用，护送陪伴。予：我，这里是单数作多数用，犹今"咱们"。

【译文】

　　我想跟您一块儿在九河里遨游，哪怕暴风吹起汹涌洪波。乘上以荷叶为盖的水车，驾御着两龙，幼螭在两旁护驾。登上昆仑峰顶举目四望，心灵飞扬，豁然开朗。太阳快要落山了，我竟然陶醉得流连忘返！当想起那远岸，才忽然思念起自己的故乡。用鱼鳞砌成的屋子，装饰着龙鳞的厅堂，紫色贝壳堆砌的门阙，明珠装饰的殿堂。神君您为何要居住在水中央？骑着白色大鳖去追随文鱼，神君啊！我愿与您同游在河上。融解的冰块随流而下，您与我握手告别将要走向东方，我送您到南浦渡口，滔滔的波浪都来迎接您，成群的鱼儿把我送回家。

山鬼

【原文】

　　若有人兮山之阿①，被薜荔兮带女萝②。既含睇兮又宜笑③，子慕予兮善窈窕④。乘赤豹兮从文狸⑤，辛夷车兮结桂旗。被石兰兮带杜衡⑥，折芳馨兮遗所思⑦。余处幽篁兮终不见天⑧，路险难兮独后来⑨。表独立兮山之上⑩，云容容兮而在下⑪。杳冥冥兮羌昼晦⑫，东风飘兮神灵雨⑬。留灵修兮憺忘归⑭，岁既晏兮孰华予⑮？

【注释】

①若：发语词。兮：在语法结构上具有"于"字的作用。阿（ē）：曲隅处。山之阿：山凹，山深处。②被：同"披"。带，腰带。此作动词用。女萝：又名菟丝，是一种缘物而长的蔓生植物。③睇（dì）：微盼，楚方言。含睇：含情微盼。宜笑：笑得自然得体。④子：与下文的灵修、公子、君都是指山鬼，亦即扮演山鬼的女巫所思念的人。予：指山鬼。善：善于。窈窕：美好的姿态。⑤乘：驾车。文：花纹。狸：野猫。⑥被石兰：石兰做车盖。

石兰即山兰，是兰草的一种。带杜衡：杜衡作车上的飘带。杜衡俗名马蹄香。⑦遗（wèi）：赠。所思：所爱的人。⑧篁：竹。终不见天：整日看不到天空。⑨后来：迟到。⑩表：突出。这句说：独个儿站在山上突出的地方，盼望情人。⑪容容：通"溶溶"，大水流动的样子，此指云。⑫杳：深远。冥冥：黑暗。羌：语气助词，楚方言。昼晦：白天昏暗。⑬神灵雨：雨神在降雨。⑭留灵修：为灵修而留。"灵修"是山鬼对情人的尊称。憺（dàn）：安心，安然。这里是入迷的意思。⑮晏：晚。岁既晏：年已老。孰：谁。华：同"花"，此作动词用。孰华予：谁能使我再像花一样鲜美。

【译文】

好像有人在那山隅里，身披薜荔衣腰束女萝带。含情脉脉巧笑嫣然，原来你倾慕我的形貌美好。驾乘赤豹紧紧跟着斑纹狸猫，辛夷为车桂枝做旗。身披石兰缚着杜衡，你折下芳香的花朵送给思念的人。我住在幽深的竹林里终日不见阳光，道路艰险难行所以我孤独来迟。你孤身一人站在高高的山巅上，云雾滚滚在脚下浮动。眼前一片昏暗使白天如同黑夜一般，东风飘旋降下细雨。我愿为您而留兴奋得不想回去，年华已逝谁能使我永葆容颜？

【原文】

采三秀兮於山间①，石磊磊兮葛蔓蔓。怨公子兮怅忘归，君思我兮不得闲。山中人兮芳杜若②，饮石泉兮荫松柏。君思我兮然疑作③。雷填填兮雨冥冥④，猨啾啾兮狖夜鸣⑤。风飒飒兮木萧萧，思公子兮徒离忧⑥。

【注释】

①三秀：芝草，一年开花结穗三次，故名。《山海经·中山经》说"服之媚于人"，吃了可以赢得别人的喜爱。"采三秀"直承上段的"孰华予"，目的当在此，兮於山，郭沫若认为此"兮"字在句中有"于"字的作用，"於山"即巫山，於、巫古可同音假借。可备一说。②芳杜若：像杜若一样芬芳

可爱。③君：指山鬼。然：信。疑：不信。作：生。"然疑作"是说疑信交生。④填填：雷声。雨冥冥，因下雨而天色昏暗的景象。⑤猨：同"猿"。啾啾：猿声。狖（yòu）：黑色的长尾猿。⑥徒：徒然，白白地。离：借作"罹"（lí），遭受。

【译文】

我在山间想要采摘灵芝，却见山石磊磊葛藤盘绕。我恨你啊！竟怅然而忘却归去，或许您还在想念我，只是没空闲来看我。山中的你啊就像芬芳的杜若，渴饮石泉水，栖息在松柏。你还想念我吗？我的心中信疑交错。雷声滚滚细雨绵绵，猿猴哀鸣啾啾穿透夜幕。风声飒飒落叶萧萧，我思念您啊，空自悲伤！

九章

涉江

【原文】

余幼好此奇服兮，年既老而不衰。带长铗之陆离兮[1]，冠切云之崔嵬[2]。被明月兮珮宝璐[3]，世溷浊而莫余知兮。吾方高驰而不顾[4]，驾青虬兮骖白螭[5]。吾与重华游兮瑶之圃[6]，登昆仑兮食玉英[7]。与天地兮比寿，与日月兮齐光。哀南夷之莫吾知兮，且余济乎江湘[8]。

【注释】

①铗：剑柄，此指剑。陆离：很长的样子。②冠：帽，此作动词用，戴。切云：当时一种高帽子的名字。《离骚》有"高余冠之岌岌"的描写，这是屈原喜爱的形象。③明月：指夜明珠。璐：美玉名。珮：同"佩"。④方：才。顾：回头。⑤虬（qiú）：传说中无角的龙。骖（cān）：古代一车套四匹马，中间的马叫"服"，两旁的叫"骖"，这里作动词用，驾在两旁。螭（chī）：也是一种无角的龙。⑥重华：舜的名。瑶之圃：玉树的园

圃。传说昆仑山产玉，是上帝的园圃所在。⑦英：花。"英"古音"央"，与下文"光"叶韵。玉英是指玉的精华。这里用以代表最精美的非人间的食品，象征最高尚的真理。⑧南夷：指屈原流放的楚国南部的土著。屈原作品里关于修饰奇服、与前圣同游的描写，都寓有不与楚统治集团同流合污的意思。在现实生活中愈是受迫害，被孤立，他愈要在精神上表现得倔强、傲岸、目空一切。前面用高昂的调子，浪漫的彩笔，描写自己与楚当权者的决绝，采用的是虚写手法，这两句才点破其实际内容，为下文的实写作过渡。

【译文】

我从小就喜欢这种奇伟的服饰，现在年纪虽然老了但是兴致仍没减退。腰间挂着长长的宝剑悠悠摆动，头上戴着高耸的切云帽，披挂着明月珠子佩戴着美玉，可叹这世道混浊没人了解我。我正想向高处奔驰而义无反顾，青龙驾车，白龙御套，我和重华畅游瑶园玉圃，登上昆仑山同食玉枝琼花。我与天地一样万寿无疆，我与日月同放光芒。哀痛在南夷这地方没有人能知道我，明早我就要渡过长江和湘水了。

【原文】

乘鄂渚而反顾兮①，欸秋冬之绪风②。步余马兮山皋，邸余车兮方林③。乘舲船余上沅兮④，齐吴榜而击汰⑤。船容与而不进兮，淹回水而凝滞⑥。朝发枉渚兮⑦，夕宿辰阳⑧。苟余心其端直兮，虽僻远之何伤！入溆浦余僓佪兮⑨，迷不知吾所如⑩。深林杳以冥冥兮，乃猨狖之所居⑪。

【注释】

①乘：登。鄂渚：地名，在今湖北武昌。②欸（āi）：哀叹。绪：余。③邸：同"抵"。方林：地名，大概在长江北岸。"方"有旁边的意思。④舲（líng）船：有门窗的小船。⑤齐：指动作整齐，这里作动词用，犹"并举"。吴：有二解，一、吴国；二、大。榜：船桨。汰：水波。⑥淹：淹留，停滞。回水：回旋的水。⑦枉渚：在今湖南常德市南。⑧辰阳：故城在今湖南辰溪县西。⑨溆浦：在今湖南溆浦县。僓（chán）佪（huái）：徘徊，指心情的无所着落。到溆浦后，不知该向哪里去，踌躇一阵，大概就住下来了。⑩如：往。⑪狖（yòu）：黑色长尾猿。

【译文】

登上鄂渚回头遥望国都，慨叹秋冬的余风依然凌厉。我的马慢慢走过水边的高地，我的车在方林停留。乘着小船儿溯沅水而上，船夫们一齐摇桨击拍波浪。船慢腾腾地不肯行进，停留在回旋的水流中不前。早晨我从枉渚启程，傍晚就歇宿在辰阳。只要我的心是端直忠贞，即使偏僻荒远又有何妨。进入溆浦我觉得踌躇彷徨，迷惑中我不知要去向何方。茂密的树林幽深而昏暗，这本是猿猴所生息的地方。

【原文】

山峻高以蔽日兮，下幽晦以多雨。霰雪纷其无垠兮①，云霏霏而承宇②。哀吾生之无乐兮，幽独处乎山中。吾不能变心而从俗兮，故将愁苦而终穷。接舆髡首兮③，桑扈嬴行④。忠不必用兮，贤不必以⑤。伍子逢殃兮，比干菹醢。与前世而皆然兮^⑥，吾又何怨乎今之人！余将董道而不豫兮^⑦，固将重昏而终身。

【注释】

①霰：雪珠。②承：连接。宇：屋檐。一说"宇"指天宇，阴云弥漫天空。③接舆：春秋时楚国的隐士、狂士。髡（kūn）：剃发，是古代的一种刑罚。传说接舆自己剃去头发，避世不出仕。这是对统治者坚决不合作的表示。④桑扈：古代隐士，就是《庄子·大宗师》里的子桑户，《论语》里的"子桑伯子"。嬴（luǒ）：同"裸"字。桑扈裸体行走和接舆自髡一样，都是故意违抗世俗的表现。⑤以：又同"用"。⑥与：读作"举"，全部。⑦董：正。

【译文】

山峰高峻遮蔽了太阳，山脚下多雨而幽晦阴暗。雪花纷纷飘落无边无际，云雾弥漫在屋檐下集散。可叹我一生得不到快乐，幽居大山中寂寞孤独。我不能改变志向去顺从世俗，当然难免终身困苦，愁绪满怀而不得志。接舆剃发佯狂，桑扈脱衣裸体而行。忠良之人不一定被任用，贤能之人不一定被推荐。伍子胥遭遇祸殃，比干被剁成肉酱。前世就是这样，我又何必怨恨当今的人呢！我依然将遵守正道毫不犹豫，当然我将陷于黑暗而终身。

【原文】

乱曰：鸾鸟凤皇，日以远兮。燕雀乌鹊，巢堂坛兮^①。露申辛夷^②，死林薄兮^③。腥臊并御^④，芳不得薄兮^⑤。阴阳易位，时不当兮。怀信侘傺^⑥，忽乎吾将行兮。

【注释】

①堂：殿堂。坛：祭台。②露申：即瑞香花。辛夷：香木名，北方叫木笔，南方叫望春。③薄：草木交错。林薄：草木杂生的地方。④御：进用。⑤薄：靠近。⑥怀信，怀抱着忠信之心。

【译文】

尾声：鸾鸟、凤凰，一天天远去。燕雀、乌鹊，却在殿堂庭院里筑巢。露甲、辛夷，枯死在草木丛中。腥膻臊臭并用，芳香却不能够靠近。阴阳颠倒变换了方位，这时代混沌不明。满怀忠信却屡遭惆怅失意，我将飘然而远行。

怀沙

【原文】

滔滔孟夏兮^①，草木莽莽^②。伤怀永哀兮，汩徂南土^③。眴兮杳杳^④，孔静幽默^⑤。郁结纡轸兮^⑥，离慜而长鞠^⑦。抚情效志兮，冤屈而自抑。

【注释】

①滔滔：一说是和暖，阳气舒发的样子。一说是滔滔不绝的意思，形容夏季昼长。②莽莽：

草木丛生的样子。③汩(gǔ)：流水快的样子。徂：行。南土：《涉江》记载屈原已流放到湘西的辰阳、溆浦，这些地方与长沙一带，是楚国的南疆。④眴(shùn)：字同"瞬"，看。杳杳(yǎo)：深远而无所见的样子。⑤孔：很。一说同"空"。幽、默：都是静寂无声的意思。⑥纡：委屈。轸：悲痛。⑦离：借作"罹"，遭遇。慜(mǐn)：同"愍"，忧患。鞠：窘困。

【译文】

初夏时节阳气舒发，百草万木生长茂盛。我心怀无尽的忧伤思念与叹息，疾速地往南方而行。举目四望眼前一片苍茫，原野肃然无声幽深静谧。内心抑郁忧伤，遭受忧患而穷困已久。我安抚心情评析自己的志向，即使遭受委屈也要压抑自己。

【原文】

刓方以为圜兮①，常度未替。易初本迪兮②，君子所鄙。章画志墨兮③，前图未改④。内厚质正兮，大人所盛。巧倕不斲兮⑤，孰察其拨正⑥。玄文处幽兮⑦，矇瞍谓之不章⑧。离娄微睇兮⑨，瞽以为无明⑩。变白以为黑兮，倒上以为下。凤皇在笯兮⑪，鸡鹜翔舞⑫。同糅玉石兮，一概而相量⑬。夫惟党人之鄙固兮⑭，羌不知余之所臧⑮。

【注释】

①刓(wán)：削。圜：同"圆"。②易初：改变初志，变易初心。本：是"卞"的误字。"卞"古通"变"。迪：古通"道"。本迪：改变常道。易初、卞迪是同义并列。③章：明确。画：规划。志：牢记。墨：绳墨，比喻法度。④前图：初志。⑤倕：人名，传说是尧时的巧匠。斲(zhuó)：同"斫"，砍。⑥拨：弯曲。拨正：即"扶拨以为正"，使弯曲的东西成为正直的。这是说巧匠不动斧头，曲直就没有标准，用以比喻正人不在朝列，则是非无法分清。⑦玄：黑色。文：同"纹"。⑧矇瞍(sǒu)：瞎子。有眼珠而看不见叫矇，没有眼珠叫瞍。⑨离娄：一作"离朱"。传说是黄帝时人，能于百步之外见秋毫之末，黄帝失掉玄珠，他给找回。睇：微视，楚方言。⑩瞽：瞎子。⑪笯：竹笼，楚方言。⑫鹜：鸭。⑬概：字同"概"，平斗斛的横木。⑭夫、惟：都是语气助词。鄙固：鄙陋，顽固。⑮臧：善。一说"臧"同"藏"，指藏在胸中的抱负。

【译文】

本想把方木削圆，寻常法度却不能废弃。想改变初志追随流俗，却又是有志之士所看不起的。我的志向就像清晰的规划与绳墨，依照原有的规矩而不变易。内心忠厚本质端正，此正是为君子所赞美。巧匠倕如果不动斧头，谁又能知他所砍是正是曲？把黑色的纹饰放在幽暗的地方，瞎子会说它不明显。离娄微睐着眼睛，瞎子会说他也是目盲。把白说成黑，把上颠倒为下。凤凰被关进笼里，鸡鸭却盘旋飞翔。把美玉和石头杂糅在一起，会认为它们相同而一样衡量。想到小人结党是多么卑鄙顽固，却都不知我的高尚善良。

【原文】

任重载盛兮，陷滞而不济①。怀瑾握瑜兮，穷不知所示②。邑犬之群吠兮，吠所怪也。非俊疑杰兮，固庸态也。文质疏内兮③，众不知余之异采。材朴委积兮④，莫知余之所有⑤。重仁袭义兮，谨厚以为丰⑥。重华不可遌兮⑦，孰知余之从容。古固有不并兮⑧，岂知其何故。汤禹久远兮，邈而不可慕。惩连改忿兮⑨，抑心而自强。离慜而不迁兮，愿志之有像⑩。进路北次兮⑪，日昧昧其将暮。舒忧娱哀兮，限之以大故⑫。

【注释】

①陷：陷没。滞：沉滞。不济：不中用。②穷不知：完全不知道。穷：尽，形容"不知"。示：拿给人看。③文：外表。质：实质。疏：朴素。内：同"讷"，木讷，不善辞令。④材：有用的木料。朴：未加工的木料。委积：丢在一旁堆积着。⑤所有：指上句的"材朴"。自己有"材朴"的作用，却不为人知。⑥重、袭：都是重复、积累的意思。厚、丰，都是充实的意思。这两句说，自己从来都重视品德的锻炼，日积月累，坚持不懈，不断以仁义充实自己。⑦遌：同"迕"，遇。⑧古固有：自古就有。不并：明君与贤臣生不同时。这句意同《涉江》"伍子逢殃兮，比干菹醢。与前世而皆然兮，吾又何怨乎今之人"。⑨惩：戒。连：《史记》引作"违"。"违"与"怽"同，怨恨。"惩怽"与"改忿"对文，谓克制自己的恨忿，即下句"抑心"、上文"自抑"之意。⑩像：榜样。⑪次：停息，休止。⑫限：极限。之：代词，指上句的"忧""哀"。大故：死亡。把"忧""哀"限在死亡以前，即要死得从容，不把生前的哀忧带到死后。

【译文】

我能肩负重责担当大任，却被阻滞无法大展抱负。虽然怀抱美玉手拿珍宝，却穷困得不知向谁表示。村里的狗成群地狂叫，对着它们认为怪异的事情而叫。非议才俊猜疑豪杰，本就是庸人们的惯常手段。我朴实木讷不善于表达，谁都不知道我出众的才华。如积累的丰富的可用材料，却没有人知道这是我拥有的财富。我重仁重义积累才能，加强修养以敦厚为富足。重华已不能再相逢，谁又能知道我忠诚不变的气度。自古以来圣君贤臣生不同时，这到底是什么缘故？商汤和夏禹早已远离，遥远的连思慕都不现实。我抑制着心中的怨恨与愤怒，克制内心的情绪让自己变得坚强。虽然我遭受困苦忧患也不改变，只希望能为后世留下榜样。我顺着道路前进到达北方，太阳将落已近黄昏。姑且吐出我的哀愁苦中作乐，人生最终都要走向死亡。

【原文】

乱曰：浩浩沅湘，分流汩兮。修路幽蔽，道远忽兮。怀质抱情，独无匹兮①。伯乐既没，骥焉程兮②。万民之生③，各有所错兮④。定心广志，余何畏惧兮！曾伤爰哀，永叹喟兮⑤。世溷浊莫吾知，人心不可谓兮⑤。知死不可让，愿勿爱兮⑥。明告君子⑦，吾将以为类兮⑧。

【注释】

①匹：伴侣。还有一说认为是"正"字之误，同"证"，也可通。②伯乐：即孙阳，春秋时人，以善相马受秦缪公赏识。程：衡量，品评。③万民之生：一作"民生禀命"。禀命，禀受天命。④错：同"措"，安排。⑤"曾伤"四句：朱熹以为应该提到"怀质抱情"句之上，文意通惯。曾：借作"增"，多次。爰：无休无止。喟（kuì）：叹气。⑥爱：吝惜。勿爱：指为了成仁取义，不吝啬自己的生命。⑦明告：公开告诉。君子：泛指懂道理的人。⑧类：即"类别"之类，指与"君子"同类。一说"类"作"榜样"解，就是自己也将和志士仁人一样，把舍生取义付诸实践。

【译文】

尾声：浩荡的沅水湘江，流水汩汩波浪翻滚。道路漫长阴晦隐蔽，路途遥远无法预计。我胸怀质朴的真情，竟然孤独没有可以相伴的人。既然没有伯乐，谁又能识得千里马？民生百姓各有天命，但是都会各有安排。只要平心静气志向宽广，我又有什么可畏惧的？痛苦的哀伤无止无休，唯有深深地叹息。世道混浊污秽无人了解我，人心叵测又不可劝说。既然知道死亡已不可回避，我又何必爱惜身体。明白地告诉君子与前贤，将以我的忠义气节作为世人的典范！

卜居

屈原既放，三年不得复见，竭知尽忠，而蔽障于谗，心烦虑乱，不知所从。往见太卜郑詹尹①，曰："余有所疑，愿因先生决之。"詹尹乃端策拂龟②，曰："君将何以教之？"

屈原曰："吾宁悃悃款款朴以忠乎？将送往劳来斯无穷乎③？宁诛锄草茅，以力耕乎？将游大人以成名乎？宁正言不讳，以危身乎？将从俗富贵以媮生乎④？宁超然高举以保真乎？将呢訾栗斯，喔咿儒儿以事妇人乎⑤？宁廉洁正直以自清乎？将突梯滑稽，如脂如韦以洁楹乎⑥？宁昂昂若千里之驹乎？将氾氾若水中之凫，与波上下，偷以全吾躯乎⑦？宁与骐骥亢轭乎？将随驽马之迹乎⑧？宁与黄鹄比翼乎？将与鸡鹜争食乎⑨？此孰吉孰凶？何去何从？世溷浊而不清！蝉

翼为重，千钧为轻。黄钟毁弃，瓦釜雷鸣。谗人高张，贤士无名。吁嗟默默兮，谁知吾之廉贞？"

詹尹乃释策而谢。曰："夫尺有所短，寸有所长；物有所不足，智有所不明；数有所不逮⑩，神有所不通。用君之心，行君之意，龟策诚不能知此事。"

【注释】

①太卜：官名，掌管卜卦的事。②端：摆端正。策：蓍草。龟：指龟壳。"策"与"龟"都是占卦的工具。③悃悃（kǔn）款款：诚实而无保留的样子。劳：慰劳。送往劳来：送往迎来，指社会上的人事应酬。斯无穷：就这样不至于贫困。④媮：同"偷"。⑤呢（zú）訾（zī）：想前进又不敢前进的样子。栗：借作"慄"，古本亦作"慄"，谨畏貌，形容阿谀的丑态。喔咿儒儿：指勉强装笑，讨人欢心的样子。妇人：指楚怀王的宠姬郑袖。⑥突梯：圆滑的样子。滑稽：本是古代的流酒器，引申为人长于辞令，这里则指善于巧言谄媚。脂：油脂。韦：柔软的熟皮。如脂如韦：比喻人的圆滑。洁：用绳子计量圆形物体。楹：屋柱，圆形。洁楹：也比喻人的态度圆滑。⑦氾氾：浮游不定的样子。⑧亢：同"伉"，并。轭（è）：车辕前套牲口用的横木，此作动词用，指负轭前行。亢轭：并驾齐驱。驽：劣马。⑨黄鹄（hú）：善飞的大鸟。鹜（wù）：鸭。⑩数：卦数。逮：及。这里的"不及"，是预料不到的意思。

【译文】

屈原被放逐后，多年还不能被赦罪召回得见楚怀王。他对国家竭尽心智以尽忠，却被奸佞所掩蔽阻挠。他心情烦闷思绪混乱，真不知该如何是好。于是他去拜访太卜郑詹尹，说道："我心中有一些疑问，想请您帮我解答做个决定。"詹尹于是就摆正筮草，拂试龟甲，问道："先生有何指教？"

屈原道："我是宁可诚恳忠贞地尽忠呢？或是媚世逢迎随欲周旋，而不至于穷困呢？宁可去锄掉茅草而努力耕作呢？或是去逢迎有地位的人借以成名呢？宁可直言不讳以至危害到自身呢？或是随波逐流求取富贵欢愉偷生呢？宁可超然离世而隐居以保存自身的本性呢？或是巧言逢承，强颜欢笑，来侍奉女人呢？宁可廉洁正直以保持自身的纯洁呢？或是圆滑世故，如脂如韦，来滋润楹柱呢？宁可高傲得像千里马那样昂然翘首呢？或是像野鸭一样在水中浮游，随波上下，苟且偷生以保全身躯呢？宁可与骐骥抗轭并驾呢？或是跟随劣马的足迹呢？宁可与黄鹄一道比翼齐飞呢？或是去和鸡鸭争食呢？以上所说这些，究竟什么是吉什么是凶呢？该舍弃什么？又该顺从什么？人世混浊而不清！人们认为蝉翼很重，却把千钧看得很轻。黄钟被人们毁坏抛弃不用，瓦釜却被敲得如雷鸣般响动。谗佞之人位高权重，十分显赫，贤良之士却屡遭遗弃，默默无闻。我悲叹这世间如此沉默，有谁能知道我的廉正忠贞？"

詹尹听后放下了筮草而抱歉地说："唉！尺虽长也有嫌短的时候，寸虽短也有嫌长的时候；事物也有不足之处，智慧也有不能洞察之处；命运也不一定能够掌握，神灵也有不能通过的地方。顺应您的心意，去行使您的意愿。龟策实在不能知道这些事情。"

汉魏晋
南北朝诗

汉诗

刘邦

刘邦（公元前 256～前 195 年），字季，沛县丰邑（今江苏丰县）人。在秦末农民战争中，登高一呼，天下英雄云集于其麾下，称"沛公"。公元前 206 年，他率军攻破咸阳灭秦，被义军盟主项羽封为汉王，封地为汉中、巴蜀（因此在战胜项羽后建国时，国号定为汉）；公元前 202 年，他灭项羽，建立汉朝，史称汉高祖。庙号为太祖，谥号高皇帝，因司马迁在《史记》中称其为汉高祖，后世多沿用此。在掌权八年（公元前 202～前 195 年）期间，对中国的统一和强大、华夏文明的保护和发扬作出了突出贡献。刘邦的诗歌作品有《大风歌》和《鸿鹄歌》。

大风歌

大风起兮云飞扬①，威加海内兮归故乡②。安得猛士兮守四方③！

【注释】

①兮：语气助词，古音读如"阿"，犹今口语"啊"。②加：凌驾。海内：四海之内，犹言"天下"。"威加海内"意谓"威震天下"。③安得：怎得。这句是说希望得到猛士镇守四方。

【诗解】

《大风歌》是汉朝刘邦所作的诗歌，生动地展示出他的矛盾心情。唐朝乐队有以此改编的同名歌曲。公元前 195 年，刘邦东讨淮南王英布，西归途中，路过他的家乡沛县，便邀集故人宴饮。在宴席上由一百二十个小儿歌唱助兴，刘邦击筑（一种弦乐器）并作了这首诗。刘邦在战胜项羽后，称帝建汉，《大风歌》表达了他一统天下的广阔胸怀，也流露了踌躇满志的情绪，但在其内心深处却隐藏着对当时局面虽已初定，但国家仍未稳定，特别是外族威胁严重存在的忧虑之情。诗风刚健豪放，雄视古今。

项籍

项籍（公元前 232～前 202 年），字羽，历史上通常称之为项羽，秦下相（今江苏宿迁市）人。公元前 206 年灭秦之后，自立为"西楚霸王"，后在楚汉战争中为汉高祖刘邦所败，在乌江（今安徽和县）自刎而死。项羽是中国历史上以勇武著称的将领，古人对其有"羽之神勇，千古无二"的评价，"霸王"一词，专指项羽。

垓下歌

力拔山兮气盖世。时不利兮骓不逝①。骓不逝兮可奈何！虞兮虞兮奈若何②！

【注释】

　　①骓：青白杂色的马，是项羽常骑乘的一匹骏马。这句是说：虽乘乌骓骏马，也难突破汉军重围。②虞：项羽宠姬。若：你。这句是说：虞啊虞啊！我又如何安排你啊！

【诗解】

　　公元前202年，项羽兵败之后，驻军垓下，兵少食尽，被刘邦军队重重围困。夜晚，项羽听到四面楚歌，皆为汉军所唱，他认识到大势已去，与心爱的虞姬饮酒帐中，慷慨悲歌，唱出了这首流传千古的歌诗，生动表现了英雄末路、无可奈何的悲凉之情。

乐府

上邪

　　上邪①！我欲与君相知②，长命无绝衰③。山无陵④，江水为竭，冬雷震震⑤，夏雨雪⑥，天地合⑦，乃敢与君绝⑧！

【注释】

　　①上邪：犹言"天啊"。上，指天。邪，同"耶"。②相知：相爱。③命：古与"令"字通，使。这两句是说：我愿与你相爱，让我们的爱情永不衰绝。④陵：大土山。⑤震震：雷声。⑥雨雪：降雪。⑦天地合：天与地合而为一。⑧乃敢：才敢。"敢"字是委婉的用语。

【诗解】

　　这是一篇女子自誓之辞。以女子的口吻抒写，表达对爱情的矢志不渝。从内容来看，诗中连用五件不可能有的事为誓，用以表示她认定了自己选择的男人值得去爱。从表现手法来讲，叙写五事，或用三言，或用四言，语句跌宕，毫不露排比的痕迹，生动而深刻地展示了主人公的性格特征。

江南

　　江南可采莲，莲叶何田田①！鱼戏莲叶间。鱼戏莲叶东，鱼戏莲叶西，鱼戏莲叶南，鱼戏莲叶北②。

【注释】

①田田：莲叶浮水之貌。②这四句是明写鱼游，隐喻青年男女在劳动过程中的嬉戏。

【诗解】

这是一首优美的民歌，它生动地描绘了江南人采莲时的欢乐情景。《乐府解题》云：《江南》，古辞，盖美芳晨丽景，嬉游得时也。"

陌上桑

日出东南隅①，照我秦氏楼。秦氏有好女②，自名为罗敷③。罗敷喜蚕桑④，采桑城南隅。青丝为笼系⑤，桂枝为笼钩⑥。头上倭堕髻⑦，耳中明月珠⑧，缃绮为下裙⑨，紫绮为上襦⑩。行者见罗敷，下担捋髭须⑪。少年见罗敷，脱帽著帩头⑫。耕者忘其犁，锄者忘其锄。来归相怨怒，但坐观罗敷⑬。（一解）

使君从南来⑭，五马立踟蹰⑮。使君遣吏往，问是谁家姝⑯。"秦氏有好女，自名为罗敷。""罗敷年几何？""二十尚不足，十五颇有余⑰。"使君谢罗敷⑱："宁可共载否⑲？"罗敷前置辞⑳："使君一何愚㉑！使君自有妇，罗敷自有夫。"（二解）

"东方千余骑，夫婿居上头㉒。何用识夫婿㉓？白马从骊驹㉔，青丝系马尾㉕，黄金络马头；腰中鹿卢剑㉖，可直千万余㉗。十五府小吏㉘，二十朝大夫㉙，三十侍中郎㉚，四十专城居㉛。为人洁白皙㉜，鬋鬋颇有须㉝。盈盈公府步㉞，冉冉府中趋㉟。坐中数千人，皆言夫婿殊㊱"。（三解）

【注释】

①日出东南隅：春天日出东南方。这句点出采桑养蚕的节令。②好女：美女。③自名：自道姓名。一说，"自名"犹言"本名"。④喜：一作"善"。⑤青丝：青色丝绳。笼：指采桑用的竹篮。⑥笼钩：竹篮上的提柄。⑦倭堕髻：即"堕马髻"，其髻偏在一边，呈欲堕之状，是东汉时一种时兴的发式。⑧明月珠：宝珠名。据《后汉书·西域传》说，大秦国（古指罗马帝国）产明月珠。⑨缃（xiāng）：浅黄色。⑩襦：短衣。⑪捋（lǚ）：用手顺着抚摩。髭（zī）：口上边的胡子。⑫著：显露。帩（qiào）头：同"绡头"，古人束发用的纱巾。⑬坐：因。这二句是说耕者、锄者因观罗敷晚归，引起夫妻争吵。⑭使君：东汉人对太守、刺史的称呼。⑮五马：闻人倓《古诗笺》云：汉制"太守驷马而已，其有加秩中二千石，乃右骖（驷马的右边加一骖马），故以'五马'为太守美称。"⑯姝：美女。⑰颇：少，略微。⑱谢：问。⑲宁可：愿意。《说文》徐锴注云："今人言宁可如此，是愿如此也。"这二句是吏人转达太守对罗敷的问语，是说使君问你，愿否同他一道乘车而去。⑳置辞：同"致辞"，答话。㉑一何：犹"何其"，相当今口语"何等地"、"多么地"。一，语助词。㉒上头：行列的最前面。㉓何用：是"用何"的倒语，意即"根据什么……"。㉔骊驹：深黑色的小马。㉕系（jì）：绍结。㉖鹿卢：同"辘轳"，古时名剑之首用玉做鹿卢形。㉗直：同"值"。以上四句是罗敷夸耀其夫的高贵服饰，借以说明其夫的高贵身份。㉘府小吏：太守府的小吏。"十五"及下文的"二十"、"三十"、

"四十"皆指年龄。㉙朝大夫：在朝廷任大夫的官职。㉚侍中郎：皇帝的侍从官。㉛专城居：为一城之主，如太守、刺史之类的大官。这四句是罗敷夸其丈夫官运亨通，步步高升。㉜洁白皙：面容白净。㉝鬑鬑（lián）：鬓发疏长之貌。这句是说略有一些疏而长的美须。㉞盈盈：行步轻盈之貌。"公府步"、"府中趋"，犹旧日所谓的"官步"。㉟冉冉：行步舒缓之貌。㊱殊：是人才出众的意思。

【诗解】

这首诗写的是聪慧的采桑女罗敷巧妙拒绝太守无理调戏的故事。本诗在揭露汉代高官大吏横暴荒淫的同时，成功塑造了罗敷这个美丽坚贞、有勇有谋的妇女形象。此外，该诗在艺术上别具一格。比如诗中写罗敷的美貌一节，除一句正面描写之外，其余全是侧面描写（就是从看见罗敷的人的失常神态、举止去写），由此可见罗敷之美。

本诗分三解。"解"相当于"章"，就是乐诗的段落。

长歌行

青青园中葵①，朝露待日晞②。阳春布德泽③，万物生光辉④。常恐秋节至，焜黄华叶衰⑤。百川东到海，何时复西归？少壮不努力，老大徒伤悲！

【注释】

①葵：有锦葵、蜀葵等。这里代指花草树木。②晞（xī）：因日晒而干。③阳春：春天。德泽：恩惠，这里指春天的阳光雨露。④这两句是说：春天的阳光雨露，使万物都焕发出生命的光彩。⑤焜（kūn）黄：植物枯黄之貌。华：同"花"。衰，音 cuī。

【诗解】

《长歌行》共三首，这是其中的第一首。这首诗借抒写万物盛衰有时，来慨叹人应当奋发自励。

饮马长城窟行

青青河畔草，绵绵思远道①。远道不可思②，宿昔梦见之③。梦见在我傍，忽觉在他乡④。他乡各异县，展转不相见⑤。枯桑知天风，海水知天寒⑥。入门各自媚⑦，谁肯相为言⑧！

客从远方来，遗我双鲤鱼⑨。呼儿烹鲤鱼，中有尺素书⑩。长跪读素书⑪，其中意何如：上言加餐饭^⑫，下言长相忆^⑬。

【注释】

　　①绵绵：连绵不断之貌。这里义含双关，由看到连绵不断的青青春草，而引起对征人缠绵不断的情思。远道：犹言"远方"。②不可思：是无可奈何的反语。这句是说征人辗转远方，想也是白想。③宿昔：一作"夙昔"，昨夜。《广雅》云："昔，夜也。"④这二句是说：刚刚还见他在我身边，一觉醒来，原是南柯一梦。⑤展转：同"辗转"。不相见：一作"不可见"。⑥枯桑知天风，海水知天寒：闻一多《乐府诗笺》云："喻夫妇久别，口虽不言而心自知苦。"⑦媚：爱。⑧言：《广雅》云："言，问也。"这二句是说别人回到家里，只顾自己一家人亲亲热热，可又有谁肯来安慰我一声？⑨双鲤鱼：指信函。古人寄信是藏于木函中，函用刻为鱼形的两块木板制成，一盖一底，所以称之为"双鲤鱼"。以鱼象征书信，是我国古代习用的比喻。⑩尺素：指书信。古人写信是用帛或木板，其长皆不过尺，故称"尺素"或"尺牍"。这句是说打开信函取出信。⑪长跪：古代的一种跪姿。古人日常都是席地而坐，两膝着地，犹如今日之跪。长跪是将上躯直耸，以示恭敬。⑫餐饭：一作"餐食"。⑬这二句是说：信里先说的是希望妻子保重，后又说他在外对妻子十分想念。

【诗解】

　　这是一首妻子思念丈夫的诗。上半部分抒写妻子因为丈夫久出不归，日夜思念的孤独凄凉之情；下半部分写妻子捧读丈夫来信时的惊喜情状。本诗形象生动，情真意切，读之如闻其声，如见其人。

白头吟

　　皑如山上雪^①，皎若云间月^②。闻君有两意^③，故来相决绝^④。今日斗酒会^⑤，明旦沟水头^⑥，躞蹀御沟上^⑦，沟水东西流。凄凄复凄凄^⑧，嫁娶不须啼。愿得一心人，白头不相离。竹竿何嫋嫋^⑨，鱼尾何簁簁^⑩。男儿重意气^⑪，何用钱刀为^⑫！

【注释】

　　①皑：白。②皎：洁白。③两意：犹"二心"，与下文"一心"相对。④决绝：断绝。决，一作"诀"。⑤斗：酒器。⑥明旦：明日。⑦躞（xiè）蹀（dié）：小步徘徊的样子。御沟：指环绕宫墙或流经宫苑的渠水。⑧凄凄：悲伤之貌。⑨嫋嫋：嫋，同"袅"，细长柔软。⑩簁簁：余冠英以为犹"漇漇"，形容鱼尾像濡湿的羽毛。在中国歌谣里，钓鱼常是男女求偶的象征隐语。这两

句意思是说：二人在情意相投的时候，正如用竹竿钓鱼一样，竹竿是多么柔长，鱼又是多么欢悦活泼。⑪意气：情义。⑫钱刀：钱币。刀，刀币。为：语末疑问词。这二句是说：男子应当重爱情，而今何以为了钱刀而抛弃了我。

【诗解】

这首诗的作者是汉代名女子卓文君。相传，司马相如发迹后，渐渐耽于享乐，日日周旋在脂粉堆里，直至欲纳茂陵女子为妾。卓文君忍无可忍，因而作了这首《白头吟》，呈递相如。随诗并附书曰："春华竞芳，五色凌素，琴尚在御，而新声代故! 锦水有鸳，汉宫有水，彼物而新，嗟世之人兮，瞀于淫而不悟! 朱弦断，明镜缺，朝露晞，芳时歇，白头吟，伤离别，努力加餐勿念妾，锦水汤汤，与君长诀!"司马相如读完这一诗一书后，回忆起当年的夫妻恩爱，便放弃纳妾念头，夫妇和好如初。

梁甫吟

步出齐城门①，遥望荡阴里②。里中有三墓，累累正相似③。问是谁家墓，田疆古冶子④，力能排南山⑤，文能绝地纪⑥。一朝被谗言⑦，二桃杀三士。谁能为此谋? 国相齐晏子⑧。

【注释】

①齐城：齐都临淄，在今山东淄博市临淄城北八里。②荡阴里：又名"阴阳里"，在今临淄城南。③累累：连缀之貌。这二句是说三坟相邻，坟形大略相似。④田疆古冶子：据《晏子春秋·谏下篇》载，公孙接、田开疆和古冶子三人，侍奉齐景公，以勇力闻名于世。晏婴认为他们三人"上无君臣之义，下无长率之伦，内不以禁暴，外不可威敌，此危国之器也"。劝景公设计除掉他们，景公同意了他的意见，因将二桃赠给三士，让他们计功食桃。公孙接自报有搏杀乳虎的功劳，田开疆自报曾两次力战却敌，于是各取了一桃。最后古冶子说："当年我跟随君上渡黄河，战车的骖马被大鼋鱼衔入砥柱中流，我年少又不会游水，却潜行逆流百步，顺流九里，杀死了大鼋鱼。当我左手牵着马，右手提着鼋头跳出水面的时候，岸上的人们都误认为是河伯。可以说我最有资格吃桃子，二位何不还回桃子?"公孙接、田开疆二人听后皆羞愧自刎而死。古冶子见此，凄然地说："二友皆死，而我独生，不仁；盛夸己功，羞死二友，不义；所行不仁又不义，不死则不算勇士。"因此，他也自刎而死。⑤排：推也，这里是"推倒"的意思。南山：指齐城南面的牛山。⑥绝：毕，尽。地纪：犹"地纲"。"天纲"与"地纪"，指天地间的大道理，如"仁"、"义"、"礼"、"智"、"信"等。这二句是说三士文武兼备，既有排倒南山的勇力，又深明天地纲纪的真谛。一说，三士以勇力出名，无所谓文，"文"当作"又"。这两句诗，似本《庄子·说剑篇》："此剑上决浮云，下绝地纪。"《庄子》两句都是说剑，这两句都是说勇。"地纪"就是地基。⑦一朝：一旦。⑧晏子：齐国大夫晏婴，历经灵公、庄公、景公三朝，乃齐国名相。

【诗解】

本诗原本是写春秋时齐相晏子"二桃杀三士"的故事，目的是悼念三士无罪被杀。后来才流传为一般葬歌。旧题诸葛亮作，前人已辨其非。

怨歌行

新裂齐纨素①，鲜洁如霜雪②。裁为合欢扇③，团团似明月④。出入君怀袖，动摇微风发。常恐秋节至，凉飚夺炎热⑤。弃捐箧笥中⑥，恩情中道绝。

【注释】

①裂：截断，指布织成匹时从织机上扯下来。新裂：犹言"新织成"。齐纨素：齐国所产纨、素最有名，代指精美的绢。②鲜洁：《文选》作"皎洁"。③合欢：古代一种图案花纹，用以象征和合欢乐之义。汉诗中还有"合欢襦"、"合欢被"等词，都是因为襦上、被上有合欢图案而云。④团团：圆。⑤飚：疾风。一作"风"。这句是说秋风吹走炎热。⑥箧（qiè）笥（sì）：小箱。

【诗解】

总体而言，这首诗抒写了上层贵族妇女失宠后的悲凉与不平。具体而言，这首诗把扇比作女子，以秋至天凉团扇就被"弃捐箧笥中"，隐喻男子一旦变心，女子就将被无情抛弃。

 **古诗**

行行重行行

行行重行行①，与君生别离。相去万余里，各在天一涯②。道路阻且长③，会面安可知？胡马依北风④，越鸟巢南枝⑤，相去日已远⑥，衣带日已缓。浮云蔽白日，游子不顾反⑦。思君令人老，岁月忽已晚。弃捐勿复道⑧，努力加餐饭⑨！

【注释】

①重（chóng）：又。这句是说行而不止。②涯：方。③阻：艰险。④胡马：北方所产的马。⑤越鸟：南方所产的鸟。"胡马依北风，越鸟巢南枝"，是当时习用的比喻，借喻眷恋故乡的意思。⑥已：同"以"。远：久。⑦顾反：还返，回家。顾，返也。反，同"返"。⑧弃捐：抛弃。⑨这两句是说：这些都丢开不必再说了，只希望你在外保重。

【诗解】

本篇是《古诗十九首》的第一首，描写一个女子对其离家远行的爱人的思念之情。诗中巧妙运用比兴手法，以简洁语言表达无限深情。

西北有高楼

西北有高楼，上与浮云齐。交疏结绮窗①，阿阁三重阶②。上有弦歌声，音响一何悲！谁能为此曲？无乃杞梁妻。清商随风发，中曲正徘徊。一弹再三叹，慷慨有余哀。不惜歌者苦，但伤知音稀。愿为双鸿鹄③，奋翅起高飞④。

【注释】

①疏：镂刻。绮：有花纹的细绫。这句是说窗上透刻着像细绫花纹一样的格子。②阿(ē)阁：四面有曲檐的楼阁。这句是说阿阁建在有三层阶梯的高台上。③鸿鹄：据朱骏声《说文通训定声》说："凡鸿鹄连文者即鹄。"鹄：就是天鹅。一作"鸣鹤"。④高飞：远飞。这二句是说愿我们像一对鸿鹄，展翅高飞，自由翱翔。

【诗解】

本篇是《古诗十九首》的第五首，它以听歌起兴，感叹知己难逢。

迢迢牵牛星

迢迢牵牛星，皎皎河汉女。纤纤擢素手①，札札弄机杼②。终日不成章③，泣涕零如雨④。河汉清且浅，相去复几许⑤！盈盈一水间⑥，脉脉不得语⑦。

【注释】

①擢：拔、抽出。这句是说：织女摆动她的纤纤素手。②札札：机织声。③终日不成章：是用《诗经·大东》语意，说织女终日也织不成布。《诗经》原义是织女徒有虚名，不会织布，这里则是说织女因害相思，而无心织布。章：指布匹上的经纬纹理。④零：落。⑤几许：犹言"几何"。这两句是说：织女和牵牛二星彼此只隔着一条银河，相距才有多远！⑥盈盈：水清浅貌。间：隔。⑦脉脉："眽眽"的俗写，含情相视之貌。

【诗解】

本篇是《古诗十九首》的第十首，借天上织女思念牛郎的故事，写人间男女的相思之情。

魏诗

曹操

曹操（公元 155 ~ 220 年），字孟德，沛国谯（今安徽亳州市）人，是我国古代著名的政治家、军事家和文学家。他的诗今存二十首，都是采用乐府古题，鲜明地表现了对汉代乐府的继承。他的文章以"清峻通俶"著称，显示出他崇尚刑名，反对儒学传统的突出特点。鲁迅先生曾称他为"改造文章的祖师"。曹操的著作今有辑本《曹操集》，诗歌注本以黄节的《魏武帝诗注》较为详备。

短歌行

对酒当歌，人生几何？譬如朝露①，去日苦多。慨当以慷，幽思难忘②。何以解忧？唯有杜康③。青青子衿④，悠悠我心⑤。但为君故，沉吟至今⑥。呦呦鹿鸣，食野之苹⑦。我有嘉宾，鼓瑟吹笙。明明如月，何时可掇⑧？忧从中来，不可断绝。越陌度阡⑨，枉用相存⑩。契阔谈𠰸⑪，心念旧恩。月明星稀，乌鹊南飞，绕树三匝，何枝可依？山不厌高，海不厌深。周公吐哺⑫，天下归心。

【注释】

①朝露：汉代人常以朝露比喻人的年命之短，可参看汉乐府《薤露》。②幽思：深藏着的心事，即"忧世不治"。③杜康：相传是我国最早发明酿酒的人，这里即用以代指酒。④青衿：周朝时学子的服装，用在诗里代指学子，这里是指有智谋、有才干的人。衿：衣领。⑤悠悠：形容思念的深沉和久长。⑥沉吟：低声吟咏，指深切怀念和吟味的样子。⑦苹：艾蒿。⑧掇：同"辍"，停止，断绝。月光不可阻塞断绝，以比喻人的忧思不能抑止。掇，一作"拾取"、"捉取"。以月光不可捉取比喻忧思不可排除。⑨越陌度阡：古谚有所谓"越陌度阡，更为客主"，是说朋友之间互相过从的事。曹操这里用其成句以言贤士之远道来投。⑩枉用相存：如同说"贤士们屈尊来光顾我"。枉：枉驾，屈驾。存：存问。⑪契阔谈𠰸：即𠰸谈契阔，在欢乐的宴会上畅叙离别怀念之情。𠰸：同"宴"。契阔：本义是两件东西放在一起的相合（契）与不相合（阔），后来用以代指人的会合与离别。这里用为单指离别。⑫吐哺：吐出口中正在咀嚼的食物，指中途停止吃饭。《韩诗外传》卷三记载周公曾说："吾，文王之子，武王之弟，成王之叔父也，又相天下，吾于天下亦不轻矣。然一沐三握发，一饭三吐哺，犹恐失天下之士。"《史记·鲁世家》中也有与此大致相同的文字。这里曹操显然是以周公自命的。

【诗解】

《短歌行》是曹操按旧题写作的新辞。原作共两首，这里选的是第一首。诗作反映了曹操为实现他一统天下的政治理想而广纳贤士的急切心情。

诗作的第一节调子低沉，这是汉末以来乱世之中社会上普遍流行的消极颓废人生观在作者思想上引起的涟漪。从第二节调子开始变化，作品出现了柳暗花明又一村的局面：崭新的境界中蕴藉着积极的思想。最后四句简洁有力，直抒胸臆，抑扬顿挫，慷慨激昂，成为流传至今的四言警句。

曹植

曹植（公元192～232年），字子建，沛国谯（今安徽亳州市）人，曹操的儿子，曹丕的弟弟，三国时魏国诗人、文学家，建安时期最有才华的诗人。

首先，其诗歌艺术成就较高。他不仅注重声律，还对五言诗的发展有重要贡献。其次，他的章表辞赋也很著名，洋溢着非凡的才气。

作品有《曹子建集》。诗歌注本以黄节的《曹子建诗注》较为详备。

白马篇

白马饰金羁，连翩西北驰①。借问谁家子？幽并游侠儿②。少小去乡邑，扬声沙漠垂。宿昔秉良弓③，楛矢何参差④。控弦破左的⑤，右发摧月支。仰手接飞猱⑥，俯身散马蹄。狡捷过猴猿，勇剽若豹螭⑦。边城多警急，虏骑数迁移。羽檄从北来⑧，厉马登高堤⑨。长驱蹈匈奴⑩，左顾凌鲜卑⑪。弃身锋刃端，性命安可怀？父母且不顾，何言子与妻！名编壮士籍，不得中顾私⑫。捐躯赴国难，视死忽如归。

【注释】

①连翩：轻捷矫健的样子。②幽并：幽州、并州，古代二州名。游侠：汉代指那种崇武尚气、能急人之难的人。③宿昔：同"夙夕"，早晨、晚上，指每日皆如此。④楛（hù）矢：楛木做的箭。参差：本义是长短不齐的样子，这里实际是指多。以上二句是说：他们的良弓日夜不离手，身边还佩带着许多的箭。⑤控弦：开弓。的：箭靶。⑥仰手：指仰身而射。接：迎面而射。⑦剽：轻捷。螭（chī）：传说中的一种无角的龙。⑧羽檄：插有羽毛的军中征调文书。军书插羽，以示紧急。《说文》："檄，以木简为书，长尺二寸，用征召也。"⑨厉马：策马。堤：高坡。以上二句是说：边方的紧急征调文书下来了，勇士们闻命策马，登高堤以探视敌情。⑩蹈：践踏，此处即指冲击。⑪凌：冲击。⑫顾私：怀念个人或家庭的私事。

【诗解】

这首诗里塑造了一个爱国将士的形象，他武艺高强、渴望建功立业，甚至不惜壮烈牺牲。作者正是借着歌颂这样一个英勇的北方将士，来抒发自己愿意为解救国难而不惜抛弃一切，乃至生命的英勇豪迈精神。

七步诗

煮豆燃豆其①，漉豉以为汁。其在釜下燃②，豆在釜中泣。本是同根生，相煎何太急！

【注释】

①其：豆梗。②漉（lù）：过滤。豉（chǐ）：豆豉，一种豆制食品。有的本子没有"漉豉以为汁。其在釜下燃"二句。

【诗解】

在这首诗里，作者以豆其相煎为喻，形象地控诉了其兄曹丕对自己和其他众兄弟的残酷迫害，也隐含地揭示了曹魏王朝的内部矛盾。

阮籍

阮籍（公元 210 ~ 263 年），字嗣宗，陈留尉氏（今河南省尉氏县）人。其父阮瑀是"建安七子"之一。阮籍崇尚老庄哲学，在政治上既不满现实，又谨慎避祸。他与嵇康、刘伶等七人为友，常常聚集在竹林之下肆意畅饮，世称"竹林七贤"。

今存散文九篇，其中最长及最有代表性的是《大人先生传》、《达庄论》等，表达一种消极的出世之情。另又存赋六篇，其中述志类有《清思赋》《首阳山赋》；咏物类有《鸠赋》《猕猴赋》。

作品有辑本《阮步兵集》，诗歌注本以黄节的《阮步兵咏怀诗注》较为详备。

夜中不能寐

夜中不能寐，起坐弹鸣琴。薄帷鉴明月①，清风吹我襟。孤鸿号外野，翔鸟鸣北林②。徘徊将何见，忧思独伤心。

【注释】

①这句是说：明月照着薄薄的帷帐。鉴：照。②北林：《诗经·晨风》："鴥（yù，疾飞之貌）彼晨风（鸟名），郁彼北林。未见君子，忧心钦钦。"后世的文人在使用"北林"一语时，往往带有心神忧郁的意思。

【诗解】

这是阮籍《咏怀诗》的第一首，是八十二首

咏怀诗的总开端。真实而概括地抒发了作者身处当时社会现实中的内心苦闷。阮籍是个在行动上佯狂放荡，在内心里痛苦至极的人。只有诗歌才能让他把那郁结在内心深处的、无由发泄的愁苦和愤懑隐约曲折地倾泻出来。

嵇康

嵇康（公元 223～262 年），字叔夜，谯郡铚（今安徽宿县西）人，是三国后期曹魏的著名才学之士。因为曾任中散大夫，故称之为嵇中散。他为人刚直不阿，崇尚老庄哲学，精通诗文琴瑟，好言服食养生；他对当时抢班夺权、易代在即的形势，愤愤不平，义形于色；他蔑弃虚伪礼教，而与以嗜酒颓废放荡为名的阮籍、刘伶等七人为友，并成为“竹林七贤”的领袖人物。不过，嵇康的种种言行为统治阶级所不容，终被诬陷致死。

嵇康的诗歌，着重表现一种清逸脱俗的境界。

作品有《嵇中散集》。注本以戴名扬的《嵇康集校注》较为详备。

赠秀才入军

良马既闲①，丽服有晖。左揽繁弱，右接忘归②。风驰电逝，蹑景追飞③。凌厉中原④，顾眄生姿⑤。

【注释】

①闲：同“娴”，熟习，训练有素。②接：搭上。③蹑景：追得上一掠即逝的影子。景，同“影”。追飞：能追赶飞鸟。④凌厉：飞腾、超越。中原：原野。⑤顾眄（miǎn）：看、视的意思。顾，回视；眄，斜视。生姿：生色，生光。

【诗解】

《赠秀才入军》共有诗十九首。“良马既闲”这一首颇具想象色彩。作者幻想了他兄弟日后在军中的生活：良马、华服、名弓、矫健的身姿和飞驰的速度，貌似赞颂敬佩，实则婉言否定。

 晋诗

陆机

陆机（公元 261～303 年），字士衡，吴郡（今江苏苏州）人。他出身于东吴的大世族地主家庭，祖父陆逊是吴国的丞相，父陆抗是吴国大司马。吴亡之后，他与弟弟陆云到洛阳，以文章为当时士大夫所推重。曾历任平原内史、祭酒、著作郎等职，世称“陆平原”。陆机的诗作今存 104 首。此外，他著有《陆士衡集》。近人郝立权撰有《陆士衡诗注》。

赴洛道中作

远游越山川，山川修且广。振策陟崇丘①，案辔遵平莽②。夕息抱影寐③，朝徂衔思往④。顿辔倚嵩岩⑤，侧听悲风响。清露坠素辉，明月一何朗⑥。抚几不能寐⑦，振衣独长想⑧。

【注释】

①策：古时的马鞭，头上有刺。振策：挥鞭。陟（zhì）：登高。崇丘：高山。这句是说鞭马登上高山。②案：同"按"。案辔：手抚马缰，任马慢步行走。遵：循。平莽：草原。这句是说：按辔让马循平原慢行。③夕息：夜晚休息。抱影：形影相吊，说明孤独。④徂（cú）：往。朝徂：早晨出发。衔思：含悲，说明凄楚。⑤顿：舍、止。顿辔：停马。嵩：高。这句和下句是说：驻马倚着高岩，听见悲风声从旁边传来。⑥素辉：洁白的光辉。一何朗：多么明朗。这两句是说：白光闪烁的清露往下滴，皓月极为明朗。⑦几：小桌子。古人放在座旁，疲倦时可供倚靠。这句是说：面对此情此景抚几不能入睡。⑧振衣：抖动衣服以去灰尘，这里指穿衣。这句是说：重新穿衣而起，独自长想。

【诗解】

《赴洛道中作》共二首，这是第二首。这首诗描绘了作者在旅途中所见的景物，抒发了自己哀伤的心情。精心雕琢，文字工丽，体现了他诗歌的形式主义风格。

陶渊明

陶渊明（公元365～427年），字元亮，号五柳先生，谥号靖节先生，入刘宋后改名潜，浔阳柴桑（今江西九江市西南）人，是中国文学史上的大诗人。

田园生活是陶渊明诗的主要题材，相关作品有《饮酒》《归园田居》《桃花源记》《五柳先生传》、《归去来兮辞》等。

归园田居

其一

少无适俗韵，性本爱丘山。误落尘网中①，一去三十年。羁鸟恋旧林，池鱼思故渊。开荒南野际，守拙归园田②。方宅十余亩，草屋八九间。榆柳荫后檐，桃李罗堂前。暧暧远人村③，依依墟里烟④。狗吠深巷中，鸡鸣桑树颠。户庭无尘杂，虚室有余闲⑤。久在樊笼里，复得返自然。

【注释】

①尘网：指尘世，官府生活污浊而又拘束，犹如罗网。这里指仕途。②守拙：在潘岳的《闲居

赋序》中，有"巧官"、"拙官"二词，巧官即善于钻营，拙官即一些守正不阿的人。守拙的含义即守正不阿。③暧暧：暗淡的样子。④依依：轻柔的样子。墟里：村落。⑤虚室：闲静的屋子。余闲：闲暇。

【诗解】

《归园田居》共五首。这五首所咏是归田之乐。根据诗文，榆柳成荫，桑麻已长，并不是冬天的景色，所以这应该是归田后第二年所作，即晋安帝义熙二年（公元 406 年），陶渊明四十二岁。

这首诗描绘了一派宁静和平的田园风光，但这并不是久经战乱的农村的写实景观，而是作者当时心境的形象化反映。这种形象化的心境，体现了他对污浊朝市、险恶环境的批判。所以，辞官归田是适合作者本性的理想选择，因为在这里他可以摆脱官场的羁绊，体会农村的淳朴生活。

饮酒

其一

结庐在人境①，而无车马喧。问君何能尔②？心远地自偏。采菊东篱下，悠然见南山③。山气日夕佳④，飞鸟相与还。此中有真意⑤，欲辨已忘言。

【注释】

①结庐：构筑屋子。人境：人间，人类居住的地方。②尔：如此、这样。③悠然：自得的样子。南山：指庐山。④日夕：傍晚。⑤此中：即此时此地的情和境，也即隐居生活。真意：人生的真正意义，即"迷途知返"。这句和下句是说：此中含有人生的真义，想辨别出来，却忘了如何用语言表达。意思是既领会到此中的真意，不屑于说，也不必说。

【诗解】

这首诗是《饮酒》的第五首，作者将那种安贫乐道悠然自得的心境娓娓道来。其点睛之笔在于"心远"一词，意为思想已经远离了仕宦荣华的喧扰，其他方面也自然归于宁静。

杂诗

其一

人生无根蒂，飘如陌上尘。分散逐风转，此已非常身①。落地为兄弟，何必骨肉亲？得欢当作乐，斗酒聚比邻。盛年不重来②，一日难再晨。及时当勉励，岁月不待人。

【注释】

①此：指此身。非常身：不是经久不变的身，即不再是盛年壮年之身。②盛年：壮年。

【诗解】

《杂诗》共十二首，这是原诗第一首。在这首诗中，作者提出了人与人之间应有的美好关系：和睦相处，饮酒相聚，快乐互动。这是理想而单纯的生活愿望。这种生活愿望的提出既在于作者感到人生的无常、快乐的易逝，又在于他对当时尘世中的明争暗斗、尔虞我诈、追名逐利和不择手段等恶劣风气的无比厌倦。

南北朝诗

谢灵运

谢灵运（公元385～433年），陈郡阳夏（今河南太康）人，世居会稽（今浙江绍兴）。谢灵运大力创作山水诗，从题材上扭转了东晋以来的玄言诗风，使山水诗成中国文学史上的一大流派，对南朝和唐代诗歌的发展有一定的影响。可以说，谢灵运是中国文学史上山水诗派的开创者。谢灵运的作品有《谢康乐集》（明焦竑本）。

夜宿石门①

朝搴苑中兰，畏彼霜下歇②。暝还云际宿③，弄此石上月。鸟鸣识夜栖，木落知风发。异音同致听，殊响俱清越。妙物莫为赏，芳醑谁与伐④。美人竟不来，阳阿徒晞发⑤。

【注释】

①作者的别墅就在石门。石门，即石门山，在今浙江省嵊州市。这首诗又名《石门岩上宿》。②搴(qiān)：拔取。歇：尽，凋谢。③暝(míng)：黄昏。④芳醑(xǔ)：美酒。伐：赞美。这句

是说：谁同我一起品尝这好酒。⑤美人：指诗人思念的好友。阳阿：神话中所说的太阳升起的山丘。山南叫阳，曲隅为阿。晞（xī）：晒干。这两句意思是说：没有知心好友同游，只能在阳阿独自晒头发。

【诗解】

诗人夜宿于石门别墅的岩石上，听着鸟鸣风声，感受着秋夜的美景，不禁悲从中来，如此佳色绝景，却没有高情逸趣的人相伴同游，一起欣赏，孤寂之感油然而生。诗中通过耳闻声音的写法来描绘山中秋夜的独特风光，生动、别致，给读者提供想象的空间。

东阳溪中赠答①

其一

可怜谁家妇，缘流洗素足。明月在云间，迢迢不可得。

其二

可怜谁家郎，缘流乘素舸。但问情若为②，月就云中堕③。

【注释】

①东阳溪：即东阳江（今金华江），流经今浙江东阳、金华一带。②若为：若何，如何。③就：从，自。

【诗解】

《东阳溪中赠答》共二首，都是以明月为喻，表达男女双方率真朴实的两情相悦。第一首是男子以歌唱方式表达对濯足姑娘的爱慕之情。第二首是女子对男子的应答，她满心欢喜地回应了乘船男子的爱慕。只要双方有真情实爱做基础，就可以相爱不渝。

这首诗是谢灵运学习民歌之作，一反那种精工华丽的风格，仿佛语言质朴的南朝乐府。

▌鲍照

鲍照（约公元414～466年），字明远，东海（今江苏涟水县北）人。南朝宋文学家，被认为是南北朝时期文人中成就最高的，与颜延之、谢灵运合称"元嘉三大家"。今传《鲍参军集》十卷。诗集的注本有黄节《鲍参军诗注》较完善。

梅花落

中庭多杂树，偏为梅咨嗟①。"问君何独然？""念其霜中能作花，露中能作实。摇荡春风媚春日，念尔零落逐寒风，徒有霜华无霜质②！"

【注释】

①咨嗟：赞叹声。②尔：指杂树。霜华：霜中的花。华，同"花"。这三句是说：杂树只能在春风中摇曳，在春日下盛开，有的虽然也能在霜中开花，却又随寒风零落而没有耐寒的品质。

【诗解】

这首诗用梅花象征节操高尚的士大夫，以庭中杂树象征没有节操的士大夫。赞美梅花的坚贞、不屈，讽刺杂树的软弱、动摇。两相对比，托讽寓于其间。

▎沈约

沈约（公元 441～513 年），字休文，吴兴武康（今浙江武康县）人。南朝史学家、文学家。出身于门阀士族家庭，家族社会地位显赫，历史上有所谓"江东之豪，莫强周、沈"的说法。祖父沈林子，刘宋征虏将军。父亲沈璞，刘宋淮南太守，于元嘉末年被诛。

沈约年幼孤贫流离，但热爱学习，博览群书。青年时期，他已写得一手好文章。他历仕宋、齐、梁三朝，官至尚书令，封建吕侯。他与谢朓、王融一同成为当时文坛上的重要人物。沈约与谢朓等人开创讲求声韵格律的"永明体"，并提出"四声八病"说，对后来格律诗的形成和诗歌形式主义的倾向都具有重要影响。

沈约曾著有《四声谱》，今已不存。现存的著作有《宋书》和辑本《沈隐侯集》。

伤谢朓

吏部佳才杰，文峰振奇响①。调与金石谐，思逐风云上②。岂言陵霜质，忽随人事往③。尺璧尔何冤，一旦同丘壤④。

【注释】

①吏部：指谢朓。谢朓曾为尚书吏部郎。②金石：指钟磬等乐器。谐：和谐。思：才思。风云：形容高超。这两句是说：谢朓的作品音节铿锵，才思超群。③陵霜质：指谢朓不畏强暴的品质。人事：指新陈代谢、生死存亡的现象。这两句是说：哪里想到一个具有凌霜之质的人，很快便死去了呢？④尺璧：径尺之璧，指谢朓是难得的人才。这两句是说：谢朓你这样的人才，一旦埋没在丘壤之中多么冤枉啊！

【诗解】

这是一首悼亡诗，哀悼谢朓含冤而死。作者对谢朓的文学才华、思想品格都有极高评价。炽热的感情、强烈的义愤和独到的见解隐藏在作品的字里行间中。

江淹

江淹（公元 444 ～ 505 年），字文通，济阳考城（今河南兰考县）人。南朝著名文学家，历仕宋、齐、梁三朝。江淹年少孤贫好学，六岁能作诗。二十岁左右，他初涉官场不甚得志。三十多岁时，齐高帝萧道成执政，大受重用。于梁武帝萧衍执政时期阔然长逝，时年六十一岁。

江淹早有文学才华之名，但到晚年才思减退，时人谓之"才尽"。江淹的诗和赋都有较高成就。其特点在于既擅长模拟，又善于抒情。

作品有《江醴陵集》。

效古

其一

岁暮怀感伤，中夕弄清琴①。戾戾曙风急，团团明月阴②。孤云出北山，宿鸟惊东林。谁谓人道广，忧慨自相寻③。宁知霜雪后，独见松竹心④。

【注释】

①中夕：即夜中。②戾戾：猛烈。③人道：指为人处世之道。相寻：频仍，不断。这两句是说：谁谓人生的道路宽广？灾难一个接着一个。④霜雪：等于说"岁寒"。松竹心：松柏后凋的特性，这里比喻忠心。这两句是说：我现在进献忠言你不采纳，你哪里知道，只有遇到灾难之后，才会看出我的忠贞之心！

【诗解】

江淹的《效古》诗共十五首，这是其一。这首诗题为《效古》，其实是借古讽今。相传，江淹随宋建平王镇守荆州的时候，景素阴谋造反，江淹劝谏无效，于是他作此《效古》诗以讽谏。

谢朓

谢朓（公元 464 ～ 499 年），字玄晖，陈郡阳夏（今河南太康县附近）人。南朝齐著名诗人，出身世家大族。年少出名，因曾出任宣城太守，所以又称他"谢宣城"。

谢朓的诗作现存二百多首，其中山水诗的成就很高。从谢朓现存的作品看，他的五言诗具有寄情山水，不杂玄言的崭新特色，号称"永明体"。虽然曾受谢灵运的影响，但其深刻的内容和清丽的文采都超过谢灵运。在今天看来，他的诗对唐代诗人有较大影响。此外，谢朓的赋也写得清丽脱俗，对后代也有深刻影响。作品有《谢宣城集》。

晚登三山还望京邑

灞涘望长安①，河阳视京县②。白日丽飞甍，参差皆可见。余霞散成绮③，澄江静如练。喧鸟覆春洲，杂英满芳甸。去矣方滞淫④，怀哉罢欢宴。佳期怅何许⑤，泪下如流霰⑥。有情知望乡，谁能鬒不变⑦！

【注释】

①灞涘：灞水岸。王粲《七哀诗》："南登灞陵岸，回首望长安。"这句是借王粲望长安比喻自己望京邑。涘（sì），水边。②河阳：县名，故城在今河南孟州市西。京县：指洛阳。潘岳《河阳县诗》："引领望京室。"这句是借潘岳望洛阳比喻自己望京邑。③绮：锦缎。④方：将。滞淫：久留。⑤佳期：指还乡邑之期。⑥霰（xiàn）：雪粒。⑦鬒（zhěn）：黑发。

【诗解】

三山，在今南京市西南长江南岸，上有三峰，南北相连。京邑，指建业（今南京市）。

这首诗大概是谢朓离开建业，出任宣城太守，路上经过三山，眺望远方时所作。诗歌抒发了作者登山眺望时诱发的思乡之情。

 # 北朝乐府

敕勒歌①

敕勒川，阴山下②。天似穹庐③，笼盖四野。天苍苍，野茫茫。风吹草低见牛羊。

【注释】

①敕勒：北朝时居住在今山西北部和内蒙古南部的游牧民族。《敕勒歌》就是流传于敕勒族中的民歌。②敕勒川：泛指敕勒族游牧的草原，或云即今内蒙古土默特旗一带。阴山：在今内蒙古自治区。③穹（qióng）庐：毡帐，即蒙古包。

【诗解】

这首诗描绘了壮美的草原风光：阴山脚下，土地辽阔、牧草丰茂、牛羊肥壮。其风格奔放雄浑，是文学史上声誉极高的一首民歌。

木兰诗

唧唧复唧唧，木兰当户织。不闻机杼声，唯闻女叹息。问女何所思？问女何所忆？女亦无所思，女亦无所忆①。昨夜见军帖，可汗大点兵，军书十二卷，卷卷有爷名。阿爷无大儿，木兰无长兄，愿为市鞍马②，从此替爷征。

东市买骏马，西市买鞍鞯，南市买辔头，北市买长鞭。旦辞爷娘去，暮宿黄河边。不闻爷娘唤女声，但闻黄河流水鸣溅溅。且辞黄河去，暮至黑山头，不闻爷娘唤女声，但闻燕山胡骑鸣啾啾。

万里赴戎机，关山度若飞③。朔气传金柝，寒光照铁衣④。将军百战死，壮士十年归。

归来见天子，天子坐明堂。策勋十二转，赏赐百千强。可汗问所欲，木兰不用尚书郎，愿驰千里足，送儿还故乡⑤。

爷娘闻女来，出郭相扶将⑥。阿姊闻妹来，当户理红妆⑦。小弟闻姊来，磨刀霍霍向猪羊。开我东阁门，坐我西阁床。脱我战时袍，著我旧时裳。当窗理云鬓⑧，对镜帖花黄⑨。出门看火伴⑩，火伴皆惊忙⑪。同行十二年，不知木兰是女郎。

雄兔脚扑朔⑫，雌兔眼迷离⑬。双兔傍地走⑭，安能辨我是雄雌？

【注释】

①忆：思念。②市鞍马：购买马鞍和马匹。据《新唐书·兵志》记载：起自西魏的府兵制规定从军的人要自备武器、粮食和衣服。③戎机：军机，这里指战争。这二句是说：到万里之外从军作战，像飞一样迅速地度过了雄关大山。④朔气：北方的寒风冷气。朔，北方。金柝(tuò)：即刁斗，一种用铜做成的器皿，容量相当于一斗，形状似带柄的锅，是古时军中用具，白天当锅做饭，晚上当梆子打更。这二句是说：在夜里北风传送着刁斗声，寒冷的月光照射着铠甲战袍。⑤驰：一作"借"。这二句是说：希望骑上一匹骏马回到家乡去。⑥郭：外城。相扶将：互相搀扶着。是说父母互相搀扶着到城外来迎接木兰。⑦理红妆：梳妆打扮。⑧云鬓：指头发。⑨对镜：原作"挂镜"，据《诗纪》改。帖：同"贴"。花黄：古代妇女的面饰，黄色。王士禛《五代诗话》卷四引《西神脞说》："妇人匀面，古惟施朱傅粉而已。至六朝，乃兼尚黄。"⑩火：通"伙"。⑪忙：一作"惶"。⑫扑朔：形容兔前后脚扑打不齐。⑬迷离：形容眼神不定。⑭傍地：挨着。傍，依傍。走，跑。

【诗解】

《木兰诗》共二首。均讲述木兰女扮男装替父从军的故事。这里选取的是第一首。《木兰诗》体现了故事情节完整性与人物性格丰满性的完美统一。在这个起因、经过和结果三者兼具的故事里，一个淳朴善良、勇敢刚毅的女性形象浮现出来。她热爱家乡，鄙弃利禄，在战场上如同一个血性男儿，在家里是一个孝顺的女儿。在典型环境中塑造典型人物，使得《木兰诗》具有很强的现实主义色彩。此外，《木兰诗》还充满乐观主义精神和浪漫主义色彩。一个女子征战沙场并且胜利归来，没有强大的乐观主义主义精神何以成就？一个姑娘完全从女性身份中跳脱出来，如同男人那样出生入死，这是浪漫之所在。再有，《木兰诗》里，拥有严谨的结构安排、具体的场景描写和细致的心理刻画，语言更是形象鲜明、生动活泼。总之，这首诗从思想、题材到艺术技巧都对后世文学产生很大影响。

企喻歌

其一

男儿欲作健^①，结伴不须多。鹞子经天飞，群雀两向波^②。

【注释】

①作健：去行豪健之事。②鹞子：一种似鹰而小的猛禽。两向：向左右两边。波：即"播"，逃散。一说言左右飞逃像波涌。这二句是说：这一健儿来到时，人们都纷纷遁逃，就像鹞子在天空一飞，鸟雀都向两旁飞散一样。

【诗解】

《企喻歌》共四首，它们都以朴素、自然的语言，表现一种勇敢、粗犷的精神，充分体现北朝民歌的特色。这里选取的第一首，以鹞子为喻，赞扬一个孤胆英雄的威风凛凛、纵横驰骋、所向披靡。

唐诗

▋骆宾王

骆宾王（公元 622 ~ 684 年），婺州义乌（今属浙江）人。幼年即聪明过人，七岁能作诗。因数度上疏言事，获罪下狱，贬临海（今属浙江）丞。后随徐敬业起兵讨武后，作檄斥其罪。敬业兵败，骆宾王被杀（一说逃亡不知所之）。骆宾王是"初唐四杰"之一，尤擅七言歌行，其诗笔调宏肆，风格雄放。《全唐诗》收诗三卷。

在狱咏蝉

西陆蝉声唱①，南冠客思深②。不堪玄鬓影③，来对白头吟④。

露重飞难进，风多响易沉。无人信高洁，谁为表予心⑤？

【注释】

①西陆：秋天。②南冠：此为囚徒之义。《左传·成公九年》："晋侯观于军府，见钟仪，问之曰：'南冠而絷者谁也？'有司对曰：'郑人所献楚囚也。'"③玄鬓：指黑色的蝉翼。④白头吟：汉司马相如发迹后对卓文君爱情不专，文君作《白头吟》给相如，中有"愿得一心人，白头不相离"句，作者此处引来喻自己对国家的一片赤诚被辜负。⑤予：我。

【诗解】

距离诗人囚禁之所不远的地方有数株古槐，夕阳西下时，苍郁的树冠中总能传来悲切的蝉鸣，一声声，一阵阵，冲击着诗人的心灵。蝉首色黑，对比着愁苦沉吟的作者鬓发的霜色。人们认为蝉餐风饮露、清洁自守，诗人用它来比喻自己品质操行。诗人借叹蝉在秋风重露中艰难飞行、徒然鸣叫而寄托自己受难却无处申诉之悲，诗人反问世人：没有人相信我的高洁品性，谁愿代我表白一片冰心。

▋王勃

王勃（公元 650 ~ 676 年）字子安，绛州龙门（今山西河津市）人。出身望族，祖父王通为隋末大儒。王勃与杨炯、卢照邻、骆宾王并称"初唐四杰"，其诗多抒发个人情志，又少量抒发政治感慨、抨击时弊之作。擅长五言律诗、五言绝句，诗风清新秀丽。《全唐诗》存诗二卷。

送杜少府之任蜀州①

城阙辅三秦②，风烟望五津③。与君离别意，同是宦游人④。

海内存知己，天涯若比邻。无为在歧路⑤，儿女共沾巾。

【注释】

①少府：县尉。之任：赴任。②辅：环抱。三秦：项羽灭秦后，分秦之旧地为雍、塞、翟三国，统称"三秦"。③五津：指岷江的五大渡口，即白华津、万里津、江首津、涉头津、江南津，皆在蜀中。④宦游人：出外做官之人。⑤无为：不要。歧路：分岔路口，古人送行常至路的岔口而分手。

【诗解】

此诗是王勃送友人去四川时所写。起首两句渲染出一派壮阔景象，将相隔千里的秦、蜀两地写于一张画面之上，突出了"展望"之意。"与君"二句承首联写惜别，尽显惺惺相惜之情。"海内存知己，天涯若比邻"十字慷慨发挥，谓知己之心不会受到距离的影响，虽然海角天涯，却因为心的紧紧相连而如同比邻。结语处殷勤劝慰即将远行的朋友不要像小儿女一般饮泣落泪，表现了作者豁达的胸襟和奋发向上的精神风貌。

贺知章

贺知章（公元 659～744 年），字季真，自号四明狂客，越州永兴（今浙江萧山）人。武后证圣元年（公元 695 年）登进士第，由张说奏荐入丽正殿修书，后迁礼部侍郎、太子宾客，官至秘书监，故称贺监。为人旷达不羁，好饮酒，善谈笑，与张旭、包融、张若虚号为"吴中四士"，最后还隐镜湖。能诗善书，诗风清新明快。

回乡偶书

少小离家老大回，乡音无改鬓毛衰①。
儿童相见不相识，笑问客从何处来？

【注释】

①衰（cuī）：稀少。

【诗解】

诗的前两句叙述自己从小离家年老方归的身世，写出如今乡音未改而鬓发已白的情状，蕴含着深深的伤老情绪。后二句展现了一幕富于戏剧性的儿童笑问的场面，寄寓着作者对久别故乡后反主为客的无限感慨。此诗贵在亲切质朴的语言和浓浓的人情味。

陈子昂

陈子昂（公元 661～702 年），字伯玉，梓州射洪（今属四川）人。曾任右拾遗，后人因称"陈拾遗"。陈子昂出身豪族，少任侠，成年后始发愤攻读。陈子昂主张改革六朝以来纤弱靡丽的诗风，提倡"汉魏风骨"是唐代诗文革新运动的先驱。《全唐诗》收诗二卷。有《陈伯玉集》。

登幽州台歌①

前不见古人，后不见来者。
念天地之悠悠，独怆然而涕下。

【注释】

①幽州台：战国时燕昭王为招纳天下贤才而筑的高台。

【诗解】

礼贤下士的古人已经远去，从善如流、能够继承前人美德的贤者却还茫然不见。诗人仰观无垠宇宙，俯思悠悠人生，倍感孤独落寞，不由得怆然涕下。

张九龄

张九龄（公元 673～740 年），字子寿，一名博物，韶州曲江（今广东韶关）人。以进士为右拾遗，官至中书令。他是玄宗时期最后一位贤相，以正直著称，曾劾安禄山狼子野心，玄宗却说他"误害忠良"，后为"口蜜腹剑"的李林甫排挤出朝。他的诗情致深远，醇厚刚劲，尽洗六朝铅华，对王维、孟浩然的诗风很有影响。

感遇

其一

兰叶春葳蕤①，桂华秋皎洁。欣欣此生意，自尔为佳节②。
谁知林栖者③，闻风坐相悦。草木有本心④，何求美人折？

【注释】

①葳（wēi）蕤（ruí）：枝叶茂盛披离的样子。②自尔：自然而然的。③林栖者：林中隐者。④本心：天性。

【诗解】

　　春天是兰草繁茂的季节，秋天是桂花芬芳的时候，兰桂都是这样欣欣向荣，自然是各自的生机勃勃和清新雅洁象征了春秋佳节。何料林中隐者，闻到了兰桂的芬芳而生爱慕之情，殊不知兰桂的美好完全是源自它们的本心本性，哪里是在为求人折赏呢？此诗是张九龄受谗遭贬后所作《感遇》组诗十二首的第一首，诗人自比兰桂，抒发了孤芳自赏、不求人知的情怀。

　　其七

　　江南有丹橘，经冬犹绿林。岂伊地气暖^①，自有岁寒心。可以荐嘉客，奈何阻重深。运命唯所遇，循环不可寻^②。徒言树桃李，此木岂无阴^③？

【注释】

　　①岂伊：难道是。②"运命"二句：意思是运命的好坏只在于遭遇的不同，周而复始、变化莫测的自然之理，让人无法探究。③阴：同"荫"。

【诗解】

　　江南生长着丹橘，它经历严冬却能葱翠依然，这并非是因为那里的气候温暖，而是橘树本身具有着耐寒的禀性。丹橘佳美，可以用来招待嘉宾，无奈有重重阻隔，山高水深。在这个命运只在机遇、事理难以穷究的纷乱尘世里，世人只知道倾心于桃李的浮华艳媚，难道丹橘不是更有葱郁不凋的树荫吗？诗人以丹橘自比，委婉含蓄地表达了对自己因为正直而遭贬逐的悲愤之情，期待朝廷重新起用的心意也是灼然可见。末尾"徒言树桃李，此木岂无阴"的反诘，深沉凝重，矛头直指玄宗后期信用奸人、排斥贤良的用人政策。

王之涣

　　王之涣（公元 688～742 年），字季凌，并州（今山西太原）人。他常与高适、王昌龄等相唱和，以善于描写边塞风光著称。其诗多被当时乐工制曲歌唱，名动一时。代表作有《登鹳雀楼》、《凉州词》等。

登鹳雀楼^①

白日依山尽，黄河入海流。
欲穷千里目，更上一层楼。

【注释】

　　①鹳雀楼：在现山西永济。楼有三层，面对中条山，下临黄河。常有鹳雀停留其上，因称鹳雀楼。

【诗解】

　　首联写登鹳雀楼所见景色：苍茫白日依山而尽，滚滚黄河奔流入海。这北国河山的磅礴气势和壮丽景象使作者胸襟大开，他继而联想到，如果要望到更远的地方，就须更上层楼。此诗虽然写的是登临所感，却蕴含着对于人生哲理的感悟，体现着积极向上的进取精神。

凉州词

黄河远上白云间，一片孤城万仞山。
羌笛何须怨杨柳①，春风不度玉门关。

【注释】

①杨柳：指乐府横吹曲《折杨柳》。

【诗解】

前二句尺幅万里，极写塞外山河气势，将群山之苍茫迥拔，黄河之绵长逶迤，由东至西，由低至高，逆笔绘出，其间更加孤城一座，俯视四野，雄浑苍凉之气浮于纸面。后二句借埋怨鸣咽羌笛无须再奏凄怆《杨柳》，陈述千载难解玉关之情，尽寓世世征人悲苦，代代胡汉恩怨，读罢让人悱恻伤怀。

▌孟浩然

孟浩然（公元 689～740 年），襄州襄阳（今湖北襄阳）人。早年隐居家乡鹿门山，以诗自娱。孟浩然因饮食不当引发旧疾而卒。孟浩然是唐代第一个大量写作山水田园诗的作家，尤工五律，诗风恬淡，意境清远，世人将他与王维并提，称"王孟"。有《孟浩然集》。

夜归鹿门山歌

山寺钟鸣昼已昏，鱼梁渡头争渡喧①。人随沙岸向江村，余亦乘舟归鹿门。鹿门月照开烟树，忽到庞公栖隐处。岩扉松径长寂寥，唯有幽人自来去②。

【注释】

①鱼梁：《水经注·沔水注》："沔水中有鱼梁洲，庞德公所居。"在襄阳，离鹿门很近。②幽人：隐居之人，此指作者自己。

【诗解】

山寺传来黄昏报时的钟响，渔梁渡头上，一派人们争渡回家的喧闹景象。船儿向前行走，看着村民们顺着沙岸回归江村，诗人却是离家去鹿门，两样心情，两种归途。

走在鹿门山路上，笼着烟雾的山树在月光的映照下朦胧而美妙，诗人在陶醉中漫步，忽而发觉不经意间已然来到了庞德公的旧居，但见山门寂寥，松径犹存。他不禁怀古思今，在清静中走来走去，体味到真实的自我。

临洞庭上张丞相

八月湖水平①，涵虚混太清②。气蒸云梦泽③，波撼岳阳城。
欲济无舟楫④，端居耻圣明⑤。坐观垂钓者，徒有羡鱼情⑥。

【注释】

①湖水平：湖水涨得饱满。②涵虚：水气浩渺的样子。太清：天空。③云梦泽：古大泽名，包括今湖南湖北两省的部分。④济：渡。舟楫：船只。⑤端居：闲居。耻圣明：有愧于此圣朝明世。⑥"坐观"两句：这两句是作者将"临渊羡鱼，不如退而结网"的古语另翻新意。

【诗解】

前两联写秋天的洞庭湖：八月的洞庭湖水涨得与岸齐平，它烟波浩渺，远远望去，水光天色难以分清。它的水气蒸腾，滋养哺育了广大的云梦泽，波浪澎湃鼓荡，撼动了坐落在湖边的岳阳城。

后两联向张丞相委婉抒发胸臆：我想渡过湖去，却苦于找不到舟楫；空守安闲，又感到有愧于圣明的朝代。我坐在一边观看专心致志的渔翁，心中徒然有跟随他临水垂钓的心情。

岁暮归南山

北阙休上书①，南山归敝庐②。不才明主弃，多病故人疏③。
白发催年老，青阳逼岁除④。永怀愁不寐⑤，松月夜窗虚。

【注释】

①北阙：指朝廷奏事处。②敝庐：破旧的居所。③故人疏：老朋友因之而疏远。④青阳：春天。⑤永怀：郁于胸怀而不去。

【诗解】

仕途失意以后，孟浩然只好重新归隐南山。他在诗文中心情沉重地说："我的才学不够，所以受到圣明君主的弃置；因为身体多有疾病，亲朋好友也都渐渐地和我疏远了。"头上有了白发，就更觉得年老的速度在加快；春天回归人间的时候，就意味着这一年即将走到终点。老大无成的诗人用"催"和"逼"形容时光的流逝，足见他心中的不甘和无奈。愁绪满怀，诗人夜不能寐，窗间松影月光虚迷一片，衬托着他惆怅落寞的心情。

过故人庄

故人具鸡黍①，邀我至田家。绿树村边合②，青山郭外斜。
开轩面场圃③，把酒话桑麻。待到重阳日④，还来就菊花⑤。

【注释】

①具：准备。鸡黍：农家丰盛的饭菜。黍(shǔ)：黄米饭。②合：环绕。③轩：窗户。场圃：打谷场和菜圃。④重阳日：阴历九月初九重阳节，古人有登高饮菊花酒的习俗。⑤就：赴。

【诗解】

老友备下农家菜肴，邀请浩然前去一聚，浩然欣然而往。到得乡间，但见绿树环抱着村庄，青山在远处映衬；宾主落座后打开窗户，窗外正对谷场菜园，他们于是把酒闲话农事。惬意的拜访，友人的深厚情谊，作者岂能不生再次前来之意？他在告辞时留言说："等到重阳佳节时，我还要前来做客，与你共赏美丽的菊花。"

留别王维

寂寂竟何待，朝朝空自归。欲寻芳草去①，惜与故人违②。
当路谁相假③，知音世所稀。只应守寂寞，还掩故园扉④。

【注释】

①寻芳草：指寻找隐居的去处。②违：分离。③当路：当权者。假：提携，帮助。④扉：门。

【诗解】

求仕不得，孟浩然也不愿再在京城长安滞留，他满怀失意地悄然离去，并将这首诗留给挚友王维，作为此行的一个说明。诗中说：寂静落寞中，我也不知道自己究竟在等待什么，但是每一天都拖着失望的步子独自而回。我想要追寻芳草的清香远远离开，但又对你这位老朋友依依不舍。当权者没人对我伸出援手，世上的知音本来就少之又少啊。我想我只应当甘守寂寞，就此归去，从新掩起故园的柴门。

诗文言浅意深，满含辛酸，颇能引起求仕失意者的共鸣。

宿建德江

移舟泊烟渚，日暮客愁新。

野旷天低树，江清月近人。

【诗解】

日暮时分，诗人移船至烟雾蒙蒙的小洲边停泊下来，苍茫的暮色，让作客异乡的他心头又增添了些许新愁。向江边望去，原野平旷，天幕从远方树木的梢顶低斜下去；不知不觉中，新月升起，清清的江面上倒映的月影，显得和人是那样地亲近……

全诗寓情于景，泊舟所见反映出的是愁客独特的内心感受。

春晓

春眠不觉晓，处处闻啼鸟。

夜来风雨声，花落知多少。

【诗解】

世间最美莫过于春天的梦，睡意酣香而天已破晓，此时鸟儿的叫声从各处美景胜境中传来，诗人爱春之意自生。忽然想到一夜春风春雨，更见落英缤纷，不知昨夜繁花又飘落多少，进而惜春之情转深。诗中蕴含着珍惜人生春晓，不愿让美好事物过早逝去的感想，永远引起人们心底的共鸣。

王昌龄

王昌龄（公元 690 ？~ 756 年），字少伯，京兆长安（今陕西西安）人。开元进士，授秘书省校书郎。曾被贬为江宁（今江苏南京）丞、龙标（今湖南黔阳）尉，后人因称"王江宁"、"王龙标"。安史乱起，避乱江淮一带，触忤刺史间丘晓，为晓所杀。尤善七绝，多写边塞哀愁和闺中幽怨，被称为"七绝圣手"。明王世贞论盛唐七绝，认为只有王昌龄可以与李白争胜，列为"神品"。《全唐诗》存诗四卷。有《王昌龄集》。

芙蓉楼送辛渐①

寒雨连江夜入吴，平明送客楚山孤②。

洛阳亲友如相问，一片冰心在玉壶。

【注释】

①芙蓉楼：旧址在今江苏镇江市。辛渐：王昌龄的朋友。②平明：清晨。

【诗解】

漫江夜雨过后，诗人于清晨在芙蓉楼与朋友话别，望楚山孤寂，家乡万里，他心中怎能不感慨万千？然而他终于还是没有说出更多的话语，只是托友人给自己远在洛阳的故旧亲朋捎去一句"一片冰心在玉壶"的口信。的确，只这一句就足够了，它寄寓着诗人从不曾改变的情怀与心志，正如那玉壶中的冰凌，形时晶莹，溶时清澈，净洁之质，始终如一。

春宫怨

昨夜风开露井桃，

未央前殿月轮高。

平阳歌舞新承宠，

帘外春寒赐锦袍。

【诗解】

失宠者在春夜暖风中独自徘徊，悲凉无限；得宠者在料峭春晨收得锦袍之赐，感受主上无限关怀。二者的境遇都以气候衬出，以暖衬冷，以冷衬暖，诗人借此强烈对比，来替历代失宠者抒发心中怨意。

长信怨

奉帚平明金殿开[1]，且将团扇共徘徊。

玉颜不及寒鸦色，犹带昭阳日影来[2]。

【注释】

①奉帚：手持扫帚。②昭阳：赵合德所居之昭阳宫。

【诗解】

本诗中写女主人公手把团扇徘徊，暗示主人公的命运好像团扇一样。末联尤为绝妙，道寒鸦尚能晒到昭阳殿的太阳，而女主人公却不能得到些微恩爱关怀。怨意一出，让人感到悲凉无限。

出塞

秦时明月汉时关，万里长征人未还。

但使龙城飞将在[1]，不教胡马度阴山。

【注释】

①但使：只要。龙城：在今河北省喜峰口一带，为汉代右北平郡所在地。汉武帝曾用李广为右北平太守。匈奴闻之，数年不敢来犯。龙城飞将：指西汉名将李广，匈奴称之为"汉之飞将军"。

【诗解】

自秦、汉以来的悠远时间，万里塞外的广阔空间，世世代代不断修筑的关城，前仆后继、去而不返的征人，这一切都令诗人不仅是发思古之幽情，而是道出由衷的心愿：热切盼望朝廷能招贤使能，使像飞将军李广一样的良将镇守边关，让胡人退避三舍，不再肆虐猖獗。此诗历来受到诗评家们的高度推崇，被称为唐人七绝的压卷之作。

▌李顾

李顾（公元 690 ？～754 年），赵郡（今河北赵县）人。开元进士，曾官新乡尉，因久不得调，愤而归隐，直至去世。李顾是盛唐著名诗人，其边塞诗、人物素描诗、音乐诗、咏史怀古诗均有佳作，七言歌行尤具特色。《全唐诗》存诗三卷。有《李顾诗集》。

古意

男儿事长征①，少小幽燕客②。赌胜马蹄下，由来轻七尺③。杀人莫敢前④，须如猬毛磔⑤。黄云陇底白云飞⑥，未得报恩不得归。辽东小妇年十五，惯弹琵琶解歌舞。今为羌笛出塞声，使我三军泪如雨。

【注释】

①事长征：从军远行。②幽燕：幽州和燕地，指代边塞。③轻七尺：轻性命。④杀人莫敢前：意谓厮杀时勇猛无敌，无人敢上前。⑤猬：刺猬。磔（zhé）：张立。⑥陇：山地。

【诗解】

题为《古意》，标明是一首拟古诗。诗写戍边将士儿郎的铁骨柔肠。这些健儿都是少小离家从军，守卫在若非黄沙散漫即是白雪纷飞的边地，拼杀在刀光剑影、血雨腥风的战场，以决断胜负为人生乐事，都立下誓言要报效君恩，轻忽生死，重于大义。然而一精于歌舞的辽东少妇用羌笛演奏了《出塞》一曲，就让三军将士泪如雨下，原来铮铮硬汉心中也深藏乡愁，只是平日里未被触动罢了。全诗语言顿挫有致，抒情跌宕起伏，可谓情韵并茂。

古从军行

白日登山望烽火，黄昏饮马傍交河①。行人刁斗风沙暗②，公主琵琶幽怨多③。野营万里无城郭，雨雪纷纷连大漠。胡雁哀鸣夜夜飞，胡儿眼泪双双落。闻道玉门犹被遮，应将性命逐轻车④。年年战骨埋荒外，空见蒲萄入汉家⑤。

【注释】

①交河：在今新疆吐鲁番市西北。②刁斗：古代军中白天来烧饭，晚上用来敲击巡更的铜器。③"公主"句：指汉武帝时将江都王之女远嫁乌孙一事。④"闻道"两句：意谓已然出了玉门关就没有归去的道路，只能追随将领一同出生入死。⑤蒲萄：即葡萄。

【诗解】

在边塞，战士们白天登山守望烽火，黄昏又到交河边上让马儿喝水，那一路的风沙尘日，怕只有和亲的公主和经过那里的行人才有最深最真的体会。

边塞之地，渺无人烟，由军营四望，万里空旷，不见城镇；雨雪来时，纷纷洒洒连接着大漠。这样恶劣的环境，即便是生长在那里的人也常为之愁苦不堪。

威尊命贱，君王一声令下，将军踏上战车，士卒跟随在后，从此远征绝域，不得归路。若问年年战亡者的尸骨埋没在荒草之中到底换到了什么，换来的不过是一串串葡萄献入汉家宫廷。

诗文一句紧似一句，直到最后一句画龙点睛，旨在讽刺帝王好大喜功，穷兵黩武，视人民生命如草芥的行径。

李白

李白（公元 701～762 年），字太白，号青莲居士。祖籍陇西成纪（今甘肃秦安县），出生于中亚碎叶城（今吉尔吉斯境内，唐属安西都护府）。约五岁时随父迁居绵州昌隆（今四川江油）青莲乡。家境富有，少年学习范围广泛，才能和情趣丰富多样。二十五岁离蜀漫游各地。天宝初供奉翰林，不久即遭谗去职。安史之乱时，入肃宗弟永王璘幕。李璘与肃宗争权事败被杀，李白受牵连而入狱，后被流放夜郎（今贵州桐梓县），在途中遇赦东还。晚年投奔其族叔当涂令李阳冰，最后病死在当涂（今属安徽）。有《李太白文集》三十卷行世。

月下独酌

花间一壶酒，独酌无相亲。举杯邀明月，对影成三人。月既不解饮，影徒随我身。暂伴月将影①，行乐须及春②。我歌月徘徊，我舞影零乱。醒时同交欢，醉后各分散。永结无情游③，相期邈云汉④。

【注释】

①将：和。②及：趁着。③无情：忘情。④云汉：天河、银河。

【诗解】

花间置酒，春意甚浓；月下独自饮酒，寂寞可知。诗人邀天上明月与地上身影一同行乐歌舞，虽月不能解醉中之乐，身影也只能随身而动，然而当此良辰美景，有月与影相陪伴，也可以一抒心中幽情，不辜负这大好的春光。待到诗人酩酊大醉，将与月、影相别之际，他与它们深情相约："但愿永作此忘情交游，约定相会于邈远的天河。"全诗笔致豪放，情思潇洒，但终是掩不住诗人内心的孤独与苦闷。

关山月

明月出天山①，苍茫云海间。长风几万里，吹度玉门关②。汉下白登道③，胡窥青海湾④。由来征战地⑤，不见有人还。戍客望边邑⑥，思归多苦颜⑦。高楼当此夜，叹息未应闲。

【注释】

①天山：今甘肃祁连山，古时匈奴称天为祁连，故名天山。②玉门关：在今甘肃敦煌西，相传和田美玉经此传入中原，因此得名，古时为中原通西域的门户。③"汉下"句：指汉高祖刘邦亲率军与匈奴交战，被困白登山七日一事。④胡：指吐蕃。窥：窥伺。青海湾：即青海湖。唐军多与吐蕃交战于此。⑤由来：从来。⑥戍客：戍边的官兵。⑦苦颜：愁容。

【诗解】

一轮明月升起在峻伟的天山，出没于苍茫云海之间。浩荡长风掠过几万里，吹度千古玉门雄关。历史上汉高祖用兵白登山征战匈奴，吐蕃觊觎青海河山，这里从古到今都是征战厮杀的地方，几乎看不到有人活着归还。戍边将士眼望着边地的城塞，思念起故乡，愁眉不展。他们家中的妻子在这个夜晚，也一定在闺楼上凭栏远眺，哀叹连连。

子夜吴歌

长安一片月，万户捣衣声①。秋风吹不尽，总是玉关情。何日平胡虏②，良人罢远征③。

【注释】

①捣衣：将缝洗已毕的衣服置于砧板之上，用木棒捶打使之平服。②胡虏：指屡犯西北边境的游牧民族。③良人：指丈夫。

【诗解】

每当秋风吹起，秋月朗照的时候，长安城里就会响起此起彼伏的砧杵之声，那是众多的妻子在为她们远在边关的丈夫准备征衣。那飒飒的秋风，能将树叶吹落，能将云儿吹散，然而它却不能吹断妻子对玉关征人的万里情牵。想必在这样的秋夜里，妻子们一下一下地捶捣着棉衣的时候，都在默思着同一个问题，那就是何日才能荡平胡虏，让丈夫不必再离家远征。

长干行

妾发初覆额^①，折花门前剧^②。郎骑竹马来，绕床弄青梅^③。同居长干里，两小无嫌猜。十四为君妇，羞颜未尝开。低头向暗壁，千唤不一回。十五始展眉^④，愿同尘与灰。常存抱柱信^⑤，岂上望夫台^⑥。十六君远行，瞿塘滟滪堆^⑦。五月不可触，猿声天上哀。门前迟行迹^⑧，一一生绿苔。苔深不能扫，落叶秋风早。八月蝴蝶黄，双飞西园草。感此伤妾心，坐愁红颜老。早晚下三巴^⑨，预将书报家。相迎不道远^⑩，直至长风沙^⑪。

【注释】

①初覆额：头发刚刚盖住额头。②剧：游戏。③弄青梅：指绕床追逐，投掷青梅嬉戏。④始展眉：意谓情感开始于眉宇间展露出来。⑤抱柱：《庄子·盗跖》载：尾生曾与一女子约会于桥下，女子不来，潮水至而尾生却不离开，抱梁柱溺死。此处喻坚贞。⑥岂上望夫台：意谓何曾想到要到望夫台去期盼丈夫的归来。⑦瞿塘：即瞿塘峡，长江三峡之一，位于四川奉节县东。滟（yàn）滪（yù）堆：瞿塘峡入口处的大礁石。每逢水涨，滟滪堆便为水所淹没，常有船只触礁而沉。⑧迟行迹：指丈夫离家时在门口留下的足迹。⑨早晚：何时。三巴：指巴郡、巴东、巴西，均在今四川东部。⑩不道远：不说远，不辞劳苦。⑪长风沙：地名，距金陵七百里。

【诗解】

从青梅竹马到如愿以偿地嫁给他，从初为君妇的羞涩到愿与他风雨相伴的执着，然后是因他外出经商而两地分离，之后是无限惦念、翘首苦盼，还有深情寄语：你什么时候回来，即使到七百里以外的长风沙迎接，我也不嫌远！

庐山谣寄卢侍御虚舟

我本楚狂人^①，凤歌笑孔丘^②。手持绿玉杖，朝别黄鹤楼。五岳寻仙不辞远，一生好入名山游。庐山秀出南斗傍^③，屏风九叠云锦张，影落明湖青黛光。金阙前开二峰长^④，银河倒挂三石梁。香炉瀑布遥相望，回崖沓嶂凌苍苍^⑤。翠影红霞映朝日，鸟飞不到吴天长^⑥。登高壮观天地间，大江茫茫去不还。黄云万里动风色，白波九道流雪山^⑦。好为庐山谣，兴因庐山发。闲窥石镜清我心^⑧，谢公行处青苔没^⑨。早服还丹无世情^⑩，琴心三叠道初成^⑪。遥见仙人彩云里，手把芙蓉朝玉京^⑫。先期汗漫九垓上^⑬，愿接卢敖游太清^⑭。

【注释】

①楚狂人：陆通，字接舆，因楚昭王时政治混乱，故佯狂不仕。②凤歌：相传接舆经过孔子旁，歌曰："凤兮凤兮，何德之衰。"劝孔子，世道衰败，不要做官。③"庐山"句：古以星宿指配地上州域，庐山一带正是南斗分野。④金阙：即金阙岩，在香炉峰西南。二峰：指香炉峰、双剑峰。

⑤苍苍：天空。⑥吴天：庐山三国时为吴地。⑦九道：古说长江流到浔阳境而分九派。雪山：形容长江卷起的白浪。⑧石镜：庐山东有圆石，明净如镜。⑨谢公：指南朝的谢灵运，他曾于庐山作诗以记其游历。⑩还丹：道家仙丹。⑪琴心三叠：道家修炼仙丹术语。⑫玉京：道家谓元始天尊之居处。⑬先期：预先约定。汗漫：广远、漫无边际。九垓：九天。⑭卢敖：秦始皇时的博士（古代官职名），秦始皇曾派他寻仙。太清：天空最高处。

【诗解】

诗人以兀傲癫狂、不齿入仕的楚人接舆自比，嘲笑孔子那样志在事君的人。他手持绿玉杖，早晨离开黄鹤楼，不辞遥远地走遍五岳访求神仙，顺由自己的爱好前去名山邀游。

庐山突出在南斗星旁，像屏风一样重叠的山峦隐映在彩云之间，山映水影呈现着青黑色的光。金阙岩前二峰雄立，三石梁瀑布有如银河倒挂，香炉峰瀑布遥遥相对，那里的重崖叠嶂上凌苍天。待到旭日初生，满天红霞与苍翠山色相辉映，山势高峻，鸟飞不到，更显得吴天宽广。长江浩荡东流，一去不返；万里黄云飘浮，天色瞬息变幻；茫茫九派，白浪滔滔如同层层雪山。

诗人爱作庐山歌谣，诗兴因庐山而激发，他从容自得地照照石镜，在长满青苔的山路上怀想谢公。他希望能够早些服食仙丹忘掉世情，并自认为学道已经初步成功。他仿佛看见手持芙蓉的仙人驾彩云飞向玉京，他愿意带着志同道合的朋友去畅游太空。

梦游天姥吟留别①

海客谈瀛洲②，烟涛微茫信难求。越人语天姥③，云霓明灭或可睹。天姥连天向天横，势拔五岳掩赤城④。天台四万八千丈，对此欲倒东南倾⑤。我欲因之梦吴越⑥，一夜飞度镜湖月⑦。湖月照我影，送我至剡溪⑧。谢公宿处今尚在⑨，渌水荡漾清猿啼⑩。脚著谢公屐⑪，身登青云梯。半壁见海日⑫，空中闻天鸡⑬。千岩万壑路不定，迷花倚石忽已暝⑭。熊咆龙吟殷岩泉⑮，慄深林兮惊层巅。云青青兮欲雨，水澹澹兮生烟⑯。列缺霹雳，丘峦崩摧。洞天石扉，訇然中开⑰。青冥浩荡不见底，日月照耀金银台⑱。霓为衣兮风为马，云之君兮纷纷而来下⑲。虎鼓瑟兮鸾回车⑳，仙之人兮列如麻㉑。忽魂悸以魄动，恍惊起而长嗟。惟觉时之枕席，失向来之烟霞。世间行乐亦如此，古来万事东流水。别

君去兮何时还^㉒，且放白鹿青崖间^㉓，须行即骑访名山。安能摧眉折腰事权贵，使我不得开心颜！

【注释】

①天姥（mǔ）：山名，在今浙江新昌县东。②海客：来往海上的人。瀛洲：古以蓬莱、方丈、瀛洲为三座仙山。③越：指今浙江一带。天姥山唐时属越州。④拔：超越。掩：盖过。赤城：山名，在今浙江天台县北。⑤"天台"两句：意谓天台虽高，但比起天姥，却像是低倾向东南。⑥"我欲"句：意谓日思游天姥，入夜则开始了梦游吴越。⑦镜湖：在今浙江绍兴。⑧剡（shàn）溪：在浙江省曹娥江上游。⑨谢公宿处：南朝谢灵运游天姥，曾在剡溪投宿。⑩渌（lù）水：清澈的水流。⑪谢公屐（jī）：谢灵运为登山所特制的木屐。⑫半壁：半山腰。⑬天鸡：传说桃都山中有大树名桃都，上有天鸡，日出照此木，天鸡则鸣，天下之鸡皆随之鸣。⑭暝：黑暗。⑮殷：形容水盛之貌。⑯澹澹：水波荡漾闪动的样子。⑰"列缺"四句：意谓忽然间电闪雷鸣，山峰为之坍塌。仙洞石门，轰然大开。訇（hōng）然：即轰然。⑱金银台：神仙所居的金阙银台。⑲云之君：指神仙。⑳虎鼓瑟：老虎鼓瑟。鸾回车：鸾鸟拉车。㉑列如麻：言其众多。㉒"别君"句：李白作此诗时准备由东鲁下吴越，君指东鲁的友人。㉓白鹿：传说仙人常乘白鹿。

【诗解】

这是一首记梦诗，是李白的代表作之一。诗以写作者寻求仙境而不能得起兴，继而写因听说吴越之地有天姥山，山高势险，云霞明灭，或可与仙境媲美，因而于梦中寻去，并由此揭开了梦游天姥的序幕。诗人将神话传说与对山水的真实体验融为一体，尽脱现实时间、空间的拘羁，任由想象驰骋，为我们展开了一幅幅瑰丽奇幻、异彩纷呈的画面；虽是描写梦境，却真切自然、毫不做作，在渲染离奇诡谲的气氛上尤其出色。诗的末尾部分抒发了作者梦醒后的感想，既有对"世间行乐亦如此，古来万事随流水"的慨叹，又有对"且放白鹿青崖间，须行即骑访名山"的向往。然而情感最强烈的当属那"安能摧眉折腰事权贵"的反诘，其中寄托了他对现实的强烈不满和反抗，抒发了他对自由生活的热爱之情。

宣州谢朓楼饯别校书叔云^①

弃我去者，昨日之日不可留。乱我心者，今日之日多烦忧。长风万里送秋雁，对此可以酣高楼。蓬莱文章建安骨^②，中间小谢又清发^③。俱怀逸兴壮思飞，欲上青天览明月^④。抽刀断水水更流，举杯销愁愁更愁。人生在世不称意，明朝散发弄扁舟。

【注释】

①宣州：今安徽宣城市。谢朓楼：是南齐谢朓任宣城太守时所建。叔云：李白的叔叔李云。②蓬莱文章：此指李云供职的秘书省，李云在秘书省任校书郎一职。建安骨：曹操

父子和建安七子作品风格苍健遒劲，被后人称为建安风骨。③小谢：这里指谢朓。他以山水风景诗见长，后人常将他和谢灵运并举，因他的时代在后，故称为"小谢"。清发：清新秀发。④览：通"揽"。

【诗解】

李白的族叔李云将要离开宣州，李白在谢公楼为他置酒饯行。

酒酣之际，诗人思潮又涌，不禁引吭高歌。他慨叹逝者如斯，无法挽留，慨叹眼下心情多烦多忧，他仰望万里长风吹送秋雁，胸怀因而舒展，认为此时此刻正合沉醉高楼。他因为豪俊之士能以诗文留名千古而意兴遄飞、壮思不已，忽又联系眼下境遇，不由得黯然神伤。他欲斩断愁丝却发现愁丝如流水，他想要以酒浇愁却发现醉后愁更浓。浪漫而又理想的诗人生活在这现实而又污浊的世界里无法快乐，他于是打算有朝一日摆脱束缚、泛舟江河。

蜀道难

噫吁嚱，危乎高哉，蜀道之难难于上青天。蚕丛及鱼凫①，开国何茫然。尔来四万八千岁，不与秦塞通人烟②。西当太白有鸟道③，可以横绝峨嵋巅。地崩山摧壮士死④，然后天梯石栈相钩连⑤。上有六龙回日之高标⑥，下有冲波逆折之回川⑦。黄鹤之飞尚不得过，猿猱欲度愁攀缘⑧。青泥何盘盘⑨，百步九折萦岩峦⑩。扪参历井仰胁息⑪，以手抚膺坐长叹。问君西游何时还，畏途巉岩不可攀⑫。但见悲鸟号古木，雄飞雌从绕林间。又闻子规啼夜月⑬，愁空山。蜀道之难难于上青天，使人听此凋朱颜。连峰去天不盈尺，枯松倒挂倚绝壁。飞湍瀑流争喧豗⑭，砯崖转石万壑雷⑮。其险也若此，嗟尔远道之人胡为乎来哉。剑阁峥嵘而崔嵬，一夫当关，万夫莫开。所守或匪亲，化为狼与豺⑯。朝避猛虎，夕避长蛇。磨牙吮血，杀人如麻。锦城虽云乐⑰，不如早还家。蜀道之难难于上青天，侧身西望长咨嗟⑱。

【注释】

①蚕丛、鱼凫：均为传说中的古蜀国国王。②秦塞：秦地。古蜀国本与中原不通，至秦惠王灭蜀，始与中原相通。③太白：秦岭峰名。鸟道：仅能容鸟飞过的道路，形容山路狭窄。④"地崩"句：相传秦惠王曾嫁五美女于蜀，蜀遣五壮士迎之，返回途中遇大蛇入洞穴中，五人牵住蛇尾而用力外拉，结果山崩，壮士和美女都被压死，山也分成五岭。⑤石栈：于岩壁上凿石架木而成的通道。⑥"上有"句：谓有能挡住太阳神六龙车的高峰。六龙：相传太阳神所乘之车有六条龙来拉。高标：最高的山峰。⑦回川：萦回的川流。⑧猱（náo）：猕猴。⑨青泥：山名，在今陕西略阳县。盘盘：盘旋曲折。⑩萦岩峦：指峰岭迂回环抱。⑪参、井：均为星宿名。扪参历井是说蜀道之上伸手便可触及星辰。胁息：屏住呼吸。⑫巉（chán）岩：险峭的山岩。⑬子规：杜鹃。⑭喧豗（huī）：喧闹碰撞的声音。⑮砯（pīng）：水击岩石的声音。⑯"所守"两句：谓镇守这里的人若不可靠，一旦叛乱就会变成凶狠的豺狼。⑰锦城：即成都。⑱咨嗟：叹息。

【诗解】

诗文融神话、现实、想象为一体，将艰险瑰奇的蜀道景观带给行路人心灵上的强烈冲击摹写得淋漓尽致，字里行间无不蕴寓着作者超尘脱俗的浪漫主义情怀。后人对此诗的创作意图多有争论，有人说蜀道艰险即是仕途艰险，有人说本篇反映的是动荡的社会局面，各执一词，迄无定论。

长相思

其一

长相思，在长安。络纬秋啼金井阑①，微霜凄凄簟色寒②。孤灯不明思欲绝，卷帷望月空长叹③。美人如花隔云端。上有青冥之长天，下有渌水之波澜④。天长地远魂飞苦，梦魂不到关山难。长相思，摧心肝。

【注释】

①络纬：虫名，俗称纺织娘。金井阑：精美的井栏。②簟(diàn)：竹席。③帷：窗帘。④渌(lù)水：清澈的水。

【诗解】

在长安的时候常常想起你，我孤独地在精美的井栏旁听纺织娘轻吟低唱，孤独地感受秋天里初降薄霜的凄冷，竹席的寒凉。在昏暗的灯光下，在我举头望月时，我会非常想念你，然后叹息不能与你相见。

而你，如花般美丽的你终究是远隔云端，我愿意跨过长天绿水，愿意在梦中不辞万里地把你追寻，但难以逾越的关山却把我阻拦。

在长安的时候常常想起你，想起你的时候，忧伤便摧迫心肝。

行路难

金樽清酒斗十千①，玉盘珍羞值万钱②。停杯投箸不能食③，拔剑四顾心茫然。欲渡黄河冰塞川，将登太行雪满山④。闲来垂钓坐溪上⑤，忽复乘舟梦日边⑥。行路难，行路难，多歧路，今安在。长风破浪会有时，直挂云帆济沧海⑦。

【注释】

①斗十千：一斗酒值十千钱。②珍羞(xiū)：名贵的菜肴。③箸：筷子。④太行：太行山。⑤"闲来"句：相传姜子牙未遇周文王前曾在溪边垂钓。⑥"忽复"句：相传伊尹受商汤聘用之前，

曾梦乘舟过日月之边。⑦"长风"句：南朝宋宗悫曾言志说："愿乘长风破万里浪。"

【诗解】

有金樽盛着的清冽佳酿，有玉盘盛着的珍贵菜肴，然而诗人举杯又住，欲食又停，撺下筷子，起身拔剑四顾，心绪茫然。世路艰难，诗人来到长安施展抱负，无奈欲渡黄河却有河冰相阻，欲登太行却看到白雪满山，起初的踌躇满志变成了如今的惆怅失意。他也曾神游在远古时代吕尚和伊尹先抑后扬的经历中，想要以前人事迹作为慰藉和自勉，但神游归来，现实却使他转而大声疾呼："行路难！歧路多！今后的道路又在哪里？"

愤懑则愤懑矣，诗人并没有失去信心，因为他坚信总有一天会乘风破浪、纵横江海。

将进酒

君不见黄河之水天上来，奔流到海不复回。君不见高堂明镜悲白发，朝如青丝暮成雪。人生得意须尽欢，莫使金樽空对月。天生我材必有用，千金散尽还复来。烹羊宰牛且为乐，会须一饮三百杯①。岑夫子，丹丘生②，将进酒，杯莫停。与君歌一曲，请君为我倾耳听。钟鼓馔玉不足贵③，但愿长醉不愿醒。古来圣贤皆寂寞，唯有饮者留其名。陈王昔时宴平乐④，斗酒十千恣欢谑⑤。主人何为言少钱，径须沽取对君酌⑥。五花马⑦，千金裘⑧，呼儿将出换美酒，与尔同销万古愁。

【注释】

①会须：正应当。②岑夫子，丹丘生：指岑勋和元丹丘。二人都是李白的朋友。③钟鼓馔玉：泛指豪门的奢华生活。钟鼓：指富贵人家宴会时使用的乐器。馔玉：精美的饭食。④陈王：指曹操之子曹植，曹植曾被封为陈王。⑤恣（zì）：尽情。⑥径须：只需。⑦五花马：毛色呈五种花纹的良马。⑧千金裘：价值千金的皮衣。

【诗解】

全诗融入了李白自长安放还以来胸中的诸多感慨，真实反映了他当时复杂而矛盾的思想感情。其中不但有对于时光易逝、人生苦短的慨叹，有对于人生应当及时行乐、放情言欢的强调，也有"天生我材必有用"的自我肯定，以及对于"古来圣贤皆寂寞"的悲愤。这种种情感与愁绪的宣泄都是围绕"酒"字展开，诗人在酒中找到了解脱苦闷的方法，满腔的激愤也终于在此畅饮时刻得以喷薄而出。从他这种无所节制、恣意纵情的豪饮当中，我们能够深深感受到他内心难以言状的无奈和痛苦，并且为他哀而不伤、悲而能壮的洒脱情怀所打动。

渡荆门送别①

渡远荆门外，来从楚国游②。山随平野尽，江入大荒流③。
月下飞天镜，云生结海楼④。仍怜故乡水，万里送行舟。

【注释】

①荆门：荆门山，在今湖北宜都西北，古时为楚蜀交界。②从：向。③大荒：广阔的田野。④海楼：海市蜃楼。

【诗解】

首联交代诗人已然渡过荆门，来到楚国一带遨游。中间两联写舟行所见：山峦随着开阔平原的出现而逐渐消失，江水浩浩荡荡，流入辽阔无际的远方荒原。晚上，平静江面上的月影宛如天上飞来的明镜；日间，蓬勃涌起、变幻无穷的云彩结成壮观的海市蜃楼。年轻的诗人意气风发，但初别故乡，心中满含眷恋。在他的眼中，故乡的水依旧跟随，不辞万里地伴送着他远行的小舟。

赠孟浩然

吾爱孟夫子①，风流天下闻②。红颜弃轩冕，白首卧松云③。
醉月频中圣④，迷花不事君。高山安可仰⑤，徒此揖清芬⑥。

【注释】

①夫子：对孟浩然的尊称。②风流：风雅潇洒。③"红颜"两句：言孟浩然少壮时便放弃仕途，老来更是隐居山林。红颜：年轻少壮。轩冕：古代官吏出行时的车轿伞盖。④频中圣：频频酒醉。⑤"高山"句：引诗经中的"高山仰止，景行行止"，表达对孟浩然的崇敬之情。⑥徒此：唯有在此。揖清芬：向孟浩然的高风雅致深施一礼。

【诗解】

首联热情抒发诗人对于孟浩然的爱慕之情，称赞孟浩然的风流气度天下闻名。中间两联着力描写孟浩然置簪缨于不顾，远走山林，寄情诗酒的高洁形象。尾联赞孟氏品格有如高山之峻峭孤拔，使人无法望其项背，并借此表达自己的深深敬意。

送友人

青山横北郭①，白水绕东城。此地一为别，孤蓬万里征②。
浮云游子意，落日故人情。挥手自兹去③，萧萧班马鸣④。

【注释】

①郭：外城。②蓬：蓬草枯后断根，随风飞扬，古人常以之喻征人。③兹：此。④班马：离群之马。

【诗解】

诗由景写起，"青山横北郭，白水绕东城"从回望视角写来，除烘托出一派安静祥和的氛围外，也可见作者送友人出城已是很有一段距离了。

中间四句写对即将只身远征天涯的友人的深深关切之意，巧用"浮云"、"落日"作比，"浮云"比友人的行踪不定、任意东西，"落日"比自己像落日不肯离开大地一样对朋友依依惜别的心情。

尾联两句不再正面描写朋友间的离情，而是写分别时马儿的情状：它们似乎也深谙别离滋味，彼此恋恋不舍，悲鸣致意。全诗在就在这样几声萧萧马鸣中结束，意致缠绵悱恻而不过分伤感。

登金陵凤凰台①

凤凰台上凤凰游，凤去台空江自流。吴宫花草埋幽径②，晋代衣冠成古丘③。三山半落青天外④，二水中分白鹭洲⑤。总为浮云能蔽日，长安不见使人愁。

【注释】

①金陵：今江苏南京。凤凰台：在金陵凤凰山上，相传南朝刘宋年间有凤凰集于此山，乃筑台，山和台也由此而得名。②吴宫：三国时吴国王宫。③衣冠：指名门世族。古丘：指坟墓。④三山：山名，在南京西南长江边上。⑤二水：秦淮河经南京后入长江，被横于其间的白鹭洲分为二支。

【诗解】

凤凰台上曾有凤凰来游，然而凤去台空，如今只有台下长江水仍然不停东流。诗人即此感叹盛衰转换、历史变迁：吴国壮丽繁华的宫廷已经荒芜，东晋的风流人物们也早就进了坟丘。他展望江山，见三山半隐半现于青天之外，江水被白鹭洲分为两支。但是壮美景色并不能让他忘掉重重的心事：浮云（奸佞小人）总是能够遮蔽太阳，看不到朝廷所在的长安，又怎能不使人发愁。

静夜思

床前明月光，疑是地上霜。
举头望明月，低头思故乡。

【诗解】

月光洒在床前，诗人开始还以为是地上结了白霜。抬起头来观看，原来是高挂夜空的明月。他低头徘徊，想起了那遥远的故乡……

玉阶怨

玉阶生白露，夜久侵罗袜。
却下水精帘①，玲珑望秋月。

【注释】

①水精：水晶。

【诗解】

诗写宫中女子的幽怨。玉阶冰冷，夜深之时，更有寒露生于其上。一位娇弱的女子伫立在那里，站得久了，露水渐渐浸湿了罗袜。不知她是否在叹息中转身归入屋内，但见水晶帘落下时，那玲珑闪光的空隙中，一双充满着孤凄哀怨的美目凝然痴望着秋月。

下江陵①

朝辞白帝彩云间②，千里江陵一日还。
两岸猿声啼不住，轻舟已过万重山。

【注释】

①江陵：今湖北江陵县。②白帝：白帝城，在今重庆奉节。

【诗解】

诗中突出"轻"、"快"二字，不但是船轻而快，能一日千里，瞬息便过万重山，诗人的心情更是轻快。枷锁一去，真如脱笼飞鸟，自由自在，无所束缚。于是，以凄厉哀苦而著称的三峡之猿啼在诗人听来变得激越嘈杂，似在欢腾，蜀中浓滞的烟雾也好像有意散去，在这天清晨换成了彩云片片。全诗于一气奔放中蕴含回旋跌宕之美，轻舟快意，令人神远，被评者誉为唐绝压卷。

送孟浩然之广陵

故人西辞黄鹤楼，烟花三月下扬州。
孤帆远影碧空尽，惟见长江天际流。

【诗解】

诗的前两句点明了送别的时间、地点，还有孟浩然要去的地方。后两句写诗人目送友人的孤帆消失在碧空的尽头，视野中只剩下浩瀚的长江流向天际。

清平调

其一

云想衣裳花想容，春风拂槛露华浓①。

若非群玉山头见，会向瑶台月下逢②。

【注释】

①槛：栏杆。②会：应是。瑶台：与前面的群玉山都是传说中西王母的居处。

其二

一枝红艳露凝香，云雨巫山枉断肠①。

借问汉宫谁得似，可怜飞燕倚新妆②。

【注释】

①云雨巫山：用巫山神女会楚王典。此处是指有杨贵妃在侧，即便是巫山神女也无法吸引君王的视线。②倚：倚仗。

其三

名花倾国两相欢，常得君王带笑看。

解释春风无限恨①，沉香亭北倚栏杆。

【注释】

①解释：消释。

【诗解】

这三首诗无不是将花与人结合起来写，而其旨还在赞颂杨贵妃超凡绝俗的容貌仪态。从第一首感叹如贵妃一般的人儿只有仙境才能遇到，到第二首以牡丹含露摹拟她的娇艳之态，安排巫山神女空自惆怅，汉宫飞燕甘拜下风的情节，到第三首捕捉名花佳人相互映照的情景，君王面对贵妃时眼角嘴边掩饰不住的笑意，使得杨妃的美丽酝酿在仙境，在人间，在花里，在夫妻恩爱中，在造物对此绝作的自叹里，那样的卓然出群，那样的沁人心脾。

王维

王维（公元 701 ？～ 761 年），字摩诘，太原祁州人（今山西祁县）人。玄宗开元九年（公元 721 年）进士，累官至给事中。安史乱起，曾被迫任伪职。乱平后，获罪贬职，后官至尚书右丞，世称"王右丞"。自中年开始优游于蓝田辋川别业，过着亦官亦隐的生活，并潜心参禅学佛。王维工书画，通音律，诗文尤其以山水田园诗见长。他的诗明净清新，常常融汇着画理、佛理，苏轼曾称其"诗中有画，画中有诗"。著作有《王右丞集》。

西施咏

艳色天下重①，西施宁久微②？朝为越溪女，暮作吴宫妃。贱日岂殊众③，贵来方悟稀④。邀人傅脂粉⑤，不自著罗衣⑥。君宠益娇态⑦，君怜无是非⑧。当时浣纱伴，莫得同车归。持谢邻家子⑨，效颦安可希⑩？

【注释】

①"艳色"句：意谓艳丽的姿色为天下所看重。②"西施"句：意谓西施又怎能久居微贱？宁：岂。③"贱日"句：意谓微贱的时候难道有什么与众不同？④贵来：显贵的时候。方悟稀：方才感到稀罕。⑤傅：涂抹。⑥自：亲自。著：穿。⑦益：愈加。⑧"君怜"句：意谓君王怜爱而从不计较她的是非。⑨持谢：奉告。邻家子：指西施的邻居丑女东施。⑩"效颦"句：意谓光学西施皱眉又怎能希望得到别人的赏识。颦（pín）：皱眉。

【诗解】

本诗咏西施之绝世容貌、楚楚风神，感叹其判若霄壤的身世变化，不加褒贬而写尽世态炎凉，娓娓叙述中完现枯荣转换。诗末以反诘奉劝世人莫学东施效颦，此率意一问，寓意深刻，使人联想古今，颇具点化人生之功。

桃源行

渔舟逐水爱山春①，两岸桃花夹古津②。坐看红树不知远，行尽青溪忽值人。山口潜行始隈隩③，山开旷望旋平陆。遥看一处攒云树④，近入千家散花竹。樵客初传汉姓名，居人未改秦衣服。居人共住武陵源，还从物外起田园⑤。月明松下房栊静⑥，日出云中鸡犬喧。惊闻俗客争来集⑦，竞引还家问都邑⑧。平明闾巷扫花开⑨，薄暮渔樵乘水入。初因避地去人间，更问神仙遂不还⑩。峡里谁知有人事，世中遥望空云山⑪。不疑灵境难闻见⑫，尘心未尽思乡县。出洞无论隔山水，辞家终拟长游衍⑬。自谓经过旧不迷⑭，安知峰壑今来变。当时只记入山深，青溪几度到云林。春来遍是桃花水，不辨仙源何处寻。

【注释】

①逐水：沿着溪水。②古津：古渡口。③隈（wēi）隩（yù）：曲窄幽深。④攒：聚集。⑤物外：世外。⑥房栊（lóng）：房舍。栊，窗户。⑦俗客：指误入桃花源的渔人。⑧竞：竞相。引：引领。⑨闾巷：里巷。⑩"初因"两句：意谓桃源之人最初是为了逃避战乱而来此地的，后来过惯了神仙般的生活就不再想回故乡了。⑪"峡里"两句：意谓桃花源中的人已不知俗世之事，而俗世中人也只能空自遥望云山而已。⑫灵境：仙境。⑬"出洞"两句：意谓渔人出洞后又觉得桃源值得逗留，不管山高水远，还是想辞家来此长住。游衍：流连不去。⑭自谓：自以为。

【诗解】

当《桃花源记》中的情节被王维以诗的方式重新写来，更是别具一番风情。

武陵渔人因为喜爱春天的山水，所以任小舟沿着两岸开满桃花的清溪一路漂流，在不知不觉中到达了清溪尽头的桃源洞口。他小心谨慎地穿过山洞，一片平旷的原野豁然眼前，他好奇于原野中一处云树朦胧的地方，走到近前才发现那里坐落着千家万户，掩映着茂盛的花竹。

樵夫报来的还是汉朝的姓名，居民们穿的依旧是秦时的衣裳，与之交谈，方才明了他们于世外建起美丽田园的因由。在这里居住，渔人真正感受到了月夜的恬静，日出的蓬勃，他喜欢看人们于清晨扫开满地的落花，看黄昏时分渔夫樵父乘舟归来，当然，他也十分繁忙，因为人们竞相将他请到家中问起俗世的短长。村人因避世乱而至此成仙，从此隔绝尘世，渔人虽然知道仙境难得，但却因为思念家乡而离去，然而他终于不能忘记桃源，于是又在一个春天殷勤寻来。这一次，自认为过路不忘的他迷茫在了山水之间，因为"春来遍是桃花水，不辨仙源何处寻"。

山居秋暝①

空山新雨后，天气晚来秋。明月松间照，清泉石上流。
竹喧归浣女，莲动下渔舟。随意春芳歇②，王孙自可留③。

【注释】

①秋暝：秋天的傍晚。②随意春芳歇：意谓春花要凋谢就凋谢吧。③王孙自可留：王孙可以在此居住。《楚辞·招隐士》有"王孙游兮不归，春草生兮萋萋"和"王孙兮归来，山中兮不可久留"

句，意思是说：既然春天已过，王孙就请归来吧，山中冷清，不可长久居住。本诗反用其意，抒发的是作者愿居山林而不愿返回喧嚣市朝的情怀。

【诗解】

空山新雨过后，秋凉渐渐透出，山林中一派爽洁之气。如水的月光倾泻松间，清清的泉流淌于石上。竹林间响起阵阵喧闹声，那是年轻的女子们浣纱归来；池塘中荷叶摇动，那是渔舟在顺水行走。这有如世外桃源一样的地方必要到尘世之外才得得到，《楚辞·招隐士》中说："王孙兮归来，山中兮不可久留。"隐居山中的诗人却说："这里即使不是春天也非常美丽，王孙们可以留下吧。"

鹿柴①

空山不见人，但闻人语响。
返景入深林②，复照青苔上。

【注释】

①鹿柴：是辋川的地名。②返景：日光反照。景：同"影"。

【诗解】

本篇的意境在于突出"空"、"静"二字。空山人语，愈觉山空；一点儿折射过来的阳光落在青苔上，给幽暗的静物增添了一丝暖意。诗文空灵有声，静中有动，颇具禅意。

竹里馆①

独坐幽篁里②，弹琴复长啸。
深林人不知，明月来相照。

【注释】

①竹里馆：辋川别墅胜景之一。②幽篁：幽深的竹林。

【诗解】

独坐在幽静的竹林里，一边弹奏古琴，一边高声吟唱。在这不为人知的深林里，唯有一轮明月前来相照。小诗平淡几语，意境清幽绝俗，体现着作者恬静闲适的心情和自得其乐的情趣。

相思

红豆生南国，春来发几枝？
愿君多采撷①，此物最相思。

【注释】

①撷（xié）：摘。

【诗解】

红豆，又名"相思子"，常被人们用来寄托相思之情，作者想借咏红豆而寄出的，是对流落江南的友人李龟年的一片思念之情。诗中有婉问，婉问红豆春来发几枝，意在盼望友人能见物思人，让真挚的友谊能如相思树般年年发出新芽；诗中有叮咛，叮咛友人多多采下相思子，因为那色泽如火的小红豆，每一颗都代表着自己对友人的一份厚意深情。

杂诗

君自故乡来，应知故乡事。
来日绮窗前①，寒梅著花未②？

【注释】

①来日：指动身前来的那天。绮窗：雕饰精美的窗子。②著花：开花。

【诗解】

原诗共三首，此为其二。合而观之，似是写女子家住孟津（洛阳北），爱人身在江南，所以她看到由江南而来的行船，便问起是否有游子寄给家中的书信。船回到江南，游子向自故乡返回的舟人问起家中绮窗前的寒梅是否开放，舟人回答说：不但寒梅开了，鸟也啼了，阶前青草也长出来了，但她看到萋萋春草却更加忧愁悲伤。

九月九日忆山东兄弟

独在异乡为异客，每逢佳节倍思亲。
遥知兄弟登高处，遍插茱萸少一人①。

【注释】

①茱萸（yú）：落叶小乔木，开小黄花，有浓香，古人每逢重阳佩戴以避邪。

【诗解】

此诗是王维十七岁时在长安所写。诗文首句中的一个"独"字和两个"异"字，突出了他乡作客之人的孤独感受和对于环境的陌生与不适应；而紧随其后的"每逢佳节倍思亲"，不但在衔接上自然而然，而且将客中人在佳节的思乡情怀概括得极为真切和凝练。后二句独辟蹊径，不直接写思念兄弟，而是遥想兄弟登高、遍插茱萸而独缺自己的情景，表达出对不能与亲人团聚的伤感凄凉。

渭城曲

渭城朝雨浥轻尘①，客舍青青柳色新。

劝君更尽一杯酒，西出阳关无故人②。

【注释】

①浥：润湿。②阳关：在今甘肃敦煌西南，与玉门关一南一北，均为通西域的要隘。

【诗解】

朋友即将离去的那个清晨，似乎是得到了上天的照顾，一场淅淅沥沥的小雨过后，驿道上的尘土不再飞扬，客舍旁的柳色为之一新。饯行酒已饮过很多，作者终于不能将友人挽留，于是最后一次劝酒道："请你再饮一杯吧，西出阳关后，恐怕就难遇到故人了。"此诗辞浅情深，宜歌宜画，当时即被谱为《阳关三叠》歌曲，流传至今。

▌杜甫

杜甫（公元712～770年），字子美，自称少陵野老。原籍襄阳，迁居河南巩县。杜审言之孙。杜甫的诗以古体、律诗见长，风格多样，情感沉郁，展现了唐代由盛转衰的历史过程，被称为"诗史"。杜甫是我国最伟大的诗人之一，与李白齐名，并称"李杜"。有《杜工部集》。

赠卫八处士

人生不相见，动如参与商①。今夕复何夕②，共此灯烛光。少壮能几时，鬓发各已苍。访旧半为鬼，惊呼热中肠③。焉知二十载，重上君子堂。昔别君未婚，儿女忽成行。怡然敬父执④，问我来何方。问答未及已，儿女罗酒浆。夜雨剪春韭，新炊间黄粱⑤。主称会面难，一举累十觞⑥。十觞亦不醉，感子故意长⑦。明日隔山岳，世事两茫茫。

【注释】

①动：动辄。参（shēn）与商：参星与商星。参星于西，商星于东，此起彼隐，永不相见。②"今夕"句：意谓今天是什么日子。③热中肠：形容情绪激动异常。④怡然：和悦的样子。父执：父亲的挚友。⑤间（jiàn）：掺杂。⑥累：接连。觞（shāng）：酒杯。⑦故意：对故交的情谊。子：指卫八处士。

【诗解】

此诗为唐肃宗乾元二年（公元759年）春，杜甫从洛阳返回华州司功任所，途遇隐居不仕的挚友卫八而作。天上参、商两星不相遇，人间别离容易相见难，更何况战乱年代，世事茫茫。自洛阳返华州途中，遇二十载不见的老友，沧桑变迁之感。悲喜交集之情发于心中。夜雨烛光，黄粱熟，春韭香，一夕重逢话旧畅饮，明日重隔山岳，相聚知何年！全诗自然浑朴，深情起伏，极见波澜。

望岳

岱宗夫如何①，齐鲁青未了。造化钟神秀②，阴阳割昏晓。荡胸生层云，决眦入归鸟③。会当凌绝顶④，一览众山小。

【注释】

①岱宗：对泰山的尊称。②钟：赋予，集中。③决眦入归鸟：意指山高鸟小，远望飞鸟，几乎要睁裂眼眶。决：裂开。眦（zì）：眼眶。④会当：终当。

【诗解】

全诗写"望"。远望齐鲁一带，绵延苍翠数千里，大自然把一切神奇秀丽都集中到这里，巍峨的泰山南北明暗判若晨昏。云雾翻腾涤荡心胸，远望归林飞鸟，诗人眼随神远。结句尤其精彩，志在登临，雄视一切，真是咏泰山诗的绝唱！

佳人

绝代有佳人，幽居在空谷。自云良家子①，零落依草木。关中昔丧乱②，兄弟遭杀戮。官高何足论③，不得收骨肉。世情恶衰歇④，万事随转烛⑤。夫婿轻薄儿，新人美如玉。合昏尚知时⑥，鸳鸯不独宿。但见新人笑，那闻旧人哭。在山泉水清，出山泉水浊⑦。侍婢卖珠回⑧，牵萝补茅屋。摘花不插发⑨，采柏动盈掬⑩。天寒翠袖薄，日暮倚修竹。

【注释】

①良家子：好人家的女儿。②丧乱：指安禄山攻陷长安之事。③官高何足论：意谓官高显赫又有什么用呢。④世情恶衰歇：意谓世人总是厌恶衰落破败。歇：衰退。⑤万事随转烛：意谓世上的事情好像随风抖动的蜡烛，变化无常。⑥合昏：夜合花，叶子朝舒夜合。人们常以此比喻夫妻恩爱。⑦"在山"两句：喻自己隐于山中贞节自守，不愿因进入世俗而污浊了自己。⑧卖珠：指因为生活贫困而变卖珠宝。⑨摘花不插发：意谓无心修饰打扮。⑩动：动辄。盈掬：一满把。

【诗解】

一代佳人遭逢战乱，兄弟惨死，家境骤衰，被夫遗弃。人情凉薄，世态无常，令人慨叹。尤其是"但见新人笑，那闻旧人哭"伤情名句，悲彻千载犹闻其声。但佳人坚贞如竹柏，洁丽似清泉，风神绝美，永为人们咏叹。

观公孙大娘弟子舞剑器行并序①

大历二年十月十九日，夔府别驾元持宅，见临颍李十二娘舞剑器，壮其蔚跂，问其所师，曰："余公孙大娘弟子也。"开元三载，余尚童稚，记于郾城观公孙氏舞剑器浑脱，浏漓顿挫，独出冠时，自高头宜春、梨园二伎坊内人，洎外供奉，晓是舞者，圣文神武皇帝初，公孙一人而已。玉貌锦衣，况余白首，今兹弟子，亦非盛颜。既辨其由来，知波澜莫二。抚事慷慨，聊为《剑器行》。昔者吴人张旭，善草书书帖，数常于邺县见公孙大娘舞西河剑器，自此草书长进，豪荡感激，即公孙可知矣。

昔有佳人公孙氏，一舞剑器动四方。观者如山色沮丧②，天地为之久低昂。霍如羿射九日落③，矫如群帝骖龙翔④。来如雷霆收震怒，罢如江海凝清光。绛唇珠袖两寂寞⑤，晚有弟子传芬芳⑥。临颍美人在白帝⑦，妙舞此曲神扬扬。与余问答既有以⑧，感时抚事增惋伤。先帝侍女八千人⑨，公孙剑器初第一。五十年间似反掌，风尘澒洞昏王室⑩。梨园子弟散如烟，女乐余姿映寒日⑪。金粟堆前木已拱⑫，瞿塘石城草萧瑟⑬。玳弦急管曲复终⑭，乐极哀来月东出。老夫不知其所往，足茧荒山转愁疾。

【注释】

①公孙大娘：唐玄宗开元间著名的女舞蹈家。②色沮丧：惊讶失色的样子。③霍（huò）：闪光貌。羿：后羿。④矫：矫捷。群帝：群仙。骖（cān）：驾驭。⑤绛唇：指歌。珠袖：指舞。⑥芬芳：公孙大娘舞蹈的精华。⑦临颍美人：指李十二娘。⑧既有以：即序中"既辨其由来"之义。⑨先帝：指唐玄宗。⑩澒（hòng）洞：弥漫无际的样子。⑪女乐余姿：指李十二娘的舞蹈犹存着开元盛世的风貌。⑫金粟堆：位于金粟山的玄宗陵。木已拱：意谓墓前的树木已长得双手可以合抱了。⑬瞿塘石城：指白帝城。⑭玳弦：玳瑁饰制的弦乐器。急管：节奏急促的管乐。

【诗解】

杜甫在夔州看到李十二娘舞剑，问其师从何人，得知她是公孙大娘的弟子。公孙大娘是开元年间著名的舞蹈家，尤善舞剑，每当剑舞一起，观者如山，天地嗟叹。那闪烁的剑光，好似后羿射下的太阳划过天际，她矫健的身姿，有如仙子乘龙凌空飞翔，至于气势，发如雷霆震怒，收若江海凝光。在玄宗能歌善舞的八千侍女当中，公孙大娘的剑舞首屈一指。

与已不年轻的李十二娘谈及往事，作者与她都不胜伤感，倏忽而过的五十年间，盛衰巨变，玄宗墓前的树木已然可以合抱，公孙大娘也已寂寂无闻，而她的高徒则流落至此偏远山城。

最后一支乐舞结束的时候，月亮升起于东天，作者沉浸在更为深切的悲慨之中，心绪烦乱。他不顾脚茧碍步，却漫无目的地疾走在荒山野地之间。

春望

国破山河在①，城春草木深②。感时花溅泪，恨别鸟惊心。
烽火连三月③，家书抵万金④。白头搔更短⑤，浑欲不胜簪⑥。

【注释】

①在：依旧。②草木深：指草木丛生。③烽火：战火。连三月：三月不断，指整个春天。④抵：值，相当。⑤白头：白发。⑥浑：简直。不胜簪：插不上发簪。

【诗解】

大乱之年，山河依然如故，国家却已是残破不堪，春来，被叛军焚掠过后的长安城杂草丛生、乱树幽深，一派凄凉景象。虽然也能见到春花，听到鸟鸣，但这一点美好的东西更是让作者感慨今昔巨变，他因而见春花而泪洒花上，闻鸟鸣而动魄惊心了。

连月不灭的烽火，让家庭支离破碎，让人们颠沛流离，家书一封是万金难换的，作者已然因国事而忧恨重重，又因惦念家人安危而寝食难安，陷入了无尽的愁烦与焦急当中。焦愁的他不停地搔弄着自己的白发，以至于白发短而又短，近来，连发簪也难以插牢。

月夜

今夜鄜州月①，闺中只独看②。遥怜小儿女③，未解忆长安④。
香雾云鬟湿⑤，清辉玉臂寒。何时倚虚幌⑥，双照泪痕干⑦。

【注释】

①鄜（fū）州：今陕西富县。②闺中：指妻子。③小儿女：尚不懂事的子女。④解：懂得。忆长安：思念身在长安的父亲。肃宗至德元载（公元756年），叛军攻陷潼关，杜甫携家眷逃至鄜州，闻肃宗在灵武即位，于是前往效力，途中为叛军所俘，被解回长安。⑤香雾：月夜的雾气。⑥虚幌：薄纱帐。⑦双照：指月光同时照着身处异地的夫妻二人。

【诗解】

全诗别出心裁，言在彼而意在此，不说自己在对月思念妻子，却哀悯在远方的妻子独看明月；不说自己想念年幼的子女，却说他们尚不懂得记挂远方的父亲。"香雾"一联揣想妻子于月下思念自己的情景，尾联接续此情寄出自己对于战乱平息、合家团圆的热切期盼，思致奇特而缜密，情意缠绵而真切。

月夜忆舍弟

戍鼓断人行①，边秋一雁声②。露从今夜白，月是故乡明。

有弟皆分散，无家问死生。寄书长不达③，况乃未休兵④。

【注释】

①戍鼓：戍楼上的更鼓。断人行：指更鼓响后人们便不能再随意行走。②边秋：边地之秋。③长：老是，一直。④况乃：何况是。

【诗解】

秋天的傍晚，戍楼的更鼓警示着交通即将被阻断，寂寥的边地上，回荡着悠远的雁鸣。从今天这一夜开始，秋天将进入到白露时节，当秋月朗朗挂在长空，作者却觉得，它并不如家乡看到的明亮。作者惦念担忧兄弟，悲伤战乱带来的分离，在这个月夜里，他暗自叹息："平日里给兄弟们寄去书信还常常不能到达，何况战事频仍，生死茫茫更难预料！"

旅夜书怀

细草微风岸，危樯独夜舟①。星垂平野阔，月涌大江流。

名岂文章著，官应老病休②。飘飘何所似，天地一沙鸥。

【注释】

①危樯（qiáng）：高耸的船桅。独夜舟：夜晚独自行舟。②老病休：因年老多病而离职。

【诗解】

微风吹拂着江岸细草，诗人的孤舟停泊在岸边。星光闪烁，天幕低垂向平野尽头；江水粼粼，拥着月光流向远方。诗人眼观壮阔景象，俯思人生得失，以往坎坷的遭遇，眼下凄凉的境况，让他时而发出"名声岂止是因为我文章作得好"的悲问，时而又转向"年老多病也就应该辞官退休"的沉吟。平静下来，他知道明天依然是孤独漂泊，不禁自问自答地叹道："我这样飘然一身像个什么？不过像广阔天地间的一只沙鸥罢了。"诗文蕴含着杜甫才不见用、志不得展的孤愤，还有他老病无靠、转徙漂泊的悲哀。

登岳阳楼

昔闻洞庭水，今上岳阳楼。吴楚东南坼①，乾坤日夜浮。

亲朋无一字，老病有孤舟。戎马关山北②，凭轩涕泗流③。

【注释】

①坼（chè）：分裂。②戎马：指战事。关山北：指北方边境。③凭轩：倚着窗户。涕泗：眼泪鼻涕。

【诗解】

从前只听说过洞庭湖水气象非凡，如今登上了岳阳楼观看，杜甫不由得被深深地震撼了。他为我们这样形容所看到的景象：浩瀚的洞庭湖水，在东南方分开了吴地与楚地的疆界，它洋洋于天地间，吞吐日月，整个宇宙好像日夜飘浮。

洞庭湖的宏伟奇丽，并不能舒展杜甫"亲朋无一字，老病有孤舟"的悲怀，但那一日，让他真正为之凭窗而流泪的，是那北方关塞仍然不休的战事，以及风雨飘摇的山河。

蜀相①

丞相祠堂何处寻，锦官城外柏森森②。映阶碧草自春色，隔叶黄鹂空好音。三顾频烦天下计③，两朝开济老臣心④。出师未捷身先死⑤，长使英雄泪满襟。

【注释】

①蜀相：指三国时蜀国丞相诸葛亮。②锦官城：指成都。③三顾：指刘备三顾茅庐一事。频烦：同"频繁"。④两朝：指先主刘备、后主刘禅两朝。开济：开创基业，匡危济难。⑤"出师"句：蜀建兴十二年（公元234年），诸葛亮出师伐魏，因积劳成疾病逝于五丈原。

【诗解】

这首诗是礼赞诸葛丞相的名篇，诗中深情写道：问起在哪里才能找到诸葛丞相的祠堂，它就坐落在锦官城外古柏森森的地方。那映衬着台阶的小草每到春天空自呈现着碧绿春色，那婉转的黄鹂隔着枝叶徒然唱出好听的歌声。诸葛丞相因为感激刘备的三顾相请而出山谋划天下大计；开创基业，扶危济难，先后辅佐了刘家父子两朝。只是他出师未捷就因积劳成疾而病死，千古以来，天下的仁人志士，无不为此泪洒衣裳。

客至

舍南舍北皆春水①，但见群鸥日日来。花径不曾缘客扫②，蓬门今始为君开。盘飧市远无兼味③，樽酒家贫只旧醅④。肯与邻翁相对饮⑤，隔篱呼取尽余杯⑥。

【注释】

①舍：居舍。②缘客扫：因为有客要来而打扫。③盘飧（sūn）：饭食。兼味：两种以上的味道。④醅（pēi）：没有过滤过的米酒。⑤肯：能否。⑥余杯：余下来的酒。

【诗解】

此诗写于成都草堂落成之后。新居落成，虽有绿水环绕、群鸥相伴，心中仍不免感到寂寞。那一天友人来访，诗人不禁唱出了"花间小径还不曾因为客来而扫，长闭的柴门今天要为你而大开"的诗句。因为家境清贫，住的地方又离市集很远，所以招待朋友的饭食非常简单，酒也是旧日所酿。但这些都不影响主客二人把酒言欢，诗人还高声招呼着邻翁共饮作陪，可见主客之间是何等兴高采烈，他们的情谊又是多么地质朴纯真。

闻官军收河南河北

剑外忽传收蓟北①，初闻涕泪满衣裳。却看妻子愁何在，漫卷诗书喜欲狂②。白日放歌须纵酒③，青春作伴好还乡④。即从巴峡穿巫峡，便下襄阳向洛阳。

【注释】

①剑外：剑门关外。此指蜀地。蓟北：指今河北北部地区，是安史叛军的根据地。②漫卷：胡乱卷起。③放歌：放声歌唱。④青春：指春光正好。

【诗解】

全诗洋溢着一种杜诗中极为少见的激动愉悦之情，反映着诗人当时如同拨云见日般畅快的心情。无论是初闻消息时的泪满衣裳，还是随后漫卷诗书的癫狂，无不是因喜极而起。那放歌纵酒的豪情，急归故乡的渴望，都因诗人认为国事与命运从此俱会峰回路转而生。杜甫于是催促妻子赶快整理行装，在他的想象中，明日自己便可以登上回乡的轻舟，穿峡过江，从此翻开人生新的一章了。

登高

风急天高猿啸哀，渚清沙白鸟飞回①。无边落木萧萧下，不尽长江滚滚来。万里悲秋常作客，百年多病独登台②。艰难苦恨繁霜鬓③，潦倒新停浊酒杯④。

【注释】

①渚：水中的小洲。回：回旋。②百年：一生。③繁霜鬓：两鬓白发日增。④"潦倒"句：这时杜甫正因病戒酒。

【诗解】

天空寥阔，秋风甚急。急风中夹着一声声凄厉的猿啼，寒冷的沙洲上空，飞鸟盘旋不下。向远方眺望，无边无际的落叶萧萧落下，奔流不息的长江汹涌而来。

悲秋万里本已引人忧愁，而况诗

人常年漂流为客，如今拖着年老多病的身躯，独自登眺在无人的高台，景况真可谓凄苦已极。然而人生的种种艰难苦恨正在让他的白发日益增多，近来，因为潦倒困顿，却又逼得他不能以酒遣怀。

咏怀古迹

其三

群山万壑赴荆门①，生长明妃尚有村②。一去紫台连朔漠③，独留青冢向黄昏④。画图省识春风面⑤，环佩空归月夜魂⑥。千载琵琶作胡语，分明怨恨曲中论。

【注释】

①荆门：荆门山，在湖北宜都市西北。②明妃：即王昭君。昭君村在归州东北。尚有村：尚有她生长的村庄。③紫台：指皇宫。朔漠：指匈奴所居之地。④青冢：即昭君墓。传说每到深秋时节，北方草木皆枯，唯独昭君墓上小草青青依旧。⑤"画图"句：意谓汉元帝对着图画岂能得知昭君美丽的容颜。画图：指画工毛延寿因昭君不肯行贿于他而故意丑化她的事。省（xǐng）识：认识。⑥环佩：指代昭君。月夜魂：指昭君生不得归汉，只有死后的灵魂从月夜归来。

【诗解】

谁说昭君生长的地方不需用如此雄奇的笔力来描绘？这位去国和亲的一代名妃身上，不正凝聚着天地山川的灵慧秀美？然而昭君的美丽却只因一张故意作难的画像就被弃置一旁，致使她一朝远嫁匈奴，身后唯留下青草覆盖的坟冢面向着大漠黄昏，生她养她的故乡也只空等来女儿返归的游魂。悠悠千载，世间依旧流传着昭君因为思念故乡而时时弹起的琵琶曲，而琵琶声声里，分明寄寓着她生前无限的忧思怨恨。

江南逢李龟年

岐王宅里寻常见①，
崔九堂前几度闻②。
正是江南好风景，
落花时节又逢君。

【注释】

①岐王：睿宗第四子李范，封岐王。②崔九：殿中监崔涤，玄宗宠臣。

【诗解】

曾经常常在岐王府第见到你，曾经好几次在崔九堂前聆听你的歌声，而今正是江南景色美好的时候，纷纷落花中我又遇到了你。诗文"刚开头却又煞了尾"，连一句也不愿多说，字里行间却蕴含着治乱盛衰的无限感慨，还有故人在漂泊中重逢，黯然相对的不尽凄凉。

崔颢

崔颢（公元 714～754 年），汴州（今河南开封）人，开元十一年（公元 723 年）进士及第。性格放荡不羁。曾为太仆寺丞，天宝中为司勋员外郎。早期诗多写闺情，后历边塞，诗风变为苍凉奔放。《全唐诗》存诗一卷。

黄鹤楼

昔人已乘黄鹤去①，此地空余黄鹤楼。黄鹤一去不复返，白云千载空悠悠。晴川历历汉阳树②，芳草萋萋鹦鹉洲③。日暮乡关何处是④，烟波江上使人愁。

【注释】

①昔人：指传说中的仙人。②历历：景物清晰分明的样子。 汉阳：在武昌（黄鹤楼所在地）西。③鹦鹉洲：在今武汉市西南长江中，相传因东汉祢衡在此作《鹦鹉赋》而得名。④乡关：家乡。

【诗解】

黄鹤楼因传说中有仙人驾鹤经过而得名，作者登上高楼，感念那古老的传说，感慨仙去楼空，只留下千载白云。

于此巍巍高楼临江眺望，千里晴川映入眼帘，还有清清楚楚的汉阳树，芳草萋萋的鹦鹉洲，只是作者一直望到日暮时分，却不曾找到家乡的所在。暮雾下的大江，烟波迷茫，独立高楼的作者，满怀乡愁。

长干行

其一

君家何处住，妾住在横塘。
停船暂借问，或恐是同乡。

其二

家临九江水，来去九江侧。
同是长干人，生小不相识。

【诗解】

这里虽然选入的是两首诗，实际上是一问一答，前一首是女子在向男子发问："我住在横塘，你住在什么地方啊？我停下船来作此一问，是因为想到或许我们是同乡。"后一首是男子作答："我的家临着九江水，常常来往于九江两侧。我们都住在长干里，但是从小并不相识啊……"诗以白描手法，朴素自然的语言，描写了这对同是长干人却并不相识的青年男女萍水相逢时的情景，二人相见恨晚之意了然其中，对白坦诚大方，毫无忸怩做作之态。

岑参

岑参（公元 715 ~ 769 年），江陵（今湖北江陵）人。少孤寒，初隐襄阳，二十岁献书阙下。天宝进士。天宝八载（公元 749 年）入安西四镇节度使高仙芝幕掌书记，天宝十三年充安西（今新疆库车）、北庭（今新疆吉木萨尔）节度判官。肃宗时历任右补阙、起居舍人、虢州长史等职。后罢官客死成都旅舍。岑参久佐戎幕，以边塞诗名世，是盛唐边塞诗派代表之一，与高适并称"高岑"。其诗气势豪迈，情辞慷慨，文采瑰丽，体现了"盛唐气象"。《全唐诗》存诗四卷。有《岑嘉州集》。

白雪歌送武判官归京

北风卷地白草折，胡天八月即飞雪。忽如一夜春风来，千树万树梨花开。散入珠帘湿罗幕，狐裘不暖锦衾薄①。将军角弓不得控，都护铁衣冷难著②。瀚海阑干百丈冰③，愁云惨淡万里凝。中军置酒饮归客④，胡琴琵琶与羌笛。纷纷暮雪下辕门，风掣红旗冻不翻⑤。轮台东门送君去，去时雪满天山路⑥。山回路转不见君，雪上空留马行处。

【注释】

①衾（qīn）：被子。②著（zhuó）：穿。③瀚海：大沙漠。阑干：纵横之貌。④中军：此指中军帐内。⑤"风掣（chè）"句：意谓红旗已然冰冻，风吹时也不再飘动。⑥天山：在今新疆境内。

【诗解】

西北边地，八月飞雪，雪降有如一夜春风忽起，吹得万树枝头梨花绽放。

边地的雪纷纷扬扬，雪花飘入珠帘，浸湿了罗幕，那份冰冻寒冷，让狐裘不暖，锦被嫌薄，将军拉不开擅长的强弓，都护难以穿上护身的铁铠。无垠瀚漠，纵横的是百丈坚冰，天色惨淡，凝结着万里愁云。

就是在这样的一天，作者的朋友武判官将要返京，大家为他在中军帐置酒钱行。在胡琴、琵琶与羌笛的合奏声中，他们依依惜别，难分难舍，直至傍晚雪势又盛。

作者于轮台东门送别武判官，他看到皑皑白雪早把山路覆盖，心中不禁为友人的前程担忧。当友人的身影终于消失在这雪暮的山回路转之中，他空望着雪地上友人远走的行迹，久久不肯离去……

逢入京使

故园东望路漫漫，双袖龙钟泪不干①。

马上相逢无纸笔，凭君传语报平安。

【注释】

①龙钟：湿漉漉的样子。

【诗解】

前往之地是荒僻寥廓的绝域，一路的奔波劳苦令诗人身心疲惫，回望故乡但见长路漫漫、风烟渺茫，他终于耐不住心中的相思和眷恋，潸然泪下了。马上相逢进京的使者，无法取纸笔详写家书，万般无奈之下，诗人只好委托使者传口信向家中报平安。这"平安"二字，可以让家人感到欣慰，却蕴含着作者的无限辛酸。

韦应物

韦应物（公元 737～约 792 年）京兆长安（今陕西西安）人。出身关中望族，少任侠，以门资恩荫入官为三卫郎。后折节读书，曾任左司郎中、江州刺史、苏州刺史，人称"韦江州"、"韦苏州"。韦应物秉性高洁，诗以写山水田园著名，淡远清瑟，人比之陶潜。白居易曾赞"高雅闲澹，自成一家之体"。《全唐诗》存诗十卷，有《韦苏州集》。

送杨氏女

永日方慽慽①，出行复悠悠②。女子今有行，大江溯轻舟③。尔辈苦无恃，抚念益慈柔④。幼为长所育，两别泣不休。对此结中肠⑤，义往难复留⑥。自小阙内训⑦，事姑贻我忧⑧。赖兹托令门⑨，任恤庶无尤⑩。贫俭诚所尚⑪，资从岂待周⑫。孝恭遵妇道⑬，容止顺其猷⑭。别离在今晨，见尔当何秋⑮？居闲始自遣，临感忽难收⑯。归来视幼女，零泪缘缨流⑰。

【注释】

①永日：漫长的一天。方：正。慽慽：悲伤。②出行：指远嫁。悠悠：遥远。③溯（sù）：逆流而上。④"尔辈"两句：是说你们从小丧母，孤苦无依，所以我对你们的抚育就更加慈爱温柔。⑤结中肠：哀伤之情郁结于心。⑥义往：指女儿已到出嫁年龄，理当嫁人。⑦阙（quē）：同"缺"。内训：闺门之教。⑧事姑：侍奉婆婆。贻（yí）我忧：让我忧虑。⑨赖：全赖。托令门：托付于好人家。⑩任恤（xù）：信任体恤。庶无尤：指不苛求，差不多没有过失就可以了。⑪诚所尚：诚然是所崇尚的。⑫资从：嫁妆。岂待周：何必完备齐全？⑬孝恭：孝顺恭敬。⑭容止：仪容举止。猷（yóu）：规矩。⑮当何秋：要到何年？⑯"居闲"两句：意谓平日里就开始自我排遣，谁知临别又伤感得难以控制。⑰零泪：流泪。缘：沿着。缨：系在下巴下的帽带。

【诗解】

　　韦应物的妻子早亡，给他留下了两个女儿。父女三人相依为命，先是自己既当爹又当娘，后是长女抚育幼女，直到长女即将远嫁。

　　作者虽然知道"女大当嫁"是人之常情，然而骨肉分离的痛苦实在让他难于承受，他望着妹妹抱着姐姐哭得如同泪人儿的样子，心情悲切到了极点。女儿临行之际，他一再地叮嘱她，到了婆家要恪守妇道，遵守家规，要精心侍奉婆婆；同时寄语女儿的婆家，自己一贯崇尚简朴，所以女儿的嫁妆不算十分的丰厚，此次把女儿托付给他们，希望他们能够多多怜惜。

　　诗人送长女归来后看幼女孤零零的一个人，自己更是泪流不止。全诗用朴实无华的语言写出了真实感人的慈父形象。

滁州西涧①

独怜幽草涧边生，上有黄鹂深树鸣。
春潮带雨晚来急，野渡无人舟自横。

【注释】

　　①滁州：今安徽滁县。西涧：西面的山间溪流。

【诗解】

　　怜爱的是涧边幽草，自枯自荣；听的是浓荫中黄鹂的独鸣，清越婉转；有感于眼前的野渡孤舟，春潮急雨袭来时无从用力，只是顺势纵横。诗文描写是滁州西边山间溪流的景色，不但结合着诗人其时幽寂的心境，"春潮"二句中所蕴寓的感受，更是与他困厄却又无奈的处境息息相通。

张继

　　张继（生卒年不详）字懿孙，南阳（今属河南）人，一说襄州（今湖北襄阳）人。天宝进士，至德年间曾为御史，大历末年任检校祠部员外郎，分掌财赋于洪州。张继为官清廉，关心人民疾苦。其诗多登临记行之作，诗风清远，不务雕琢。《全唐诗》收诗一卷。有《张祠部诗集》。

枫桥夜泊

月落乌啼霜满天，江枫渔火对愁眠。
姑苏城外寒山寺①，夜半钟声到客船。

【注释】

①姑苏：苏州。寒山寺：传高僧寒山居此而得名。

【诗解】

枫叶如火的季节里，诗人离家又是一年了。夜泊于苏州城外的枫桥，面对着满天霜华、星星渔火、瑟瑟江枫，还有那即将落下的秋月，他乡愁难解，怀思难眠。辗转反侧之际，几声栖而复惊的鸦啼提醒他：夜已深沉。这时候，城外寒山寺的钟声悠然响起，一声声、一下下传到客舟之上，传入不眠之人耳中，契合着思乡的心律，扣打着游子的心扉。

▌孟郊

孟郊（公元 751 ~ 814 年）字东野，湖州武康（今浙江德清）人。少隐嵩山，德宗贞元十二年（公元796 年）登进士第（当时已四十六岁）。五十岁出任溧阳县尉。孟郊秉性孤直，终生贫困潦倒，死后竟无钱下葬。诗与韩愈齐名，为韩孟诗派的开派人物。其诗主张"下笔证兴亡，陈词备风骨"，同时追求"入深得奇趣"。大部分诗则抒写个人的穷苦情怀，与贾岛有相似处，故有"郊寒岛瘦"的说法。《全唐诗》收诗五卷。有《孟东野诗集》。

列女操

梧桐相待老①，鸳鸯会双死。贞妇贵殉夫，舍生亦如此。波澜誓不起②，妾心古井水。

【注释】

①梧桐：梧为雄树，桐为雌树。②波澜誓不起：意谓心中不会再起波澜。

【诗解】

梧桐相伴到老，鸳鸯不肯独活，夫君一亡，贞烈女子便会以身殉夫，即使存活于世，也是心如古井之水，不会再起波澜。礼法令人殉则可怜，深情使人贞则可敬。本诗比喻贴切，清明如话，颇有民歌风味，让人过目不忘。

游子吟

慈母手中线，游子身上衣。临行密密缝，意恐迟迟归。谁言寸草心①，报得三春晖②？

【注释】

①寸草心：小草的嫩心，比喻天下儿女之心。②三春晖：春日温暖的阳光，比喻母爱的温暖。

【诗解】

母亲的细针密线织就了游子身上的征衣，游子将要离家的时候，母亲会将衣服缝补得更加结实，以确保它们能帮游子抵挡风寒；她其实更希望游子能早早归来，那样她才能真正地放下心来。全诗短短数语，但从古至今感动了千万读者，是描写亲情难得的佳作。

白居易

白居易（公元 772～846 年），字乐天，晚年号香山居士。贞元十六年（公元 800 年）进士，授秘书省校书郎。元和年间任左拾遗及左赞善大夫。后因上表请求严缉刺死宰相武元衡的凶手，得罪权贵，贬为江州司马。长庆初年任杭州刺史，宝历初年任苏州刺史，后官至刑部尚书。在文学上，白居易主张"文章合为时而著，歌诗合为事而作"，是新乐府运动的倡导者。其诗通俗易懂，相传诗作要老妪听懂为止。同元稹并称"元白"。有《白香山集》。

长恨歌

汉皇重色思倾国①，御宇多年求不得②。杨家有女初长成，养在深闺人未识。天生丽质难自弃，一朝选在君王侧。回眸一笑百媚生，六宫粉黛无颜色。春寒赐浴华清池，温泉水滑洗凝脂。侍儿扶起娇无力，始是新承恩泽时。云鬓花颜金步摇，芙蓉帐暖度春宵。春宵苦短日高起，从此君王不早朝。承欢侍宴无闲暇，春从春游夜专夜。后宫佳丽三千人，三千宠爱在一身。金屋妆成娇侍夜，玉楼宴罢醉和春③。姊妹弟兄皆列土④，可怜光彩生门户。遂令天下父母心，不重生男重生女。骊宫高处入青云，仙乐风飘处处闻。缓歌慢舞凝丝竹⑤，尽日君王看不足。渔阳鼙鼓动地来⑥，惊破霓裳羽衣曲。九重城阙烟尘生，千乘万骑西南行。翠华摇摇行复止⑦，西出都门百余里。六军不发无奈何，宛转蛾眉马前死。花钿委地无人收⑧，翠翘金雀玉搔头⑨。君王掩面救不得，回看血泪相和流。黄埃散漫风萧索，云栈萦纡登剑阁⑩。峨嵋山下少人行，旌旗无光日色薄。蜀江水碧蜀山青，圣主朝朝暮暮情。行宫见月伤心色，夜雨闻铃肠断声。天旋地转回龙驭⑪，到此踌躇不能去。马嵬

坡下泥土中，不见玉颜空死处。君臣相顾尽沾衣，东望都门信马归^⑫。归来池苑皆依旧，太液芙蓉未央柳^⑬。芙蓉如面柳如眉，对此如何不泪垂？春风桃李花开日，秋雨梧桐叶落时。西宫南内多秋草，落叶满阶红不扫。梨园弟子白发新，椒房阿监青娥老^⑭。夕殿萤飞思悄然，孤灯挑尽未成眠。迟迟钟鼓初长夜，耿耿星河欲曙天。鸳鸯瓦冷霜华重，翡翠衾寒谁与共。悠悠生死别经年，魂魄不曾来入梦。临邛道士鸿都客^⑮，能以精诚致魂魄^⑯。为感君王辗转思，遂教方士殷勤觅^⑰。排空驭气奔如电，升天入地求之遍。上穷碧落下黄泉，两处茫茫皆不见。忽闻海上有仙山，山在虚无缥渺间。楼阁玲珑五云起，其中绰约多仙子。中有一人字太真^⑱，雪肤花貌参差是。金阙西厢叩玉扃^⑲，转教小玉报双成^⑳。闻道汉家天子使，九华帐里梦魂惊。揽衣推枕起徘徊，珠箔银屏迤逦开^㉑。云鬓半偏新睡觉^㉒，花冠不整下堂来。风吹仙袂飘飘举^㉓，犹似霓裳羽衣舞。玉容寂寞泪阑干^㉔，梨花一枝春带雨。含情凝睇谢君王^㉕，一别音容两渺茫。昭阳殿里恩爱绝，蓬莱宫中日月长。回头下望人寰处，不见长安见尘雾。惟将旧物表深情，钿合金钗寄将去。钗留一股合一扇，钗擘黄金合分钿^㉖。但教心似金钿坚，天上人间会相见。临别殷勤重寄词，词中有誓两心知。七月七日长生殿，夜半无人私语时。在天愿作比翼鸟，在地愿为连理枝。天长地久有时尽，此恨绵绵无绝期。

【注释】

①汉皇：指唐玄宗。②御宇：统御天下。③醉和春：醉意伴随着春意。④列土：分封领地。⑤凝丝竹：喻歌舞紧扣音乐声。⑥"渔阳"句：指安禄山在渔阳起兵叛乱。鼙（pí）鼓：军队中用的小鼓。⑦翠华：皇帝仪仗中用翠鸟羽毛作装饰的旗帜。⑧花钿（diàn）：花朵形首饰。⑨翠翘、金雀、玉搔头：均是杨贵妃所佩带的钗簪。⑩云栈（zhàn）：高入云霄的栈道。剑阁：在今四川剑阁县东北大剑山、小剑山之间，为由陕入川的必经之路。⑪"天旋"句：指局势转变，玄宗还京。龙驭（yù）：皇帝的车驾。⑫信马归：任马驰骋而归。⑬太液：太液池。未央：未央宫。⑭椒房：后妃们住的地方。阿监：指宫中女官。⑮"临邛（qióng）"句：意谓来自蜀中，作客长安的道士。临邛：今四川邛崃市。鸿都：汉宫门名，此指长安。⑯致魂魄：将灵魂招来。⑰方士：有道术的人。⑱太真：杨贵妃为女道士时号太真。⑲扃（jiōng）：门户。⑳转教：指请侍女通报。小玉、双成：指太真侍女。㉑珠箔：珠帘。迤逦开：谓层层敞开。㉒新睡觉：刚睡醒。㉓袂（mèi）：衣袖。㉔阑干：形容泪水横流的样子。㉕凝睇（dì）：凝视。㉖擘（bāi）：分开。

【诗解】

白居易的《长恨歌》是古典诗歌中的不朽之作，从它问世到现在十二个世纪的漫长岁月里，始终是传唱不衰，保持着极强的生命力。作者作此歌的初衷本是"惩尤物，窒乱阶，垂于将来"（《长恨歌传》），可以说是将《长恨歌》的主题定为了"耽色误国"，然而却在写作的过程当中为李、杨二人凄美的爱情故事所裹挟，不由自主地写出了这首千古绝唱。全诗将叙事、写景、抒情三者完美地结合在一起，将一幅幅浸透人间悲喜、饱含荣枯变化的画面展现在人们面前，动情讲述了一个朝代由盛而衰的历史，一位帝王由喜而悲的爱情，旷世的爱情与流传千古的佳句同样具有无穷魅力，超越了时空的阻隔和生命的极限，最终达到一种永恒的境界。

琵琶行并序

元和十年，余左迁九江郡司马。明年秋，送客湓浦口，闻舟中夜弹琵琶者。听其音，铮铮然有京都声。问其人，本长安倡女，尝学琵琶于曹、穆二善才，年长色衰，委身为贾人妇。遂命酒，使快弹数曲。曲罢悯然，自叙少小时欢乐事，今漂沦憔悴，转徙于江湖间。余出官二年，恬然自安，感斯人言，是夕始觉有迁谪意。因为长歌以赠之，凡六百一十二言，命曰《琵琶行》。

浔阳江头夜送客，枫叶荻花秋瑟瑟。主人下马客在船，举酒欲饮无管弦。醉不成欢惨将别，别时茫茫江浸月。忽闻水上琵琶声，主人忘归客不发。寻声暗问弹者谁，琵琶声停欲语迟[1]。移船相近邀相见，添酒回灯重开宴。千呼万唤始出来，犹抱琵琶半遮面。转轴拨弦三两声[2]，未成曲调先有情。弦弦掩抑声声思，似诉生平不得志。低眉信手续续弹，说尽心中无限事。轻拢慢捻抹复挑，初为霓裳后六幺[3]。大弦嘈嘈如急雨，小弦切切如私语[4]。嘈嘈切切错杂弹，大珠小珠落玉盘。间关莺语花底滑[5]，幽咽泉流水下滩。水泉冷涩弦凝绝，凝绝不通声渐歇[6]。别有幽愁暗恨生，此时无声胜有声。银瓶乍破水浆迸，铁骑突出刀枪鸣[7]。曲终收拨当心画[8]，四弦一声如裂帛。东船西舫悄无言，唯见江心秋月白。沉吟放拨插弦中，整顿衣裳起敛容。自言本是京城女，家在虾蟆陵下住。十三学得琵琶成，名属教坊第一部。曲罢曾教善才伏[9]，妆成每被秋娘妒[10]。五陵年少争缠头[11]，一曲红绡不知数。钿头银篦击节碎[12]，血色罗裙翻酒污。今年欢笑复明年，秋月春风等闲度。弟走从军阿姨死，暮去朝来颜色故[13]。门前冷落车马稀，老大嫁作商人妇。商人重利轻别离，前月浮梁买茶去[14]。去来江口守空船，绕舱明月江水寒。夜深忽梦少年事，梦啼妆泪红阑干[15]。我闻琵琶已叹息，又闻此语重唧唧。同是天涯沦落人，相逢何必曾相识。我从去年辞帝京，谪居卧病浔阳城。浔阳地僻无音乐，终岁不闻丝竹声。住

近湓江地低湿⑯，黄芦苦竹绕宅生。其间旦暮闻何物，杜鹃啼血猿哀鸣。春江花朝秋月夜，往往取酒还独倾⑰。岂无山歌与村笛，呕哑嘲哳难为听⑱。今夜闻君琵琶语，如听仙乐耳暂明。莫辞更坐弹一曲，为君翻作琵琶行。感我此言良久立，却坐促弦弦转急⑲。凄凄不似向前声，满座重闻皆掩泣。座中泣下谁最多，江州司马青衫湿⑳。

【注释】

①欲语迟：欲说还休。②转轴：转动琵琶上琴柱调音色。③霓裳：《霓裳羽衣曲》。六幺：曲名。④大弦、小弦：分别指琵琶上最粗的弦和最细的弦。⑤间关：象声词，形容婉转的鸟鸣声。⑥"水泉冷涩"两句：意谓琵琶声好像水泉冷涩一样渐缓渐停，直至中断。⑦"银瓶"两句：形容琵琶声忽而铿然响起，如同银瓶迸裂水浆四溅，又如铁骑突出刀枪齐鸣。⑧拨：拨弦的用具。当心画：用拨当着琵琶的中心用力一划。⑨善才：善弹者。⑩秋娘：泛指歌伎。⑪缠头：唐时艺伎表演完毕，观者多以绫帛为赠，称为缠头。⑫"钿头"句：意谓欢乐时便以首饰击节打拍，以至于首饰常常断裂破碎。钿头银篦：两端镶有金玉花形的银篦子。⑬颜色故：姿容衰老。⑭浮梁：今江西景德镇。⑮阑干：指泪水横流的样子。⑯湓（pén）江：在今江西瑞昌，临九江。⑰独倾：独酌。⑱呕哑嘲哳（zhā）：形容声音杂乱刺耳。⑲促弦：拧紧琴弦。⑳青衫：唐官员品级最低的服色为青色。

【诗解】

《琵琶行》是继《长恨歌》之后的又一部极为优秀的长篇叙事诗，是白居易谪居浔阳时所作。那一年的秋天，诗人于浔阳江头送别友人，主客正因宴席上缺少管弦相伴而无法畅饮，忽然被一阵从江上传来的琵琶声感动，于是逐音寻去，见到了本诗的女主人公——一位琴艺精湛却已年长色衰的琵琶女。

在作者的细腻而深刻笔下，她的情态声貌、举意动容无不透露着伤心人的矜持，她那时而幽婉、时而铿锵、高回低转的琵琶声中寄寓着无限心事，她关于自己身世的叙述，是对辉煌过去的追忆，是浮华过后的凄凉。而当这一切听在作者耳中，看在作者眼里，他终于不胜伤感，潸然泪下，发出了"同是天涯沦落人，相逢何必曾相识"的深沉叹息。

全诗结构缜密，譬喻精妙，感情深挚，情节波澜起伏，时有绝处逢生之妙，而且诗中流传的千古佳句颇多，真是不朽名篇。

草

离离原上草①，一岁一枯荣。野火烧不尽，春风吹又生。
远芳侵古道，晴翠接荒城②。又送王孙去③，萋萋满别情④。

【注释】

①离离：形容草长得茂盛。②晴翠：指阳光下草色翠绿鲜亮。③王孙：游子。《楚辞·招隐士》有："王孙游兮不归，春草生兮萋萋。"④萋萋：茂盛的样子。

【诗解】

　　繁荣茂盛的原上小草，披头散叶，蓬勃生长。它们年年都要经历一枯一荣，纵使被野火烧成一片灰烬，春风再来的时候，依然会长出芽叶，绿满大地。芳草蔓延向远方，侵入古老的道路，晴天的时候，翠绿闪光的草色连接着荒凉的城墙。那一天，诗人踏着草原又送走了一位朋友，望着萋萋芳草，胸中充满了离情别绪。

宫词

　　泪尽罗巾梦不成，夜深前殿按歌声①。

　　红颜未老恩先断，斜倚熏笼坐到明②。

【注释】

　　①按歌声：打着拍子歌唱。②熏笼：香炉上的罩笼。

【诗解】

　　夜深了，然而前面的宫殿中依然笙歌阵阵，歌声传入她的耳中，让她无法入眠。她独自在居处偷偷哭泣，因为自己悲凉的处境，因为红颜未老但皇上的恩宠已经断绝。这一夜，她彻夜不寐，斜倚熏笼，坐到天明……

问刘十九

　　绿蚁新醅酒①，红泥小火炉。

　　晚来天欲雪，能饮一杯无。

【注释】

　　①绿蚁：指浮在新酿的没有过滤的米酒上的绿色泡沫。醅（pēi）：没有过滤的酒。

【诗解】

　　有泛着绿色酒沫的新酿米酒，有烧着融融炭火的红泥小炉，而室外的天气，因为黄昏到来的一场飘雪而显得格外的阴沉、寒冷。作者邀请友人前来小饮，一片真挚的情谊正像酒一般醇厚，像炭火一样温暖。相信刘十九接到此诗定会欣然赴约，与作者共同度过这寒冷阴沉的冬日傍晚。

▍刘禹锡

刘禹锡（公元 772～842 年），字梦得，洛阳人。德宗贞元九年（公元 793 年）登进士第，又登宏词科。顺宗时任屯田员外郎，参与"永贞革新"，革新失败，贬为朗州司马，迁连州刺史。后以裴度力荐，任太子宾客。武宗初，加检校礼部尚书衔。世称"刘宾客"、"刘尚书"。刘禹锡以诗文称，早年与柳宗元并称"刘柳"，晚年与白居易并称"刘白"，其诗通俗清新，别具一格。《全唐诗》收其诗十二卷。有《刘宾客文集》。

乌衣巷

朱雀桥边野草花，乌衣巷口夕阳斜①。
旧时王谢堂前燕，飞入寻常百姓家。

【注释】

①斜：发"xiá"音。

【诗解】

诗的首联以"野草花"、"夕阳斜"衬托旧时的朱门富户如今的落寞与平凡，不悲不慨，不黏不脱，语虽平淡，然而意味深长。末联抓住燕子栖息旧巢的特点，写燕子仍入此堂，但王谢零落，已化作寻常百姓之家，以小燕子表现出大主题，写尽人世沧桑、荣枯变换。

▍贾岛

贾岛（公元 779～843 年），字阆仙，一作浪仙，范阳（今河北涿州）人。初落拓为僧，名无本，后还俗，屡举进士不第。曾任长江主簿，人称贾长江。贾岛诗以苦吟著名，"推敲"的故事便由他而来。其诗喜写荒凉孤僻之境，多苦寒之词，开晚唐尖新狭僻一派诗风。《全唐诗》存诗四卷。

寻隐者不遇

松下问童子，言师采药去。
只在此山中，云深不知处。

【诗解】

松树下问小童子"师傅去哪了"，他说师傅去采药了，就在这座山中，但云深雾浓，无法知道究竟在哪一处。小诗简单好懂，然而与童子一问一答间，传递出清幽高远的意境，蕴含着无穷无尽的理趣，还有诗人访友不遇、空望云山的惆怅。

元稹

元稹（公元 779～831 年），字微之，河南河内（今河南洛阳附近）人。贞元九年（公元 793 年）明经及第。贞元十九年，登书判拔萃科，元和元年（公元 806 年），登才识兼茂明于体用科。因得罪宦官及守旧官僚，遭到贬斥。后转而依附宦官，官至同中书门下平章事。元稹是著名诗人，与白居易齐名，称"元白"。因诗风格相近，合称"元白体"。曾撰传奇《莺莺传》，对后世影响极大。《全唐诗》存诗二十八卷。有《元氏长庆集》。

遣悲怀

其二

昔日戏言身后意①，今朝都到眼前来。衣裳已施行看尽②，针线犹存未忍开。尚想旧情怜婢仆，也曾因梦送钱财。诚知此恨人人有，贫贱夫妻百事哀。

【注释】

①身后意：死后的打算。②行：行将。

【诗解】

韦氏从前曾经与作者戏言死后的事情，谁知玩笑话却变成了眼前的现实。作者因为不愿睹物思人，所以把妻子穿过的衣服施舍出去，将妻子做的针线活原封不动地保存了起来，不忍打开。他因为感念家中婢仆与妻子的旧日情分而对他们格外哀怜，因为梦到妻子仍然贫寒而烧送冥钱。他知道夫妻之间终不免有一天阴阳两隔，只是想起妻子，想起她与自己共守贫贱、苦乐相伴的日子，每一点每一滴无不让他感到格外地悲伤。

行宫

寥落古行宫，宫花寂寞红。

白头宫女在，闲话说玄宗。

【诗解】

从安史之乱结束到元稹写这首诗，时间已经过去了四十多年，国家的主人已然换了几任，前朝遗留下来的东西，除了江河日下的国势以外，还有已经无人问津的行宫，以及其中被遗忘了的宫女。行宫中的花儿寂寞地开着，曾经青春靓丽的宫女们已是白发苍苍。她们坐着、谈着，记忆好像只停在了开元、天宝年间，谈话的内容也只限于有关玄宗的陈年旧事。小诗短小精湛，意味隽永，倾诉了宫女无穷的哀怨之情，寄托着作者心中深沉的盛衰之感。

杜牧

杜牧（公元803～852年），字牧之，京兆长安（今陕西西安）人，祖居长安下杜樊乡（今陕西长安东南），世称"杜樊川"。世人为区别于杜甫，称之为"小杜"。文宗大和二年（公元828年）登进士第，登贤良方正能直言极谏科，授弘文馆校书郎。曾为江西观察使、宣歙观察使沈传师和淮南节度使牛僧孺的幕僚。历任监察御史、黄、池、睦诸州刺史。后入为司勋员外郎、官终中书舍人。杜牧是晚唐杰出的诗人与散文家，与李商隐齐名，时号"小李杜"。《全唐诗》存诗八卷。有《樊川文集》。

赤壁

折戟沉沙铁未销，自将磨洗认前朝。

东风不与周郎便，铜雀春深锁二乔①。

【注释】

①铜雀：曹操在邺城所筑高台，其姬妾尽在台中。二乔：大乔、小乔，以美貌著称于世。大乔嫁给了孙策，小乔嫁给了周瑜。

【诗解】

作者游于赤壁矶下，江潮涌落中他看见了一支折断但还没完全烂掉的铁戟半掩沙中，他于是将它拾起，磨去锈蚀，洗去污渍，这才辨认出它属于六百余年前的朝代。作者不禁联想到那时于此发生的赤壁之战，有悖常情地强调如果那天东南风不起，火攻不能成功，那么东吴国灭、二乔被虏便将成为历史。杜牧通晓军事，他之所以讥周瑜侥幸取胜，意在标榜自己知兵习战。联系他此时不受重用的境遇，不难感受到他这是借论古事而抒发胸中抑郁不平之气。

泊秦淮

烟笼寒水月笼沙，夜泊秦淮近酒家。

商女不知亡国恨，隔江犹唱后庭花。

【诗解】

作者于大唐国势日渐衰微之际来到秦淮河，泊舟于临近酒家的地方。在江烟水月交相冲融掩映秦淮之夜，河两边的青楼妓馆是一如既往的酒绿灯红，在临河的酒家里，不识亡国之恨的歌女还在一遍遍地唱着《玉树后庭花》。这靡靡之音传到作者耳中，让他感慨不已，他于是写下了这篇作品，警世戒饬之意不言自明。

寄扬州韩绰判官

青山隐隐水迢迢，秋尽江南草未凋。

二十四桥明月夜①，玉人何处教吹箫？

【注释】

①二十四桥：相传有二十四美人夜吹洞箫于扬州西城外小桥，此处泛指扬州的桥梁。

【诗解】

青山隐隐，绿水迢迢，诗人思念着远隔山水的朋友韩绰，而时令正值秋去冬来之际，他也不免怀念韩绰所在的温暖秀丽、秋来草未凋的江南了。诗人在诗中以委婉而谐谑的口吻问候对方："二十四桥月明，你又在何处潇洒风流？"一片真情尽融字里行间，同时也寄寓着诗人对同友闲游之快乐往昔的不尽追忆。

遣怀

落魄江湖载酒行，楚腰纤细掌中轻①。

十年一觉扬州梦，赢得青楼薄幸名。

【注释】

①楚腰：用楚灵王好细腰之典故。掌中轻：用汉赵飞燕体轻能在掌上起舞之典故。

【诗解】

诗文前二句写自己因为失意而载酒漫游江湖，一度沉湎于偎红倚翠、声色歌舞。后二句感叹十年扬州生活恍如一梦，梦醒时才发现自己只落得个薄情之人的声名，懊悔辛酸尽在其中。

秋夕

银烛秋光冷画屏，轻罗小扇扑流萤①。

天阶夜色凉如水②，卧看牵牛织女星。

【注释】

①轻罗小扇：轻巧的丝质小团扇。②天阶：皇宫里的石阶。

【诗解】

这是一首宫怨诗。首联通过对宫闱中凄清孤冷的环境的描绘，对宫女手把轻罗小扇扑打流萤这一动作细节的描写，暗示出宫女生活的寂寞和空虚。尾联写夜色虽凉而宫女却浑然不觉，出神凝望着空中闪烁的牛郎织女星，传递出她内心对于爱情生活的渴望。牛郎织女一年方得团聚一回，而宫女对他们这样的爱情生活仍羡慕不已，可见她心中情感的土壤是何等干涸渴雨。

赠别

其一

娉娉袅袅十三余^①，豆蔻梢头二月初。
春风十里扬州路，卷上珠帘总不如。

【注释】

①娉娉（pīng）袅袅（niǎo）：柔美的样子。

【诗解】

首联写人，"娉娉袅袅"写其娇柔旖旎的形貌，"十三余"写其妙龄，"豆蔻梢头二月初"写其清纯喜人、含苞欲放的风姿。尾联寄情，写春风吹过扬州那繁华艳丽的十里烟花路，珠帘一一被吹起，才发现"万紫千红"终不能与伊人相比。《诗经·出其东门》中"有女如云"、"匪我思存"可为诗意的概括。

其二

多情却似总无情，唯觉樽前笑不成。
蜡烛有心还惜别，替人垂泪到天明。

【诗解】

离别筵上，千种离情，万种别绪，是谓"多情"；然而万千离情别绪无从表达，这一对恋人只是久久默对，是谓"无情"。作者又写自己欲故作笑颜缓解气氛但终于不能，则更让人感到分别的无奈与凄凉。后二句一笔宕开，以拟人手法转去写蜡烛也知惜别，点滴蜡泪，替人垂泪到天明。无情之物尚且如此，有情之人的愁苦自不待言。

金谷园

繁华事散逐香尘，流水无情草自春。
日暮东风怨啼鸟，落花犹似坠楼人。

【诗解】

时光流转，作者来到金谷园故址，它往日的繁华已然烟消云散，但流水依旧潺湲，春草犹自碧绿，不理会人世的荣枯变换。日暮时分刮起了东风，带来哀婉幽怨的鸟鸣，吹下片片落花；在作者眼中，这随风飘落的花儿好似当日含情坠楼的绿珠姑娘，美丽但却薄命，思之让人伤感。

李商隐

李商隐（约公元 813～约 858 年），字义山，号玉溪生，怀州河内（今河南沁阳）人。开成二年（公元 837 年）进士，曾任县尉、秘书郎和东川节度使判官等职。因受牛李党争影响，累受排挤，潦倒终身，终年仅四十六岁。所作咏史诗多借古讽今，立意精警，所特创的无题诗精工典丽、深情绵邈。有《李义山集》。

蝉

本以高难饱①，徒劳恨费声。

五更疏欲断，一树碧无情。

薄宦梗犹泛②，故园芜已平③。

烦君最相警④，我亦举家清。

【注释】

①“本以”两句：古人认为蝉是餐风饮露的，故此处说它栖于高树而难得一饱，纵然作怨恨之声也是枉然。②薄宦：官卑职微。梗（gěng）犹泛：形容自己漂泊不定的生活就好像树梗浮于水面。③芜：荒草。④君：指蝉。

【诗解】

它居住在高高的树上，本就难得腹中充实，却还整天费尽气力地长鸣不停。长长的夏日里，它一直要鸣叫到五更时分，直到声嘶力竭。然而日夜哀鸣并不曾改变什么，连栖身的大树也依然是青翠如故，丝毫不为所动。作者笔下的蝉实际上是他自身的写照，蝉的哀鸣正如他在困境中的痛苦呻吟，而那毫不动情的树木则代表着冷漠世情。诗的末联是作者对蝉的寄语：真是烦劳你常常用鸣声来提醒我，其实我和你一样，也是洁身自好，举家清贫。

锦瑟

锦瑟无端五十弦①，一弦一柱思华年。庄生晓梦迷蝴蝶②，望帝春心托杜鹃③。沧海月明珠有泪④，蓝田日暖玉生烟⑤。此情可待成追忆，只是当时已惘然。

【注释】

①锦瑟：装饰华美的瑟。②“庄生”句：庄子曾经梦见自己化成蝴蝶翩翩起舞。③“望帝”句：相传蜀望帝杜宇死后其魂化为子规，即杜鹃鸟，鸣声凄厉哀怨，啼血方止。④“沧海”句：传说南海外鲛人，泣泪而成珠。⑤蓝田：山名，在今陕西，产美玉。

【诗解】

　　锦瑟平白无故地采用五十根弦，撩拨起它，一柱一弦地回忆着自己那逝去的华年。你也可以期待如庄子化蝶般在梦境中迷失自己，你也可以幻想化为杜鹃，哀泣夭折的志愿。沧海月明时，鲛人会落下晶莹光润的珠泪，蓝田日照中，美玉幻化出可望而不可即的玉烟。这伤逝的情感总也会成为记忆中的点滴，只是当时当日，却已叫人无限惆怅。

无题

　　昨夜星辰昨夜风，画楼西畔桂堂东。身无彩凤双飞翼，心有灵犀一点通①。隔座送钩春酒暖②，分曹射覆蜡灯红③。嗟余听鼓应官去④，走马兰台类转蓬⑤。

【注释】

　　①灵犀：旧说犀牛角中有白纹如线，直通两端。②送钩：古时的一种游戏，将钩暗中传递，藏于一人手中，未猜中者罚酒。③分曹：分组。射覆：将东西放在器物下面让人猜。④鼓：更鼓。应官：办理官差。⑤兰台：即秘书省。

【诗解】

　　关于昨夜的记忆，最亲切的感触是闪烁的星光，温馨的和风，而在画楼西、桂堂东，作者又遭遇了最动人的邂逅。那份两情相悦的默契，让你相信即便没有彩凤的双翼，心灵间的灵犀也能冲破重重阻隔，清楚而完满地传递表达各自的心意。

　　昨天晚上的欢宴，隔座送钩，分组射覆，因为有了她的存在而更觉春意融融，酒格外暖心，灯红得迷人。

　　在清寥的今夜回忆醉人的昨夜，作者想到她是否正身处新一轮的笑语欢歌。在不知不觉中，上差的鼓声已经敲响，他又不得不走马兰台，孤单渺小得，就好像是随风飘转的飞蓬。

无题

其三

　　相见时难别亦难，东风无力百花残。春蚕到死丝方尽，蜡炬成灰泪始干。晓镜但愁云鬓改①，夜吟应觉月光寒。蓬山此去无多路②，青鸟殷勤为探看③。

【注释】

①云鬓：形容女子如云朵一样的头发。②蓬山：蓬莱。③青鸟：传说中的神鸟，是西王母的使者。

【诗解】

因为相见本就不易，所以分别就更让人感到依依不舍、苦在心头，那份缠绵悱恻，有如身处暮春无力的东风中、面对着凋残的百花。而当情思如春蚕之丝到死方尽，别泪如蜡炬之泪成灰方干，那么有情人在早晨愁看镜中渐染霜色的鬓发时，在清寒的月光下独吟诗篇时，那落寞的心境与浓重的思念又是何其难挨！诗的尾联作宽慰之语，意谓幸好你我相隔不算遥远，希望今后能时常探望对方；以美好的期盼和愿望来解释现实中不能长相厮守的遗憾。

春雨

怅卧新春白袷衣①，白门寥落意多违②。红楼隔雨相望冷，珠箔飘灯独自归③。远路应悲春睌晚④，残宵犹得梦依稀。玉珰缄札何由达⑤，万里云罗一雁飞。

【注释】

①袷（jiá）衣：即夹衣。②白门：指江苏南京。意多违：许多事都与愿望相违。③珠箔：珠帘。④睌（wǎn）：太阳落山的样子。⑤玉珰（dāng）：玉耳饰。缄札：指密封的书信。

【诗解】

诗是情诗，抒发的是作者因春雨而引起的感想和情愫。诗中写作者眼下的窘困境遇，写对于情人的追怀，写情人远去后只能依稀与之在梦中相见的惆怅，写与她音信难通、自己孤单漂泊的悲凉。而这万般情思结合飘洒迷蒙的春雨写来，更显得悱恻缠绵、不绝如缕。诗以"红楼"一联著名，描述诗人雨中怅望情人曾经居住的红楼，而后从这满是华灯珠帘的街巷黯然离去的情景，设色尤好，可以入画。

无题

其一

凤尾香罗薄几重①，碧文圆顶夜深缝②。扇裁月魄羞难掩③，车走雷声语未通。曾是寂寥金烬暗④，断无消息石榴红。斑骓只系垂杨岸⑤，何处西南待好风。

【注释】

①凤尾香罗：织有凤尾花纹的华贵薄罗。②碧文圆顶：绣有碧绿花纹罗帐圆顶。③扇裁月魄：指团扇。④烬：烛花。⑤斑骓（zhuī）：毛色青白相杂的马。

【诗解】

　　诗写一位女子对于心上人的暗恋之情。女子独处闺中，深夜怀思难眠，于是缝制罗帐以待睡意。在这夜的静谧与祥和中，她情思悠然，思绪又回到了初见他的那一刻。那或许就可以解释成一见钟情的感觉，看到他驱车隆隆而过，自己竟不知为何地羞红了脸，只得以团扇遮挡羞颜，慌忙中未曾与他有只言片语的接触。灯下寻思，这不能不说是一件憾事，因为从那时起，一直到眼下石榴花又红的季节，她就再没有得到关于他的消息。

　　她现在知道，所恋之人常常会漫步于并不遥远的杨柳堤岸，她盼望着机缘的来临，那或许只是一阵西南风，将她吹到他的身边。

　　其二

　　重帏深下莫愁堂①，卧后清宵细细长②。神女生涯原是梦③，小姑居处本无郎④。风波不信菱枝弱，月露谁教桂叶香。直道相思了无益⑤，未妨惆怅是清狂。

【注释】

　　①莫愁：此处泛指年轻的女子。②清宵：清冷的夜晚。细细长：形容长夜难奈。③神女：即宋玉《高唐赋》中的巫山神女。④"小姑"句：语出古乐府《清溪小姑曲》："小姑所居，独处无郎。"⑤了：完全。

【诗解】

　　诗的主人公是一位女子，在重重帷幕低垂的居室里，她自思身世，辗转不眠，倍感清夜的漫长。她也曾向往那久远传说中的云雨欢会，然而到头来才意识这不过是自己的一番梦想。直到现在，她还像清溪小姑一样，盼不到可托终身的情郎。她叹息自己像菱枝一样纤弱，却偏遭风波的摧折；又像桂叶一样芬芳，却无月露滋润使之飘香。但她对爱情的信仰始终没有泯灭，所以才会大胆坚定地说出："虽然我知道相思对人完全没有益处，但也不妨将相思的惆怅看成对爱情无怨无悔的痴狂。"

登乐游原

　　向晚意不适①，驱车登古原②。
　　夕阳无限好，只是近黄昏。

【注释】

　　①意不适：心情不舒畅。②古原：即乐游原，是长安附近的名胜，登原后能眺望整个长安城。

【诗解】

　　因为心情不甚畅快而驱车前往古原，因为登上古原而看到了美丽的夕阳，因为深爱着美丽的夕阳而叹惋它已近黄昏。诗人对于夕阳虽好却不能久留的慨叹，后世常用来形容人的身世和国家的时局。

夜雨寄北

君问归期未有期，巴山夜雨涨秋池①。
何当共剪西窗烛，却话巴山夜雨时。

【注释】

①巴山：巴蜀东部的山。

【诗解】

这首诗是李商隐滞留蜀中时写给远方妻子的。妻子来信问询归期，诗人写下此诗以为答复。诗中深情写道：你问我何时能回去，我却说不好回家的日期。今夜巴山秋雨甚急，池塘水涨。面对孤灯，我一次次地自问何时能回到你的身边，与你同坐西窗之下，共剪烛花，亲切絮语，向你讲述我曾于此巴山雨夜对你的无尽思念。

▌金昌绪

金昌绪，生卒年不详，余杭（今浙江杭州市）人，身世不可考。有《春怨》一诗传于世。

春怨

打起黄莺儿，莫教枝上啼。
啼时惊妾梦，不得到辽西①。

【注释】

①辽西：辽河以西，此代边地。

【诗解】

一位女子与丈夫相隔千山万水而又音信难通，她怎能排遣心中的苦闷与思念？多么希望让梦境延长，再延长，于梦中前往丈夫身边，向他倾吐衷肠。当她在梦中与丈夫缠绵爱恋，一只黄莺却用它婉转的歌喉将她吵醒，她于是愤怒地将黄莺赶走，不因为它能给春天添姿增色就任其在窗前歌唱。诗题为《春怨》，怨所从来是因为思念，怨无处诉时便转向了黄莺。

▌杜秋娘

杜秋娘，生卒年不详，唐代金陵（今江苏南京市）女子，能歌善舞，又会写诗填词作曲，杜牧有《杜秋娘诗》述其事。作有《金缕衣》传世，其中的"花开堪折直须折，莫待无花空折枝"脍炙人口，是历来传诵的名句。

金缕衣

劝君莫惜金缕衣，劝君惜取少年时。
花开堪折直须折①，莫待无花空折枝。

【注释】

①直须：就须。

【诗解】

作这首诗的人的初衷，恐怕意在劝人莫惜金钱，风流潇洒要趁少年之时，妩媚伊人莫要错过。然而一首诗之所以能够产生深远的影响，往往在于它所表达出的并不只限于作者创作它的那一刻所要表达的东西，而是一些普遍的，具有共同性的道理和情感。就像这首诗，可以说它是在劝人们要珍惜青春，也可以说它是在劝人们要珍惜机缘。它蕴含着深刻哲理却又明白如话的语句让人读过一次便能铭记心中，时刻警醒着人们。

▌朱庆馀

朱庆馀，生卒年不详，越州（今浙江绍兴）人。敬宗宝历二年（公元 826 年）登进士第，官秘书省校书郎。曾客游边塞，仕途不得意。其诗辞意清新，描写细致，风格近于张籍。《全唐诗》存诗二卷。

近试上张水部

洞房昨夜停红烛，待晓堂前拜舅姑。
妆罢低声问夫婿，画眉深浅入时无？

【诗解】

诗文创作了这样的情节：昨夜洞房红烛，今晨新娘子要去给公公婆婆请安。她在梳妆完毕之后低声问自己的丈夫："我描画的眉毛，不知道浓淡是不是合乎时宜？"问画眉实际上是在问自己的才学文章能否得到考官首肯，可谓托喻精妙。如果只把此诗当成描写新婚夫妇生活的情爱之作，则新婚夫妇的相敬如宾，尤其是新娘腼腆娇羞之态，也都被作者表现得真切动人。

唐宋词

唐词

▌李白

秋风清

秋风清，秋月明。落叶聚还散，寒鸦栖复惊。相思相见知何日，此时此夜难为情!

【词解】

秋风清，秋风明，独自静默怀远，词中人不胜伤怀。落叶随风，聚而又散，乌鸦鸣寒，栖而惊复。别离以后，时常怅问的是"思念你，但不知何时才能再见你"；此时此夜，暗自叹息的是秋月秋风下，愈浓的思念让我难以为情。

▌张志和

张志和(？~744年)，原名龟龄，字子同，婺州金华（今属浙江）人。肃宗时明经及第，待诏翰林，授左金吾卫录事参军。后因事贬官，赦归，遂浪迹江湖，徜徉山水，自号"烟波钓徒"。今存《渔歌子》词五首。

渔歌子

西塞山前白鹭飞①，桃花流水鳜鱼肥②。青箬笠，绿蓑衣，斜风细雨不须归。

【注释】

①西塞山：即道士矶，在湖北大冶县长江边。②鳜（guì）鱼：俗名花鲫鱼，亦称"桂鱼"。

【词解】

西塞山前悠闲地飞翔着几只白鹭，西塞山下桃花含笑，春江水涨，鳜鱼正肥。如果是晴天前往自可感受春之明丽，如果赶上丝丝细雨，便可戴起青箬笠，披上绿蓑衣，在斜风细雨中闲支钓竿，感受春的温柔。这首小令是渔歌，写的是渔隐之乐，轻轻数语，不但写尽春意美景，更写出作者恬和淡雅的情怀。

白居易

忆江南

江南好，风景旧曾谙①。日出江花红胜火，春来江水绿如蓝②，能不忆江南？

【注释】

①谙（ān）：熟悉。②蓝：蓝草，其叶可制青绿染料。

【词解】

这一首以色彩取胜，作者不遗余力，以浓墨重彩渲染江南风景。然而这色彩与画布上所能呈现的又有不同，因为花红胜火、水绿如蓝的描绘不仅有色，更带出了春天热烈奔放、蓬勃兴旺的生机。这种高度的艺术提炼，千百年让人们永忆这胜似画图的江南春。

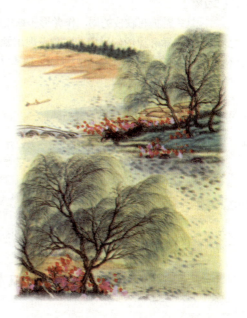

长相思

汴水流①，泗水流②，流到瓜洲古渡头③。吴山点点愁。

思悠悠，恨悠悠，恨到归时方始休。月明人倚楼。

【注释】

①汴水：源于河南，与泗水合流后入淮河。②泗水：源于山东曲阜，至徐州与汴水合流入淮河。③瓜洲：在今江苏省扬州市南面，因形状似瓜而得名。

【词解】

此词写一位女子对于远行的爱人的思念。汴水汇入泗水后经瓜洲渡而入淮河，这大概也就是女子的丈夫出行时所走的路线。行人至今未归，女子望穿秋水，心中千般惦念万般相思结成了忧丝愁网，纠缠难解，无怪乎在她眼中那点点吴山似也知情识意地黯淡了颜色，共她一起忧愁。

她想啊，盼啊，由爱而生恨，恨丈夫的久出不归。然而这恨却是有期限的，那就是丈夫归来之时。

月明星稀的夜晚，她又如往常一样地倚楼独坐，默默地在思索着些什么……

花非花

花非花，雾非雾。夜半来，天明去。来如春梦不多时，去似朝云无觅处。

【词解】

这是一首描写歌伎的词。作者形容歌伎似花而不是花，似雾而不是雾，不但写出了她们的美丽、轻盈和绰约的风姿，同时表现出她们神秘飘忽、难以捉摸的特征。她们夜半前来侑酒侍宴，天明之时便各自离去，来如美好短暂的春天梦境，去似朝云流散，无觅踪影。

▌温庭筠

温庭筠（公元 812～870 年），本名岐，字飞卿，山西太原人。少负才华，长于诗赋，每入试，押官韵，八叉手而成八韵，时号"温八叉"。生性傲岸，好讥讽权贵，因此累举不第，仅任方城尉、国子监助教等微职。温庭筠是晚唐著名词人，也有诗名，与李商隐号为"温李"。温诗风格秾艳，怀古之作多含讽喻意义。《全唐诗》存诗九卷。有《温飞卿集》。

望江南

梳洗罢，独倚望江楼。过尽千帆皆不是，斜晖脉脉水悠悠。肠断白蘋洲。

【词解】

这是一首很有名的小令，写的是闺思。女子自清晨梳洗完毕便倚楼眺望直到夕阳西下，看千帆过尽，独不见游子的归船，心中满是伤感与失望。"斜晖脉脉水悠悠"不但写景，同时也是写倚楼人的情脉脉、思悠悠，而"肠断白蘋洲"的戛然而止，语简、情深，余意不尽。

菩萨蛮

小山重叠金明灭①，鬓云欲度香腮雪②。懒起画蛾眉，弄妆梳洗迟③。

照花前后镜，花面交相映。新帖绣罗襦④，双双金鹧鸪⑤。

【注释】

①小山：指屏风上所画的小山。②鬓云：似云般的鬓发。③弄妆：梳妆打扮。④罗襦（rú）：丝绸短袄。⑤金鹧（zhè）鸪（gū）：指用金线绣成的鹧鸪鸟。

【词解】

画屏上重叠的小山伴随着阳光的移动忽明忽暗，暗示出时间已经不早了。美人缓缓起得床来，光滑的秀发半垂香腮，宛如乌云度雪。她懒洋洋地起身画蛾眉，恹恹无聊地梳洗上妆。梳妆完毕后用前后两面镜子察看面容发髻是否都已满意，双镜辉映着她如花般的容貌。

词文最后写美人新制罗袄上金线绣成的一对鹧鸪，以它们的华丽但却没有生气衬托美人的生活，以它们的成对成双对比美人的孤单寂寞。深含"岂无膏沐，谁适为容"的幽怨。

韦庄

韦庄是晚唐西蜀重要词人与诗人。其词与温庭筠齐名，世称"温韦"，是花间派代表词人。词风流丽飘逸，多以白描手法抒写真情实感，有"弦上黄莺语"的美誉。今存词五十余首。

菩萨蛮

人人尽说江南好，游人只合江南老。春水碧于天，画船听雨眠。

垆边人似月①，皓腕凝霜雪。未老莫还乡，还乡须断肠。

【注释】

①垆边人：卖酒的姑娘。 垆：放酒坛子的土墩。

【词解】

"人人尽说江南好，游人只合江南老。"江南的美好是人人皆知的，但没有真正到过江南的人恐怕不会有如此强烈深刻的感受。碧于天的春水，听雨眠的画船，这般景致情调，已经令人流连忘返，不思归计，哪堪再被那皓腕凝雪、当垆劝酒的"垆边人"含情相视？无怪乎作者会发出"未老莫还乡，还乡须断肠"的感慨。

思帝乡

春日游，杏花吹满头。陌上谁家年少，足风流①。妾拟将身嫁与，一生休②。纵被无情弃，不能羞。

【注释】

①陌：田间小道。②拟：打算。

【词解】

春游中的少女在田间小路上偶遇少年，少年的风流潇洒深深地打动了女子，让她顿生爱慕之情。冲动之下，女子暗自在心中作出了要将终身托付给少年的决定，并且愿意为这样的决定承担风险，所谓"纵被无情弃，不能羞"——就算是有一天被无情地抛弃，我也是无怨无悔。

冯延巳

冯延巳（公元 903～960 年），一名延嗣，字正中，广陵（今江苏扬州）人。南唐烈祖时以秘书郎与李璟游处，保大四年（公元 946 年），自中书侍郎拜平章事，出镇抚州，后又入朝为相，后罢相为太子少傅。冯延巳无治国之才，内政不修；但文词颖发，工诗，尤长乐府词。词风清丽，委婉深情。今存词一百二十首。有《阳春集》。

谒金门

风乍起①，吹皱一池春水。闲引鸳鸯香径里，手挼红杏蕊②。
斗鸭阑干独倚，碧玉搔头斜坠③。终日望君君不至，举头闻鹊喜④。

【注释】

①乍：忽然。②挼（ruó）：揉搓。③碧玉搔头：即碧玉发簪。④闻鹊喜：古人认为闻鹊声意味着有喜事来临。

【词解】

忽然到来的一阵和风，不但吹得一池春水波光粼粼，更让一位思妇的心中荡起了波澜。春光正好，她时而于花径之上闲引鸳鸯，时而百无聊赖地揉捻红杏花蕊，时而闲倚着栏杆看鸭儿争斗，出神得连碧玉搔头斜坠到鬓边也没有意识到。是鸭儿争斗使女子聚精会神地观赏而忘了自己吗？——是孤独的愁思让她走了神，她正为"终日望君君不至"而愁苦和怅怅着。

深锁的庭院，隔绝了尘世，却将思念之情浓缩。当几声喜鹊的喧闹传入女子耳中，她抬起头来，满脸是对郎君归来的喜讯的渴盼。

鹊踏枝

谁道闲情抛掷久？每到春来，惆怅还依旧。日日花前常病酒①，不辞镜里朱颜瘦。
河畔青芜堤上柳②，为问新愁，何事年年有？独立小桥风满袖，平林新月人归后。

【注释】

①病酒：因常醉酒而病。②芜（wú）：小草。

【词解】

谁说闲情抛弃了很久，作者说，每到春来，他还是惆怅依旧。作者的闲情缘于惜春，他面对鲜花而心忧明媚春光转瞬即逝，所以日日病酒遣怀，不辞镜里容颜日渐消瘦。

漫步在堤岸，看到河畔草青青，堤上柳依依，作者问起为何新愁如青草、绿柳一样春来即长，年年不尽。他独立小桥，任凉风鼓荡衣袖，直到新月从平齐的树林间升起，直到行人尽归，月明林静。

李煜

李煜（公元 937 ~ 978 年），字重光，号钟隐，初名从嘉，南唐中主李璟第六子，文献太子卒，以尚书令知政事立为太子。中主南巡，太子留守金陵监国。宋太祖建隆二年（公元 961 年）。

李煜治国庸懦，但多才多艺。他通晓音律，工书画，创"金错刀"体。善诗文曲词，词的成就尤高。他开拓了词的境界，被俘后，尤多慷慨悲凉之音，所作诗词，今有辑本。

虞美人

春花秋月何时了，往事知多少？小楼昨夜又东风，故国不堪回首月明中。
雕栏玉砌应犹在①，只是朱颜改。问君能有几多愁？恰似一江春水向东流。

【注释】

①砌：台阶。

【词解】

春花秋月本是世间美好的景物，然而李后主却发出了"何时了"的感慨，因为春花秋月会引他想起那风流旖旎的过往。只是时移世变，如今身为臣虏，过往因而变得不堪回首。

欲思不忍，不思却不能，后主想到了故国的宫殿，想着那雕花的栏杆，白玉的台阶应还在，不禁叹息红润的容颜却已更改。他自问心中到底有多少忧愁，怅然自答："那便似一江春水向东流。"

相见欢

无言独上西楼，月如钩。寂寞梧桐深院锁清秋。
剪不断，理还乱，是离愁。别是一般滋味在心头。

【词解】

全词明白如话，却蕴含着无限的愁苦情绪，字里行间都能感受到作者深深的落寞与惆怅。他清楚地知道，所有这些的痛苦，都起因于他心中缱绻不去的阵阵"离愁"。这离愁，是告别故国时说不尽的悲痛与悔恨；这离愁，是面对宫人相送时满面的泪水和愧疚；这离愁，是沦为臣虏后对往事的欲思不忍、罢思不能；这离愁，像千万条没有头没有尾的丝织成的网笼罩在心头，剪不断，理还乱，正所谓"别是一般滋味"，让作者无从解脱，苦不堪言。

相见欢

林花谢了春红，太匆匆。无奈朝来寒雨晚来风。

胭脂泪，留人醉，几时重？自是人生长恨水长东。

【词解】

看着众多的花儿脱去了春天里的红衣，作者伤感地叹息它们凋谢得太匆匆。花期既短，却又横遭朝来寒雨晚来风，但目之者又能何如？

挥不散的记忆是粉面娇颜上流下的盈盈泪水，每每想起便令人心醉神迷，但几时才可以与她重逢？作者叹道：人生总有恨，亦如水流长向东。

浪淘沙

帘外雨潺潺①，春意阑珊②，罗衾不耐五更寒。梦里不知身是客，一晌贪欢③。

独自莫凭栏，无限江山，别时容易见时难。流水落花春去也，天上人间。

【注释】

①潺潺(chán)：雨水声。②阑珊：残，将尽。③一晌(shǎng)：片刻，一会儿。

【词解】

帘外雨声潺潺，听雨声便可晓得，春天将过。

五更梦断，是因为罗被难以抵挡破晓前的寒气，作者因寒冷而醒，醒来回想梦境，深叹梦中可以忘掉现实的残酷，享受须臾的欢乐。

他继而警醒自己：独自不要凭栏怀远吧，那南国的无限江山是别时容易见时难。悠悠过往真如水流花落春去，离开故土以后，人生从此由天上而人间。

清平乐

别来春半，触目愁肠断。砌下落梅如雪乱，拂了一身还满。

雁来音信无凭，路遥归梦难成。离恨恰如春草，更行更远还生。

【词解】

从弟弟入宋到现在，春已过半，看到春光仍在一点一滴地流逝着，作者愁情无限。

伫立在台阶，阶下落梅似雪般纷乱，花瓣沾衣，拂去一身片刻便又落满。有雁飞过，但不曾带来远人的片纸音讯，山长水阔，远路使梦中也难觅归影。

作者离恨满怀，他将之比为春草，无处不在，无限地蔓延，滋生。

破阵子

四十年来家国①，三千里地山河。凤阁龙楼连霄汉，玉树琼枝作烟萝。几曾识干戈②？

一旦归为臣虏，沈腰潘鬓消磨③。最是仓皇辞庙日④，教坊犹奏别离歌⑤。垂泪对宫娥。

【注释】

①"四十年"句：南唐始祖建国到最后为宋所灭，历三朝共三十八年。②干戈：指战争。③沈腰：《南史·沈约传》记载，沈约怀才不遇，曾写信给好友说自己因病消瘦，以至于要收束腰带。后人因以形容人憔悴消瘦。潘鬓：晋潘岳《秋兴赋》序中云："余春秋三十有二，始见二毛。"后人因以形容人的鬓发斑白。④辞庙：辞别宗庙。指离开南唐祖业，被押赴宋廷。⑤教坊：古时宫廷中管理音乐的官署。

【词解】

以阶下囚的身份对亡国往事作痛定思痛之想，自然不胜感慨系之。四十年来家国基业，三千里地的秀美河山，耸入云霄的凤阁龙楼，玉树琼枝般的奇花佳木，看惯了歌舞升平的后主何曾识得干戈。

只是一朝成为臣虏，他的精神与肉体都倍感折磨。最让他失魂落魄的记忆是那辞别宗庙、肉袒北上的日子，旧臣俱已风流云散，只剩教坊之人仍前来为他奏起别离悲歌，后主千言万语终作无声泪水，他垂泪对宫娥。

 # 宋词

林逋

林逋（公元 967～1028 年），字君复，钱塘（今浙江杭州）人，北宋初年著名隐逸诗人。长期隐居于杭州西湖孤山，不仕不娶，无子，种梅养鹤以自娱，人称其"梅妻鹤子"，死后赐谥和靖先生。工诗词，风格淡远、婉丽。著有《和靖集》，存词三首。

长相思

吴山青，越山青，两岸青山相送迎。谁知离别情？君泪盈，妾泪盈，罗带同

心结未成①。江头潮已平。

【注释】

　　①"罗带"句：古时女子常将罗带打成心形的结，送给自己的爱人以示永不分离之愿。此句是说同心结未打成，爱人就要离去了。

【词解】

　　处在钱塘江两岸的吴山、越山，自古以来便见惯了人间的迎来送往；山色青翠，不曾因为人间的儿女情长而动容。然而在此分别的人们，常常是怀着缠绵悱恻的心情，忍受着肝肠寸断的痛楚，这滋味，从词中女子"谁知离别情"的反问中不难体会。分别的时刻，他泪眼盈盈，她也泪眼盈盈，两人虽然情投意合，但却避免不了这一场分别。当潮水涨到和堤岸齐平，他终于要乘船远去，在这"江头潮已平"的结束语中，蕴含的是难言的不舍与伤情。

柳永

　　柳永（约公元 987 ~ 1053 年），原名三变，字耆卿，崇安（今属福建）人。仁宗景祐初进士，官至屯田员外郎，世称柳屯田。柳永为人狂放不羁，往返于秦楼楚馆，仕途坎坷，终生潦倒。其词多写歌伎愁苦和羁旅行役之情，所作慢词居多，音律和婉，是把词从宫廷引向民间的第一个专业作家。柳永的词深受平民阶层的欢迎，甚至出现"凡有井水处，皆能歌柳词"（《避暑录话》）的盛况。有《乐章集》。

凤栖梧

　　伫倚危楼风细细①，望极春愁，黯黯生天际。草色烟光残照里，无言谁会凭栏意②。

　　拟把疏狂图一醉③，对酒当歌，强乐还无味。衣带渐宽终不悔，为伊消得人憔悴④。

【注释】

　　①伫（zhù）：久站。危楼：高楼。②会：理解。③拟：想要。④伊：她。

【词解】

　　在高楼上凭栏久立、凝望远方的时候，和风一直在轻轻吹拂；恍惚中，春愁从天边涌起，然后蔓延开来。夕阳残照里，草色暮色一派迷茫，静默之中，词人轻叹无人能理解自己凭栏凝伫的心意。会想到放浪狂荡地以醉消愁，但真正对酒当歌时，深深感到的是勉强作乐的索然无味；眼看衣带渐

宽，人渐憔悴，但既是为她才这样，心中是始终如一的无怨无悔。

雨霖铃

寒蝉凄切，对长亭晚，骤雨初歇。都门帐饮无绪①，留恋处，兰舟催发。执手相看泪眼，竟无语凝噎②。念去去千里烟波，暮霭沉沉楚天阔。

多情自古伤离别，更那堪、冷落清秋节。今宵酒醒何处? 杨柳岸、晓风残月。此去经年③，应是良辰好景虚设。便纵有千种风情，更与何人说?

【注释】

①都门帐饮：意谓于京城郊外搭帐设宴饯别。②凝噎（yē）：形容喉咙里像塞了东西，说不出话来。③经年：年复一年。

【词解】

当黄昏的一场骤雨过后，伴随着暮蝉凄切的鸣声，作者即将与恋人分别。酒无心饮，食不甘味，情绪低落的作者草草结束了都门的别宴，来到水边，准备乘舟南下。在这最后的缠绵时刻，两人手把着手，泪眼相对，哽咽无语。

念及烟波渺渺的南国，暮霭低沉，征途千里，念及多情者自古最伤离别，而今却还要离别在这凄冷的清秋时节，作者百感交集，肠回九转。他想着今夜酒醒，难免泊船柳岸，独对一弯残月、冷冷晓风；他预想自此别后，便遇得良辰好景，也是如同虚设。离开了心爱的她，纵有千般人世风情，又能共谁倾心絮语?

望海潮

东南形胜①，三吴都会②，钱塘自古繁华。烟柳画桥，风帘翠幕，参差十万人家。云树绕堤沙，怒涛卷霜雪，天堑无涯③。市列珠玑④，户盈罗绮⑤，竞豪奢。

重湖叠巘清嘉⑥，有三秋桂子，十里荷花。羌管弄晴，菱歌泛夜⑦，嬉嬉钓叟莲娃。千骑拥高牙⑧，乘醉听箫鼓，吟赏烟霞。异日图将好景⑨，归去凤池夸⑩。

【注释】

①形胜：位置重要，交通便利。②三吴：此处泛指江浙的广大地区。③天堑：天然的险阻。此处指钱塘江。④珠玑（jī）：珠宝。⑤罗绮：绫罗绸缎。⑥重湖：北宋时西湖已有里湖、外湖之分，故云。叠巘：层叠的山峦。⑦菱歌：采菱女子们欢唱的歌曲。⑧高牙：本指军前大旗，此处指高官的仪仗旗帜。⑨异日：他日。图：描绘。⑩凤池：凤凰池，此处指代朝廷。

【词解】

既是东南地区的交通枢纽，又是三吴等地的重要都市，杭州自古以来便以繁华闻名。那轻烟笼罩的杨柳，美丽精致的画桥，各式各样的竹帘翠幕，参差错落在十万人家之间。

你还能看到望之如云的树木环抱着沙堤，澎湃似怒的海潮卷起白浪，以及壮美钱塘江的无边无涯。如果走在街市，眩目的是处处的珠光宝气、锦缎光华。

谈到秀美多姿，那就一定要说说杭州的重湖群山。你可以于秋季向山中寻桂子，可以在夏季观览湖中的十里荷花；坐在西湖岸边，可以晴天听羌管，夜来听菱歌，喜看湖中嬉戏的钓叟莲娃。如果有幸跟随将军的盛大仪仗出游，则可以乘醉听箫鼓，吟赏烟霞。

作者赞叹杭州的富庶美丽，他不但以文记述，更要以画描摹，以便他日前往京城时，好向同僚夸。

八声甘州

对潇潇暮雨洒江天，一番洗清秋。渐霜风凄紧①，关河冷落②，残照当楼。是处红衰翠减，苒苒物华休③。惟有长江水，无语东流。

不忍登高临远，望故乡渺邈④，归思难收。叹年来踪迹⑤，何事苦淹留⑥？想佳人，妆楼颙望⑦，误几回，天际识归舟。争知我⑧，倚阑干处，正恁凝愁⑨！

【注释】

①凄紧：秋风渐冷渐急。②关河：关山与河流。③苒苒：渐渐地。④渺邈：遥远。⑤年来：近年来。⑥淹留：久留。⑦颙（yóng）：仰望。⑧争知：怎知。⑨恁（nèn）：如此，这样。

【词解】

潇潇暮雨遍洒江天，雨水洗出了高爽的清秋，秋风渐冷渐急，关河寥落，残阳照在词人登临的高楼。四望红衰翠减，万物凋败，只有长江水，无语东流。

每每登高临远，词人便不胜惆怅，望不见故乡，心中的归思又浓重得难以排遣。他回顾近年来漂泊的足迹，自问为何事而久久不归。遥想佳人终日倚楼凝望，心怜她几次三番地将来船误认为自己回归的小舟。所以情不自禁地叹息道："你怎知此时此刻，我正与你一样凝愁相望！"

鹤冲天

黄金榜上，偶失龙头望①。明代暂遗贤，如何向②？未遂风云便③，争不恣狂荡④？何须论得丧。才子词人，自是白衣卿相⑤。

烟花巷陌，依约丹青屏障。幸有意中人，堪寻访。且恁偎红倚翠⑥，风流事，平生畅。青春都一饷。忍把浮名，换了浅斟低唱。

【注释】

①龙头：状元。②如何向：怎么办。③风云便：风云际会，得到好的遭遇。④争：怎。恣：放纵。⑤白衣：没有官职。⑥恁：如此。

【词解】

虽然是不幸落第，作者却没有自贬自责，他将这次失手视为圣明的朝代暂时遗落了贤才。没有能够乘时乘势施展抱负，作者索性顺遂自己的狂荡，不问得失，高唱"才子词人，自是没有授官的公卿大夫；烟花巷陌，也可比那屏风上的高贵图画"。他还庆幸风尘女子中，有意中人可以寻访。

"就这样偎红倚翠吧，"他自语道，"风流快活的生活本是我平生所喜好，青春多么短暂，不如抛去浮名，浅斟酒杯，浅吟低唱。"

范仲淹

范仲淹（公元 989～1052 年），字希文，祖籍邠州（今陕西彬县），移居吴县（今江苏苏州）。少时贫困好学，真宗大中祥符八年（1015 年）进士。官至枢密副使、参知政事。范仲淹是北宋著名的政治家和文学家，曾积极推行"庆历新政"，为人廉洁公正，奉行"先天下之忧而忧，后天下之乐而乐"的做人准则。词作仅存五首，描写边塞秋思，羁旅情怀，突破了宋初词专写儿女柔情的界限，风格明健豪放。有《范文正公集》。

苏幕遮

碧云天，黄叶地，秋色连波，波上寒烟翠。山映斜阳天接水，芳草无情，更在斜阳外。

黯乡魂，追旅思，夜夜除非，好梦留人睡。明月楼高休独倚，酒入愁肠，化作相思泪。

【词解】

碧空衔云，黄叶满地，连绵的秋色一直向远方延伸，与那里的溟濛空翠的烟波相连。若在夕阳西下时寻去，登上水边的山峦，可见层林尽为余晖所染，一江寒水远走天边，还有隔岸弥望无尽的芳草地。

山川寥廓，风物壮美，常人见之易生感慨，而苦于漂泊之人见之则易动乡思。让人黯然神伤的离愁，对一路辛苦奔波的追忆，无不让作者感到凄恻难耐；想要得以解脱，怕只有祈求夜夜好梦来缓解对现实的无可奈何。百情塞胸之时，作者想要倚楼痛饮、对月寄怀以为宣泄，但终因心中有所警悟，继而打消此念。他意识到了什么？——酒入愁肠，会化作相思清泪。那种感觉，更让他难以承受！

渔家傲

塞下秋来风景异，衡阳雁去无留意①。四面边声连角起②，千嶂里③，长烟落日孤城闭。

浊酒一杯家万里，燕然未勒归无计④。羌管悠悠霜满地，人不寐，将军白发征夫泪。

【注释】

①衡阳雁去：古人认为大雁南飞至衡阳而止。②边声：边境上的马嘶、风号等声音。角：军中号角。③嶂：形容高险如屏障的山峦。④燕然未勒：谓外患未平。燕然：东汉窦宪大破北匈奴后，曾登燕然山（今蒙古杭爱山）刻石纪功。勒：刻。

【词解】

词中这样咏叹边塞的风景和将士的情怀：秋色降临边塞啊，风景就变得大不相同。大雁飞去衡阳啊，不愿在此稍作停留。杂乱的边声夹着凄凉的号角声从四面涌起，群山环抱中，长烟直上，夕阳下孤城紧闭。举起浊酒一杯，想念万里之遥的家乡；归思无限啊，但边患一日不平，便是有家难回。伴随着悠悠羌管，寒霜覆盖了大地。这里的人们长夜不寐；将军的头发已经变白，士卒的面颊上挂着辛酸的眼泪。

张先

张先（公元 990 ~ 1078 年），字子野，湖州乌程（今浙江吴兴）人。仁宗天圣八年（1030 年）进士。官至都官郎中，晚年退居乡里。为人疏放不羁。能诗善词，尤工于乐府，其词多写男女恋情和花月景色，雕辞琢句，尤以小令见长。与柳永齐名。因善用"影"字，世称张三影。有《张子野词》。

天仙子

水调数声持酒听①，午醉醒来愁未醒。送春春去几时回？临晚镜，伤流景②，往事后期空记省③。

沙上并禽池上暝④，云破月来花弄影。重重帘幕密遮灯，风不定，人初静，明日落红应满径。

【注释】

①水调：曲调名，相传为隋炀帝所作。②流景：流逝的时光。③记省（xǐng）：清楚地记得。④并禽：双宿双飞的鸟儿。暝（míng）：昏暗。

【词解】

数声《水调》持酒听，午醉醒来愁未醒。作者默念春天一去不知何时才会回来，黄昏照镜，他伤叹着似水般流过的光景，伤叹往事种种，前约旧誓空成记忆。

池塘昏暗下来，对对鸳鸯栖息在沙岸；风儿吹散流云，月光下花影随风摇动。作者回到屋内，拉起重重帷幕护住烛光，听门外风声不停，不眠至夜深人静。他想，明日的落花，应该会铺满园中小径。

晏殊

晏殊（公元 991 ~ 1055 年），字同叔，抚州临川（今江西抚州）人。七岁能写文章，十五岁赐同进士出身，任秘书省正字。屡擢知制诰、翰林学士。庆历初，拜集贤殿大学士、同中书门下平章事兼枢密使。后知永兴军，徙河南，以疾回京师，卒，赠司空兼侍中，谥元献。其词多写四季景物、男女恋情、诗酒优游、离愁别恨，文词典雅华丽，雍容华贵，韵味独特，又不失清新雅淡，含蓄委婉，有"导宋词之先路"、"为北宋倚声家之初祖"的美誉。今存《珠玉词》一卷及清人所辑《晏元献遗文》。

浣溪沙

一曲新词酒一杯，去年天气旧亭台。夕阳西下几时回？

无可奈何花落去，似曾相识燕归来。小园香径独徘徊。

【词解】

赋一曲新词，饮一杯清酒，和去年一样的天气，依旧是去年所登临的亭台。一切似乎无甚变化，可是夕阳西下何曾回头，花儿落去谁又能阻拦？时光不停地流走，今年毕竟不是去年。

燕子归来旧巢，但只是似曾相识，作者在花间小径上独自徘徊，惆怅在"逝者如斯"的感慨里。

浣溪沙

一向年光有限身，等闲离别易销魂①。酒筵歌席莫辞频②。

满目山河空念远，落花风雨更伤春。不如怜取眼前人。

【注释】

①等闲：轻易。销魂：形容伤感到极点，如同魂魄离散躯壳。②莫辞频：谓不要频频推辞。

【词解】

上片写人生光阴有限，而别离又每每轻易发生，让人为之黯然销魂，表示应该及时行乐，不要频频推辞酒筵歌席。

下片抒发面对山河怀念远人的惆怅，写因为落花风雨而引发的春愁，进而感悟到空自怀思无益，不如怜惜眼前爱人。

蝶恋花

槛菊愁烟兰泣露①，罗幕轻寒②，燕子双飞去。明月不谙离恨苦③，斜光到晓穿朱户。

昨夜西风凋碧树，独上高楼，望尽天涯路。欲寄彩笺兼尺素④，山长水阔知何处。

【注释】

①槛菊：栏杆旁的菊花。②罗幕：丝罗做的帷幕，此指屋内。③谙：知晓。④彩笺兼尺素：指书信、题诗。

【词解】

以愁眼看栏杆下的菊与兰，菊含愁，兰泣露。作者身边虽有罗幕，却挡不住寒气透入。他目送双燕飞过，心中满含离别愁苦，他埋怨月儿不懂人情，直到拂晓仍将清光遍洒入窗户。

昨夜西风吹凋绿树，今晨起来，独上高楼，望尽天涯路。想要寄给情人书信一封，无奈山长水阔，不知她身在何处。

破阵子

燕子来时新社①，梨花落后清明。池上碧苔三四点，叶底黄鹂一两声。日长飞絮轻。

巧笑东邻女伴②，采桑径里逢迎。疑怪昨宵春梦好，元是今朝斗草赢③，笑从双脸生。

【注释】

①新社：即春社。古时祭祀土神的日子有春社、秋社之分，一般在立春、立秋后第五个戊日。②巧笑：美丽的笑容。③斗草：古时妇女常做的一种游戏，以手中草赌斗输赢。

【词解】

燕子来时，春社在即，梨花落后，清明便为期不远。在这个季节，池塘中会疏疏落落地点缀着几点绿苔，树荫里则不时传来一两声莺啼，白昼渐长，尽日飘飞的是轻轻的柳絮。

忽而笑声盈耳，原来是互为邻里的两位女子在采桑小径上相逢，二人继而玩起了斗草游戏。斗赢的一方充满欢乐，她随即想到：怪不得昨天晚上做了那样的一个好梦，原来是今天斗草要赢的兆头。想到这里时，笑容已然绽放在她的脸上。

欧阳修

欧阳修（1007～1072 年），字永叔，自号醉翁，晚号"六一居士"，吉州庐陵（今江西吉安）人。幼年丧父，由寡母教养成人。仁宗天圣八年（1030 年）进士。历官知制诰、翰林学士、枢密副使、参知政事等。早年支持范仲淹新政，因此屡遭贬谪。晚年思想趋于保守，反对王安石变法。卒赠太子太师，谥文忠。北宋诗文革新运动的领袖，唐宋八大家之一。其词以小令见长，多写男女恋情、伤春怨别，亦有疏狂豪放之作。曾与宋祁等合修《新唐书》，并独撰《新五代史》。有《六一词》。

踏莎行

候馆梅残①，溪桥柳细。草薰风暖摇征辔②。离愁渐远渐无穷，迢迢不断如春水。

寸寸柔肠，盈盈粉泪。楼高莫近危阑倚③。平芜尽处是春山④，行人更在春山外。

【注释】

①候馆：驿馆。②摇征辔（pèi）：指策马远行。③危阑：高楼上的栏杆。④平芜：绵延不断、向远方伸展的草地。

【词解】

旅舍边梅花已然凋败，溪桥边柳树上新生的枝条细如垂丝。在和煦的春风中，柔嫩的芳草地上，女子目送自己的爱人骑马远去，心中的离愁也随之变得如春水般无穷无尽。

分别以后，女子每每柔肠百结，因不堪相思之苦而粉泪满面，她想凭高望远，却怕触景伤情，因为极目远眺虽然可见辽阔芳草地外的青山，但爱人更在那渺远的青山之外。

生查子

去年元夜时，花市灯如昼。月上柳梢头，人约黄昏后。

今年元夜时，月与灯依旧。不见去年人，泪湿春衫袖。

【词解】

去年元夜的京城，人潮如涌，华灯将花市照得如同白昼。作者与恋人相约在黄昏后，举头间看到月亮升起在柳树梢头。

转眼又是今年元宵，月依旧，灯依旧，只是作者不能再见到去年的情人，泪水沾湿了他春衫的衣袖。

蝶恋花

庭院深深深几许？杨柳堆烟，帘幕无重数。玉勒雕鞍游冶处[1]，楼高不见章台路[2]。

雨横风狂三月暮，门掩黄昏，无计留春住。泪眼问花花不语，乱红飞过秋千去。

【注释】

①玉勒雕鞍：镶玉的马笼头和雕花的马鞍。游冶处：即冶游处。指歌楼妓馆。②章台：妓女住所的代称。

【词解】

词写闺怨，主人公是一位满心愁苦的贵族少妇。

庭院深深，深到什么程度？那里杨柳丛丛，堆叠着烟雾，那里帘幕重重，不可胜数。只是深深庭院禁锢的是闺中少妇，她那风流成性的夫君终日游荡在外，家中虽有高楼，却望不到他寻花问柳所经之路。

在雨横风狂的三月暮，女子常常在黄昏时掩上房门，叹息无计将哪怕一个春日留住。她含泪问花如之奈何，花儿非但没有回答，反而随风飘落过秋千去。

浪淘沙

把酒祝东风，且共从容[1]。垂杨紫陌洛城东[2]，总是当时携手处，游遍芳丛。

聚散苦匆匆，此恨无穷。今年花胜去年红，可惜明年花更好，知与谁同？

【注释】

①且共从容：意谓暂且一起悠闲一刻，不要急于离去。②紫陌：指京城郊外的道路。

【词解】

手持酒杯向东风祝愿，愿美好春光且作停留。离别在即，作者和朋友再次沿着垂杨紫陌来到了繁花似锦的洛阳城东，重温去岁此时携手遍游芳丛的惬意和快乐。

作者深深地知道，世事无常，聚散匆匆，离别是人生摆脱不掉的憾恨。他觉得今年的花儿比去年开得红艳，所以推测明年的花儿也应更红更好于今年今日，但人却未必能复如今日一样相聚。无限感慨惆怅，自在不言之中。

王观

王观（1035～1100年），字通叟，如皋（今属江苏）人，仁宗嘉祐二年（1057年）进士。神宗熙宁中，曾以将仕郎守大理寺丞，知扬州江都县事。作《扬州赋》，受神宗褒赏。后官至翰林大学士，奉诏作《清平乐》"黄金殿里"词一首，被罢职，自号逐客。有《冠柳集》一卷，《全宋词》录词十六首，《全宋词补辑》又增补十二首。其词构思新颖，造语佻丽，有所独创。

卜算子

水是眼波横，山是眉峰聚。欲问行人去那边？眉眼盈盈处①。

才始送春归，又送君归去。若到江南赶上春，千万和春住。

【注释】

①盈盈：美好的样子。

【词解】

浙东素以山清水秀闻名，因而词也就从山水写起。作者用女子含情脉脉的眼波来形容浙东的水，用女子蹙拢的眉来形容浙东的山，更用"眉眼盈盈"一语注入灵气，凸显出江南山水的柔情绰态。

别离是伤感的，何况是在春日将尽的时候，惜春惜别之情一同搅缠在心中的滋味确实不好受。但作者想到友人此去江南兴许还能赶上春天在那里逗留的脚步，不禁又为他庆幸。他于是叮嘱友人，如果真的赶上了春天，千万要拣那春意最浓的地方住下。

晏几道

晏几道（约1030～1106年），字叔原，号小山，抚州临川（今江西抚州）人。晏殊幼子，人称"小晏"。曾任颍昌府许田镇监、开封府推官等。一生仕途失意，晚年家道中落。能文善词，其词多写四时景物、男女爱情，尤长于小令。词风近其父，轻柔流丽，典雅和婉，但情感较为伤感沉郁。有《小山词》。

蝶恋花

醉别西楼醒不记，春梦秋云，聚散真容易。斜月半窗还少睡，画屏闲展吴山翠。

衣上酒痕诗里字，点点行行，总是凄凉意。红烛自怜无好计，夜寒空替人垂泪①。

【注释】

①"红烛"两句：化用唐杜牧《赠别》中"蜡烛有心还惜别，替人垂泪到天明"句。

【词解】

欢宴之后酩酊大醉地回到家，夜半醒来时，已记不清宴会上狂欢的情景；但觉人生聚散犹如春梦秋云，缥缈无定。作者无法再次入睡，他卧看月儿斜挂窗外，闲对画屏上青秀的吴山。继而瞥见衣物上的酒痕，桌案上的诗稿，一点点，一行行，所记录的，总逃不过"凄凉"二字。

长夜将尽，寒气愈积愈浓；红烛焚芯，流下滴滴蜡泪。在作者看来，那红烛宛若在替自己哀伤，哀伤着自己的身世，却又无可奈何。

鹧鸪天

彩袖殷勤捧玉钟①，当年拚却醉颜红。舞低杨柳楼心月，歌尽桃花扇底风②。

从别后，忆相逢，几回魂梦与君同。今宵剩把银釭照③，犹恐相逢是梦中。

【注释】

①捧玉钟：指劝酒。玉钟：精美的酒杯。②"舞低"两句：描绘彻夜不停地歌舞作乐。月亮本来是挂在树梢上照进楼中的，此处不说月亮低沉下去，而说"舞低"，指明是欢乐把夜晚消磨了。桃花扇是歌舞时用的扇子，这里不说歌扇挥舞不停，而说风尽，表明唱的回数太多了。③剩：尽情地。釭（gāng）：油灯。

【词解】

词写作者与一位歌女久别重逢的一幕，开篇则从对曾经与她共度时光的回忆写起——

那一个个温馨旖旎的春日夜晚，她总是在侧殷勤劝酒，他则是不辞饮得满面酡红；她每每极尽所能，把最美妙的歌舞献给他，他则沉醉其中，通宵达旦乐而忘归。

对这一段疏狂生涯，作者并不后悔，女子的音容笑貌在二人分别的岁月里常出现于他的梦中，他盼望着能够再次与她相见。

天公作美，安排了他们的重逢。惊喜之下，作者手把蜡烛照亮夜色中她朦胧的面容，睁大眼睛仔细地端详着这个让他朝思暮想的佳人，唯恐这一次又是在梦境当中。

鹧鸪天

小令尊前见玉箫①，银灯一曲太妖娆。歌中醉倒谁能恨，唱罢归来酒未消。

春悄悄，夜迢迢，碧云天共楚宫遥②。梦魂惯得无拘检，又踏杨花过谢桥③。

【注释】

①尊：酒器。②楚宫：指代玉箫居处。③谢桥：谢娘桥。谢娘为唐代妓人。此处代指冶游之地，或指与情人欢会之地。

【词解】

词写作者对一位美丽歌女的怀念之情。"玉箫"指代歌女，作者在一次宴会上偶然遇到她，久久不能忘怀。

酒宴歌席间第一次见到玉箫，银灯璀璨的光华下，她清歌一曲，让作者连连叹息"太妖娆"。他情愿歌中醉倒而无怨恨，宴毕后一路陶醉归来，酒意未消。

春悄悄，夜迢迢，作者空对碧色云天，叹息佳人远隔，不无惆怅。他于是求助于不受束缚的梦境，踏杨花，过谢桥，一路寻去，往见昼思夜想的玉箫。

阮郎归

旧香残粉似当初，人情恨不如。一春犹有数行书，秋来书更疏。

衾凤冷①，枕鸳孤②，愁肠待酒舒。梦魂纵有也成虚，那堪和梦无。

【注释】

①衾凤：绣着凤的被子。②枕鸳：绣着鸳鸯的枕头。

【词解】

面对着她用过的胭脂香粉，他慨叹脂粉尚能长久地保持香味不去，而她对自己的感情却很快变淡。春天的时候还常能收到她简短的书信，而现在刚步入秋天，连这样的书信都已是越来越少。

作者并不能就此将她忘记，虽然每晚孤枕冷被，但他没有另寻新欢，愁肠也总须以酒舒解。他叹道："纵然能在梦中相见，到头来也只是一场虚空，何况近来连梦中都不见她的影踪！"

苏轼

苏轼（1036～1101年），字子瞻，号东坡居士，眉州眉山（今属四川）人。仁宗嘉祐二年（1057年）进士，神宗时因与王安石政见不合请求外调，历任杭州通判与密、徐、湖三州知州。因作诗讽刺新法，贬黄州团练副使。哲宗朝，召为翰林学士，新党再度执政，又贬惠州，再贬琼州（今海南岛）。徽宗即位，赦还，途中卒于常州。苏轼的诗、词、文均代表了北宋文学的最高水平，词别开风气，冲破了晚唐、五代以来的绮罗香泽之气，在题材、意境、风格方面都作了开拓和革新，词集有《东坡乐府》。

水龙吟　　次韵章质夫杨花词

似花还似非花，也无人惜从教坠①。抛家傍路，思量却是，无情有思②。萦损柔肠，困酣娇眼，欲开还闭③。梦随风万里，寻郎去处，又还被，莺呼起④。

不恨此花飞尽，恨西园，落红难缀⑤。晓来雨过，遗踪何在？一池萍碎⑥。春色三分，二分尘土，一分流水。细看来，不是杨花，点点是离人泪。

【注释】

①从教坠：任其飘落。②无情有思：意谓杨花随风飘舞，看似无情，却也有它自己的思绪。③"萦损"三句：此三句是将杨花想象成闺中少妇，写尽夫婿远行后她整日百无聊赖的姿态。④莺呼起：唐金昌绪《春怨》："打起黄莺儿，莫教枝上啼。啼时惊妾梦，不得到辽西。"⑤落红难缀：意谓花儿纷纷凋落，再也不能连结在枝头了。缀：连结。⑥萍碎：古人认为杨花落水变成浮萍。

【词解】

此词作虽为和词，但自出新意，以大胆的夸张和想象为线，深挚的感情为针，结合贴心的体会，细致的捕捉，将思妇清晨慵起、梦里寻郎、惜春伤逝等一系列情态与杨花之轻柔飘洒、随风远行、落水为萍等影迹交织在一起，在一种若即若离、空灵超逸的氛围中表现出思妇幽怨缠绵的心绪，使情物交融至浑化无迹之境，堪称咏物抒情词中的绝唱，也是苏轼词中婉约风格的代表作。

定风波　南海归，赠王定国侍儿寓娘①

王定国歌儿曰柔奴，姓宇文氏，眉目娟丽，善应对，家世住京师。定国南迁归，余问柔："广南风土，应是不好？"柔奴曰："此心安处，便是吾乡。"因为缀词云。

常羡人间琢玉郎②，天应乞与点酥娘③。尽道清歌传皓齿，风起，雪飞炎海变清凉。

万里归来颜愈少，微笑，笑时犹带岭梅香。试问岭南应不好，却道："此心安处是吾乡。"

【注释】

①王定国：名巩，因受"乌台诗案"牵连而被贬官岭南。②琢玉郎：指善于相思的多情人。③乞与：给予。点酥娘：形容柔奴肌肤、资质的光洁柔美。

【词解】

柔奴陪伴王定国贬谪南方回来，与作者问答，深得作者的欣赏。他所以写下此词来赞美柔奴。

词中说：我常常羡慕幸运的多情郎王定国，上天赐给他一位温柔美丽的好姑娘。人们都说她轻启皓齿，唱出那沁人心脾的歌声，就好像风起雪飞，让炎炎火海也变得清凉。她陪伴主人贬谪万里归来，容颜却越发地焕发着青春的风采，她常常微笑，微笑中还带着岭南的梅香。我问她贬地的风物应该不会太好吧，她却对我说："此心安处，便是故乡。"

水调歌头

明月几时有？把酒问青天。不知天上宫阙，今夕是何年？我欲乘风归去，又恐琼楼玉宇①，高处不胜寒。起舞弄清影，何似在人间②？

转朱阁③，低绮户④，照无眠。不应有恨，何事长向别时圆？人有悲欢离合，月有阴晴圆缺，此事古难全。但愿人长久，千里共婵娟⑤。

【注释】

①琼楼玉宇：指月宫，也指朝廷。②在人间：也含有出任地方官的意思。③朱阁：朱红色的楼阁。④绮户：雕花的门窗。⑤婵娟：月亮。

【词解】

词从对青天明月的诘问写起，问中蕴寓着作者对盛景难逢的感慨和对朝廷的牵挂之情。此时的作者，虽然心中仍存着对"天上宫阙"的向往，但终究已了解到"高处不胜寒"，于是从容地安居人间，享受月下婆娑起舞的乐趣。

月华如水，清光或流转于高楼之上，或低洒入雕花窗里，但每每映在心含离愁别恨之人的脸上。当此中秋之夜，作者格外地思念弟弟苏辙。良辰好景，而兄弟却无法相聚，他不禁诘问月儿何以总在人不团圆时变圆；继而意识到，月亮的阴晴圆缺一如人间的悲欢离合，变化无常，难求永恒完满。于是变埋怨为祝愿——"但愿人长久，千里共婵娟。"

念奴娇　赤壁怀古

大江东去，浪淘尽，千古风流人物。故垒西边，人道是，三国周郎赤壁。乱石穿空，惊涛拍岸，卷起千堆雪。江山如画，一时多少豪杰。

遥想公瑾当年，小乔初嫁了，雄姿英发。羽扇纶巾①，谈笑间，樯橹灰飞烟灭②。故国神游③，多情应笑我，早生华发④。人生如梦，一尊还酹江月⑤。

【注释】

①纶（guān）巾：用青丝带做的头巾。②樯橹：指曹操水军。樯：桅杆。橹：船桨。③故国：指赤壁古战场。④华发：白发。⑤酹（lèi）：将酒倒在地上以表祭奠。

【词解】

大江东去，浪花淘尽千古风流人物，旧时营垒的西边，有人说，那便是三国周郎的用武之地。作者面对着陡向天空的乱石，看惊涛拍岸，感叹江山如画，感叹在那遥远的三国年代，一时涌现出多少英雄豪杰。

他遥想起年轻周郎手摇羽扇、头扎纶巾，刚娶得国色天香的小乔时的风流倜傥、英姿勃发，想起他在谈笑间让前来入侵的万千敌船灰飞烟灭的雄才伟略、从容自如，继而自笑多情善感以致白发早生，叹息人生如梦；而后满斟酒杯，祭洒永世不变的滔滔江水和朗朗明月。

定风波

三月七日，沙湖道中遇雨。雨具先去，同行皆狼狈，余独不觉。已而遂晴，故作此词。

莫听穿林打叶声，何妨吟啸且徐行。竹杖芒鞋轻胜马^①，谁怕？一蓑烟雨任平生。

料峭春风吹酒醒，微冷，山头斜照却相迎。回首向来萧瑟处^②，归去，也无风雨也无晴。

【注释】

①芒鞋：草鞋。②向来：刚才。

【词解】

"不要去听那风雨潇潇，穿林打叶之声，何不吟诗长啸，信步缓行？"脚踏草鞋，手拄竹杖，词人感到轻松自在胜于乘马，他更说道："小小风雨有何可怕？平生一路走来，带着一身烟雨，我也能处之泰然。"料峭春风吹来，词人酒意渐醒，刚感到微微寒冷，山头晚照又将他温馨相迎。回头看看那所经过的凄冷萧瑟之处，然后淡然归去；归去，也无风雨也无晴。

卜算子　黄州定惠院寓居作

缺月挂疏桐，漏断人初静^①。谁见幽人独往来^②？缥缈孤鸿影。

惊起却回头，有恨无人省^③。拣尽寒枝不肯栖^④，寂寞沙洲冷。

【注释】

①漏断：漏壶里的水滴尽了，指夜已深了。②幽人：幽居之人，与下句的"孤鸿"都是作者自指。③省（xǐng）：理解，懂得。④拣（jiǎn）：选择。

【词解】

一弯月儿挂在稀疏的梧桐枝头，夜深人静，万籁俱寂。幽人独自在清冷的月光下徘徊，孑然身影，有如远

处飞来的缥缈孤鸿。孤鸿在惊飞中不断回头，它惊惶不安、满怀幽怨，但是无人理解。它拣尽高枝而不肯栖息，最后归宿于冷冷的沙洲。

"谁见"二句极写一腔孤寂，人雁合一，曲尽其怨。下阕更借孤鸿喻写凄惶处境，表达出甘守寂寞孤独而不愿随波逐流的心志。

洞仙歌

冰肌玉骨，自清凉无汗。水殿风来暗香满。绣帘开，一点明月窥人，人未寝，欹椅钗横鬓乱[1]。

起来携素手[2]，庭户无声，时见疏星渡河汉[3]。试问夜如何？夜已三更，金波淡，玉绳低转[4]。但屈指，西风几时来？又不道，流年暗中偷换[5]。

【注释】

①欹(qī)：斜靠着。②素手：女子洁白的双手。③河汉：天河。④金波淡：月光暗淡。玉绳：位于北斗柄尾的两颗星。⑤流年：流逝的年华。

【词解】

词文描写花蕊夫人冰肌玉骨、绝世无双的美丽，描写她在月明星稀、水风送爽的夜晚于闺中闲卧的绰约风姿。作者更拟想蜀主与她携手漫步深夜庭院，仰望流星穿越银河的浪漫，还有他们看到斗转星移，感叹凉秋将至、流年似水的怅然。

江城子　密州出猎

老夫聊发少年狂[1]，左牵黄，右擎苍。锦帽貂裘，千骑卷平冈。为报倾城随太守[2]，亲射虎，看孙郎[3]。

酒酣胸胆尚开张，鬓微霜，又何妨！持节云中，何日遣冯唐[4]？会挽雕弓如满月，西北望，射天狼[5]。

【注释】

①聊：姑且，暂且。②倾城：举城的人。③看孙郎：三国孙权曾亲自射虎，此处是作者自喻。④"持节"二句：汉文帝时魏尚镇守云中以拒匈奴，功绩显著。后获罪，得冯唐上书相救。文帝遂遣冯唐持节赦之。此处作者是以魏尚自比，希望朝廷不计自己以前的过失，重新委以重任。⑤天狼：此处是泛指西北边陲进犯之敌。

【词解】

那一天，作者忽为少年般的豪情和狂放所冲动，他左手牵着黄狗，右手擎着苍鹰，戴锦帽，穿貂裘，带领着大队人马，席卷原野山冈。为了报答全城百姓的相随出猎，他要亲自射虎，仿效当年的孙郎。

猎罢开宴，作者酒酣耳热，心胸气魄更加豪放，他抒发了"鬓微霜，又何妨"的激奋，表达出对于重新受到朝廷重用的渴望，而那力挽雕弓，遥望西北，射落天狼的英雄形象，便是他对为国戍边抗敌的未来的慷慨设想。

江城子　乙卯正月二十日夜记梦

十年生死两茫茫①，不思量，自难忘。千里孤坟②，无处话凄凉。纵使相逢应不识，尘满面，鬓如霜。

夜来幽梦忽还乡，小轩窗，正梳妆。相顾无言，唯有泪千行。料得年年肠断处，明月夜，短松冈。

【注释】

①十年：作者作此词时，其妻王氏辞世恰已十年。②千里孤坟：王氏死后葬于苏轼故乡眉州眉山，与苏轼其时所在的密州相隔千里。

【词解】

十年生死相隔，别来音容渺茫。就算是不去追忆往事前情，心中对于妻子却总是念念不忘。妻子的坟冢远在千里之外，作者无法在她旁边诉说凄凉。

十年人生路，作者走得坎坷，走得忧伤，他猜想纵使能与妻子相逢，她也应认不出自己，因为自己满面风尘，鬓已如霜。

夜来忽入幽梦，在梦中回到了故乡。作者看到熟悉的小轩窗，看到年轻秀丽的妻子正坐在窗下梳妆。两人相见无言而泣，流下泪水千行。明月朗照的夜里，遍植矮松的小山冈，那里静默着妻子的坟垄，让作者年年为之断肠。

蝶恋花

花褪残红青杏小。燕子飞时，绿水人家绕。枝上柳绵吹又少，天涯何处无芳草！

墙里秋千墙外道，墙外行人，墙里佳人笑。笑渐不闻声渐悄，多情却被无情恼。

【词解】

独自漫步于暮春之初，作者感受着杏树枝头残红落尽果实初现的盎然生意，放情于燕子低飞徘徊、绿水环绕人家的惬意舒松，既为柳絮渐少这春天将去的征兆而叹惋，也为茂盛葱翠、无处不生的芳草上寄挂的希望而欣慰。

由人家院外经过，他看到高出院墙的秋千架，听到了墙内女子游戏的欢笑声，于是驻足停留，陶醉遐想在这天真悦耳的声音中。可惜笑声渐渐隐去，不多时便只剩下满院的寂静。墙内人自是进行着日常的作息，墙外人却感到惆怅懊恼，但这墙内"无情"与墙外人短暂的遇缘，又何尝不是缘起于墙外人的善感多情？

李之仪

李之仪（1038？～1117年），字端叔，号姑溪居士，乐寿（今河北献县）人。神宗元丰进士。苏轼任定州知州时，为幕僚。徽宗初以文章获罪，编管太平州。终朝请大夫。有《姑溪居士文集》。

卜算子

我住长江头，君住长江尾。日日思君不见君，共饮长江水。
此水几时休，此恨何时已。只愿君心似我心，定不负相思意！

【词解】

词以一位女子的口吻，向自己的爱人倾诉衷肠。这对恋人虽是同住长江边，共饮长江水，却相隔遥远，不能常常见面。对于女子来讲，那东流的江水正像一条纽带连接着爱人与她，承载着她太多的思念，日日如一，绵长无绝。面对着现实的阻隔，女子没有办法，她唯将一腔真情热盼尽皆付出作为填补，留下了"只愿君心似我心，定不负相思意"的坚定誓言。

黄庭坚

黄庭坚（1045～1105年），字鲁直，号山谷道人，洪州分宁（今江西修水）人。英宗治平四年（1067年）进士。曾任秘书省校书郎、著作佐郎等职，后屡遭贬谪，卒于宜州任所。苏门四学士之一。书法精妙，与苏轼、米芾、蔡襄并称"宋四家"。长于诗，开一代风气，为江西派宗主。其词早年学柳永，俚俗轻艳，晚年近苏轼，豪放纵逸。有《山谷词》。

清平乐

春归何处？寂寞无行路。若有人知春去处，唤取归来同住。
春无踪迹谁知？除非问取黄鹂。百啭无人能解，因风飞过蔷薇。

【词解】

怅问过"春归何处"，寂寞的词人凄凄而不知该向何方行路，他说如果有人晓得春天的去处，请将春天唤回同住。

四处找寻不到春天离去的行踪，词人想到去询问逢春而啼的黄莺，黄莺低回高转地说了许多，但他不解莺语。一阵风来，莺儿乘风飞入蔷薇丛中，蔷薇花开，说明夏已临，词人也终于清醒地认识到：春天确实是不会回来了。

秦观

秦观（1049～1100年），字少游，一字太虚，号淮海居士。扬州高邮（今属江苏）人。与黄庭坚、晁补之、张耒齐名，称"苏门四学士"。能诗善词，其词多写男女恋情和迁谪愁苦。笔法致密，音律和美，语言清丽自然，情致柔婉含蓄。有《淮海集》、《淮海居士长短句》。

望海潮

梅英疏淡①，冰澌溶泄②，东风暗换年华。金谷俊游③，铜驼巷陌④，新晴细履平沙。长记误随车⑤。正絮翻蝶舞，芳思交加⑥。柳下桃蹊⑦，乱分春色到人家。

西园夜饮鸣笳。有华灯碍月⑧，飞盖妨花⑨。兰苑未空，行人渐老，重来是事堪嗟！烟暝酒旗斜⑩。但倚楼极目，时见栖鸦。无奈归心，暗随流水到天涯。

【注释】

①梅英：梅花。②澌（sī）：冰。③金谷：金故园，为晋人石崇所建，著名的饮宴游乐之处。俊游：指与诸俊杰同游。④铜驼巷陌：指铜驼路，因竖有铜驼而得名。⑤误随车：因车水马龙而跟错了车子。⑥芳思：春思。⑦桃蹊：两边种着桃花的小路。⑧华灯碍月：形容灯光明亮，连月亮也因之失去了光辉。⑨飞盖：飞驰的华舆。⑩烟暝：指日近黄昏，暮烟霭霭。

【词解】

冬去春来，年华暗换，词人忆起昔日与好友同游名都佳园，赏览春光的轻松惬意，忆起共饮西园的纵情欢乐，不禁感慨系之。佳园依旧，但人渐衰老，故地重游，事事皆堪哀叹。昏暗的暮烟中，一帘酒旗斜挑，倚楼极目处，时见晚鸦归巢。晚鸦归巢，词人思归之情，也"暗随流水到天涯"。

满庭芳

山抹微云，天连衰草，画角声断谯门①。暂停征棹，聊共引离尊②。多少蓬莱旧事，空回首、烟霭纷纷。斜阳外，寒鸦万点，流水绕孤村。

销魂。当此际，香囊暗解，罗带轻分。谩赢得青楼，薄幸名存③。此去何时见也？襟袖上、空惹啼痕。伤情处，高城望断，灯火已黄昏。

【注释】

①画角：军中号角。谯（qiáo）门：城门上的望楼。②聊共：姑且一同。离尊：离别之酒。③薄幸：薄情寡义。

【词解】

山上微云轻抹，城外衰草连天，谯楼上刚吹过黄昏报时的号角。作者暂让行舟等候，与心上人举酒话别。

多少欢乐情事已成过往，回首只见茫茫暮霭、纷纷烟云。斜阳外，寒鸦万点，流水绕孤村，二人解下贴身之物以为临别纪念，此时此刻，此情此景，让人销魂。

作者仕途困顿，游宦四方，半生来，功名不就，空赢得薄情郎的恶名。此地一别，他不知道何时才能与她再次相见，两人相对无奈啜泣，襟头袖口空惹泪痕。

他最终满怀伤感地离去，高城逐渐淡出视野，望处只见一片灯火黄昏。

鹊桥仙

纤云弄巧，飞星传恨，银汉迢迢暗度①。金风玉露一相逢②，便胜却人间无数。

柔情似水，佳期如梦，忍顾鹊桥归路！两情若是久长时，又岂在朝朝暮暮。

【注释】

①银汉：银河。②金风：秋风。

【词解】

丝丝彩云变幻成各种图案，那是织女巧手织成的云锦；闪亮的流星飞过银河，替牛郎、织女二星传递着离愁别恨。七月初七的夜晚，多情的喜鹊架起长桥，那秋风白露中的一次欢聚，便胜过人间的千次万次。

绵绵温情，似水般柔美；相逢的喜悦，把人带入梦境。只是那成就团圆的鹊桥，转眼间便要成为分离的归路，又让人怎忍回顾！

作者说，两人若是真诚相爱，并不一定形影不离、相伴朝朝暮暮。

踏莎行

雾失楼台，月迷津渡①，桃源望断无寻处。可堪孤馆闭春寒，杜鹃声里斜阳暮。

驿寄梅花，鱼传尺素②，砌成此恨无重数。郴江幸自绕郴山③，为谁流下潇湘去？

【注释】

①津渡：渡口。②尺素：指书信。③郴（chēn）江、郴山：在今湖南郴州。幸自：本自。

【词解】

词作寓情于景，以凄迷的暮春景色的烘托沦落天涯的作者迷茫、孤苦的心境，以质问郴江为何不安分地环绕郴山而流，却要远下潇湘自嘲身世，讽喻自己本可安贫自守，却因为出仕而卷进政治旋涡。除此之外，作者还写到亲朋的书信不但不能让他感到慰藉，反而让他心中累恨积怨，真实地表现出谪贬之人复杂的内心世界和痛苦的心灵挣扎。

▌贺铸

贺铸（1052～1125年），字方回，自号庆湖遗老，卫州共城（今河南辉县）人。元祐中任泗州、太平州通判。晚年退居苏州，杜门校书。为人豪侠尚气，秉性刚直，不附权贵，喜论天下事。以词作名世，其词内容、风格丰富多样。有《东山词》。

半死桐　思越人

重过阊门万事非①，同来何事不同归？梧桐半死清霜后，头白鸳鸯失伴飞。

原上草，露初晞②，旧栖新垅两依依③。空床卧听南窗雨，谁复挑灯夜补衣！

【注释】

①阊门：指苏州西门，作者旧居所在。②露初晞（xī）：意谓露水刚刚为太阳所蒸干。③垅：坟头。

【词解】

作者重游旧居阊门，触景思人，想起曾随自己游宦至此却未得同归的妻子，不由得悲从中来。他以半死梧桐、失伴鸳鸯比喻如今的自己，足见其对亡妻的一往情深和失去妻子后难以自拔的悲痛。

清晨，青草上的露水很快被初阳晒干，作者感慨人生短暂有如朝露转瞬即逝；面对着依依相望的妻子新坟和旧时居所，则更令他肝肠寸断。夜晚，他躺在空空的床上听窗外的风雨，伤叹妻走以后，再没有人挑亮灯烛，于夜深时为自己缝补衣衫。

青玉案

凌波不过横塘路①，但目送，芳尘去。锦瑟华年谁与度②? 月桥花院、琐窗朱户③，只有春知处。

飞云冉冉蘅皋暮④，彩笔新题断肠句。若问闲情都几许? 一川烟草，满城风絮，梅子黄时雨。

【注释】

①凌波：形容女子脚步轻盈，飘移如履水波。②锦瑟华年：唐李商隐《锦瑟》有："锦瑟无端五十弦，一弦一柱思华年。"③琐窗：有锁链形纹饰的窗子。④冉冉：渐渐地。蘅皋：长满香草的高地。

【词解】

轻盈的脚步不曾移向自己所居住的横塘，作者只得无可奈何地目送她远去，他猜想着她的青春年华会与何人一起度过，他觉得她一定住在有小桥、有鲜花、有精致房屋的庭院里，并且，只有春天才知道那庭院在哪里。

不晓得痴立了多久，但回过神来，只见飞云冉冉飘过，暮色已然苍茫。作者提起多情妙笔写下惆怅的词句，词中自问闲愁几许，还以比喻作答：如遍地春草弥望无际，如满城风絮铺天彻地，如绸缪浓密、挥散不尽的梅子黄时雨。

▌周邦彦

周邦彦（1056～1121年），字美成，自号清真居士，钱塘（今浙江杭州）人。为太学生时献《汴京赋》，被神宗擢为太学正。历官州教授、县令、秘书省正字、校书郎、秘书监等职，提举大晟府。周邦彦精通音律，能自度曲，为北宋重要词家。其词集北宋婉约派大成，长调尤善铺叙，富丽精工，历来被奉为词坛正宗，对南宋及后代均有巨大影响。有《清真集》。

少年游

并刀如水①，吴盐胜雪②，纤手破新橙。锦幄初温，兽烟不断③，相对坐调笙。

低声问：向谁行宿? 城上已三更。马滑霜浓，不如休去，直是少人行。

【注释】

①并刀：并州出产的刀，以锋利著称。②吴盐：吴地出产的盐。③兽烟：兽形香炉里冒出的香烟。

【词解】

先是光洁如水的并刀，晶莹似雪的吴盐，而后是正在破开新橙的纤纤玉手，再后是织锦的床帷，香烟袅袅的金兽香炉，最后才将相对而坐，男子调弄笙管，女子听音校准的情景呈现在读者眼前。上片的写作手法有如一台由细节到全景的摄影机，着重突出着词中人高雅舒适的生活。下片直录女子话语，她低声问他："已经三更了，你还要到哪里去住啊？"继而又自语道："外面霜气正浓，连个人影都没有，就是现在出去，马儿也会打滑呀。你不如就不要走了吧？"短短几语，已将女子试探的神情、深深的关切、满心的期待完全呈现出来，惟妙惟肖，呼之欲出。

兰陵王 柳

柳阴直，烟里丝丝弄碧。隋堤上，曾见几番①，拂水飘绵送行色。登临望故国②，谁识京华倦客？长亭路，年去年来，应折柔条过千尺③。

闲寻旧踪迹，又酒趁哀弦，灯照离席。梨花榆火催寒食④。愁一箭风快，半篙波暖，回头迢递便数驿⑤。望人在天北。

凄恻，恨堆积！渐别浦萦回⑥，津堠岑寂⑦。斜阳冉冉春无极。念月榭携手⑧，露桥闻笛⑨。沉思前事，似梦里，泪暗滴。

【注释】

①隋堤：汴京汴河之堤，为隋时所建，故称"隋堤"。②故国：故乡。③柔条：柳枝。④榆火：唐制，清明取榆柳之火赐近臣。⑤迢递：遥远。⑥别浦：送别的水边。⑦津堠（hòu）：渡口守望的高台。岑寂：清冷寂寥。⑧月榭：月光遍照的亭榭。⑨露桥：凝结露水的小桥。

【词解】

词为作者离开汴京时所作。汴河隋堤两岸，杨柳成行，柳丝飘拂，柳绵乱飞。这里的柳色，作者因为送别而看过很多次，这一次，轮到了送自己。他站在高处远望故乡，心中满是客子的疲惫和惆怅。默默估算着，这堤岸因为送别而折下的柳枝，总也应该超过千尺了。

船儿启程，闲念旧时踪迹，思绪又回到了那令人难以忘怀的一夜——寒食节，在凄凄丝竹声中饮酒，在灯烛闪烁中与她告别。因为留恋着她，作者所以忧愁风顺船疾，回头之间便过数驿，伊人从此远隔。

行渐远，恨堆积，一路说不尽的迂回寂寞，举目所见，夕阳冉冉西下，春色一望无边。作者怀想着与伊人月下携手漫步，在结满露水的小桥共赏悠扬的笛声，感到往事前情恍然如梦。想着想着，泪水已然不知不觉地流了下来。

赵佶

赵佶（1082～1135年），即宋徽宗，神宗之子，哲宗时封端王。在位时任用蔡京、童贯等人主持国政，穷奢极欲，兴建苑圃宫观，滥增捐税。宣和七年传位与赵桓（钦宗），自称太上皇。靖康二年（1127年）被金兵所俘，后死于五国城（今黑龙江依兰）。赵佶书画、音乐、词赋无不精擅。有《宋徽宗词》。

燕山亭　北行见杏花

裁剪冰绡，轻叠数重，淡着燕脂匀注。新样靓妆，艳溢香融，羞杀蕊珠宫女。易得凋零，更多少、无情风雨。愁苦。问院落凄凉，几番春暮？

凭寄离恨重重，这双燕、何曾会人言语？天遥地远，万水千山，知他故宫何处？怎不思量，除梦里、有时曾去。无据。和梦也、新来不做。

【词解】

花瓣似冰绡裁叠、色泽如胭脂淡染的杏花，娇嫩柔美，艳溢香融，胜似天宫仙女。但身为俘虏的徽宗观之，叹美丽花儿容易凋零，更叹无情风雨的横加摧残。他的内心充满愁苦，悲问凄凉院落，春暮已到何时。

看到空中燕子，徽宗想要托付它们向故宫寄去满怀的离愁别恨，但燕子不识人语，何况故宫又在万水千山之外！肠回九转的思量是免不了的，只是故地重游、旧事重现全在梦中，但现而今，就算这样的梦也越发的难得了。

李清照

李清照（1084～约1151年），自号易安居士，历城（今山东济南）人，著名学者李格非之女。十八岁嫁给金考据家赵明诚为妻，婚后生活美满，夫妇二人雅好词章，常相唱和，并共同从事金石学研究。金兵攻陷汴梁后，流徙南方，仓皇中丧失了多年收藏的金石书画，后明诚病死，李清照只身漂泊杭州、绍兴、金华、温州等地，在孤苦中度过了晚年。所作词，前期格调明快，语言清新婉丽；后期情调感伤。论词强调协律，崇尚典雅、情致，提出词"别是一家"之说。

南歌子

天上星河转，人间帘幕垂。凉生枕簟泪痕滋，起解罗衣，聊问夜何其？

翠贴莲蓬小，金销藕叶稀。旧时天气旧时衣，只有情怀，不似旧家时！

【词解】

天上星河移转，人间夜幕笼罩。秋凉从枕席间透出来，枕上褥边，点点斑斑是词人洒落的泪痕。

她难耐这秋夜的清寂与清寒，起身更衣，向他人问起夜已几何。而当取出那件贴着翠色莲蓬、金色荷叶绣样的襦衣，睹物之情更将悲怀深深触动。"旧时天气旧时衣，只有情怀，不似旧家时"。同样的天气，同样的衣衫，只有历经沧桑的心情，不再和从前一样。

一剪梅

红藕香残玉簟秋①。轻解罗裳，独上兰舟。云中谁寄锦书来? 雁字回时，月满西楼。花自飘零水自流。一种相思，两处闲愁。此情无计可消除，才下眉头，却上心头。

【注释】

①簟（diàn）：席子。

【词解】

在那藕花香减、竹席渐凉的秋天，词人轻解罗衣，登上小舟，一个人在荷塘中徜徉。她看到天空中南归的雁阵，猜想着它们是否带来了丈夫的书信，也意识到大雁南归，团圆节将至，月儿将圆满在西楼。

然而月圆人不圆，花儿有凋落的时候，流水一去不回头，词人叹息年华在两地的相思与离愁中空自流走，叹息这相思与离愁，刚从眉间散开，便泛起在她的心头。

如梦令

常记溪亭日暮，沉醉不知归路。兴尽晚回舟，误入藕花深处。争渡，争渡，惊起一滩鸥鹭。

【词解】

曾经独泛小舟于溪畔荷塘，又在酒酣兴尽后驾舟归来，只是恍惚迷离间已不辨归途，因而不知不觉地误入到藕花深处。天色渐晚，归心渐切，正因荷丛密密匝匝难于速出而略显焦急，却误打误撞惊起一群已经栖息了的鸥鹭，故而重新唤来意兴一片。

渔家傲

天接云涛连晓雾，星河欲转千帆舞。仿佛梦魂归帝所，闻天语，殷勤问我归何处。

我报路长嗟日暮，学诗谩有惊人句。九万里风鹏正举，风休住，蓬舟吹取三山去。

【词解】

这也许是遥望海天时的遐想，也许是于缥缈梦境的游离，总之，那苍茫壮阔的云涛雾海，令人目眩的灿烂星河，还有随风舞荡的千叶白帆确乎是在同一时刻映入了词人的眼帘，让她胸怀尽敞，飘飘乎如在回归天帝居处的路上。她也果真听到了似曾相识的声音从天空中清晰传来，亲切地问她将往何处。词人率真作答，感叹求索之路漫长曲折，感伤满腹才华却不知有何用处；她不无激动地请求天帝让那举鹏高飞的九万里长风来辅助自己的小舟，将自己带到那理想的仙山琼阁。

如梦令

昨夜雨疏风骤，浓睡不消残酒。试问卷帘人，却道海棠依旧。知否？知否？应是绿肥红瘦。

【词解】

昨夜的雨疏风骤对于侍女而言不过是暮春时节极为普通的一幕，但女主人却因之愁烦不已，借了许多酒力才得入眠。若问她为何于晨起时忘忘问到落红几何而不亲自前去观看，若问她听到"海棠依旧"的率尔一答后为何耐心更正应是"绿肥红瘦"，正因她爱春之情深入肺腑而不忍看到春残花落，正因她已为叶茂花稀、春之将去而叹息良久。

凤凰台上忆吹箫

香冷金猊①，被翻红浪，起来慵自梳头。任宝奁尘满②，日上帘钩。生怕离怀别苦，多少事、欲说还休。新来瘦，非干病酒③，不是悲秋。

休休④。这回去也，千万遍阳关⑤，也则难留。念武陵人远，烟锁秦楼⑥。惟有楼前流水，应念我、终日凝眸。凝眸处，从今又添、一段新愁。

【注释】

①金猊 (ní)：狮形香炉。②奁 (lián)：女子梳妆用的镜匣。③非干：不关。④休休：算了，罢了。⑤阳关：即《阳关三叠》。⑥秦楼：原是秦穆公女弄玉与夫婿箫史的居所，此处作者用来比喻自己独居妆楼。

【词解】

香炉已冷，锦被散乱堆叠，词人虽然起得床来，却懒得梳洗打扮。她的梳妆盒上落满了尘土，太阳，这时候已经高高在天。词人满怀心事，但每每欲说还休，她近来日渐消瘦，不是因为病酒，不是因为悲秋，是为离愁别恨所苦，她感叹丈夫执意出行，自己毫无办法将他挽留。

　　爱人一去，词人思念非常，她的小楼从此为愁云笼罩，她日日倚楼凝望楼前流水，觉得流水也对自己的离怀别苦表示同情。终日凝望，今天，词人心头又添一段相思新愁。

醉花阴

　　薄雾浓云愁永昼，瑞脑消金兽①。佳节又重阳，玉枕纱厨②，半夜凉初透。
　　东篱把酒黄昏后③，有暗香盈袖。莫道不消魂，帘卷西风，人比黄花瘦。

【注释】

　　①瑞脑消金兽：意谓香炉中的香快燃尽了。瑞脑：香料名。金兽：兽形的铜香炉。②纱厨：纱帐。③东篱：指植有菊花的地方。

【词解】

　　此词意在抒发孤居独处的少妇情怀。
　　轻雾蒙蒙，浓云密布，整个白天正如词人之愁，阴郁，悠长。她点燃瑞脑香，看香烟从金炉中袅袅升起，寂寞，惆怅。
　　又到重阳佳节，无奈独自闺中，夜半不眠时，词人但觉玉枕纱帐渐为凉意侵透。她也曾在菊丛中把酒消愁，一直到黄昏以后，归来时却只空惹菊香淡淡盈袖。她自语："谁说这一切不让人魂消神伤，帘幕被西风卷起，你会看到人儿比菊花还要清瘦。"

武陵春

　　风住尘香花已尽①，日晚倦梳头。物是人非事事休，欲语泪先流。
　　闻说双溪春尚好②，也拟泛轻舟。只恐双溪舴艋舟③，载不动、许多愁。

【注释】

　　①尘香：尘土中的落花香。②双溪：在浙江金华，唐宋时已成为文人骚客游赏吟咏的胜地。③舴（zé）艋（měng）舟：小船。

【词解】

　　风住，花儿尽已零落成泥，所余痕迹，但有尘香。日晚，词人倦梳头发，举目所见，物是人非；不待张口倾吐，眼泪已先行流了下来。词人听说双溪春色尚好，也想到那里泛舟散忧，却担心舴艋小舟，载不动自己这许多忧愁。

点绛唇

蹴罢秋千，起来慵整纤纤手。露浓花瘦，薄汗轻衣透。

见有人来，袜刬金钗溜①。和羞走。倚门回首，却把青梅嗅。

【注释】

①袜刬（chǎn）：只穿着袜子。

【词解】

词一起头，一个天真活泼、娇态可掬的少女形象便跃出纸面。她荡罢秋千，起来懒懒地舒整一下纤细的小手，身上的薄衣被微微沁出的汗珠沾透。这样的一位少女站在花丛旁边，花人相映，更显人儿的精致可爱。词转下片，忽生出一起波澜：花园中有人走来，没有任何前兆地闯入了她的世界，惊羞之下，她夺路而逃，连鞋子都没顾上穿，金钗也在急走中滑落。等到行至门前，还要回眸觇窥，为了掩饰自己的失态，她假作嗅青梅，边嗅边看。

永遇乐

落日熔金，暮云合璧，人在何处？染柳烟浓，吹梅笛怨，春意知几许？元宵佳节，融和天气，次第岂无风雨？来相召、香车宝马，谢他酒朋诗侣。

中州盛日，闺门多暇，记得偏重三五①。铺翠冠儿②，捻金雪柳③，簇带争济楚④。如今憔悴，风鬟雾鬓，怕见夜间出去。不如向、帘儿底下，听人笑语。

【注释】

①三五：指元宵节。②铺翠冠儿：嵌插着翠鸟羽毛的女士帽子。③捻金雪柳：以金丝作点缀的绢花。④簇带：成簇的插戴。济楚：漂亮美好。

【词解】

夕阳好像熔开了的金块，暮云托出玉璧般的新月。美好景色，不能解释词人孤身流落的愁怀，但看到柳色渐青，听到《梅花落》的笛声，她也恍然问起"春意几许"。

"气候虽然渐渐暖和起来，但难保没有风雨吧？"变幻莫测的世事，让词人常怀着疑惧的心情。她婉言谢绝了酒朋诗友们的热情相召，独处中，黯然追忆起在汴京欢度元宵的繁华往事。如今憔悴，雾鬓风鬟，她不愿参加夜游庆典，今夜的她，只在帘儿底下，听人笑语。

声声慢

寻寻觅觅，冷冷清清，凄凄惨惨戚戚。乍暖还寒时候，最难将息①。三杯两盏淡酒，怎敌他、晚来风急。雁过也，正伤心，却是旧时相识。

满地黄花堆积，憔悴损，如今有谁堪摘？守着窗儿，独自怎生得黑？梧桐更兼细雨，到黄昏、点点滴滴。这次第②，怎一个愁字了得？

【注释】

①将息：将养休息。②次第：情形，景况。

【词解】

首句连下七对叠字，创意新奇，笔力浑厚，呈现词人孤寂凄苦、怅然若失的心情神态。在这个冷暖不定的深秋，晚来渐紧的风势使词人的处境变得更为艰难。三杯两盏淡酒抵挡不住那透心彻骨的寒冷，而看到"旧时相识"的雁儿飞过，又勾起她对往事的辛酸回忆。庭院里满是凋落的菊瓣，无人摘取，无人怜惜，正如词人身世。她独自坐在窗前，到黄昏，屋里已是难耐的漆黑。窗外，冷雨敲打桐叶，点滴作响，词人此时的心情，又远非一个"愁"字所能概括。

岳飞

岳飞（1103～1142年），字鹏举，相州汤阴（今属河南）人。出身贫寒，二十岁应募为"敢战士"，身经百战，屡建奇功，是南宋初期的抗金名将。今存词仅三首。岳飞精忠报国的精神深感之心。他在壮志未酬的悲愤心情下写的千古绝唱《满江红》，至今让人士气振奋。其率领的军人被称为"岳家军"，人称"撼山易，撼岳家军难"。

满江红

怒发冲冠，凭栏处、潇潇雨歇。抬望眼，仰天长啸，壮怀激烈。三十功名尘与土，八千里路云和月。莫等闲、白了少年头，空悲切。

靖康耻①，犹未雪。臣子恨，何时灭？驾长车踏破，贺兰山阙②。壮志饥餐胡虏肉，笑谈渴饮匈奴血。待从头、收拾旧山河，朝天阙。

【注释】

①靖康耻：指靖康二年徽、钦二帝被掳入北廷之事。②贺兰山：在今内蒙古境内，此代金人基地。

【词解】

怒发冲冠，凭栏时，潇潇风雨方过。将军极目远眺，继而仰天长啸，只为胸中热血沸腾，豪情激烈。他慨叹三十年功名如尘土般微不足道，他回首八千里征战的艰苦岁月，他自诫莫轻易虚度了年少光阴，以至老大后徒然悲切。尚未洗雪的靖康之耻，长存心中的覆国之恨，将军欲驾长车踏破贺兰山口，饥则食虏肉，渴则饮虏血，重新收拾起旧日山河，然后向国家报捷，庆贺胜利。

朱淑真

朱淑真，约 1131 年前后在世，宋代女词人。一作淑贞，号幽栖居士，钱塘（今浙江杭州）人。出身宦家，博通经史，能文善画，精晓音律，尤工诗词。嫁给一文法小吏，因志趣不合，抑郁而终。有《断肠集》十卷、《断肠词》一卷行世。

谒金门　春半

春已半，触目此情无限。十二阑干闲倚遍①，愁来天不管。

好是风和日暖，输与莺莺燕燕②。满院落花帘不卷，断肠芳草远③。

【注释】

①阑干：栏杆。②输与：付与。③芳草：《楚辞·招隐士》有："王孙游兮不归，春草生兮萋萋。"

【词解】

春已过半，目光所及景物让作者愁情无限。她闲倚遍各处栏杆，深叹春愁漫天彻地席卷而来时，无人安抚劝慰。

让人感到舒适的是天气的风和日暖，但孤单的作者觉得这个春天里的自己远不及莺莺燕燕幸福。黄莺呼朋引伴，燕儿依偎呢喃，只有作者闭门独处，苦思远人，任凭春花落满了庭院。

蝶恋花　送春

楼外垂杨千万缕，欲系青春，少住春还去。犹自风前飘柳絮，随春且看归何处。

绿满山川闻杜宇①，便做无情，莫也愁人苦②？把酒送春春不语，黄昏却下潇潇雨。

【注释】

①杜宇：杜鹃。②莫也：岂不也。

【词解】

由楼外杨柳万千垂条的招展披拂而想到它们是在希望能将春天系住片刻，由柳絮的随风飘飞而想象它们是去探寻春的归处，情感细腻的词人对于春天有着深深的眷恋。当她看到满眼的山川已变得碧绿一片，听到杜鹃哀鸣声声，不由得发出了"即便心中无情，这般景况也足以让人愁苦"的感叹。

词人举起酒盏，打算就此为春送行，然而春天却缄口不语，飘然洒下蒙蒙细雨，似向词人挥泪告别。

陆游

陆游（1125～1210年），字务观，号放翁，越州山阴（今浙江绍兴）人。因坚持抗金复国，不为当权者所容而罢官。居故乡山阴二十余年。后曾出修国史，任宝章阁待制。其词风格变化多样，多圆润清逸，不乏忧国伤时、慷慨悲壮之作。有《剑南诗稿》、《渭南文集》、《渭南词》等。

钗头凤

红酥手①，黄縢酒②，满城春色宫墙柳。东风恶，欢情薄。一怀愁绪，几年离索。错，错，错！

春如旧，人空瘦，旧痕红浥鲛绡透③。桃花落，闲池阁。山盟虽在，锦书难托。莫，莫，莫！

【注释】

①红酥手：红润白嫩的双手。②黄縢酒：黄纸封坛的美酒。③浥（yì）：浸湿。 鲛（jiāo）绡：丝帕。

【词解】

见到唐琬，往日她酥手侑酒，与自己春日漫步在宫墙边、柳荫下的情景又浮现在眼前。无奈欢情短暂，一场"东风"的无情摧残让恩爱的情侣分离，作者怀着不散的愁绪，度过了别后的几年。他最深刻的感触是：这是一次由因缘到人事彻彻底底的大错。

再见唐琬，春色依旧，但她比从前消瘦了很多。作者知道那是因为流过太多泪水，溶了胭脂，湿透了鲛绡。美丽的桃花已然飘落，知音一去，空闲了池阁，海誓山盟虽然还清晰在耳，但已不能写封书信将自己的情感和盘而托，作者沉痛而无奈地叹息："莫！莫！莫！"

卜算子　咏梅

驿外断桥边，寂寞开无主。已是黄昏独自愁，更著风和雨。

无意苦争春，一任群芳妒。零落成泥碾作尘，只有香如故。

【词解】

　　风雨的黄昏，词人走过驿站，看到断残的小桥旁寂寞地开放着一株梅花。梅花独处黄昏已然愁苦，却还要忍受风吹雨淋。词人歌颂它无意争春，淡然对待群芳的妒恨，纵然飘落成泥，碾作灰尘，却依然是清香如故。

诉衷情

　　当年万里觅封侯，匹马戍梁州①。关河梦断何处？尘暗旧貂裘②。
　　胡未灭，鬓先秋，泪空流。此生谁料，心在天山，身老沧洲。

【注释】

　　①梁州：今陕西汉中一带。②尘暗旧貂裘：意谓貂裘上积满了尘土，颜色也因日久而改变。

【词解】

　　这首词也是作者晚年隐居山阴后所作。上片回顾了当年的英雄气魄和戎马生涯，慨叹其后长年闲居废置、请缨无路的境遇。下片更作悲凉语，表达出他如今仍旧心系国事，但自知已是身老力乏、难以为用的凄哀心情，同时也抒发出对被迫退隐命运的痛心和对当权者去正存邪、压制爱国力量的强烈愤慨。

▌唐琬

　　唐琬，字蕙仙，生卒年月不详。她是陆游母舅唐诚的女儿，为陆游的第一任妻子，被陆母拆散，后嫁给了皇家后裔同郡士人赵士程。陆游在沈园偶然遇唐琬，在墙上题了一首《钗头凤》（红酥手）词，唐琬和了一阕《钗头凤》（世情薄）。随后抑郁而终。

钗头凤

　　世情薄，人情恶，雨送黄昏花易落。晓风干，泪痕残，欲笺心事，独倚阑干。难，难，难！
　　人成个，今非昨，病魂常系秋千索。角声寒，夜阑珊①，怕人寻问，咽泪装欢。瞒，瞒，瞒！

【注释】

　　①阑珊：将尽。

【词解】

　　世情凉薄，人情险恶，黄昏暮雨中花儿最易凋落。晨风吹干泪水，泪痕残留脸上，本想写下心事，却终作倚栏自语，唐琬哀叹："难，难，难。"

181

人已离散，今非昔比，如今的唐琬犹如秋千架上的绳索，摇摇荡荡，多病多忧。她每每长夜无眠，愁听清寒号角，直到夜色阑珊。她有苦无处倾诉，因为怕人询问，还要咽泪装欢，她只能将一切深深地隐瞒，隐瞒。

辛弃疾

辛弃疾（1140～1207年），字幼安，号稼轩，济南历城（今属山东）人。现存词六百二十余首，风格多样，或慷慨豪迈，或沉郁悲壮，或清新自然，或婉转细腻，其中抒写爱国思想之作占有极重要的地位。他大量吸收口语、古语入词，善于用典，扩大了词的表现力。有《稼轩长短句》。

水龙吟　登建康赏心亭

楚天千里清秋，水随天去秋无际。遥岑远目①，献愁供恨，玉簪螺髻②。落日楼头，断鸿声里，江南游子。把吴钩看了③，栏杆拍遍，无人会、登临意。

休说鲈鱼堪脍④，尽西风、季鹰归未⑤？求田问舍，怕应羞见，刘郎才气⑥。可惜流年，忧愁风雨，树犹如此⑦！倩何人唤取，红巾翠袖⑧，揾英雄泪⑨。

【注释】

①遥岑：远山。此指沦陷地区的群山。②玉簪螺髻：形容远山如玉簪，如盘起的发髻。③吴钩：古代吴地出产的一种弯刀，后泛指锋利的刀剑。④脍：将鱼肉切成细丝。⑤季鹰：张翰，字季鹰。《晋书·张翰传》："翰因见秋风起，乃思吴中菰菜、莼羹、鲈鱼脍，曰：'人生贵得适志，何能羁宦数千里以要名爵乎？'遂命驾而归。"⑥"求田问舍"三句：以三国时刘备责许汜只知购置房产而全然不管国计民生之事，来责备那些只为一己私利的人。⑦树犹如此：东晋桓温北征，见昔日所种柳树已粗十围，叹曰："树犹如此，人何以堪。"⑧红巾翠袖：借指歌女。⑨揾（wèn）：擦拭。

【词解】

词文上片写登高远望之所见：天无际，水随天，远山层层叠叠，如"玉簪螺髻"。江山虽美，但在作者眼里竟为"献愁供恨"之物，因为他空握长剑而不能杀敌，满怀抱负却无处施展。下片评古论今，表示自己不愿效仿张翰退隐，也不愿学许汜求田问舍，而是想报效国家，有所作为。继而又叹流年似水，光阴虚度。情到伤心，他不禁潸然洒泪。英雄失路之悲，让人嘘嗟不已。

菩萨蛮　书江西造口壁

郁孤台下清江水①，中间多少行人泪。西北望长安②，可怜无数山。

青山遮不住，毕竟东流去。江晚正愁余，山深闻鹧鸪③。

【注释】

①郁孤台：在今江西赣州市西南，唐宋时为游览胜地。②长安：指代北宋京师汴梁。③鹧鸪：其鸣声似"行不得也哥哥"。

【词解】

郁孤台下的清江水，其中汇聚了多少流离逃亡之人的眼泪，举头向西北方向眺望长安，无数青山将视线遮拦。青山能遮断行人的望眼，却遮断不了江水的奔流，亦如胡房虽猖、奸佞虽多，却挡不住仁人志士的抗敌报国的热血豪情。

江天渐晚，词人愁情又浓，岁月在屡受排挤、报国无门的苦闷中空流。这个时候，深山中又传来鹧鸪的叫声："行不得也哥哥，行不得也哥哥……"

青玉案　元夕

东风夜放花千树，更吹落、星如雨。宝马雕车香满路。凤箫声动，玉壶光转①，一夜鱼龙舞。

蛾儿雪柳黄金缕②，笑语盈盈暗香去。众里寻他千百度，蓦然回首，那人却在，灯火阑珊处③。

【注释】

①玉壶：喻月亮。②蛾儿、雪柳、黄金缕：此三样皆为元宵时妇女们佩戴的饰物。③阑珊：衰落。

【词解】

正月十五的汴京灯市，灿烂灯火有如东风吹绽鲜花无数，又如满天星斗飘落人间，熙熙攘攘的车马人流，听不完的凤箫声乐。月亮移过天空，人间正在通宵达旦地鱼龙狂舞。

群群笑语盈盈、盛装而行的游女经过，鼻息中回荡着她们留下的幽香，作者不曾停下寻觅的步伐，他在寻找自己的意中人，千寻百找，不辞辛苦。百寻不见，猛然回首的时候，却看到那人就在灯火阑珊的地方。

清平乐　村居

茅檐低小，溪上青青草。醉里吴音相媚好①，白发谁家翁媪②？

大儿锄豆溪东，中儿正织鸡笼。最喜小儿无赖③，溪头卧剥莲蓬。

【注释】

①吴音：吴地方言。②翁媪（ǎo）：老公公、老婆婆。③无赖：淘气调皮。

【词解】

檐儿低低茅屋小，溪水两岸长满青青草。作者醉中听到亲切悦耳的吴音对话，那是一对白发苍苍的农家老年夫妇在茅屋前闲话家常。继而关注到他们的三个儿郎，竟是一律的忙碌：老大在溪东豆地锄草，老二在编织鸡笼，最年幼的小儿子也不甘清闲，淘气地趴在溪边剥着莲蓬。

西江月　夜行黄沙道中

明月别枝惊鹊，清风半夜鸣蝉。稻花香里说丰年，听取蛙声一片。

七八个星天外，两三点雨山前。旧时茅店社林边①，路转溪桥忽见。

【注释】

①社：土地庙。

【词解】

清新的语言，轻快的情致，让我们的心充分舒展，放松；让我们如同身临那明月林梢挂，清风习习的爽朗秋夜，闻到风中淡淡的稻花香，听到人们快乐地闲话着丰年，蛙儿们兴高采烈地对唱。你也可以坐在作者带来的情境里，仰望七八个星天外，静观两三点雨山前，或者，随他漫步村林，走过溪桥，感受他忽见到曾住过的茅店时的欣慰与悠然。

丑奴儿　书博山道中壁

少年不识愁滋味，爱上层楼。爱上层楼。为赋新词强说愁。

而今识尽愁滋味，欲说还休。欲说还休。却道天凉好个秋。

【词解】

历尽沧桑，饱尝愁滋味之后，回想起少年时代爱上高楼，为了赋一首新词强要说愁的单纯幼稚，作者不禁哑然失笑。少年时是故作愁态，怕人不知自己有愁，而今愁满胸中，却不知从何说起。在数次的"欲说还休"之后，吐出"天凉好个秋"的不相干的话聊以应景。作者是无可奈何，只好回避不谈。

破阵子　为陈同甫赋壮语以寄

醉里挑灯看剑，梦回吹角连营。八百里分麾下炙①，五十弦翻塞外声②。沙场秋点兵。

马作的卢飞快③，弓如霹雳弦惊。了却君王天下事，赢得生前身后名。可怜白发生！

【注释】

①八百里分麾（huī）下炙：意谓方圆八百里的军营中士兵们，在战旗下分吃着烤牛肉。②五十弦翻塞外声：意谓各种乐器合奏出雄壮的军歌。③的卢：骏马名。

【词解】

词由灯下醉看长剑写入梦境，极力描绘抗金部队雄壮的军容，生动地刻画了将士们矫健威武、横戈跃马的身姿，直抒作者"了却君王天下事，赢得生前身后名"的心愿，豪情恣肆，气壮山河，交织着他忠君爱国的思想和强烈的个人功名观念。然而通篇的壮词竟以"可怜白发生"之悲语收尾，又反映出作者壮志难酬的悲愤心情。

西江月　遣兴

醉里且贪欢笑，要愁那得工夫。近来始觉古人书，信著全无是处。

昨夜松边醉倒，问松："我醉何如？"只疑松动要来扶，以手推松曰："去！"

【词解】

此词题目为《遣兴》，看似抒发闲居生活的自在悠闲之情，但字里行间透露着作者对现实的不满和他倔强的生活态度。词中"近来始觉古人书，信著全无是处"两句，衍自孟子"尽信书，则不如无书"，实乃激愤之语，缘于作者对黑白颠倒、泾渭不分之世道的感慨。下片中对于松人互动情节的描写，尽显作者倔强自立之性情。

永遇乐　京口北固亭怀古

千古江山，英雄无觅，孙仲谋处。舞榭歌台，风流总被、雨打风吹去①。斜阳草树，寻常巷陌，人道寄奴曾住②。想当年、金戈铁马，气吞万里如虎③。

元嘉草草，封狼居胥，赢得仓皇北顾④。四十三年，望中犹记，烽火扬州路⑤。可堪回首，佛狸祠下⑥，一片神鸦社鼓⑦。凭谁问，廉颇老矣，尚能饭否？

【注释】

①"风流"句：意谓孙仲谋英雄事业的风流余韵已在历史的风吹雨打中远去。②寄奴：南朝宋武帝刘裕小字寄奴。③"想当年"三句：刘裕曾率军北伐，先后灭掉南燕和后秦，光复洛阳、长安等地。④"元嘉"三句：是说宋文帝不能继承父亲刘裕的功业，草率派兵北伐，想要像当年汉将

霍去病战胜匈奴、封狼居胥山一样荡平北方，到头来只落得仓皇北望，后悔贸然北伐带来的惨败。⑤"四十三年"三句：辛弃疾于四十三年前南归，其时扬州地区正烽火弥漫。⑥佛狸祠：北魏太武帝拓跋焘击败南朝宋军后，于长江北岸的瓜步山上所建宫，当地百姓年年在祠下举行迎神赛会。⑦神鸦：庙里吃祭品的乌鸦。社鼓：祭祀的鼓声。

【词解】

上片追忆孙权、刘裕二人事迹，表达了作者对既能守成抗敌，又能进取破虏的君王的期盼。下片引宋文帝仓促北伐而招致全败之事，提醒掌权者不可贪功冒进；通过写历史上佛狸祠的迎神赛会，表示了对江北各地沦陷已久、人民将安于异族统治的隐忧。最后得结论于欲图恢复大计，当重用老成练达之臣。

南乡子　登京口北固亭有怀

何处望神州？满眼风光北固楼。千古兴亡多少事，悠悠。不尽长江滚滚流。

年少万兜鍪①，坐断东南战未休②。天下英雄谁敌手？曹刘。生子当如孙仲谋。

【注释】

①兜鍪（móu）：古代打仗时戴的头盔。此处指代将士。②坐断：占据。

【词解】

何处可以望到中原？站在北固楼上眺望，满眼是美好的风光，但是中原还是看不见。千古兴亡，往事悠悠，都随不尽的长江水，滚滚东流。

当年轻的孙权成为三军统帅，他能够独霸东南，坚持抗战。天下的英雄有谁堪称是他的敌手？只有曹操和刘备而已，所以也就难怪曹操说："生子当如孙仲谋。"

姜夔

姜夔（1155～1221年），字尧章，号白石道人，饶州鄱阳（今江西波阳）人。早年随父宦游，居汉阳。屡试不第，布衣终身。其词或感慨时世、抒写恋情，或写景咏物、记述交游。琢句精工，韵律谐婉，寄意幽邃。有《白石道人诗集》、《白石道人歌曲》、《诗说》等。

暗香

辛亥之冬，予载雪诣石湖。止既月，授简索句，且征新声。作此两曲。石湖把玩不已，使工妓习之。音节谐婉。乃名之曰《暗香》、《疏影》。

旧时月色，算几番照我，梅边吹笛。唤起玉人，不管清寒与攀摘。何逊而今渐老①，都忘却、春风词笔。但怪得、竹外疏花，香冷入瑶席。

江国，正寂寂。叹寄与路遥，夜雪初积。翠尊易泣②，红萼无言耿相忆③。长记曾携手处，千树压、西湖寒碧。又片片、吹尽也，几时见得？

【注释】

①何逊：南朝诗人，此处为作者自喻。②翠尊：碧绿酒杯。③红萼：指红梅。耿相忆：心中挂怀，不能消解。

【词解】

词以回忆昔日与情人月下梅边吹笛、折花的风流韵事起首，而后感叹如今老来落寞情怀，又怪梅香入席，空惹惆怅。词人欲折梅寄远以慰相思，但无奈路遥夜雪。感伤之下，更觉杯中绿酒，室外红梅也似在深情怀念伊人，思绪又回到与她携手西湖岸、踏雪观梅的快乐时光。曲终遥想梅花渐落，复叹重聚难期。

疏影

苔枝缀玉，有翠禽小小，枝上同宿。客里相逢，篱角黄昏，无言自倚修竹①。昭君不惯胡沙远，但暗忆、江南江北。想佩环、月夜归来②，化作此花幽独。

犹记深宫旧事，那人正睡里，飞近蛾绿③。莫似春风，不管盈盈，早与安排金屋。还教一片随波去，又却怨、玉龙哀曲④。等恁时，重觅幽香，已入小窗横幅。

【注释】

①无言自倚修竹：用杜甫《佳人》"天寒翠袖薄，日暮倚修竹"句意。②"想佩环"二句：化用杜甫《咏怀古迹》"环佩空归月夜魂"句意。佩环：指代昭君。③"犹记"三句：相传宋武帝女寿阳公主日卧于含章殿檐下，梅花落公主头上，留下了花瓣的印记，三天后才褪去。蛾绿：蛾眉。④玉龙哀曲：指笛曲《梅花落》。玉龙：笛名。

【词解】

梅花像玉一样缀在长着苔藓的梅枝上，枝头栖息着小小翠鸟。在词人的眼中，白梅如同杜甫诗中的高洁佳人，无言独倚修竹；它又好似眷念故乡、月夜归来的昭君灵魂所化，美丽中透露出忧郁与孤独。词人还联想到那深宫旧事：寿阳公主小憩之时，梅花飘落在她的眉间，留下了五瓣梅花印。

词人劝说世人准备金屋珍藏美好清洁的梅花，莫学春风，让它随处飘零。待到梅花逐水漂走，词人要为它吹上一曲忧伤的《梅花落》。而当梅花落尽，再要寻觅它的踪迹，怕是只能到小窗上的图画中去欣赏了。

张炎

张炎（约 1248～1320 年），字叔夏，号玉田，又号乐笑翁。张俊六世孙，祖籍凤翔（今属陕西），寓居临安。宋亡后，落拓浪游于杭州、苏州、南京之间，著有《山中白云词》、《词源》。其词主要抒写国破家亡之痛和身世漂泊之哀，也擅长咏。

清平乐

候蛩凄断①，人语西风岸。月落沙平江似练，望尽芦花无雁。

暗教愁损兰成②，可怜夜夜关情。只有一枝梧叶，不知多少秋声。

【注释】

①候蛩：蟋蟀。②兰成：梁朝诗人庾信小字。

【词解】

秋蛩哀鸣，其声欲绝，情人惜别江岸，飒飒西风吹过。落月映照着沙滩，江水像洁白的绸缎。无边的芦花丛中，不见栖雁。

这昔日分别的场景每每让词人愁苦难当，他夜夜为此而惆怅叹息。现在眼前，只有梧叶一枝，在今夜的秋风里，却不知它能吟唱出多少秋声。

元曲

元好问

元好问（1190～1257年），字裕之，号遗山，世称遗山先生。金宣宗兴定五年（1221年）进士，历官任尚书省掾、左司都事员外郎。金亡不仕，以著述为事。他是金元间最有成就的诗人，风格质朴沉郁。今存小令九首，大都清润疏俊，被奉为楷模。

人月圆　卜居外家东园

玄都观里桃千树，花落水空流。凭君莫问①，清泾浊渭②，去马来牛。谢公扶病③，羊昙挥涕④，一醉都休。古今几度，生存华屋，零落山丘。

【注释】

①凭君莫问：意谓随您怎样，只是不要问。②泾（jīng）：泾水。它是渭水的支流。泾、渭二水，一清一浊，虽合流汇聚，却清浊分明。③谢公：东晋谢安。晚年受权臣王道子排挤，抑郁而死。④羊昙（tán）：谢安的外甥，当时的名士。谢安死后，他行路不忍经过谢安生前所居的西州路。一日，醉中误入西州门，觉察后悲吟曹植之诗："生存华屋处，零落归山丘。"吟毕大哭而去。

骤雨打新荷

绿叶阴浓，遍池塘水阁，偏趁凉多①。海榴初绽②，朵朵蹙红罗。乳燕雏莺弄语，有高柳鸣蝉相和。骤雨过，琼珠乱撒，打遍新荷。人生有几，念良辰美景，休放虚过。穷通前定③，何用苦张罗。命友邀宾玩赏，对芳樽浅酌低歌④。且酩酊，任他两轮日月，来往如梭。

【注释】

①偏趁凉多：意谓此处比别处更为清凉。②海榴：即石榴。③穷通：困厄与发达。④樽：酒杯。

杨果

杨果（1197～1269年），字正卿，号西庵，祁州蒲阴（今河北安国）人。金正大元年（1224年）进士，历官偃师、陕县县令，入元官至参知政事、怀孟路总管，以廉干称。著有《西庵集》。散曲今存小令十一首，套曲五首，其散曲作品内容多咏自然风光，曲辞华美，富于文采。

小桃红　采莲女

满城烟水月微茫，人倚兰舟唱。常记相逢若耶上①，隔三湘，碧云望断空惆怅②。美人笑道：莲花相似，情短藕丝长。

【注释】

①若耶：若耶溪。它源出若耶山，相传西施曾在溪边浣纱。②望断：望尽。

商挺

商挺（1209～1288年），字孟卿，号左山，曹州济阴（今山东曹县）人。曲家商正叔之侄。金亡后为元世祖赏识，历官宣抚副使、参知政事、同金枢密院事，累迁枢密副使。后以疾病免。散曲今存小令十九首，多写闺情，描摹女儿神态、心理极其细腻。

潘妃曲

戴月披星耽惊怕，久立纱窗下。等候他，蓦听得门外地皮儿踏①。只道是冤家②，原来风动荼蘼架③。

【注释】

①蓦：猝然，忽然。②冤家：对所爱人的昵称。③荼蘼（mí）：花名，又名木香。落叶灌木，攀缘茎；茎有棱，并有钩状的刺，羽状复叶，小叶椭圆形，花白色，有香气。供观赏。也作酴醾。

关汉卿

关汉卿（约1220～1300年），元代杂剧作家，是中国古代戏曲创作的代表人物。号已斋（一作一斋）、已斋叟，解州人（今山西运城）。关于他的籍贯，还有祁州（今河北安国）伍仁村、大都（今北京市）人之说。大约生于金代末年（1220年前后），卒于元成宗大德初年（1300年）前后。与马致远、郑光祖、白朴并称为"元曲四大家"，关汉卿位居"元曲四大家"之首。

四块玉　闲适

旧酒投①，新醅泼②，老瓦盆边笑呵呵。共山僧野叟闲吟和。他出一对鸡，我出一个鹅，闲快活。

【注释】

①投：即"酘（dòu）"，酒再酿。②醅（pēi）泼：即"醅酦（pō）"，醅、酦都是未滤过的酒。

碧玉箫

秋景堪题①，红叶满山溪。松径偏宜②，黄菊绕东篱。正清樽斟泼醅③，有白

191

衣劝酒杯④。官品极，到底成何济⑤! 归，学取他渊明醉。

【注释】

①堪题：值得品评、赞赏。②偏宜：形容景物搭配得正好。③泼醅（pēi）：重酿的没有过滤的新酒。④白衣：指布衣之士。⑤成何济：有何用。

一枝花　不伏老（节选）

我是个蒸不烂、煮不熟、捶不扁、炒不爆、响当当一粒铜豌豆，恁子弟每谁教你钻入他锄不断、斫不下、解不开、慢腾腾千层锦套头①。我玩的是梁园月②，饮的是东京酒③，赏的是洛阳花④，攀的是章台柳⑤。我也会围棋、会蹴鞠、会打围、会插科、会歌舞⑥、会吹弹、会咽作、会吟诗、会双陆⑦。你便是落了我牙、歪了我口、瘸了我腿、折了我手，天赐与我这几般儿歹症候⑧，尚兀自不肯休⑨。则除是阎王亲自唤，神鬼自来勾，三魂归地府，七魄丧冥幽。天哪，那其间才不向烟花路儿上走⑩。

【注释】

①恁（nèn）：这样，如此。斫（zhuó）：砍。锦套头：指风月场诱人的圈套。②梁园：汉梁孝王所建，是古时著名的游赏宴饮之所。③东京：北宋都城开封。④洛阳花：指洛阳牡丹。⑤章台柳：指代最好的妓女。⑥蹴（cù）鞠（jū）：踢球。打围：即打猎。插科：即插科打诨，指滑稽表演。⑦咽作：唱曲。双陆：古时一种搏胜负的游戏。⑧歹症候：坏毛病。⑨兀自：犹，仍。⑩烟花路：指风流放荡的生活。

王恽

王恽（1226～1304年），字仲谋，号秋涧，卫州汲县（今属河南）人。元好问弟子。元世祖中统年间出仕，历官国史编修、监察御史、翰林学士等职，谥文定。以诗文称，雄深雅健，著有《秋涧先生大全集》。散曲今存小令四十一首，题材广泛，描写真切，风格或清丽典雅，或豪迈爽朗。

平湖乐

采菱人语隔秋烟，波静如横练①。入手风光莫流转②。
共留连，画船一笑春风面。江山信美③，终非吾土。问何日是归年？

【注释】

①横练：展开的带子。②入手：即到手，此处指映入眼帘。流转：流走。③信：确实。

白朴

白朴（1226～1306年？），原名恒，字仁甫，后改名朴，字太素，号兰谷，隩州（今山西河曲）人。客居真定（今河北正定），晚岁移居金陵（今江苏南京），终身未仕。他是元代著名的文学家、杂剧家，元曲四大家之一。作杂剧16种，今存3种，《梧桐雨》为代表作。有《天籁集》词二卷，散曲有《天籁集摭遗》一卷，收其小令三十七首，套曲四套。

醉中天　佳人脸上黑痣

疑是杨妃在①，怎脱马嵬灾②。曾与明皇捧砚来③，美脸风流杀。叵奈挥毫李白，觑着娇态，洒松烟点破桃腮④。

【注释】

①杨妃：指杨贵妃。②马嵬：安史之乱起后，唐玄宗逃往蜀中。车驾行至马嵬驿时，护驾将士因怨恨杨氏兄妹祸国而发生兵变，玄宗被迫将杨贵妃缢死于路旁祠下。③明皇：唐玄宗。④"叵（pǒ）奈"三句：用杨妃捧砚侍奉李白作《清平调》之事。叵奈：无奈。松烟：指墨。古时制墨之法有以松木在火中燃烧产生的烟灰为原料，而后与其他添加剂混合加工而成。

沉醉东风　渔父词

黄芦岸白蘋渡口，绿杨堤红蓼滩头①。虽无刎颈交②，却有忘机友③。点秋江白鹭沙鸥。傲杀人间万户侯，不识字烟波钓叟。

【注释】

①红蓼（liǎo）：开着浅红色花儿的水蓼。②刎颈交：刎颈之交，指可以共生死的朋友。③忘机：抛却人世间的机心。

卢挚

卢挚（1242～1315年？），字处道，一字莘老，号疏斋，涿郡（今河北涿州）人。世祖至元初举进士，历任少中大夫，河南路总管。大德初授集贤学士，官至翰林学士承旨。其散曲今存者尽为小令，有八十余首，多写闲情，风格自然活泼、清新爽朗。而以怀古为题材的散曲，则富有较深厚的兴衰感慨。

蟾宫曲　长沙怀古

朝瀛洲暮舣湖滨①，向衡麓寻诗②，湘水寻春。泽国纫兰③，汀洲搴若④，谁与招魂？空目断苍梧暮云⑤，黯黄陵宝瑟凝尘⑥。世态纷纷，千古长沙，几度词臣？

【注释】

①朝：早晨。瀛洲：传说中的海上仙山，此指京城官署集贤院。作者于大德初年授集贤学士，故云。舣(yǐ)：泊船。②衡麓：即岳麓山。③纫兰：把兰花穿起来。屈原《离骚》中云："纫秋兰以为佩。"④汀洲：水中小洲。搴若：拔取香草杜若。屈原《湘夫人》中云："搴汀洲兮杜若，将以遗兮远者。"⑤苍梧：山名，上有舜墓。⑥黄陵：又名湘山，上有舜妃娥皇、女英之墓。

陈草庵

陈草庵，生卒年不详，名英，字彦卿，号草庵，析津（今北京）人。一生仕履显赫，曾任宣抚，延祐初拜河南省左丞。其散曲今存小令二十六首，多愤世嫉俗之作。

山坡羊

晨鸡初叫，昏鸦争噪，那个不去红尘闹①？路遥遥，水迢迢，功名尽在长安道②。今日少年明日老。山，依旧好；人，憔悴了。

【注释】

①红尘：闹市的飞尘，借指繁华纷扰的人世。②长安道：指通往京城的道路。

山坡羊

伏低伏弱①，装呆装落②，是非犹自来着莫③。任从他，待如何？天公尚有妨农过，蚕怕雨寒苗怕火。阴，也是错；晴，也是错。

【注释】

①伏：承认。②装落：装作失魂落魄的样子。③着莫：烦扰，纠缠之义。

马致远

马致远（约 1250～约 1321 年），号东篱，大都（今北京）人。仕途坎坷，漂泊经年，曾任江浙江行省务官，不甘屈居下僚，五十岁左右退隐。元曲四大家之一，著有《汉宫秋》等杂剧十五种，散曲今存辑本《东篱乐府》。他的曲被推为元人第一，所作豪放清丽、本色流畅。马致远的散曲为元代之冠，明代贾仲明称他为"曲状元"。现存曲 120 多首，小令［天净沙］"枯藤老树昏鸦"为咏景名篇，周德清赞其为"秋思之祖"，王国维评其为"寥寥数语，深得唐人绝句妙境"。

天净沙　秋思

枯藤老树昏鸦[①]，小桥流水人家，古道西风瘦马[②]。夕阳西下，断肠人在天涯。

【注释】

①昏鸦：黄昏归巢的乌鸦。②古道：古老的驿道。

蟾宫曲　叹世

咸阳百二山河[①]，两字功名，几阵干戈。项废东吴[②]，刘兴西蜀[③]，梦说南柯。韩信功兀的般证果[④]？蒯通言那里是风魔[⑤]？成也萧何，败也萧何[⑥]，醉了由他。

【注释】

①百二山河：极言山河之险固。②项废东吴：指项羽兵败。项羽起兵吴中，率八千子弟兵逐鹿天下。及至兵败乌江，吴中子弟已无一人生还。③刘兴西蜀：指刘邦以巴蜀之地为根基，逐步统一天下。④兀的：怎的。证果：结果。⑤蒯通：即蒯彻。他是韩信幕下谋士，曾劝韩信起兵反叛刘邦，自己统一天下。⑥成也萧何，败也萧何：指当初举荐韩信的是萧何，后来助吕后设计杀韩信的也是萧何。

夜行船　秋思［套数］

百岁光阴一梦蝶[①]，重回首往事堪嗟。今日春来，明朝花谢，急罚盏夜阑灯灭[②]。想秦宫汉阙，都做了衰草牛羊野。不恁么渔樵没话说。纵荒坟横断碑，不辨龙蛇[③]。投至狐踪与兔穴[④]，多少豪杰。鼎足虽坚半腰里折[⑤]，魏耶？晋耶？天教你富，莫太奢，没多时好天良夜。富家儿更做道你心似铁[⑥]，争辜负了锦堂风月[⑦]。眼前红日又西斜，疾似下坡车。不争镜里添白雪，上床与鞋履相别[⑧]。休笑巢鸠计拙[⑨]，葫芦提一向装呆[⑩]。利名竭，是非绝。红尘不向门前惹，绿树偏宜屋角遮，青山正补墙头缺；更那堪竹篱茅舍。

蛩吟罢一觉才宁贴⑪，鸡鸣时万事无休歇。何年是彻？看密匝匝蚁排兵，乱纷纷蜂酿蜜，急攘攘蝇争血。裴公绿野堂⑫，陶令白莲社⑬。爱秋来时那些：和露摘黄花，带霜分紫蟹，煮酒烧红叶。想人生有限杯，浑几个重阳节？人问我顽童记者⑭：便北海探吾来⑮，道东篱醉了也！

【注释】

①梦蝶：用庄周梦蝶之事典，喻时光荏苒，恍如一梦。②罚盏：罚酒。夜阑：夜深。③龙蛇：指墓碑上的字迹。④狐踪与兔穴：指墓地已成为狐兔出没安家的地方。⑤鼎足：指三国时代魏、蜀、吴三国鼎立。⑥更做到：即便是，即使是。⑦锦堂：泛指华丽的住宅。风月：清风明月。⑧"上床"句：喻死去，意谓鞋脱下来就再也穿不上了。⑨巢鸠计拙：相传斑鸠性拙，不善筑巢，常借鹊巢而居之。⑩葫芦提：糊涂。⑪蛩（qióng）：蟋蟀。宁贴：安稳，舒适。⑫裴公：指唐代杰出政治家裴度，他晚年于洛阳府第中筑"绿野堂"，退官隐居。⑬白莲社：晋代名僧慧远发起，曾邀陶渊明参加。⑭记者：记着。⑮北海：东汉末的北海太守孔融，生性好客，常常是宾客盈门。此处是作者自指所居之地。

张养浩

张养浩（1270～1329年），字希孟，号云庄，济南人。历官东平学政、监察御史、礼部尚书、中书参议，后因批评时政而罢官。文宗天历二年（1329年），关中大旱，他被任命为陕西行台中丞，日夜办理赈灾事务，积劳成疾而死。他以风度气节闻名天下，是元代著名散文家、词曲家，著有《归田类稿》。今存小令一百六十一首，套数三首，题材广泛，风格豪放，朱权评为"如玉树临风"。

山坡羊　潼关怀古

峰峦如聚，波涛如怒，山河表里潼关路①。望西都②，意踌躇③。伤心秦汉经行处，宫阙万间都做了土。兴，百姓苦！亡，百姓苦！

【注释】

①山河表里：指潼关西近华山，北据黄河，形势非常险要。②西都：指长安（今西安）。③踌躇（chú）：此指思绪起伏。

雁儿落兼得胜令　退隐

云来山更佳，云去山如画。山因云晦明①，云共山高下。倚杖立云沙，回首见山家。野鹿眠山草，山猿戏野花。云霞，我爱山无价。看时行踏②，云山也爱咱③。

【注释】

①晦：昏暗。②行踏：往来走动。③咱（zá）：我。

鲜于必仁

　　鲜于必仁，生卒年不详，名去矜，号苦斋，渔阳（今北京密云）人。太常寺典薄鲜于枢之子。他继承家学，长于音律，散曲以写景见长，豪放飘逸，清远超脱，朱权评谓其词"如金墙腾辉"。今存小令二十九首。

折桂令　苏学士

　　叹坡仙奎宿煌煌①。俊赏苏杭②，淡笑琼黄③。月冷乌台④，风清赤壁⑤，荣辱俱忘。侍玉皇金莲夜光⑥，醉朝云翠袖春香⑦。半世疏狂，一笔龙蛇⑧，千古文章。

【注释】

①坡仙：对苏轼的尊称。苏轼号东坡居士。奎宿：二十八宿之一，俗称"文曲星"。②苏杭：苏轼曾出任杭州通判。③琼黄：苏轼曾经被贬官到琼州（今海南琼山）和黄州（今湖北黄冈）。④乌台：指宋神宗元丰二年苏轼因"乌台诗案"入狱。⑤赤壁：苏轼曾在黄州赤壁矶作《赤壁赋》。⑥侍玉皇金莲夜光：指宣仁太后和宋哲宗曾召苏轼入宫座谈，而后又命撤御前金莲烛送苏轼归翰林院一事。⑦朝云：王朝云，苏轼侍妾。⑧龙蛇：喻书法文章精妙灵动。

白贲

　　白贲，生卒年不详，字无咎，号素轩，钱塘（今浙江杭州）人。曾任温州路平阳州教授、南安路总管府经历。他是元散曲史上最早的南籍散曲作家之一。曲以《鹦鹉曲》著名，今存世不多，皆写离情别绪，情意缠绵，词语雅丽。

鹦鹉曲　渔父

　　侬家鹦鹉洲边住①，是个不识字渔父。浪花中一叶扁舟，睡煞江南烟雨②。觉来时满眼青山③，抖擞绿蓑归去。算从前错怨天公，甚也有安排我处④。

【注释】

①侬（nóng）家：我家。鹦鹉洲：在湖北武汉长江中。②睡煞：沉睡不醒。③觉来时：醒来时。④甚：实在。

郑光祖

郑光祖，生卒年不详，字德辉，平阳襄陵（今山西临汾）人。做过杭州路吏，死后葬于西湖里灵芝寺。他是元代后期著名杂剧作家，以曲名满天下，声振闺阁，有《倩女离魂》等杂剧十八种。散曲以清丽缠绵著称，善于言情。

蟾宫曲　梦中作

半窗幽梦微茫①，歌罢钱塘②，赋罢高唐③。风入罗帏，爽入疏棂④，月照纱窗。缥缈见梨花淡妆，依稀闻兰麝余香。唤起思量，待不思量，怎不思量？

【注释】

①半窗：指窗光半明半暗。②歌罢钱塘：《春渚纪闻》载宋人司马才仲于洛阳昼寝，一美人入梦而歌曰："妾本钱塘江上住，花落花开，不管流年度。燕子衔将春色去，纱窗几阵黄梅雨。"此句指美人入梦。③赋罢高唐：宋玉《高唐赋》言楚怀王曾与巫山神女幽会，神女辞别时说自己"且为朝云，暮为行雨"。④棂（líng）：窗户框。

张可久

张可久（1279～1354年？），字小山，庆元（今浙江鄞州区）人。曾任绍兴路吏、桐庐典史等小官，仕途颇不得意。交游遍天下，晚年移家杭州西湖，纵情诗酒，以山水自娱。专攻散曲，特别致力于小令，他的《小山乐府》存小令八百五十五首，套数九首，为元人留存散曲最富者，与乔吉并称"元散曲两大家"。

卖花声　怀古

美人自刎乌江岸，战火曾烧赤壁山，将军空老玉门关①。
伤心秦汉，生民涂炭，读书人一声长叹。

【注释】

①"将军"句：《后汉书·班超传》中载，班超于迟暮之年上书皇帝说："臣不敢望到酒泉郡，但愿生入玉门关。"

乔吉

乔吉（1280？～1345年），字梦符，号笙鹤翁，别号惺惺道人，太原人，寓居杭州。一生落拓，博学多才，著有杂剧十一种，今存《两世姻缘》、《扬州梦》、《金钱记》三种。散曲尤为著名，曲与张可久齐名，著有《惺惺道人乐府》等。今存小令二百零九首、套数十一套，以及词一首。

绿幺遍　自述

不占龙头选①，不入名贤传。时时酒圣，处处诗禅。烟霞状元②，江湖醉仙。笑谈便是编修院③。留连，批风抹月四十年④。

【注释】

①龙头：状元的别称。②烟霞：指山水、自然。③编修院：即翰林院。④批风抹月：古代词曲多以风花雪月为题材，故称填词作曲为"批风抹月"。

卖花声　悟世

肝肠百炼炉间铁，富贵三更枕上蝶①，功名两字酒中蛇。尖风薄雪②，残杯冷炙③，掩青灯竹篱茅舍。

【注释】

①枕上蝶：化用庄生梦蝶典。②尖风：指刺骨的寒风。③冷炙：指已冷的菜肴。

贯云石

贯云石（1286～1324年），原名小云石海涯，号酸斋，又号芦花道人。师从著名古文学家姚燧。袭父亲官职，仁宗时，官至翰林侍读学士、中奉大夫、知制诰。后弃官南下归隐。曲风豪放清逸，明朱权《太和正音谱》评他的散曲如"天马脱羁"。

塞鸿秋　代人作

战西风几点宾鸿至①，感起我南朝千古伤心事。展花笺欲写几句知心事②，空教我停霜毫半晌无才思③。往常得兴时，一扫无瑕疵④。今日个病恹恹刚写下两个相思字⑤。

【注释】

①战：通"颤"，发抖。宾鸿：指依节气而南来北往行如宾客的大雁。②花笺（jiān）：精美的信纸。③霜毫：指毛笔。④一扫：一挥而就。瑕疵（cī）：原指玉器上的斑点，此借指作品的缺陷。⑤病恹恹（yān）：精神萎靡不振的样子。

徐再思

徐再思，生卒年不详，字德可，喜爱吃甜食，因自号甜斋。浙江嘉兴人。曾官嘉兴路吏。以散曲著名，与贯云石齐名，明李开先辑两人散曲为《酸甜乐府》。所作以自然景物和闺情相思为长，描写细腻深婉，风格清丽俊俏。今存小令一百零三首。

蟾宫曲　春情

平生不会相思，才会相思，便害相思。身似浮云，心如飞絮，气若游丝。空一缕余香在此，盼千金游子何之①？证候来时②，正是何时？灯半昏时，月半明时。

【注释】

①何之：到哪里去。②证候：同"征候"，症状。

汤式

汤式，生卒年不详，字舜民，号菊庄，元末象山（今浙江象山）人。初为本县县吏，后流落江湖。明成祖朱棣为燕王时，待之甚优，晚年生活甚为得意。性滑稽，工散曲，著《笔花集》。存世小令一百七十首，套数六十八首。汤式的作品以曲录史，思想内容丰厚，极大地开拓了散曲文学的题材范围。而他以散曲题材表达悼念之情，开创悼亡散曲的肇端。

谒金门　长亭道中

起初，看书，只想学干禄①。误随流水到天隅，迷却长亭路。古灶苍烟，荒村红树。问田文何处居②？老夫，满腹，都是登楼赋③。

【注释】

①干禄：求取俸禄，谋得官位之义。②田文：战国孟尝君的名字，他以广纳人才、礼贤下士闻名于当时。③登楼赋：汉末王粲所作，文章抒发的是他怀才不遇的忧愤和思乡之情。

宋元明清诗

宋诗

▌柳永

煮海歌 为晓峰盐场官作　煮海歌·悯亭户也①

煮海之民何所营？妇无蚕织夫无耕。衣食之源太寥落，牢盆煮就汝输征②。年年春夏潮盈浦③，潮退刮泥成岛屿。风干日曝咸味加④，始灌潮波塯成卤⑤。卤浓咸淡未得闲⑥，采樵深入无穷山⑦。豹踪虎迹不敢避，朝阳出去夕阳还。船载肩擎未遑歇，投入巨灶炎炎热。晨烧暮烁堆积高，才得波涛变成雪⑧。自从潴卤至飞霜⑨，无非假贷充糇粮⑩。秤入官中得微直⑪，一缗往往十缗偿⑫。周而复始无休息，官租未了私租逼。驱妻逐子课工程⑬，虽作人形俱菜色⑭。煮海之民何苦辛，安得母富子不贫⑮。本朝一物不失所⑯，愿广皇仁到海滨⑰。甲兵洗净征输辍⑱，君有余财罢盐铁⑲。太平相业尔惟盐，化作夏商周时节⑳。

【注释】

①亭户：也叫"灶户"，煮盐的专业户。②牢盆：煮盐的工具。输征：纳税。③浦：水滨，这里指海滩。④加：加浓。⑤塯（liù）：同"馏"，在刮聚成堆的泥渍上泼灌海水，经风吹日晒，水分流失，盐分沉淀，渐成盐卤。⑥未得闲：尚不适中。闲：法度，限度。⑦采樵：打柴。无穷山：深山。⑧雪：比喻白盐。⑨潴（zhū）卤：指盐卤。潴，水停聚。飞霜：比喻白盐。⑩假贷：借贷。糇（hóu）粮：干粮。⑪秤：秤盐入官。直：同"值"。⑫缗（mín）：一千文铜钱用绳穿起来，叫一缗，也叫一吊。⑬课工程：督促煮盐之事的进度。⑭菜色：饥饿的脸色。⑮母：指国家。子：指人民。⑯一物不失所：百姓安居乐业，人人各得其所。⑰广：推广。皇仁：皇帝的仁德恩泽。⑱甲兵洗净：军费开支巨大以致财尽民贫。辍：停止。⑲罢盐铁：停止工商税收。⑳"太平"二句：大意说作为太平宰相的执政大臣们，应该使国家万事和顺，成为夏商周三代那样的赋税轻薄之世。尔惟盐：见《尚书·说命下》"若作和羹，尔惟盐梅"。商高宗（武丁）对他的宰相傅说（yuè）说，就像做汤那样，你就是调味的盐和梅。后以"盐梅"指执政大臣。

范仲淹

江上渔者

江上往来人，但爱鲈鱼美①。

君看一叶舟，出没风波里。

【注释】

①但：只。鲈鱼：体长而扁，头大鳞细，银灰色，味鲜美，以松江所产尤为著名。这首诗说人们只知鲈鱼的味道鲜美，却不会想到渔人在江上捕鱼时的艰辛。

晏殊

寓意

油壁香车不再逢①，峡云无迹任西东②。梨花院落溶溶月，柳絮池塘淡淡风。几日寂寥伤酒后，一番萧索禁烟中③。鱼书欲寄无由达④，水远山长处处同。

【注释】

①油壁：用油彩涂饰。香车：女子所乘之车。②"峡云"句：大意是说分别后各自东西，不知踪迹。③禁烟中：指寒食节期间。古代以清明前一日为寒食节，禁止举火。禁烟即禁火。④鱼书：即书信。

示张寺丞王校勘

元巳清明假未开①，小园幽径独徘徊。春寒不定班班雨②，宿醉难禁滟滟杯③。无可奈何花落去，似曾相识燕归来。游梁赋客多风味，莫惜青钱万选才④。

【注释】

①元巳：即上巳，三月上旬的第一个巳日。假未开：假期未满。②班班：即"斑斑"。③滟滟：形容杯满酒波闪动的样子。④梁：指梁园，汉代梁孝王刘武宴饮宾客之所，故址在今河南商丘。青钱：青铜钱，指钱财。万选才：万里挑一选拔人才。"游梁"二句：鼓励张寺丞和王校勘不要吝啬才华，写出出色的作品来。

梅尧臣

梅尧臣（1002~1060年），字圣俞，宣州宣城（今安徽宣州）人。宣城古名宛陵，故世称宛陵先生。皇祐三年（1051年）赐同进士出身，历任太常博士、尚书都官员外郎，故又称梅都官。诗风平淡朴素，擅于写景，意境含蓄。他提倡平淡工稳的艺术境界，后人称其开宋诗风气之先。欧阳修说他的诗是"穷而后工"者。有《宛陵先生集》。

田家语并序

庚辰诏书：凡民三丁籍一①，立校与长②，号"弓箭手"，用备不虞③。主司欲以多媚上④，急责郡吏。郡吏畏，不敢辨，遂以属县令⑤。互搜民口⑥，虽老幼不得免。上下愁怨，天雨淫淫，岂助圣上抚育之意耶！因录田家之语，次为文⑦，以俟采诗者云⑧。

谁道田家乐，春税秋未足⑨。里胥扣我门⑩，日夕苦煎促。盛夏流潦多，白水高于屋。水既害我菽⑪，蝗又食我粟。前月诏书来，生齿复板录⑫。三丁籍一壮，恶使操弓韣⑬。州符今又严⑭，老吏持鞭朴。搜索稚与艾⑮，唯存跛无目。田间敢怨嗟，父子各悲哭。南亩焉可事⑯，买箭卖牛犊。愁气变久雨，铛缶空无粥⑰。盲跛不能耕，死亡在迟速⑱。我闻诚所惭，徒尔叨君禄⑲。却咏《归去来》，刈薪向深谷⑳。

【注释】

①三丁籍一：每户三个成年男子中登记一人为乡兵。丁：北宋以二十为丁，六十为老。籍：造册登记。②立：设置。校、长：带领乡兵的低级武职。③备：防备。不虞：意外事变。④主司：主管官。以多媚上：以尽量多籍乡兵取媚上司。⑤属（zhǔ）：委托，交付。⑥民口：人口。⑦次：排比，编排。⑧采诗者：借用周代采诗官的说法，希望下情能够上达。⑨"春税"句：春天的租税到秋天还没有交足。⑩里胥（xū）：里长一类的小吏。⑪菽（shū）：豆类。⑫生齿：人口。板录：录于板上，即登记造册。⑬弓韣（shǔ）：弓和弓袋。⑭符：符信，文书。⑮朴（pū）：鞭打的工具。稚与艾：孩子与老人。⑯南亩：田地。⑰铛（chēng）：锅。⑱在迟速：早晚之间。⑲叨：愧受。⑳"却咏"二句：大意说不如辞官归去，以砍柴度日。《归去来》，指陶渊明的《归去来辞》。

汝坟贫女

汝坟贫家女，行哭声凄怆。自言"有老父，孤独无丁壮①。郡吏来何暴，县官不敢抗。督遣勿稽留②，龙钟去携杖③。勤勤嘱四邻，幸愿相依傍④。适闻闾里归⑤，问讯疑犹强⑥。果然寒雨中，僵死壤河上⑦。弱质无以托，横尸无以葬⑧。生女不如男，虽存何所当⑨！拊膺呼苍天⑩，生死将奈向⑪？"

【注释】

①丁壮：成年男子。②督遣：催促。③龙钟：形容老态。去携杖：扶杖而行。④"勤勤"句：恳切地嘱托同行的乡邻照顾老父。依傍（bàng）：依靠。⑤闾里：乡里，这里指同乡。⑥疑犹强：心存疑虑，仍然勉强（去打听消息）。⑦壤河：疑即瀼河镇，在鲁山县（今属河南）西南。⑧"弱质"二句：上句贫女自指，下句指父亲。托：依靠，寄托。⑨存：生存，活着。当（dàng）：值得。⑩拊膺：抚胸。⑪"生死"句：意谓生者和死者如何归向？

鲁山山行

适与野情惬，千山高复低①。好峰随处改②，幽径独行迷。霜落熊升树，林空鹿饮溪③。人家在何处？云外一声鸡。

【注释】

①"适与"二句：意思说许多山峰连绵重叠，或高或低，姿态各异，正好满足了寻幽探胜的野趣。②改：改换。③"霜落"二句：以工整自然的对偶描写出了山中的优美与宁静。

东溪

行到东溪看水时，坐临孤屿发船迟①。野凫眠岸有闲意，老树著花无丑枝②。短短蒲茸齐似剪③，平平沙石净于筛④。情虽不厌住不得⑤，薄暮归来车马疲。

【注释】

①屿：小岛。发船迟：因欣赏美好的风光而延迟开船。②著（zhuó）花：开花。著，同"着"，附着。③蒲茸：蒲花。④净于筛：匀净得胜过用筛子筛过。⑤不厌：不满足。

梦后寄欧阳永叔

不趁常参久①，安眠向旧溪②。五更千里梦，残月一城鸡③。适往言犹是④，浮生理可齐⑤。山王今已贵⑥，肯听竹禽啼⑦？

【注释】

①"不趋"句：很久没有上朝见驾了。趋：赴。常参：在京升朝官无职事者每日参见皇帝，称常参官。②旧溪：宣城有宛溪、句溪。因为是故园，所以称旧溪。③一城鸡：指满城的鸡鸣声。④"适往"句：意思是说过去说过的话，现在看来仍然是对的。⑤"浮生"句：人的生死在道理上也是可以等量齐观的。⑥山王：竹林七贤中的山涛、王戎。贵：显贵。⑦竹禽：鸟名，即竹鸡，生江南竹林，喜啼。

欧阳修

食糟民

田家种糯官酿酒，榷利秋毫升与斗①。酒沽得钱糟弃物②，大屋经年堆欲朽。酒醅瀺灂如沸汤③，东风吹来酒瓮香。累累罂与瓶④，惟恐不得尝。官沽味醲村酒薄，日饮官酒诚可乐。不见田中种糯人，釜无糜粥度冬春⑤。还来就官买糟食，官吏散糟以为德⑥。嗟彼官吏者，其职称长民⑦，衣食不蚕耕，所学义与仁。仁当养人义适宜，言可闻达力可施⑧。上不能宽国之利⑨，下不能饱民之饥。我饮酒，尔食糟，尔虽不我责⑩，我责何由逃!

【注释】

①榷(què)利：牟利。秋毫：比喻细微苛杂。②沽：卖出。糟：酒糟。③醅(pēi)：未滤的酒。瀺(chán)灂(zhuó)：形容轻微的滤酒声。沸汤：开水。④累累：很多。罂(yīng)：小口大腹的盛酒器。⑤釜：一种锅。糜：即粥。⑥德：德政。⑦称：号称。长(zhǎng)民：民之长。⑧"仁当"句：根据仁、义的原则，应当使人民过好生活，做事要得体有分寸。养：长养。"言可"句：进言可使下情上达，力行可以补救弊政。⑨宽：开拓。利：财利。⑩不我责：不责备我。

戏答元珍

春风疑不到天涯，二月山城未见花。残雪压枝犹有桔，冻雷惊笋欲抽芽。夜闻归雁生乡思，病入新年感物华①。曾是洛阳花下客，野芳虽晚不须嗟②。

【注释】

①归雁：北归的雁。物华：美好的事物。②不须嗟：不必太在意。

春日西湖寄谢法曹歌

西湖春色归，春水绿于染。群芳烂不收①，东风落如糁②。参军春思乱如云，白发题诗愁送春。遥知湖上一樽酒，能忆天涯万里人③。万里思春尚有情，忽逢春至客心惊④。雪消门外千山绿，花发江边二月晴。少年把酒逢春色，今日逢春头已白。异乡物态与人殊，惟有东风旧相识。

【注释】

①烂不收：指花开烂漫，美不胜收。②糁（sǎn）：米粒，形容花瓣散落。③天涯万里人：作者自指。④客：指客居他乡的人。惊：惊叹。

丰乐亭游春

其三

红树青山日欲斜，长郊草色绿无涯。
游人不管春将老，来往亭前踏落花。

别滁

花光浓烂柳轻明①，酌酒花前送我行。
我亦且如常日醉②，莫教弦管作离声③。

【注释】

①烂：烂漫。柳轻明：柳色浅青而明媚。②常日：平日。③弦管：弦乐器与管乐器，指代音乐。离声：离别的乐音。

画眉鸟

百啭千声随意移①，
山花红紫树高低。
始知锁向金笼听，
不及林间自在啼。

【注释】

①随意：随心。移：迁移变化。

和王介甫明妃曲

其二

汉宫有佳人，天子初未识。一朝随汉使，远嫁单于国①。绝色天下无，一失难再得。虽能杀画工②，于事竟何益。耳目所及尚如此，安能万里制夷狄③！汉计诚已拙，女色难自夸。明妃去时泪，洒向枝上花。狂风日暮起，飘泊落谁家。红颜胜人多薄命，莫怨春风当自嗟④。

【注释】

①单于国：指匈奴。②画工：当时的宫廷画师。③制：制伏。夷狄（dí）：指四方少数民族。④当自嗟：应当嗟叹自己的薄命。

宿云梦馆

北雁来时岁欲昏①，私书归梦杳难分②。
井桐叶落池荷尽，一夜西窗雨不闻。

【注释】

①北雁来时：北雁南飞的时候，一般在暮秋。②私书：不公开的个人书信。

梦中作

夜凉吹笛千山月，路暗迷人百种花。
棋罢不知人换世①，酒阑无奈客思家②。

【注释】

①"棋罢"句：《述异记》说，晋朝人王质入山砍柴，见二童子对弈。一局棋罢，他手中斧子的柄已经腐烂。回到家里，同时人均已去世。原来时间已过了一百年。②阑：残，尽。

苏舜钦

苏舜钦（1008～1048年），字子美，梓州铜山（今四川中江）人，后迁居开封（今属河南）。北宋诗人，与梅尧臣齐名，人称"梅苏"。仁宗景祐元年（1034年）中进士，官集贤校理。诗风豪迈隽永，气势宽广。欧阳修《六一诗话》称其"笔力豪隽，以超迈横绝为奇"。有《苏学士文集》。

庆州败

无战王者师，有备军之志①。天下承平数十年，此语虽存人所弃。今岁西戎背世盟②，直随秋风寇边城。屠杀熟户烧障堡③，十万驰骋山岳倾。国家防塞今有谁？官为承制乳臭儿④。酗觞大嚼乃事业，何尝识会兵之机。符移火急蒐卒乘，意谓就戮如缚尸⑤。未成一军已出战，驱逐急使缘崄巇⑥。马肥甲重士饱喘，虽有弓剑何所施？连颠自欲堕深谷，虏骑笑指声嘻嘻。一麾发伏雁行出⑦，山下掩截成重围。我军免胄乞死所⑧，承制面缚交涕洟⑨。逡巡下令艺者全⑩，争献小技歌且吹；其余劓馘放之去⑪，东走矢溲皆淋漓⑫。首无耳准若怪兽，不自愧耻犹生归。守者沮气陷者苦⑬，尽由主将之所为。地机不见欲侥胜⑭，羞辱中国堪伤悲！

【注释】

①"无战"二句：不战而胜才是王者之师，有备无患是治军之术。②西戎：指西夏政权。背：背弃，违背。世盟：世代的盟约。③熟户：边境地区已经归化的少数民族。障堡：指防御工事。④承制：官名。⑤"符移"二句：意思是十万火急地征集士兵，以为敌人会束手就擒，杀敌就像捆绑死人那样容易。符：传达命令调动兵将的凭证。移：移文，这里泛指命令、公文。蒐（sōu）：调集。卒：士兵。乘：战车。⑥缘：攀登。崄（xiǎn）巇（xī）：形容山的险峻难行。⑦麾：同"挥"，这里指旗号指挥。伏：伏兵。雁行（háng）：如大雁之成行，形容军容整齐。⑧免胄：除下头盔。乞死所：等待（敌人）发落。⑨面缚：双手反绑于后，头面突出于前。交涕洟（yí）：涕泪交流。⑩逡（qūn）巡：一会儿。全：指可以活命。⑪劓（yì）：割鼻。馘（guó）：割左耳。⑫矢溲：大小便。⑬守者：指其他守军。陷者：沦陷的百姓。⑭地机：地利。

城南感怀呈永叔

春阳泛野动①，春阴与天低②。远林气蔼蔼，长道风依依。览物虽暂适③，感怀翻然移④。所见既可骇，所闻良可悲。去年水后旱，田亩不及犁，冬温晚得雪，宿麦生者稀。前去固无望⑤，即日已苦饥⑥。老稚满田野，斫掘寻凫茈⑦。此物近亦尽⑧，卷耳共所资⑨。昔云能驱风，充腹理不疑。今乃有毒厉，肠胃生疮痍⑩。十有七八死，当路横其尸，犬彘咋其骨⑪，乌鸢啄其皮⑫。胡为残良民，令此鸟兽肥？天意岂如此，决荡莫可知⑬。高位厌粱肉，坐论搰云霓⑭。岂无富人术⑮，使之长熙熙⑯。我今饥伶俜⑰，闵此复自思：自济既不暇，将复奈尔为！愁愤徒满胸，嵘嵸不能齐⑱。

【注释】

①春阳：春天的阳和之气。②春阴：春季天阴时空中的阴气。③适：适意。④移：改变。⑤前去：前途。⑥即日：眼前。⑦凫茈(cí)：荸荠。⑧近：近来。⑨卷耳：即苍耳子，可入药。资：凭借。⑩"昔云"四句：过去说卷耳能祛风邪，充饥应该不成问题，现在才知道它有毒，会损坏肠胃。⑪咋(zé)：咬。⑫鸢(yuān)：老鹰。⑬"决荡"句：大意说（天道）打破常规，降灾于人的事，难以深究。⑭"高位"二句：指在高位者吃饱了细粮肉食，坐着说些云遮雾罩着不着边际的话。⑮富人：使人富。⑯熙熙：和乐的样子。⑰伶(líng)俜(pīng)：孤零零的，指穷苦无依。⑱嵘嵸(hóng)：山势突兀不平，这里形容悲愤之情。齐：平。

淮中晚泊犊头

春阴垂野草青青，时有幽花一树明。
晚泊孤舟古祠下，满川风雨看潮生①。

【注释】

①潮生：春潮涨起的景象。

初晴游沧浪亭

夜雨连明春水生①，娇云浓暖弄阴晴②。
帘虚日薄花竹静③，时有乳鸠相对鸣④。

【注释】

①连明：直到天明。②弄：戏。这里指阴晴变幻不定。③日薄：因云遮而日光淡薄。④乳鸠：幼鸠。

韩琦

韩琦（1008～1075年），字稚圭，自号赣叟，相州安阳（今属河南）人。北宋政治家、著名军事将领。仁宗天圣五年（1027年）中进士，宝元三年（1040年）任陕西经略安抚副使，与范仲淹共筹防御西夏战事。庆历三年（1043年）任枢密副使，支持新政。英宗时官至宰相，封魏国公，卒谥"忠献"。有《安阳集》。

九日水阁

池馆隳摧古榭荒①，此延嘉客会重阳。虽惭老圃秋容淡②，且看寒花晚节

香③。酒味已醇新过热④，蟹
螯先实不须霜⑤。年来饮兴衰
难强⑥，漫有高吟力尚狂⑦。

【注释】

①池馆：即水阁。隳（huī）摧：
倾毁。②老圃：旧的园圃。秋容淡：
秋色凄淡，指花枯叶落。③寒花：或
作黄花，菊花。此句借菊花凌霜傲寒
的特点比喻人晚节的坚贞不渝。④新
过热：指（酒）刚刚温过。⑤"蟹螯"句：蟹螯（螃蟹的两只钳状胸肢）已经肥实，不待经霜之后。
⑥"年来"句：近年来的酒兴因衰弱而不能多饮。⑦漫：徒、枉。高吟：指作诗。

曾巩

曾巩（1019～1083年），字子固，建昌军南丰（今属江西）人。北宋政治家、文学家，"唐宋八大家"
之一。嘉祐二年（1057年）中进士，历任知州、史馆修撰、中书舍人。文学成就以散文最高，长于议论，
说理精密，风格淳古明洁。王安石曾赞叹说："曾子文章世稀有，水之江汉星之斗。"有《元丰类稿》。

西楼

海浪如云去却回，北风吹起数声雷。
朱楼四面钩疏箔①，卧看千山急雨来。

【注释】

①朱楼：即指西楼。钩疏箔（bó）：将帘子挂起来。疏：疏密。箔：用苇子或秫秸编成的帘子。

司马光

司马光（1019～1086年），字君实，号迂夫，晚年号迂叟，世称涑水先生。赠太师、温国公，谥
"文正"。陕州夏县涑水乡（今山西运城夏县）人。北宋时期著名政治家、史学家、散文家。宝元二年
（1039年）中进士，历任馆阁校勘、待制、翰林学士，官至尚书左仆射兼门下侍郎（宰相）。历时十九年
撰成历史巨制《资治通鉴》。存诗千余首，有《传家集》、《司马文正公集》。

居洛初夏作

四月清和雨乍晴，南山当户转分明①。
更无柳絮因风起②，惟有葵花向日倾。

【注释】

①转：渐，更加。分明：清晰。②"更无"句：借用东晋谢道韫的"未若柳絮因风起"句，暗喻没有干扰，心境清净。

王安石

王安石（1021～1086 年），号半山。北宋杰出的政治家、思想家、文学家、改革家，"唐宋八大家"之一。晚年退居江宁（今江苏南京），建半山园，终老。封荆国公，谥"文"。有《王临川集》、《临川集拾遗》等存世。

河北民

河北民，生近二边多苦辛。家家养子学耕织，输与官家事夷狄①。今年大旱千里赤，州县仍催给河役②。老小相携来就南③，南人丰年自无食。悲愁白日天地昏，路傍过者无颜色④。汝生不及贞观中⑤，斗粟数钱无兵戎。

【注释】

①输：送。官家：皇帝。事：指防御。夷狄：指西夏。②河役：治理黄河的劳役。③就南：到黄河以南地区来就食（逃荒）。④无颜色：脸色不好。⑤汝：指人民。

登飞来峰

飞来山上千寻塔①，
闻说鸡鸣见日升。
不畏浮云遮望眼②，
只缘身在最高层。

【注释】

①千寻：八尺为一寻，千寻极言其高，是夸张的说法。②畏：惧怕。

壬辰寒食

客思似杨柳，春风千万条。更倾寒食泪，欲涨冶城潮①。巾发雪争出②，镜颜朱早凋③。未知轩冕乐，但欲老渔樵④。

【注释】

①冶城：在今江苏南京城西，为吴国铸冶之地，故名。"寒食泪"能涨起"冶城潮"，极言悲恸。②巾发：巾下之发。雪：喻白发。③镜颜：镜中之颜。④轩：指轩车。冕：指冕服。后世用"轩冕"指官位爵禄。

明妃曲

其一

明妃初出汉宫时，泪湿春风鬓脚垂①。低回顾影无颜色，尚得君王不自持②。归来却怪丹青手③，入眼平生未曾有④。意态由来画不成，当时枉杀毛延寿⑤。一去心知更不归，可怜着尽汉宫衣⑥。寄声欲问塞南事⑦，只有年年鸿雁飞。家人万里传消息："好在毡城莫相忆⑧。君不见，咫尺长门闭阿娇⑨，人生失意无南北。"

【注释】

①春风：指代脸。②不自持：难以控制自己。③丹青手：画师，指毛延寿。④"入眼"句：意谓平生从未见过如此美色。⑤枉杀：错杀，空杀。⑥着尽：穿尽。⑦塞南：边塞之南，指汉朝。⑧毡城：指匈奴地区。⑨咫尺长门：近在咫尺的长门宫。长门，汉朝宫名。阿娇：汉武帝皇后陈阿娇。失宠后居长门宫。

白沟行

白沟河边蕃塞地①，送迎蕃使年年事。蕃使常来射狐兔，汉兵不道传烽燧②。万里锄耰接塞垣，幽燕桑叶暗川原③。棘门灞上徒儿戏，李牧廉颇莫更论④。

【注释】

①白沟：宋、辽之间的界河。蕃塞地：与外族交界的边塞之地。②汉兵：指宋兵。不道：不知。传烽燧(suì)：传递烽火报警。③锄耰(yōu)：耕作。耰：播种后用耰（农具）平土。幽燕：古代幽燕指今河北北部、北京至关外一带。暗：因在茂盛的农作物的遮蔽下而显得阴暗。④棘门、灞上：古地名。李牧：战国时赵国名将，长期防边，打败过匈奴等北方游牧民族。廉颇：战国时赵国名将。

元日

爆竹声中一岁除，春风送暖入屠苏①。
千门万户曈曈日②，总把新桃换旧符③。

【注释】

①屠苏：酒名。古代风俗，正月初一日合家饮屠苏酒。②曈曈(tóng)：太阳初出渐渐明亮的样

子。③桃符：古代风俗，元旦日用桃木板绘神（shēn）荼（shū）、郁垒（lǜ）二神像（或书其名），悬挂门旁，以为能驱邪，后来逐渐被春联代替。

北陂杏花

一陂春水绕花身①，花影妖娆各占春。

纵被春风吹作雪，绝胜南陌碾成尘。

【注释】

①陂（bēi）：池，塘。

江上

江水漾西风①，江花脱晚红②。

离情被横笛，吹过乱山东③。

【注释】

①漾西风：因西风而荡漾生波。②脱晚红：晚开的花也凋谢了。③"离情"二句：横笛声带着离情，飘向远方。乱山东：乱山之东。

梅花

墙角数枝梅，凌寒独自开。

遥知不是雪，为有暗香来①。

【注释】

①"遥知"二句：远远地就能感知它不是白雪，因为有一股幽香不知不觉地潜来。蔡正孙引胡仔说，"南朝苏子卿有《梅花》诗云，'只言花是雪，不悟有香来。'"王安石虽袭此意，"然思益精，而语益工也"（《诗林广记》后集卷二）。

书湖阴先生壁

其一

茅檐长扫静无苔，花木成畦手自栽①。

一水护田将绿绕，两山排闼送青来②。

贾生

一时谋议略施行①，谁道君王薄贾生？
爵位自高言自废，古来何啻万公卿②！

孟子

沉魄浮魂不可招，遗编一读想风标①。
何妨举世嫌迂阔②，故有斯人慰寂寥。

泊船瓜洲

京口瓜洲一水间①，钟山只隔数重山②。
春风又绿江南岸，明月何时照我还？

▌苏轼

和子由渑池怀旧

人生到处知何似①，应似飞鸿踏雪泥。泥上偶然留指爪，鸿飞那复计东西②。
老僧已死成新塔，坏壁无由见旧题③。往日崎岖还记否④？路长人困蹇驴嘶⑤。

①到处：所到之处。②"泥上"二句：强调鸿雁无心，不计在何处留下自己的足迹。③"老僧"二句：苏辙原诗说，"旧宿僧房壁共题。"这时已人物俱非了。④往日：指嘉祐元年（1056年）"三苏"赴京曾路经此地。⑤"路长"句：作者自注，"往岁（即指嘉祐元年）马死于二陵（在渑池西），骑驴至渑池"。蹇（jiǎn）驴：跛足的或驽钝的驴。

游金山寺

我家江水初发源①，宦游直送江入海。闻道潮头一丈高，天寒尚有沙痕在。中泠南畔石盘陀②，古来出没随涛波③。试登山顶望乡国④，江南江北青山多。羁愁畏晚寻归楫⑤，山僧苦留看落日。微风万顷靴文细，断霞半空鱼尾赤⑥。是时江月初生魄⑦，二更月落天深黑。江心似有炬火明，飞焰照山栖鸟惊⑧。怅然归卧心莫识，非鬼非人竟何物？江山如此不归山，江神见怪惊我顽⑨。我谢江神岂得已，有田不归如江水⑩。

【注释】

①家：家住。江：指长江。古人认为岷江（流经眉山之东，入长江）是长江源头。故有"初发源"之语。②中泠（líng）：泉名，在金山西北江心中。盘陀：山石高大不平的样子。③出没：露出或没入水面。④乡国：故乡。⑤羁愁：羁旅之愁。寻归楫（jí）：寻返回镇江的船。当时金山孤立江中，不与陆地相连。楫：桨，指代船。⑥鱼尾：指霞的颜色。⑦初生魄：初生的月光（刚刚有点亮起来的月光）。⑧"江心"二句：作者自注，"是夜所见如此"。一种没有得到确解的自然现象，偶见于晦冥之夜的江海水面上。⑨"江山"二句：大意是江山如此美好，而我却不知归去，江神责怪我冥顽不灵，故以"阴火"惊醒一下。⑩"我谢"二句：大意是我告诉江神说，出仕是为了衣食，不得已如此，将来有田可耕，就一定回去。

六月二十七日望湖楼醉书五绝

其一

黑云翻墨未遮山，白雨跳珠乱入船。
卷地风来忽吹散，望湖楼下水如天①。

【注释】

①望湖楼：在西湖边。水如天：湖面如天空一样明净。

吴中田妇叹　和贾收韵

今年粳稻熟苦迟，庶见霜风来几时①。霜风来时雨如泻，杷头出菌镰生衣②。

216

眼枯泪尽雨不尽，忍见黄穗卧青泥！茅苫一月垄上宿^③，天晴获稻随车归。汗流肩赪载入市^④，价贱乞与如糠粞^⑤。卖牛纳税拆屋炊^⑥，虑浅不及明年饥^⑦。官今要钱不要米^⑧，西北万里招羌儿^⑨。龚黄满朝人更苦^⑩，不如却作河伯妇^⑪。

【注释】

①"庶见"句：希望霜风催熟稻谷，使早日收割。②杷头出菌：杷头（农具）长出了蘑菇。镰生衣：镰刀生出了一层锈。③"茅苫（shān）"句：在地头茅棚住了一个月。④赪（chēng）：红。市：街市。⑤乞与：给与。粞（xī）：碎米。⑥拆屋炊：拆了屋木为柴，烧火做饭。⑦"虑浅"句：大意是说为了救目前燃眉之急，顾不得考虑明年如何应付饥荒了。⑧"官今"句：当时赋税收钱不收米，农民以贱价卖米交钱，正所谓"弃其有余，取其所无"。⑨羌儿：指党项羌（少数民族）建立的西夏政权。⑩龚黄：龚指龚遂，曾任渤海郡太守，黄指黄霸，曾任颍川郡太守，是西汉的两位能臣循吏。人：民。⑪"不如"句：意谓日子过不下去了，不如投河自尽。河伯娶妇故事见《史记·滑稽列传》西门豹治邺一段。

饮湖上初晴后雨

其二

水光潋滟晴方好^①，山色空蒙雨亦奇^②。
欲把西湖比西子^③，淡妆浓抹总相宜^④。

【注释】

①潋（liàn）滟（yàn）：湖面上波光荡漾的样子。②空蒙：雾气迷蒙的样子。③西子：即西施，春秋时越国美女。④淡妆：应第一句。浓抹：应第二句。总：都。清人查慎行说："多少西湖诗被二语扫尽，何处着一毫脂粉颜色！"

新城道中

其一

东风知我欲山行，吹断檐间积雨声。岭上晴云披絮帽^①，树头初日挂铜钲^②。野桃含笑竹篱短，溪柳自摇沙水清^③。西崦人家应最乐^④，煮葵烧笋饷春耕^⑤。

【注释】

①絮：指丝绵絮。②初日：初升的太阳。铜钲（zhēng）：铜锣。③"野桃"二句：写景名句，前人称之为"铸语神来"。短：矮。④西崦（yǎn）：西山（泛指，不是山名）。⑤葵：葵菜，一种蔬菜。饷（xiǎng）：给在田间劳动的人送饭。

於潜女

青裙缟袂於潜女①，两足如霜不穿屦②。鳍沙鬓发丝穿柠，蓬沓障前走风雨③。老潓宫妆传父祖④，至今遗民悲故主。苕溪杨柳初飞絮⑤，照溪画眉渡溪去⑥。逢郎樵归相媚妩⑦，不信姬姜有齐鲁⑧。

【注释】

①缟（gǎo）袂（mèi）：白袖，指代白色上衣。於潜：宋代杭州属县，在今浙江西北部，已并入临安。②屦（jù）：单底的鞋，多用麻、葛制成。③"鳍（zhā）沙"二句：大意说於潜女用大银梳拢住蓬松的头发，像织布的梭子一样，在风雨中穿行。鳍沙，这里形容鬓发翘起开张的样子。柠：当作"杼（zhù）"，织布梭。蓬沓（tà）：大银梳。障前：遮住前额。④"老潓（bì）"句：大意说於潜女的装束是从祖辈流传下来的。老潓：西汉初刘濞，刘邦之侄，封吴王。这里借指吴越王钱镠，五代时吴越国的建立者（公元907～932年在位）。

⑤苕（tiáo）溪：在浙江北部，东西两源在湖州境内汇合，北流入太湖。⑥照溪：意谓以溪水为镜照面。⑦"逢郎"句：丈夫打柴归来，夫妇相互亲昵。⑧"不信"句：大意说於潜女的自然真率之美，胜过诗礼传家的闺秀。姬：指周公之子伯禽。姜：指姜太公（吕尚），西周初封于齐。

有美堂暴雨

游人脚底一声雷，满座顽云拨不开。天外黑风吹海立①，浙东飞雨过江来②。十分潋滟金樽凸，千杖敲铿羯鼓催③。唤起谪仙泉洒面，倒倾鲛室泻琼瑰④。

【注释】

①海立：指海潮高高涌起。杜甫《朝献太清宫》赋，"九天之云下垂，四海之水皆立"。②浙东：浙江（钱塘江）之东，杭州在江之西。③"十分"二句：上句写钱塘江江潮涨起，似乎要溢出江岸，如杯中之酒要漾出来一样，下句写暴雨的声势之大，如千百鼓槌猛力擂鼓一样。潋滟：水充盈的样子。羯（jié）鼓：从西域传入的一种打击乐器，其形如桶，横置，两头可击，故亦谓之两杖鼓。

④"唤起"句：据《李白传》，唐玄宗度曲，"欲造乐府新词"，即召李白，李白正醉卧酒肆中，"召入，以水洒面，即令秉笔，顷之成十余章，帝颇嘉之。"这里借用，谓暴雨是天帝欲以之唤醒天才诗人。"倒倾"句：承上句说，意谓美妙的诗文如倒倾鲛室而珍宝俱出一样，倾泻出来。鲛室：鲛人所居之室，在大海中。传说鲛人能泣泪成珠。琼瑰：比喻佳辞丽句。

祭常山回小猎

青盖前头点皂旗①，黄茅冈下出长围。弄风骄马跑空立②，趁兔苍鹰掠地飞③。回首白云生翠巘④，归来红叶满征衣。圣朝若用西凉簿，白羽犹能效一挥⑤。

【注释】

①青盖：带青色伞盖的车子。点皂旗：整顿部伍。点：校阅。②跑空立：马的两前肢腾空扒动，后两肢直立。极写骏马驰骤腾跃的矫健。③掠地：靠近地面掠过。④翠巘(yǎn)：青翠的山头。⑤"圣朝"二句：大意是说朝廷如果肯委己以重任，我还能效力于边疆。西凉簿：指晋代西凉主簿谢艾，虽为文弱书生，但善用兵，曾在边境破敌立功。白羽：白羽扇，用白羽扇指挥作战，是儒将身份。

百步洪

其一

长洪斗落生跳波①，轻舟南下如投梭。水师绝叫凫雁起②，乱石一线争磋磨③。有如兔走鹰隼落④，骏马下注千丈坡⑤，断弦离柱箭脱手，飞电过隙珠翻荷⑥。四山眩转风掠耳，但见流沫生千涡。崄中得乐虽一快⑦，何异水伯夸秋河⑧。我生乘化日夜逝⑨，坐觉一念逾新罗⑩。纷纷争夺醉梦里，岂信荆棘埋铜驼⑪。觉来俯仰失千劫⑫，回视此水殊委蛇⑬。君看岸边苍石上，古来篙眼如蜂窠⑭。但应此心无所住⑮，造物虽驶如吾何⑯？回船上马各归去，多言哓哓师所呵⑰！

【注释】

①斗：陡，坡度大。②水师：船工。③乱石一线：乱石之间，航道窄如一线。磋磨：船与石相摩擦。④隼：鹰一类的猛禽。⑤下注：自坡上疾驰而下。⑥珠翻荷：水珠在荷叶上滚动。⑦崄：同"险"。⑧水伯：河伯（黄河神）在秋水大涨之时，喜不自胜，以为天下之美尽在己，及至见到大海，才明白自己的渺小。见《庄子·秋水》。⑨乘化：顺应自然变化。日夜逝：指时光的迅速流逝。《论语·子罕》中有"逝者如斯夫，不舍昼夜"。⑩新罗：古国名，这里比喻遥远，指思想意念的转变极其迅速。⑪荆棘埋铜驼：比喻世事变化之快。《晋书·索靖传》："靖有先识远量，知天下将乱，指洛阳宫门铜驼，叹曰，'会见汝在荆棘中耳。'"⑫俯仰：一俯一仰之间，极短的时间。千劫：极长的时间。⑬委(wēi)蛇(yí)：同"逶迤"，指曲折，这里是迂缓的意思。全句是说：悠悠千劫也只是俯仰之间的事，与此相比，百步洪的急流实在是迟缓得很。⑭篙眼：船篙触石所成的洞。⑮住：留止，执着。全句是说：应将诸如生死、荣辱、穷通之类置之度外。⑯造物：即造物主，指上天或自然。驶：急骤地运行。⑰哓(náo)哓：多言，唠叨。师：僧人参寥，作者的朋友，同游百步洪。

雨晴后步至四望亭下鱼池上　遂自乾明寺前东冈上归

其二

高亭废已久，下有种鱼塘①。暮色千山入②，春风百草香。市桥人寂寂③，古寺竹苍苍。鹳鹤来何处④？号鸣满夕阳⑤。

【注释】

①种鱼塘：养鱼池。②千山入：入千山。③"市桥"句：由于暮色渐深，往来于市桥的人迹渐渐稀少。④鹳鹤：泛指鹤类。鹳：大型水禽，似鹤。⑤号：叫。全句说鹳鹤在长空夕照中长鸣。

月夜与客饮杏花下

杏花飞帘散余春①，明月入户寻幽人②。褰衣步月踏花影③，炯如流水涵青蘋④。花间置酒清香发，争挽长条落香雪⑤。山城酒薄不堪饮⑥，劝君且吸杯中月。洞箫声断月明中，惟忧月落酒杯空。明朝卷地春风恶，但见绿叶栖残红。

【注释】

①"杏花"句：意思指春光将尽。②幽人：隐居之人。这里为思幽闲之人。③褰（qiān）衣：提起衣襟。④炯：明亮。蘋：一种水草，生于池塘等浅水中。⑤长条：指杏枝。香雪：指杏花。⑥山城：指徐州。这首诗作于知徐州任上。

海棠

东风袅袅泛崇光①，
香雾空蒙月转廊。
只恐夜深花睡去，
故烧高烛照红妆②。

【注释】

①"东风"句：大意是说：在袅袅东风的吹拂下，一丛丛海棠闪动着光泽。袅袅：形容风的柔弱。崇：这里同"丛"。②"只恐"二句：写惜花惜春之情。花睡去，典出《太真外传》，唐玄宗登沉香亭，召杨贵妃，贵妃醉酒未醒，由侍女扶掖而至，不能行礼。玄宗笑曰："岂是妃子醉耶？真海棠睡未足耳。"李白《清平调词》有"云想衣裳花想容"，"沉

香亭北倚阑干"之句，均以美人比花，苏诗则以花比美人。

东坡

雨洗东坡月色清①，市人行尽野人行②。

莫嫌荦确坡头路③，自爱铿然曳杖声④。

【注释】

①东坡：作者贬居黄州后，亲自垦耕于坡地，并筑"雪堂"于其上，自号东坡居士。②市人：城市居民。野人：山野之人，指农民。这里也包括作者自己在内。③荦确：山石不平的样子。④铿然：手杖触及山石的声音。

题西林壁

横看成岭侧成峰，远近高低各不同。

不识庐山真面目，只缘身在此山中①。

【注释】

①缘：由于。后人引此二句，常用来说明当局者迷，旁观者清；执着于局部，而不能洞察全局的哲理。

书李世南所画秋景

其一

野水参差落涨痕①，疏林敧倒出霜根②。

扁舟一櫂归何处③？家在江南黄叶村④。

【注释】

①"野水"句：写秋水。落涨痕：由于水位的下落，露出涨水在涯岸上留下的痕迹。②疏林：指秋林。敧（qī）：倾斜。霜根：发白的树根。③扁舟一櫂（zhào）：一叶扁舟。櫂：船桨。④"家在"句：想象画上的小船是摇向江南黄叶村的。

惠崇春江晚景

其一

竹外桃花三两枝，春江水暖鸭先知。

蒌蒿满地芦芽短①，正是河豚欲上时②。

【注释】

①蒌蒿：多年生草本植物，花淡黄色，其茎可食。②河豚：鱼名。肉味鲜美而内脏有毒。

赠刘景文

荷尽已无擎雨盖①，菊残犹有傲霜枝。

一年好景君须记，最是橙黄橘绿时。

【注释】

①擎雨盖：喻指荷叶。

淮上早发

淡月倾云晓角哀，小风吹水碧鳞开①。

此生定向江湖老，默数淮中十往来②。

【注释】

①碧鳞：碧波微漾，犹如鱼鳞。②十往来：指作者共十次往返于淮河一线。

荔支叹

十里一置飞尘灰，五里一堠兵火催①。颠坑仆谷相枕藉②，知是荔支龙眼来。飞车跨山鹘横海③，风枝露叶如新采④。宫中美人一破颜⑤，惊尘溅血流千载。永元荔支来交州⑥，天宝岁贡取之涪⑦。至今欲食林甫肉⑧，无人举觞酹伯游⑨。我愿天公怜赤子，莫生尤物为疮痏⑩。雨顺风调百谷登，民不饥寒为上瑞⑪。君不见，武夷溪边粟粒芽⑫，前丁后蔡相笼加⑬，争新买宠各出意，今年斗品充官茶⑭。吾君所乏岂此物？致养口体何陋耶⑮！洛阳相君忠孝家⑯，可怜亦进姚黄花⑰。

【注释】

①置、堠（hòu）：都指驿站。②枕藉：交错相枕而卧。这里指死人多，遗尸重叠。③鹘（hú）横海：以鹘横掠大海比喻飞车跨山，极言其快。④风枝露叶：荔枝还带着产地的风露，极言其新鲜。⑤宫中美人：指杨贵妃。杜牧《过华清宫绝句》，"一骑红尘妃子笑，无人知是荔枝来"。⑥永元：汉和帝年号（公元89～105年）。交州：今两广及越南北部一带。⑦天宝：唐玄宗年号（公元742～756年）。涪（fú）：涪州，今重庆涪陵。⑧林甫：李林甫，玄宗时权臣，争宠固位，败坏朝政。⑨举觞：

举杯。酹(lèi)：浇酒致祭。伯游：即唐羌（字伯游），汉时为临武县（今属湖南）令，曾上书言进荔枝之弊，和帝接受了他的劝谏，罢去进贡。⑩尤物：非凡的物品。疿痏(wěi)：疮痍。喻指祸害。⑪上瑞：最好的祥瑞。瑞，吉祥的征兆。⑫武夷：武夷山，在今福建西北部，产名茶。粟(sù)粒芽：茶名。旧注引《武夷山记》，"山产茶粟粒者，初春芽茶也。品最贵"。⑬前丁后蔡：丁指丁谓，宋真宗时官至参知政事。蔡指蔡襄，官至端明殿学士，福建路转运使，二人曾进贡"大小龙茶"。笼加：装笼加封以进贡。⑭今年：即绍圣二年（1095年）。斗品：参加比赛的极品好茶。⑮"致养"句：使（皇帝）口体得到养护，满足口腹之欲。何陋耶：见识多么浅陋！指进贡取宠者说。⑯洛阳相君：指钱惟演，位至使相，晚年判河南府，为西京（洛阳）留守。忠孝家：五代时吴越王钱俶（钱惟演之父）不战而降宋，太宗称赞他能以"忠孝保社稷"。⑰可怜：可惜可叹。姚黄花：洛阳牡丹的珍贵品种。花黄色，出于姚氏家，故称姚黄。

六月二十日夜渡海

参横斗转欲三更，苦雨终风也解晴①。云散月明谁点缀？天容海色本澄清②。空余鲁叟乘桴意③，粗识轩辕奏乐声④。九死南荒吾不恨，兹游奇绝冠平生⑤。

【注释】

①参(shēn)横斗转：参星横斜，北斗转向。用星座位置的移动说明时间推移。参：二十八宿中西方白虎七星之一。斗：北斗星。苦雨：比喻自己所受的政治上的磨难。终风：大风，暴风。②"云散"二句：歌颂朝廷新气象，以浮云比喻奸佞，"天容海色"比喻皇帝和朝廷的本心。③鲁叟：指孔子。④轩辕：黄帝。⑤兹游：指作者被贬的经历。作者于绍圣元年（1094年）六月被贬，十月到岭南惠州，绍圣四年（1097年）再贬海南，据说在宋朝，放逐海南是仅比满门抄斩罪轻一等的处罚。后徽宗即位，调廉州安置、舒州团练副使、永州安置。元符三年大赦，六月渡海北还，复任朝奉郎，北归途中，卒于常州（今属江苏）。

澄迈驿通潮阁

其二

余生欲老海南村①，帝遣巫阳招我魂②。
杳杳天低鹘没处，青山一发是中原③。

【注释】

①海南村：海南的村野。②"帝遣"句：这里以天帝喻朝廷，以招魂喻自己从贬地被召回。《楚辞·招魂》："帝告巫阳曰：'有人在下，我欲辅之。魂魄离散，汝筮予之。'巫阳乃下招曰：魂兮归来。"③杳杳：深远不清晰的样子。鹘：鹰一类的鸟。没：隐没，消失。青山一发：远处青山连成一片，其轮廓逶迤如一发。

苏辙

苏辙（1039～1112年），字子由，眉州眉山（今属四川眉山）人。北宋著名的文学家、诗人、政治家。以散文著称，与父苏洵、兄苏轼合称"三苏"，并列"唐宋八大家"。嘉祐二年（1057年）进士及第，官至尚书右丞，门下侍郎。晚年退居颍滨，自号颍滨遗老。其文风汪洋淡泊，一波三折，法度严整，有秀杰深醇之气。亦能诗，内容多为个人生活中的见闻感触，以及朋友之间的酬答，其中与其兄苏轼之间的唱和尤多。有《栾城集》。

游西湖

闭门不出十年久，湖上重游一梦回①。行过闾阎争问讯②，忽逢鱼鸟亦惊猜③。可怜举目非吾党④，谁与开樽共一杯？归去无言掩屏卧，古人时向梦中来。

【注释】

①湖：指颍州西湖。徽宗崇宁三年（1104年），苏辙为避祸，退居颍州（即颍昌府，在今河南许昌）。一梦回：重游西湖，恍如梦境。②闾（lú）阎（yán）：街坊的门，这里指街坊。争问讯：指邻居街坊向作者问候致意。③惊猜：惊讶。④怜：叹惜。吾党：朋辈。

孔平仲

孔平仲，生卒年不详，字义甫，一作毅父。临江新淦（今江西新干）人，北宋诗人。与同为诗人的兄长孔文仲、孔武仲并称"清江三孔"。治平二年（1065年）中进士，历任秘书丞、集贤校理、知州、户部郎中等。其诗风豪放雄迈天矫流丽，风格流丽清整、通畅明快。

代小子广孙寄翁翁

爹爹来密州①，再岁得两子②。牙儿秀且厚③，郑郑已生齿，翁翁尚未见，既见想欢喜。广孙读书多，写字辄两纸。三三足精神，大安能步履④。翁翁虽旧识，伎俩非昔比⑤。何时得团聚，尽使罗拜跪⑥。婆婆到辇下⑦，翁翁在省里⑧，太婆八十五⑨，寝膳近何似？爹爹与妳妳⑩，无日不思尔。每到时节佳，或对饮食美，一一俱上心，归期当屈指。昨日又开炉⑪，连天北风起。饮阑却萧条⑫，举目数千里。

【注释】

①爹爹：父亲。密州：指诸城（今属山东）。②再岁：两年。③牙儿：与下文的郑郑、三三、大安，都是广孙之弟。秀且厚：长得面目清秀敦实。④能：会。步履：走路。⑤"伎俩"句：意思是说比过去淘气了。⑥罗：环绕，围着。⑦辇（niǎn）下：帝辇之下，指京城。⑧省：中央官署名。作者之父延之，曾任司封郎中，属尚书省。⑨太婆：曾祖母。⑩妳妳（nǎi）：母亲。⑪开炉：指生火炉取暖。⑫阑：残，尽。萧条：萧索，无趣味。

黄庭坚

登快阁

痴儿了却公家事①，快阁东西倚晚晴。落木千山天远大②，澄江一道月分明③。朱弦已为佳人绝④，青眼聊因美酒横⑤。万里归船弄长笛，此心吾与白鸥盟⑥。

【注释】

①痴儿：作者自指，含戏谑意。公家事：官事，公事。②落木：树木落叶。③澄江：既是江名（快阁即在其上），又指澄清之江水，与"落木"相对。④"朱弦"句：大意是说：世无知音，自己不愿显露才华。《吕氏春秋·本味》记伯牙善鼓琴，钟子期善听音，"钟子期死，伯牙破琴绝弦，终身不复鼓琴，以为世无足复为鼓琴者"。佳人：知音。绝：断。⑤"青眼"句：大意是说：只有美酒，才是自己愿意以正眼相对的。言外之意是鄙视俗人俗事。《晋书·阮籍传》记载阮籍能作青白眼。俗人来，作白眼；高士来，才青眼（黑眼珠）正视。⑥"此心"句：说自己的心愿是与白鸥订盟，同游云水之涯。借指退隐。据刘昼《刘子》记载，古时有隐者，无机巧之心，故鸥鸟与之同游，每日至者百数。

和答钱穆父咏猩猩毛笔

爱酒醉魂在①，能言机事疏②。平生几两屐③，身后五车书④。物色看王会，勋劳在石渠⑤。拔毛能济世，端为谢杨朱⑥。

【注释】

①"爱酒"句：指猩猩喜饮酒，又喜着屐，山乡人以酒、屐诱捕之，猩猩明知是陷阱，但经不住诱惑，还是入了陷阱。②"能言"句：意谓猩猩虽然能言，毕竟疏于机巧之事，遂为人所获。③"平生"句：指猩猩喜着屐而言。两：双。④"身后"句：指猩猩毛笔可以用来书写。五车书：指

著述丰富。⑤"物色"二句：大意是说：猩猩毛笔来自外国，而为中华的文化事业服务。物色：寻求。王会：人名，《汲冢周书》有《王会篇》。任渊注引郑玄说，"王城既成，大会诸侯及四夷也。"石渠：即石渠阁，汉代皇家藏书之所。⑥"拔毛"二句：真应该告诉杨朱，拔毛（像猩猩毛之制成毛笔），是能够有助于社会的。端：应该。谢：告诉。杨朱：战国时思想家，主张"贵生"、"重己"。

寄黄几复

我居北海君南海①，寄雁传书谢不能②。桃李春风一杯酒，江湖夜雨十年灯。持家但有四立壁③，治病不蕲三折肱④。想得读书头已白，隔溪猿哭瘴溪藤⑤。

【注释】

①北海：时作者在德州德平镇（今山东陵县东北）任上，地近"北海"。君：指黄几复。黄介，字几复，豫章（今江西南昌）人，作者的旧交，长期官于岭南。黄几复任四会（今属广东）知县，地近南海。②"寄雁"句：托大雁传书，大雁推辞说不能。③四立壁：家徒四壁，空无所有。《史记·司马相如传》："相如乃与（卓文君）驰归成都，家居徒四壁立。"④"治病"句：《左传》定公十三年，"三折肱，知为良医。"这里反用其意，说不须多经挫折，便能深知世故。蕲(qí)：祈，求。肱(gōng)：手臂。⑤瘴：瘴气。旧指南方（尤其是岭南）致人疾病的湿热之气。

送范德孺知庆州

乃翁知国如知兵①，塞垣草木识威名。敌人开户玩处女，掩耳不及惊雷霆②。平生端有活国计③，百不一试薶九京④。阿兄两持庆州节⑤，十年骐骥地上行⑥。潭潭大度中卧虎⑦，边人耕桑长儿女⑧。折冲千里虽有余，论道经邦政要渠⑨。妙年出补父兄处⑩，公自才力应时须⑪。春风旍旗拥万夫⑫，幕下诸将思草枯⑬，智名勇功不入眼⑭，可用折棰笞羌胡⑮。

【注释】

①乃：指范德孺，范仲淹第四子。元丰八年（1085年）以龙图阁学士出知庆州（今甘肃庆阳），担负边防重任。乃翁：指德孺之父范仲淹。知：掌管，主持。②玩：轻视。处女：喻主将治军静如

处女，似乎柔弱无能。惊雷霆：《淮南子·兵略训》："疾雷不及塞耳，疾霆不及掩目"。③端：确实。活国计：救国的计划。④百不一试：试行的（活国计）还不到百分之一。薶（mái）九京：逝世。薶：同"埋"。九京：泛指墓地。⑤"阿兄"句：德孺之兄范纯仁，字尧夫，范仲淹第二子，两次出任庆州知州。持节：古代使臣出使，持节（符节）以为凭证。⑥骐骥：良马名，这里比喻范纯仁的才高志远。又，"骐骥"同"麒麟"，传说中的仁兽，则是比喻范纯仁的仁厚爱人。⑦潭潭：深沉的样子。卧虎：比喻镇静而有威严。⑧边人：边民。长：长养，养育。⑨"折冲"二句：退敌制胜虽有余裕，但治理国政更需要他。元祐元年（1086 年），范纯仁回朝任同知枢密院事（地位相当于副宰相）。这里称赞他有出将入相之才。折冲：指退敌。政：同"正"。渠：他。⑩妙年：壮盛之年。补：补官缺。父兄处：指庆州。⑪公：指范德孺。应时须：适应时势需要。⑫旌（jīng）旗：同"旌旗"。⑬思草枯：盼望作战的好时机。⑭智名：以小智取名。勇功：以小勇立功。"智名"句：大意是说：不把小智小勇的功名放在眼里。《孙子兵法·军形篇》，"故善战者之胜也，无智名，无勇功"。⑮棰：杖、棍。笞羌胡：鞭打敌人。羌胡：指西夏。

戏呈孔毅父

管城子无食肉相，孔方兄有绝交书①。文章功用不经世②，何异丝窠缀露珠③。校书著作频诏除④，犹能上车问何如。忽忆僧床同野饭，梦随秋雁到东湖⑤。

【注释】

①管城子：指毛笔，语出韩愈《毛颖传》，"秦皇帝使（蒙）恬赐之（按，指毛颖）汤沐，而封诸管城，号曰管城子。"《毛颖传》用拟人写法，毛颖指笔，其杆为竹管，故拟一爵号为管城子。食肉相：封侯的贵相，语出《后汉书·班超传》。孔方兄指钱，因其外圆而孔为方形。语出鲁褒《钱神论》，"亲爱如兄，字曰孔方。"绝交书：魏晋之际嵇康有《与山巨源绝交书》，这里只取金钱与人绝交之义，来说贫困。②经世：治理国家。③丝窠（kē）：蜘蛛网。④诏除：以朝廷诏令授官。⑤"忽忆"二句：忽然想起过去与你同游僧寺，共享野餐的事情，连做梦也似乎追随南飞的秋雁回到了东湖。

雨中登岳阳楼望君山 （二首）

投荒万死鬓毛斑①，生出瞿塘滟滪关②。
未到江南先一笑，岳阳楼上对君山。

满川风雨独凭栏，绾结湘娥十二鬟③。
可惜不当湖水面④，银山堆里看青山。

【注释】

①投荒：被流放到荒远之地。作者于绍圣元年（1094 年）被贬至四川。②瞿塘：长江三峡之一，在今重庆奉节以东。三峡之中，瞿塘最险。滟（yàn）滪（yù）关：即滟滪堆。在瞿塘峡中，是三峡中著名险阻。③绾（wǎn）：盘结。湘娥：湘水女神。④"可惜"句：意谓自己是在岳阳楼上，而不是在洞庭湖的水面上。

题竹石牧牛并序

子瞻画丛竹怪石①，伯时增前坡牧儿骑牛②，甚有意态，戏咏。

野次小峥嵘③，幽篁相倚绿④。阿童三尺棰，御此老觳觫⑤。石吾甚爱之，勿遣牛砺角⑥。牛砺角尚可，牛斗残我竹。

【注释】

①子瞻：苏轼，字子瞻。②伯时：李公麟，字伯时，舒州舒城（今属安徽）人。北宋画家，擅长山水、佛像。增：增添。③野次：原野中。峥嵘：高峻，这里形容突兀不平的怪石。④幽篁：竹子。相倚：与怪石倚近。⑤御：驾驭。觳（hú）觫（sù）：本意为因恐惧而战栗。《孟子·梁惠王》，"有牵牛而过堂下者……王曰，'舍之，吾不忍其觳觫'"。这里指代牛。⑥遣：使。砺：磨。

寄贺方回

少游醉卧古藤下①，谁与愁眉唱一杯。
解作江南断肠句②，只今唯有贺方回。

【注释】

①少游：指秦观（字少游）。秦观在处州（今浙江丽水）作词（即《好事近》）有"醉卧古藤阴下，了不知南北"之句，这里借用，指秦观卒于藤州。②解：懂。断肠句：贺铸词《青玉案》有"碧云冉冉蘅皋暮，彩笔新题断肠句。"这里借用，悼念秦观。

题花光老为曾公衮作水边梅

梅蕊触人意，冒寒开雪花。
遥怜水风晚，片片点汀沙①。

【注释】

①点：飘落，点缀在。

鄂州南楼书事

其一

四顾山光接水光，凭栏十里芰荷香①。
清风明月无人管②，并作南楼一味凉③。

【注释】

①芰（jì）荷：出水的荷花。②管：管领，欣赏。③并：齐、共。一味：本指菜肴说，这里指凉意。

秦观

春日

其一

一夕轻雷落万丝①，霁光浮瓦碧参差②。
有情芍药含春泪③，无力蔷薇卧晓枝。

【注释】

①丝：指春雨如丝。②霁（jì）
光：晴光。霁：雨后放晴。参差：
这里形容阳光在琉璃瓦上闪烁浮
动。③泪：指未干的水滴。

秋日

其一

霜落邗沟积水清①，寒星无数傍船明。
菰蒲深处疑无地②，忽有人家笑语声。

【注释】

①邗沟：古运河名。故道自今江苏扬州南引长江水，经高邮入射阳湖。②菰（gū）蒲：浅水植物。菰的嫩茎称茭白，果实称菰米，均可食。蒲，又名香蒲，可制席，嫩者可食。

泗州东城晚望

渺渺孤城白水环，舳舻人语夕霏间①。

林梢一抹青如画，应是淮流转处山②。

【注释】

①舳（zhú）舻（lú）：指代船只。舳，是船尾的持舵处。舻，是船头的摇桨处。霏：云气。②淮流：指淮河之水流。

米芾

米芾（1051～1107年），字元章，号鹿门居士、襄阳居士、海岳山人等。湖北襄阳人。北宋著名书法家、画家、书画理论家。曾任校书郎、书画博士、礼部员外郎。徽宗时任书画博士，人称"米南宫"。因举止"颠狂"，又称"米颠"。书法与蔡襄、苏轼、黄庭坚并称"宋四家"。擅长于水墨山水，人称"米氏云山"。著《山林集》，已佚。其书画理论见于所著《书史》、《画史》、《宝章待访录》等书中。

望海楼

云间铁瓮近青天①，缥缈飞楼百尺连②。三峡江声流笔底，六朝帆影落樽前③。几番画角连红日④，无事沧洲起白烟⑤。忽忆赏心何处是? 春风秋月两茫然⑥。

【注释】

①铁瓮：铁瓮城，丹徒城的别称。在丹徒北固山，三国时孙权所筑。②飞楼：指望海楼，"飞"字形容其高耸之势。③三峡：长江三峡，在镇江千里以外。六朝：指吴、东晋、宋、齐、梁、陈，在北宋数百年以前。④画角：带有彩绘的号角，发声激越，多在晨昏时吹之。连红日：这里指画角声直上云霄，似乎在催促红日西沉。⑤沧洲：滨水的地方，这里即指长江岸边。⑥赏心：四美之一，古人以良辰、美景、赏心、乐事为"四美"。"忽忆"二句大意是说：在这样的良辰美景之中，自己却不觉得愉悦。

垂虹亭

断云一叶洞庭帆①，玉破鲈鱼金破柑②。

好作新诗寄桑苎③，垂虹秋色满东南。

【注释】

①洞庭：太湖有东、西洞庭山。意为远望太湖中船帆，如断云而来。②"玉破"句：意谓鲈鱼如玉，黄柑如金，极言其色泽之美。③桑苎（zhù）：桑树和苎麻。这里指家乡。

▌贺铸

贺铸（1052~1125年），北宋著名词人，名作《青玉案》脍炙人口，流传甚广，有"一川烟草，满城风絮，梅子黄时雨"之句，时人遂以"贺梅子"称之。入仕为右班殿直，又历任都作院、监钱官、管界巡检等地方低级武职，抑郁不得志，自称"四年冷笑老东徐"。元祐六年（1091年），由于李清臣、苏轼推荐，改为文职，任承事郎，为常侍。其词刚柔兼济，深婉丽密，风格多样。有《庆湖遗老集》、《东山词》。

清燕堂

雀声喷喷燕飞飞，在得残红一两枝①。
睡思乍来还乍去②，日长披卷下帘时③。

【注释】

①在：存留。②睡思：睡意。③披卷：打开书卷。

▌陈师道

陈师道（1053～1101年），字履常，一字无己，号后山居士。彭城（今江苏徐州）人。北宋诗人，与黄庭坚、陈与义并列为江西诗派之三宗。元祐二年（1087年），由于苏轼等人的推荐，以布衣为徐州教授，元符三年（1100年），任秘书省正字。其作品淡泊中见深沉，朴拙中见精工，别具特色。有《后山居士文集》。

送外舅郭大夫概西川提刑

丈人东南来，复作西南去。连年万里别，更觉贫贱苦。王事有期程，亲年当喜惧①。畏与妻子别，已复迫曛暮②。何者最可怜，儿生未知父。盗贼非人情，蛮夷正狼顾③。功名何用多，莫作分外虑。万里早归来，九折慎驰驽④。嫁女不离家⑤，生男已当户⑥。曲逆老不侯，知人公岂误⑦。

【注释】

①王事：公事。期程：规定的期限。亲：双亲，这里指母亲。喜惧：《论语·里仁》："父母之年，不可不知也。一则以喜，一则以惧。"享有高寿是喜，去日无多是惧。当喜惧，谓已至高龄。②迫：

迫近。曛（xūn）暮：傍晚。曛：落日的余光。③狼顾：如狼之视物。这里说"蛮夷"如狼之凶狠贪婪，企图有所攫取。④九折：指九折坂，在今四川。《汉书·王尊传》："王阳为益州刺史，行部至此，叹曰：'奉先人遗体，奈何数乘此险！'后以病去。王尊为刺史至此，则曰：'驱之！王阳为孝子，王尊为忠臣。'"这里实以山路之险喻仕途之险，劝郭概谨慎。驽：乱跑。⑤女：郭概之女，作者之妻。⑥男：郭概之子。当户，指郭子已成年。⑦"曲逆"二句：自己不能像陈平那样有出息，莫非是岳父识人择婿的一种失误？据《史记·陈丞相世家》，陈平年青时家贫贱，不能娶妻。同乡富人张负认为他将来必定富贵，乃以孙女嫁之。陈平佐刘邦定天下，封曲逆侯，官至丞相。侯：封侯。

别三子

夫妇死同穴①，父子贫贱离。天下宁有此？昔闻今见之。母前三子后②，熟视不得追③。嗟乎胡不仁④，使我至于斯⑤！有女初束发⑥，已知生离悲。枕我不肯起，畏我从此辞。大儿学语言，拜揖未胜衣⑦。唤爷我欲去⑧，此语那可思！小儿襁褓间⑨，抱负有母慈。汝哭犹在耳，我怀人得知？

【注释】

①同穴：合葬。②前：前行。后：后随。③追：随。④胡不仁：多么残忍啊！《老子》五章，"天地不仁，以万物为刍狗；圣人不仁，以百姓为刍狗"。不仁，本是任其自然、无所偏爱的意思，这里则指残忍。⑤斯：此。指如此贫苦的处境。⑥初束发：大约是七八岁的样子。⑦未胜（shēng）衣：年龄还很小。胜衣：禁得起衣服的重量。钟嵘《诗品》卷上，"才能胜衣，甫就小学"。古人八岁入小学。"未胜衣"当指五六岁，不到八岁的样子。⑧唤：呼。⑨襁（qiǎng）褓（bǎo）：背负小儿所用之物。襁：布幅。褓：小儿的被子。

十七日观潮

其三

漫漫平沙走白虹①，瑶台失手玉杯空②。
晴天摇动清江底③，晚日浮沉急浪中④。

【注释】

①白虹：以白虹比喻浪花翻滚的潮水。潮水向前推进，是齐整的一线，比喻极为生动，富于想象力。②瑶台：传说中的神仙所居之地。东晋王嘉《拾遗记》说昆仑山傍有瑶台十二，"各广千步，皆以五色玉为台基"。全句以从瑶台倾泻下来的玉液琼浆比喻潮水。③晴天：晴朗的天空。④晚日：傍晚的太阳。

九日寄秦觏

疾风回雨水明霞①，沙步丛祠欲暮鸦②。九日清樽欺白发，十年为客负黄花。

登高怀远心如在，向老逢辰意有加③。淮海少年天下士④，可能无地落乌纱⑤！

【注释】

①回雨：雨被风吹散。水明霞：水光映霞光，格外鲜明。②沙步：江边可以系船，供人上下的地方。丛祠：丛林中的祠庙。③向老：接近老境。辰：这里指节令（重阳）。④淮海少年：指秦觏（gòu）。⑤可能：岂能。落乌纱：《晋书·孟嘉传》："孟嘉为桓温参军，九月九日，与温同游龙山，风吹嘉帽堕落，嘉之不觉。温命孙盛作文嘲嘉，嘉亦为文答之，其文甚好。"后世传为佳话。这里是说：像你这样优秀出色的人，岂能没有展示才华并受到赏识的机会？

▌晁补之

晁补之（1053～1110 年），字无咎，号归来子。济州巨野（今属山东）人。北宋时期著名文学家，为"苏门四学士"之一，其他三人为黄庭坚、秦观、张耒。元丰二年（1079 年）中进士，历任秘书省正字、校书郎、通判、知州等职。以散文见长，文字流畅博辨，其政论、论史之作比较注重"事功"，诗歌风骨高骞，词作神姿高秀。有《鸡肋集》、《琴趣外篇》。

行路难和鲜于大夫子骏

赠君珊瑚夜光之角枕①，玳瑁明月之雕床②，一茧秋蝉之丽縠③，百和更生之宝香④。秾华纷纷白日暮⑤，红颜寂寞无留芳。人生失意十八九⑥，君心美恶谁能量？愿君虚怀广末照⑦，听我一曲关山长⑧：不见班姬与陈后⑨，宁闻衰落尚专房！

【注释】

①角枕：角制的枕，是说角枕用珊瑚和夜光珠做装饰。下句句法仿此。②玳瑁：海中动物，其角质板有花纹，可做装饰品。明月：明月珠。③縠（hú）：绉纱一类的丝织品。④百和：百和香，用多种原料配制的香。更生：菊花的别名。⑤秾华：繁盛的花朵，比喻青春。⑥十八九：十有八九。⑦广：推广，扩大。末照：夕阳余晖。⑧关山长：古乐名。郭茂倩《乐府诗集》卷三十二引《乐府解题》说，"'《关山月》，伤离别也。'按相和曲有《度关山》，亦此类也"。⑨班姬：班婕妤，名未详。成帝时入宫，为婕妤（女官名），后失宠，曾作诗赋自伤。陈后：陈皇后（小字阿娇）。汉武帝年幼时说，"若得阿娇，当以金屋藏之"。武帝即位，立为皇后，被废后居长门宫。

李纲

李纲（1083～1140年），字伯纪，号梁溪先生。原籍邵武（今福建武夷山），后居无锡。宋代著名抗金名臣。宋徽宗政和二年（1112年）进士，历任起居郎、太常少卿、兵部侍郎、尚书右丞。其诗文多为爱国诗篇，其词形象生动，风格沉雄劲健。有《梁溪先生文集》、《靖康传信录》、《梁溪词》等。

病牛

耕犁千亩实千箱[1]，力尽筋疲谁复伤[2]？
但得众生皆得饱[3]，不辞羸病卧残阳[4]。

【注释】

[1]实：果实、粮食。箱：车箱。[2]伤：同情、哀怜。[3]众生：世人、百姓。[4]羸病：瘦弱多病。

李清照

乌江

生当作人杰，死亦为鬼雄。
至今思项羽[1]，不肯过江东[2]。

【注释】

[1]项羽：秦末起义军领袖，对灭秦有重大贡献。秦亡后，与刘邦争战，于乌江兵败后自杀。[2]"不肯"句：《史记·项羽本纪》载，项羽兵败，乌江亭长驶船让项羽渡乌江，项羽不肯，最后自刎而死。江东：长江下游以南地区。

绝句

其四

书当快意读易尽[1]，客有可人期不来[2]。
世事相违每如此，好怀百岁几回开[3]。

【注释】

[1]快意：心情爽快舒适。[2]可人：称自己心意的人，可爱的人。期：企盼。[3]百岁：指一生。意谓人生不过百年，却难得几次开怀。

春怀示邻里

断墙着雨蜗成字①，老屋无僧燕作家。剩欲出门追语笑②，却嫌归鬓着尘沙③。风翻蛛网开三面，雷动蜂窠趁两衙④。屡失南邻春事约⑤，只今容有未开花⑥。

【注释】

①蜗成字：蜗牛爬过的痕迹，看似文字。②"剩欲"句：很想出门与邻人追逐欢笑。③归鬓：指白发。李商隐《安定城楼》，"永忆江湖归白发"。④趁两衙：众蜂早晚两次排列成行，有如对蜂王之屏卫朝拜。趁：趋向。衙：排列成行之物。任渊注引《稗雅》："蜂有两衙应潮（朝）"。⑤春事：指春天的农事或花事。⑥容：容或，或许。

▌曾几

曾几（1084～1166年），字吉甫，号茶山居士，祖籍赣州，徙居河南府（今河南洛阳）。宋代诗人。历任江西、浙西提刑、秘书少监、礼部侍郎。其诗多属抒情遣兴、唱酬题赠之作，闲雅清淡。有《茶山集》。

苏秀道中，自七月二十五日夜大雨三日，秋苗以苏，喜而有作①

一夕骄阳转作霖②，梦回凉冷润衣襟③。不愁屋漏床床湿，且喜溪流岸岸深④。千里稻花应秀色，五更桐叶最佳音⑤。无田似我犹欣舞，何况田间望岁心⑥！

【注释】

①苏秀：苏州（今属江苏）和秀州（今浙江嘉兴）。苏：复活。久旱逢甘霖，秋苗得以复苏，使行旅中的诗人为之欢欣鼓舞，替农民高兴。②霖：凡下三天以上的雨，叫霖。③梦回：从梦中醒来。④"不愁"二句：化用杜甫《茅屋为秋风所破歌》"床床屋漏无干处"和《春日江村》第一首"春流岸岸深"。⑤"五更"句：五更时雨打着梧桐叶，这是最好听的声音。⑥岁：年成，收成。

岳飞

池州翠微亭

经年尘土满征衣①，特特寻芳上翠微②。

好水好山看不足，马蹄催趁月明归③。

【注释】

①经年：常年。②特特：特地，特意。寻芳：游赏美景。③马蹄催：在马蹄声的催促中。

陆游

剑门道中遇微雨

衣上征尘杂酒痕①，远游无处不消魂②。

此身合是诗人未③？细雨骑驴入剑门。

【注释】

①征尘：远行途中身上沾染的尘土。②消魂：哀愁、怅惘。③未：同"否"，表示疑问。

游山西村

莫笑农家腊酒浑①，丰年留客足鸡豚②。山重水复疑无路，柳暗花明又一村。箫鼓追随春社近，衣冠简朴古风存。从今若许闲乘月，拄杖无时夜叩门。

【注释】

①腊酒：指农家在上年腊月里自酿的浊酒，多为过年时祭祖先、祭百神和自家饮用。②鸡豚：鸡与猪。豚，小猪。

胡无人

须如猬毛磔，面如紫石稜①。丈夫出门无万里，风云之会立可乘②。追奔露宿青海月，夺城夜踏黄河冰。铁衣度碛雨飒飒，战鼓上陇雷凭凭。三更穷虏送降款，天明积甲如丘陵。中华初识汗血马，东夷再贡霜毛鹰。群阴伏，太阳升，胡无人，宋中兴。丈夫报主有如此，笑人白首篷窗灯③。

【注释】

①猬毛磔（zhé）：张开如刺猬毛一般，形容威猛剽悍的形态。紫石稜：有棱角的紫石英。②会：会合。古人认为，云从龙，风从虎；龙得云而升天，虎遇风而出谷。风云之会，即指一种叱咤风云的非常际遇。③"笑人"句：指自己一生不得志，平庸无为，晚来白头窗下，为窗灯所笑。与上句形成鲜明的对比。

书愤

早岁那知世事艰，中原北望气如山。楼船夜雪瓜洲渡①，铁马秋风大散关②。塞上长城空自许，镜中衰鬓已先斑③。出师一表真名世，千载谁堪伯仲间④?

【注释】

①"楼船"句：指南宋高宗绍兴三十一年（1161年）冬天，金主完颜亮欲自瓜洲渡江侵犯南宋，当时的将领虞允文等造楼船战舰抵抗的事情。瓜洲：在江苏邗江区南，与镇江相对，又称瓜埠洲。②"铁马"句：指高宗绍兴三十一年（1161年）秋天，吴璘部与金人激战于大散关，最终取胜，击败金兵收复大散关。大散关在陕西宝鸡南面的大散岭上，是渭河平原进入秦岭的要道，也称散关。③塞上长城：典出《南史·檀道济传》，南朝宋文帝欲杀名将檀道济，檀怒叱道："乃坏汝万里长城！"④堪：可以，能够。伯仲：是古代长幼次序之称，伯为长，仲为次。后用以衡量人物等差。这句是说：千载以来没有人可以与写《出师表》的诸葛亮相比。

秋夜将晓，出篱门迎凉有感

其二

三万里河东入海①，五千仞岳上摩天②。
遗民泪尽胡尘里③，南望王师又一年。

【注释】

①三万里河：指黄河。三万里，极喻其长。②五千仞岳：指西岳华山等。五千仞，极喻其高。仞，古代以八尺或七尺为一仞。③胡尘：胡人兵马扬起的沙尘，比喻入侵中原的北方少数民族士兵。

示儿

死去元知万事空，但悲不见九州同①。

王师北定中原日，家祭无忘告乃翁。

【注释】

①但：只。九州同：古代中国分为九州，这里指国家统一。同：统一。

沈园

其一

城上斜阳画角哀①，沈园非复旧池台。

伤心桥下春波绿，曾是惊鸿照影来②。

【注释】

①画角：古代乐器。形如竹筒，以竹木、皮革或金属等制成，上饰彩绘，故名画角。②惊鸿：受惊的鸿雁，形容女子体态轻盈。语出曹植《洛神赋》，"翩若惊鸿，宛若游龙"，此借指唐琬。

▌范成大

范成大（1126～1193年），字致能，号石湖居士，苏州吴县（今属江苏）人。南宋著名诗人，与陆游、杨万里、尤袤并称"南宋四大诗人"。有《范石湖集》、《吴船录》、《桂海虞衡志》等。范成大的作品在当时即有显著影响，到清初则影响尤大，有"家剑南而户石湖"之说。其诗风格轻巧，但好用僻典、佛典。晚年所作《四时田园杂兴》（60首）是其代表作，钱锺书在《宋诗选注》中谓之"也算得中国古代田园诗的集大成"。

寒食郊行书事

其二

陇麦欣欣绿，山桃寂寂红。帆边渔菆浪①，木末酒旗风②。信步随芳草，迷途问小童。赏心添脚力，呼渡过溪东③。

【注释】

①渔菆（jué）浪：指渔菆随水浮动。

此用唐陆龟蒙《奉和袭美吴中书事寄汉南裴尚书》"三溆凉波鱼蒒动"句意。蒒，拦水捕鱼的器具。浪，动荡。②木末：树梢头。酒旗风：酒帘随风招展。此用唐杜牧《江南春绝句》"水村山郭酒旗风"句意。③渡：这里指渡船。

四时田园杂兴

淳熙丙午①，沉疴少纾②，复至石湖归隐，野外即事，辄书一绝③，终岁得六十篇，号《四时田园杂兴》。

其二十五

梅子金黄杏子肥，麦花雪白菜花稀。日长篱落无人过，惟有蜻蜓蛱蝶飞④。

【注释】

①丙午：宋孝宗淳熙十三年（1186 年）。②沉疴（kē）少纾（shū）：重病稍减。③辄：就，往往。④蛱（jiá）蝶：蝴蝶的一类，身上有刺，翅有鲜艳的色斑。

其三十一

昼出耘田夜绩麻①，村庄儿女各当家②。童孙未解供耕织③，也傍桑阴学种瓜。

【注释】

①绩麻：搓麻线。②当家：行家、能手。③供：从事。

杨万里

杨万里（1127～1206 年），字廷秀，号诚斋，吉州吉水（今属江西）人。南宋杰出的诗人，与尤袤、范成大、陆游合称南宋"中兴四大诗人"。宋高宗绍兴二十四年（1154 年）进士。历官太常博士、太子侍读、秘书监等。诗风新巧风趣，多写自然景物，被称为"诚斋体"。

虞丞相挽词

其一

负荷偏宜重①，经纶别有源②。雪山真将相③，赤壁再乾坤④。奄忽人千古，凄凉月一痕。世无生仲达，好手未须论⑤。

【注释】

①负荷：承担重大的责任，指虞允文富有才学。②"经纶"句：是说治国治军，谋略异常，似乎另有渊源。虞允文在采石（今安徽当涂县境内）大败金兵以后，当时的大将刘锜曾对虞允文说：

"朝廷养兵三十年，今日大功乃出儒者。"这里即是说虞为儒生而能领兵克敌，不仅有文才，亦有武略。经纶：整理丝缕，编丝成绳，引申为筹划、治理国事。③雪山：指祁连山，又名天山。东汉窦固率兵出酒泉至天山，破北匈奴呼衍王。④"赤壁"句：汉末诸葛亮、周瑜指挥的吴蜀联军在赤壁大败曹操，奠定了三国鼎立的局面。虞允文指挥宋军大败完颜亮，稳定了宋、金南北对峙的形势。这里指虞允文有再造乾坤之功。赤壁，在今湖北蒲圻境内。⑤"世无"二句：当今世上连司马懿那样堪称对手的人都没有，还有谁称得上好手能够与虞丞相相比呢? 仲达，指司马懿，他是诸葛亮的对手。这句和"赤壁"句一样，都以诸葛亮比虞允文。

小池

泉眼无声惜细流，树阴照水爱晴柔①。
小荷才露尖尖角，早有蜻蜓立上头。

【注释】

①"树阴"句：树影投映在池水上，仿佛爱恋着那明净柔美的水面。

悯农

稻云不雨不多黄①，荞麦空花早着霜。已分忍饥度残岁②，更堪岁里闰添长③。

【注释】

①稻云：形容稻子连成一片，一望如云。②分：料想，料定。残岁：一年的岁末。③更堪：又怎能承受得了。堪，"那堪"的省文。闰添长：因为闰月又增长了时日。

初入淮河四绝句

其四

中原父老莫空谈，逢着王人诉不堪①。
却是归鸿不能语，一年一度到江南②。

【注释】

①中原父老：指中原沦陷区的百姓。王人：皇帝派遣的使者。②"却是"二句：鸿雁虽然不会说话，却能一年一度飞到江南。意谓中原父老比不上鸿雁。

晓出净慈寺送林子方

毕竟西湖六月中，风光不与四时同。

接天莲叶无穷碧，映日荷花别样红。

宿新市徐公店

其一

篱落疏疏一径深①，树头新绿未成阴。
儿童急走追黄蝶，飞入菜花无处寻。

【注释】

①篱落：篱笆。

朱熹

朱熹（1130～1200年），字元晦，一字仲晦，号晦庵，晚号晦翁，别称紫阳。徽州婺源（今属江西）人，后迁徙到建阳（今属福建）考亭。南宋著名的理学家、思想家、哲学家、教育家、诗人。著述甚丰，有《四书章句集注》、《诗集传》、《周易本义》、《楚辞集注》等，后人编有《晦庵先生朱文公文集》、《朱子语类》等。

春日

胜日寻芳泗水滨①，无边光景一时新。
等闲识得东风面②，万紫千红总是春。

【注释】

①胜日：风光美好的日子。寻芳：游赏美景。泗水：在今山东境内，流经孔子的家乡曲阜之北。②等闲：轻易地。

观书有感

其一

半亩方塘一鉴开①，天光云影共徘徊。
问渠那得清如许？为有源头活水来。

【注释】

①一鉴开：像一面打开的镜子。

姜夔

过垂虹

自作新词韵最娇^①，小红低唱我吹箫^②。
曲终过尽松陵路，回首烟波十四桥。

【注释】

①自作新词：指作者在石湖所作《暗香》、《疏影》两首词。娇：这里指音调谐婉柔美。②小红：歌伎。《砚北杂志》载："小红，顺阳公（即范成大）青衣也，有色艺。顺阳公之请老，姜尧章诣之。一日，授简征新声，尧章制《暗香》、《疏影》二曲，公使二伎习之，音节清婉。公寻以小红赠之。其夕大雪，过垂虹，赠诗曰。"

林升

林升，生卒年不详，字梦屏，温州平阳（今属浙江）人，是一位擅长诗文的士人。事见《东瓯诗存》卷四。《西湖游览志余》录其诗一首。其主要作品有《题临安邸》、《长相思》、《洞仙歌》等。《题临安邸》所写为毫不引人注意之现象，却又触目惊心，实为惊人的讽刺。在宋代，这类小诗颇有流传。

题临安邸

山外青山楼外楼，西湖歌舞几时休？
暖风熏得游人醉，直把杭州作汴州^①。

【注释】

①汴州：北宋都城，即今河南开封市。

翁卷

翁卷，生卒年不详，字续古，又字灵舒，温州（治所在永嘉）乐清人。南宋诗人，"永嘉四灵"之一，其他三人为徐照（字灵晖）、徐玑（号灵渊）、赵师秀（号灵秀）。翁卷布衣终身。诗学晚唐，工近体，也长于五言古体。有《苇碧轩集》（又称《西岩集》）。

乡村四月

绿满山原白满川^①，子规声里雨如烟^②。
乡村四月闲人少，才了蚕桑又插田。

【注释】

①白：指水。川：河，溪流。②子规：即杜鹃。《本草·杜鹃》："春暮而鸣，至夏尤甚。田家候之，以兴农事"。雨如烟：形容细雨缥缈而下。

叶绍翁

叶绍翁，字嗣宗，号靖逸，建安蒲城（今属福建）人，本姓李，继嗣于处州龙泉（今属浙江）叶氏。约生于绍熙（1190～1194）年间。南宋中期诗人，擅作绝句，言近旨远。有《靖逸小集》、《四朝闻见录》。

游园不值

应怜屐齿印苍苔①，小扣柴扉久不开。
春色满园关不住，一枝红杏出墙来②。

【注释】

①"应怜"句：这是猜想园主人爱惜绿苔，怕被踩上鞋印子。屐（jī）：木鞋，鞋底有前后二齿，便于泥地行走。②"春色"二句：脱胎于陆游《马上作》"杨柳不遮春色断，一枝红杏出墙头"和南宋另一诗人张良臣《偶题》"一段好春藏不尽，粉墙斜露杏花梢"的诗意。

文天祥

文天祥（1236～1283年），字履善，一字宋瑞，号文山，又号浮休道人，吉州庐陵（今江西吉安）人。南宋后期杰出的军事家、诗人和政治家。宋理宗宝祐四年（1256年）进士第一，官至右丞相。文天祥以忠烈名传后世，抗元被俘后，元世祖以高官厚禄劝降，他宁死不屈，从容赴义。生平事迹被后世称许，与陆秀夫、张世杰并称为"宋末三杰"。有《文山先生全集》、《文山乐府》。

过零丁洋

辛苦遭逢起一经①，干戈寥落四周星②。山河破碎风飘絮，身世浮沉雨打萍。惶恐滩头说惶恐，零丁洋里叹零丁。人生自古谁无死，留取丹心照汗青。

【注释】

①遭逢：遇合，指得到皇帝的知遇。起一经：精通一种经书，由科举走上仕途。②干戈寥落：连续不断地战争。寥落：多而连续不断的样子，指作者连续举行武装抗元的斗争。四周星：指四年。自德祐元年（1275年）正月，文天祥响应号召起兵勤王，至祥兴元年（1278年）十二月兵败被俘，恰为四年。

正气歌

　　余囚北庭①，坐一土室②。室广八尺，深可四寻③。单扉低小④，白间短窄⑤，污下而幽暗。当此夏日，诸气萃然⑥。雨潦四集⑦，浮动床几，时则为水气⑧；涂泥半朝⑨，蒸沤历澜⑩，时则为土气；乍晴暴热，风道四塞，时则为日气；檐阴薪爨⑪，助长炎虐，时则为火气；仓腐寄顿⑫，陈陈逼人⑬，时则为米气；骈肩杂遝⑭，腥臊污垢，时则为人气；或圊溷⑮、或毁尸、或腐鼠，恶气杂出，时则为秽气。叠是数气，当侵沴⑯，鲜不为厉⑰。而予以羸弱⑱，俯仰其间⑲，于兹二年矣，无恙，是殆有养致然⑳。然尔亦安知所养何哉㉑？孟子曰："我善养吾浩然之气㉒。"彼气有七，吾气有一，以一敌七，吾何患焉。况浩然者，乃天地之正气也。作《正气歌》一首。

　　天地有正气，杂然赋流形㉓：下则为河岳，上则为日星；于人曰"浩然"，沛乎塞苍冥㉔。皇路当清夷㉕，含和吐明庭㉖。时穷节乃见㉗，一一垂丹青㉘：在齐太史简，在晋董狐笔，在秦张良椎，在汉苏武节㉙；为严将军头，为嵇侍中血，为张睢阳齿，为颜常山舌㉚；或为辽东帽，清操厉冰雪㉛；或为出师表，鬼神泣壮烈㉜；或为渡江楫，慷慨吞胡羯㉝；或为击贼笏，逆竖头破裂㉞。是气所磅礴㉟，凛烈万古存。当其贯日月，生死安足论㊱！地维赖以立，天柱赖以尊㊲。三纲实系命㊳，道义为之根㊴。

　　嗟予遘阳九㊵，隶也实不力㊶。楚囚缨其冠㊷，传车送穷北㊸。鼎镬甘如饴㊹，求之不可得㊺。阴房阗鬼火㊻，春院闭天黑㊼。牛骥同一皂㊽，鸡栖凤凰食㊾。一朝蒙雾露㊿，分作沟中瘠(51)。如此再寒暑(52)，百沴自辟易(53)。哀哉沮洳场(54)，为我安乐国。岂有他缪巧(55)，阴阳不能贼(56)！顾此耿耿在(57)，仰视浮云白(58)。悠悠我心悲，苍天曷有极(59)！

　　哲人日以远(60)，典型在夙昔(61)。风檐展书读(62)，古道照颜色(63)。

【注释】

　　①北庭：指元都燕京(今北京市)。②坐：居住。③寻：八尺为一寻。④单扉：独扇门。⑤白间：窗。⑥萃然：聚集在一起。然，在这里用法同"焉"。⑦雨潦(lǎo)：雨水。⑧时：是，此。⑨涂泥半朝：涂在墙上的泥土下半截已经潮湿。朝，通"潮"。⑩蒸：水汽上升。沤：浸泡。历澜：历久而剥离(指涂泥)。澜，散。⑪薪爨(cuàn)：烧柴做饭。⑫仓腐：仓库里陈腐的粮食。寄顿：存储。⑬陈陈逼人：陈年粮食的腐气逼人。⑭骈肩：肩和肩相挨。杂遝(tà)：行人多，拥挤纷乱。⑮圊(qīng)溷(hùn)：厕所。⑯当侵沴(lì)：受到侵袭。⑰鲜：少。厉：疾病。⑱以羸弱：凭着虚弱的身体。⑲俯仰其间：生活于其中。⑳殆：大概。养：修养。致然：使得这样(不患疾病)。㉑然尔：然而。㉒"我善"句：《孟子·公孙丑上》："我善养吾浩然之气。其为气也，至大至刚，以直养而无害，则塞于天地之间。"浩然之气，即正大刚直之气。㉓"杂然"句：分别赋予宇宙间的各种事物。㉔沛乎：充沛地。塞苍冥：即"塞于天地之间"。苍冥：天空。㉕皇路：国运，国家的政治局面。清夷：清平，太平。㉖"含和"句：(浩然之气)就祥和地表露于圣明的朝廷，意即有正气的人立朝执政，发挥作用。㉗"时穷"句：当时运穷迫危难之际，就表现出人的气节。见：即"现"。

㉘垂丹青：留传于史册。丹青：史书，古代丹册纪勋，青史纪事。㉙太史简：春秋时，齐国大夫崔杼弑齐庄公，一个太史写道："崔杼弑其君。"崔杼杀了这个太史，太史的两个弟弟接续他都这样写，也都被杀，另一个弟弟还是这样写，崔杼只好罢手。太史：史官。简：记事用的竹片。董狐笔：春秋时，赵穿弑晋灵公，当时晋国的大臣赵盾逃遁在外，他回来后并未惩处赵穿（赵穿是赵盾的族侄），太史董狐认为责任在赵盾，就写下"赵盾弑其君。"张良椎（chuí）：秦始皇灭了张良的祖国韩，张良就寻觅力士报仇，力士执一百二十斤重的铁椎在博浪沙狙（jū）击秦始皇，误中副车。苏武节：汉武帝时，苏武奉命出使匈奴被扣留，匈奴威逼利诱苏武投降未遂，就把苏武置于北海牧羊，苏武卧起操持汉节。被拘十九年，全节而返。节：符节，苏武出使的凭证。㉚"为严"句：东汉末，刘璋命严颜守巴郡，张飞攻陷巴郡，要严颜投降。严说："我州但是断头将军，无降将军。""为嵇"句：嵇绍为晋侍中，皇室内讧，嵇绍为保卫晋惠帝而被杀，血溅惠帝衣。有人要洗血衣，惠帝说："此嵇侍中血，勿洗。""为张"句：唐安史之乱时，安禄山攻睢阳，睢阳太守张巡海战，皆大呼誓师，眦裂血流，齿牙皆碎。"为颜"句：唐颜杲卿任常山太守，安禄山反，他起兵讨贼，后被俘，对安禄山骂不绝口，他的舌头被钩断，还是骂，直至牺牲。㉛"或为辽"二句：三国时，管宁避乱辽东，"常着皂帽，布襦裤"，终身不出仕。清操厉冰雪：激励冰雪般高洁的操守。㉜"或为出"二句：诸葛亮为蜀相，立志北定中原，出师北伐时，上《出师表》给后主刘禅，表达"鞠躬尽瘁，死而后已"的决心。鬼神泣壮烈：其豪壮忠烈，惊天地泣鬼神。㉝"或为渡"二句：东晋奋威将军、豫州刺史祖逖率军北伐，渡长江时，至中流击楫发誓说："不能清中原而复济者，有如大江"。渡江以后，收复了黄河以南的失地。楫：船桨。胡羯：占据北中国的少数民族"五胡"之一的羯族，这里指后赵的统治者石勒（羯人）。㉞"或为击"二句：唐德宗时，朱泚谋反，看重段秀实的声望，想引为同谋。朱泚说到反谋时，段秀实勃然而起，夺了朱泚的笏板，唾其面，大骂，击伤其头部。段秀实被害。笏：大臣上朝所持的手板，记事用。逆竖：指朱泚。竖：小子，是蔑称。㉟磅礴：充溢，充满。㊱"当其"二句：当这股正气激昂起来直冲日月的时候，哪里还把生和死放在心上！安足论：哪里值得论量。㊲"地维"二句：地的四角依赖正气而稳立，顶天的柱子依赖正气而高竖，意谓天和地都依靠正气支撑着。地维：维系大地的大绳子。古人认为天有柱支撑，地有绳系缀。又认为天圆地方，故亦以地维指大地的四角。《神异经》："昆仑之山，有铜柱焉，其高入天，谓之天柱也。"尊：高。㊳三纲：封建社会的伦理观，认为君臣、父子、夫妻三者的关系是：君为臣纲，父为子纲，夫为妻纲。系命：系命于正气。㊴"道义"句：说道义是正气的根本，《孟子·公孙丑上》："其为气也，配义与道，无是馁也。"为之根：为它的根。㊵"嗟予"句：可叹我遭遇了厄运。遘（gòu）：遇到。阳九：道家认为，天厄为阳九，地亏为百六，都是灾难的年头。㊶隶：仆役，贱臣。语出《晋

书·石苞传》"隶也，何卿相乎？"㊷"楚囚"句：意指自己为敌人所俘。春秋时，楚国钟仪被郑国俘虏，送到晋国，晋君看见他，问"南冠而絷者谁也？"别人回答"郑人所献楚囚也"。这里以楚囚自指。缨：帽带。缨其冠，即"南冠而絷"的意思。㊸传（zhuàn）车：驿站所备的车马。穷北：极远的北方，此指燕京。㊹鼎镬（huò）：都是锅的种类，古代有烹人的酷刑，使用鼎、镬。饴：糖稀。㊺"求之"句：元统治集团极力想使文天祥投降，所以囚禁其数年而不杀。㊻"阴房"句：阴暗的囚室寂寞无人声，鬼火闪烁。阒（qù）：寂静。杜甫《玉华宫》："阴房鬼火青。"㊼"春院"句：即使在春光明媚的时候，院门也关得紧紧的，一片漆黑。闭（bì）：闭门。杜甫《大云寺赞公房》："天黑闭春院。"㊽皂：马槽。㊾"鸡栖"句：凤凰食于鸡舍，与鸡同居处。鸡栖：鸡窝。㊿蒙雾露：受到雾露侵袭。51"分（fèn）作"句：料定必成为沟壑中的枯骨，意谓病死后被弃尸于沟壑中。分：料想。52再寒暑：两经寒暑，指在囚室中度过了两年。53百沴：百害。辟易：退走，退避。54沮（jù）洳（rù）场：低下潮湿的地方。55缪巧：诈术，巧计。56阴阳：寒热。贼：害。57顾：不过，只是。58"仰视"句：《论语·述而》："子曰：不义而富且贵，于我如浮云。"此用其意，表示自己视富贵如浮云。59"悠悠"二句：我的心悲痛忧伤，苍天啊，哪里有尽头！意谓自己有无穷的忧伤。悠悠：形容忧思。曷：何。《诗经·鸨羽》："悠悠苍天，曷其有极。"60哲人：明哲卓越的人，指上文所说的那些先贤。61风昔：往昔，从前。62风檐：风吹着的屋檐下。63古道：古代的传统美德。照颜色：在我面前照耀着。

郑思肖

郑思肖（1241～1318年），字忆翁，号所南，自称三外野人，福州连江（今属福建）人。曾以太学上舍生应博学鸿词试。论诗主张"灵气"说，认为诗是天地、人心灵气的集中表现。他的诗多以怀念故国为主题，表现了忠于宋的坚贞气节，著有《所南翁一百二十图诗集》、《郑所南先生文集》等，存世画有《国香图卷》。

寒菊

花开不并百花丛①，独立疏篱趣未穷。
宁可枝头抱香死，何曾吹落北风中②？

【注释】

①不并百花丛：不和百花杂在一起开。②"宁可"二句：指菊花不落，而枯死枝头，作者借此明志。

同儿辈赋未开海棠

其二

枝间新绿一重重，小蕾深藏数点红。
爱惜芳心莫轻吐，且教桃李闹春风。

元诗

▌耶律楚材

耶律楚材（1190～1244年），字晋卿，号玉泉老人，法号湛然居士。有《湛然居士集》、《皇极经世义》等。耶律楚材多才多艺，不仅是一位杰出的政治家，而且是一个在文化艺术方面有卓越修养和多种贡献的人。他是我国提出经度概念的第一人，编有《西征庚午元历》，还主持修订了《大明历》。

庚辰西域清明

清明时节过边城①，远客临风几许情。野鸟间关难解语②，山花烂熳不知名。葡萄酒熟愁肠乱，玛瑙杯寒醉眼明。遥想故园今好在，梨花深院鹧鸪声③。

【注释】

①边城：边远的城市。②间关：形容鸟鸣声。这句话的意思是，鸟儿叽叽喳喳叫个不停，却不知它们说些什么。③"遥想"两句：是想象家园此时的景物。鹧鸪声，暗示家里人盼望他回家，以表达自己对家乡的思念之情。

▌王冕

王冕（1287～1359年），字元章，别号煮石山农、饭牛翁、梅花屋主等，诸暨（今属浙江）人。元代著名画家、诗人、书法家，尤以画"没骨梅"著名。诗风质朴、自然，诗作内容丰富多彩，多写隐逸生活。有《竹斋集》。

劲草行

中原地古多劲草，节如箭竹花如稻。白露洒叶珠离离，十月霜风吹不倒。萋萋不到王孙门①，青青不盖谗佞坟。游根直下土百尺，枯荣暗抱忠臣魂。我问忠臣为何死，元是汉家不降士。白骨沉埋战血深，翠光潋滟腥风起②。山南雨晴蝴蝶飞，山北雨冷麒麟悲③。寸心摇摇为谁道④，道旁可许愁人知？昨夜东风鸣羯鼓，髑髅起作摇头舞。寸田尺宅且勿论，金马

铜驼泪如雨⑤！

【注释】

①萋萋：草茂盛的样子。王孙：贵族子弟。②翠光：指鬼火。潋滟：光闪耀的样子。③麒麟：墓前的石麒麟。杜甫《曲江》："苑边高冢卧麒麟。"④寸心摇摇：心中忧虑，心神不定。⑤金马铜驼：汉未央宫前有金马。此处意思是指南宋灭亡后令人悲伤的凄惨境况。

墨梅

我家洗砚池头树①，朵朵花开淡墨痕。

不要人夸好颜色，只留清气满乾坤②。

【注释】

①我家：既是自指，又泛指王姓的人。洗砚池：洗笔砚的池塘。晋代书法家王羲之有"临池学书，池水尽黑"的传说。作者与王羲之同姓，所以说"我家"。池头：池边。②"只留"句：只愿留下清香之气充溢在天地之间。乾坤：指天地。

倪瓒

倪瓒（1301～1374年），字元镇，号云林，别号荆蛮民、净名居士、朱阳馆主、莆闲仙卿、幻霞子、幻霞生等，无锡（今江苏无锡）人。元末著名山水画家、诗人。其画淡远简古，其诗自然清隽。有《清閟阁集》等。

题郑所南兰

秋风兰蕙化为茅，
南国凄凉气已消①。
只有所南心不改，
泪泉和墨写《离骚》。

【注释】

①"秋风"二句：是说秋风一起，使香草化为茅草，江南一片凄凉，生机消尽。化用屈原《离骚》"兰芷变而不芳兮，荃蕙化而为茅"的诗意。蕙：香草名。茅：野草。南国：指南宋。

明诗

▍于谦

于谦（1398～1457年），字廷益，钱塘（今浙江杭州）人。明代名臣，民族英雄。与岳飞、张煌言并称"西湖三杰"。永乐十九年（1421年）进士。官至兵部尚书。万历年间谥"忠肃"。一生功业在政治军务，诗文多反映现实和时事，或个人的人格精神。有《于忠肃集》。

石灰吟

千锤万击出深山，烈火焚烧若等闲①。

粉身碎骨浑不怕，要留清白在人间②。

【注释】

①若：如同。等闲：平常。②清白：以石灰的清白比喻人的品质清白纯洁。

▍唐寅

唐寅（1470～1523年），字伯虎，又字子畏，号六如居士、桃花庵主等，吴县（今属江苏）人。明朝著名画家、诗人。与祝枝山、文徵明、徐祯卿并称"江南四才子"，与沈周、文徵明、仇英并称"吴门四家"。弘治十一年（1498年）中解元（举人第一名）。弘治十二年参加进士考试时因科场舞弊案牵连下狱，出狱后无意功名，放浪形骸，自称"江南第一才子"。其诗华丽畅达，语浅意隽，其画笔墨细秀，布局疏朗，风格秀逸清俊。诗文有《六如居士集》，代表画作有《骑驴思归图》《山路松声图》《事茗图》、《王蜀宫妓图》《秋风纨扇图》等。

言志

不炼金丹不坐禅①，不为商贾不耕田。

闲来写就青山卖②，不使人间造孽钱③。

【注释】

①金丹：古代方士用黄金、丹砂（即辰砂）等炼成的药物。坐禅：指佛教徒静坐潜修领悟教义。②写就青山：绘画。③使：用。造孽钱：做坏事得来的钱。造孽：佛家语，这里指贪赃盘剥，巧取豪夺等。

俞大猷

俞大猷（1504～1580年），字志辅，又字逊尧，别号虚江，晋江（今福建泉州）人。明代著名民族英雄、抗倭名将、儒将、诗人、兵器发明家。《明史·俞大猷传》曰："大猷负奇志"，"忠诚许国，老而弥笃"。有《正气堂集》。

舟师①

倚剑东冥势独雄②，扶桑今在指挥中③。岛头云雾须臾尽④，天外旌旗上下翀⑤。队火光摇河汉影⑥，歌声气压虬龙官⑦。夕阳景里归篷近⑧，背水陈奇战士功⑨。

【注释】

①舟师：水军。②倚：配。江淹《杂体诗》："倚剑临八荒。"李周翰注："倚，佩也。"东冥：东海。冥，通"溟"。③扶桑：东方古国名，后为日本国代称。指挥：安排。④须臾：片刻，一会儿。⑤"天外"句：可以看见海天之外的战船上，旗帜上下翻飞。翀（chōng）：向上直飞。⑥队火：舰队所发射的炮火。河汉：银河。⑦虬（qiú）龙：传说中的一种无角的龙。王逸："有角曰龙，无角曰虬。"虬龙宫：喻倭寇巢穴。⑧景：通"影"。归篷：归帆。⑨背水陈：即背水阵，背水列阵，决死制敌。

夏完淳

夏完淳（1631～1647年），原名复，字存古，号小隐、灵首（一作灵胥），乳名端哥，明松江府华亭县（现上海市松江）人。明末抗清志士，少年诗人。他的诗语言华美而笔力雄健，许多篇章富于浪漫色彩。有《夏完淳集》。

长歌①

我欲登天云盘盘②，我欲御风无羽翰③，我欲陟山泥洹洹④，我欲涉江忧天寒。琼弁玉蕤佩珊珊⑤，蕙桡桂櫂凌回澜⑥，泽中何有多红兰⑦，天风日暮徒盘桓。芳草盈箧怀所欢，美人何在青云端。衣玄绡衣冠玉冠⑧，明珰垂绖乘六鸾。欲往从之道路难，相思双泪流轻纨。佳肴旨酒不能餐⑨，瑶琴一曲风中弹。风急弦绝摧心肝，月明星稀斗阑干⑩。

【注释】

①长歌：放声高歌。这首诗采用屈原《离骚》芳草美人的比兴手法，和上天下地不懈探索的浪漫精神，反映自己对崇高理想的追求。②盘盘：反复盘旋的样子，形容迂回曲折。③羽翰（hàn）：羽毛，翅膀。④陟（zhì）：登，升。洹洹（huán）：盛，多。泥洹洹：形容道路泥泞不堪。⑤琼弁（biàn）玉蕤（ruí）：美玉装饰的皮弁（皮帽）和弁缨（颈下系帽的带子）。佩：玉佩，衣带上的玉饰。珊珊：玉佩碰撞发出的声音。⑥蕙桡（ráo）桂櫂（zhào）：桡、櫂，皆为划船的工具，在这里指代船。蕙、

桂，形容其华美，也是情怀高雅的体现。凌回澜：破浪而行。⑦红兰：即兰草，生长在水边湿地，开红色或白色花。⑧衣玄绡衣冠玉冠：前一个"衣"和前一个"冠"，与后边的词性不同，前为动词，后为名词。衣，穿。冠，戴。⑨旨酒：美酒。⑩斗：北斗七星。阑干：横斜的样子。

别云间①

三年羁旅客②，今日又南冠③。无限河山泪，谁言天地宽。已知泉路近④，欲别故乡难。毅魄归来日，灵旗空际看⑤。

【注释】

①云间：今上海松江的古称，诗人的家乡，清顺治四年（1647年）七月被捕于此。②"三年"句：指作者从事抗清斗争的三年（1645～1647年）。羁旅：漂泊他乡。③南冠：春秋时楚人之冠，借指被囚的人。《左传》载：成公九年，晋景公见钟仪而问曰："南冠而絷者，谁也？"有司回答说："郑人所献楚囚也。"后以楚囚、南冠指被俘虏或处于困境的人。④泉路：黄泉路，即死亡。⑤"毅魄"二句：作者希望自己

魂归乡之日，又能重新看见在天空飘扬的反清复明的战旗，借此表达诗人壮志未酬但矢志不渝的精神。毅魄：威武不屈的灵魂。屈原《国殇》，"魂魄毅兮为鬼雄"。灵旗：战旗，古代出征前予以祭祀，求其灵佑。

清诗

▌吴伟业

吴伟业（1609～1672年），字骏公，号梅村，别署鹿樵生、灌隐主人、大云道人，江南太仓（今属江苏）人。与钱谦益、龚鼎孳并称"江左三大家"，又为娄东诗派开创者。其诗多为哀时伤事的题材，富有时代感。诗的风格，早期绮丽，明亡后多苍凉、哀惋之作。有《梅村家藏稿》等。

梅村①

枳篱茅舍掩苍苔②，乞竹分花手自栽③。不好诣人贪客过④，惯迟作答爱书来⑤。闲窗听雨摊诗卷，独树看云上啸台⑥。桑落酒香卢橘美⑦，钓船斜系草堂开。

【注释】

①梅村：诗人的别墅，在太仓东。②枳（zhǐ）篱：枳，俗名臭桔，是落叶多刺灌木。密植臭桔结成的篱笆被称为枳篱。掩：遮蔽。苍苔：绿色的苔藓。③乞：物色。分：移开。④诣：到尊长那里去。诣人：指拜访朋友。贪客过：喜欢招客人来，表现诗人热情好客。⑤作答：回信。书：书信。⑥啸台：晋代阮籍善作啸声，常登台长啸。⑦桑落酒：古代美酒名。相传为北魏刘堕所创，因该酒多于"十月桑落初冻"时酿制，故名。这里泛指美酒。卢橘：枇杷。

圆圆曲①

鼎湖当日弃人间②，破敌收京下玉关③。恸哭六军俱缟素④，冲冠一怒为红颜⑤。红颜流落非吾恋⑥，逆贼天亡自荒宴⑦。电扫黄巾定黑山⑧，哭罢君亲再相见⑨。相见初经田窦家⑩，侯门歌舞出如花⑪。许将戚里空侯伎⑫，等取将军油壁车⑬。家本姑苏浣花里⑭，圆圆小字娇罗绮。梦向夫差苑里游⑮，宫娥拥入君王起。前身合是采莲人⑯，门前一片横塘水⑰。横塘双桨去如飞，何处豪家强载归⑱。此际岂知非薄命，此时只有泪沾衣⑲。熏天意气连宫掖⑳，明眸皓齿无人惜㉑。夺归永巷闭良家㉒，教就新声倾座客。座客飞觞红日暮，一曲哀弦向谁诉？白皙通侯最少年㉓，拣取花枝屡回顾。早携娇鸟出樊笼㉔，待得银河几时渡㉕？恨杀军书抵死催㉖，苦留后约将人误。相约恩深相见难，一朝蚁贼满长安㉗。可怜思妇楼头柳㉘，认作天边粉絮看㉙。遍索绿珠围内第，强呼绛树出雕栏㉚。若非壮士全师胜㉛，争得蛾眉匹马还㉜。蛾眉马上传呼进，云鬟不整惊魂定。蜡炬迎来在战场，啼妆满面残红印㉝。专征箫鼓向秦川㉞，金牛道上车千乘㉟。斜谷云深起画楼㊱，散关月落开妆镜㊲。传来消息满江乡㊳，乌桕红经十度霜㊴。教曲伎师怜尚在㊵，浣纱女伴忆同行㊶。旧巢共是衔泥燕㊷，飞上枝头变凤凰。长向尊前悲老大㊸，有人夫婿擅侯王㊹。当时只受声名累㊺，贵戚名豪竟延致㊻。一斛珠连万斛愁㊼，关山漂泊腰支细㊽。错怨狂风飏落花，无边春色来天地㊾。尝闻倾国与倾城㊿，翻使周郎受重名(51)。妻子岂应关大计，英雄无奈是多情。全家白骨成灰土(52)，一代红妆照汗青(53)。君不见，馆娃初起鸳鸯宿(54)，越女如花看不足(55)。香径尘生鸟自啼(56)，屧廊人去苔空绿(57)。换羽移宫万里愁(58)，珠歌翠舞古梁州(59)。为君别唱吴宫曲(60)，汉水东南日夜流(61)。

【注释】

①这首长诗约作于顺治八年（1651年），是吴伟业的代表作。圆圆：陈圆圆，本姓邢，名沅，字畹芬，小字圆圆。明末苏州名妓，后为吴三桂宠姬。②鼎湖弃人间：这里喻指崇祯帝自缢于煤山。鼎湖：据《史记·封禅书》载，黄帝采首山铜，铸鼎于荆山下，鼎既成，乘龙上天，后世因称

此处为鼎湖。③“破敌”句：是说吴三桂降清后，引清兵入关，打败李自成，攻破北京。玉关：玉门关，古为疆界关隘，在本诗中借指山海关。④“恸哭”句：明朝军队为崇祯帝服丧。六军：指明朝官军。缟素：白色的丧服。⑤红颜：喻美女，这里指陈圆圆。意为吴三桂因为爱妾陈圆圆的被俘而怒发冲冠，率兵降清。⑥“非吾恋”句：这是诗人用吴三桂的口吻说起兵的动机不是为了陈圆圆，显然是为自己开脱。⑦逆贼：对李自成农民起义军的诬称。荒宴：荒于酒色。此句系吴三桂起兵助清的借口。⑧电扫：喻进击神速。黄巾：指东汉末年张角领导的黄巾军。黑山：东汉末年张燕领导的起义军，号黑山。黄巾、黑山，这里均用以代指李自成起义军。⑨君亲：指崇祯帝和吴三桂之父吴骧（吴骧因招降吴三桂不成，为李自成所杀）。⑩田窦：西汉外戚田蚡（fén）和窦婴，这里借指田贵妃父田畹。这句是说：吴三桂是在田畹家中见到陈圆圆的。⑪侯门歌舞：指田畹家的歌伎舞伎。出如花：陈圆圆色艺出众，吴三桂很快就看中了她。⑫戚里：帝王外戚聚居的地方，在本诗中指田畹家。空侯伎：弹箜篌的乐伎，指陈圆圆。⑬将军：指吴三桂。油壁车：古时较为华贵的车子，用油漆涂饰车壁。⑭姑苏：即苏州。浣花里：成都西有浣花溪，为唐代蜀中名伎薛涛所居，以其居所代指陈圆圆出生地奔牛里。⑮夫差苑：即姑苏台。春秋时吴王夫差筑姑苏台以居西施。这句写陈圆圆以西施自比，自信美貌过人，向往荣华富贵。⑯采莲人：指西施。⑰横塘：在苏州市西南。⑱豪家：在本诗中指外戚田畹。⑲“此际”二句：是说陈圆圆被迫进京，并非自愿，内心痛苦。⑳熏天：形容气势之盛。宫掖（yè）：宫中旁舍，嫔妃所居。㉑明眸皓齿：形容陈圆圆的美貌。无人惜：指陈圆圆被送进宫中，崇祯不纳。㉒永巷：皇宫中妃嫔居住的地方。这句是说：陈圆圆进宫不得纳，后成为贵戚的家伎。㉓通侯：汉代列侯中最高一等，这里指吴三桂。㉔娇鸟：指陈圆圆。㉕“待得”句：借牛郎织女七夕一会的传说，喻吴三桂不能与陈圆圆久聚即匆匆出京。㉖抵死催：犹言“拼命催”。㉗蚁贼：对李自成义军的蔑称。长安：古时常以长安喻京都，这里借指北京。㉘这句化用王昌龄《闺怨》诗意，表达陈圆圆对吴三桂的无限思念。㉙粉絮：杨花，旧时喻妓女。㉚“遍索”二句：是写农民起义军百番搜索，终于搜到陈圆圆。绿珠：晋代石崇的爱妾，代指陈圆圆。内第：内宅。绛树：魏文帝时歌女，代指陈圆圆。㉛壮士：指吴三桂。㉜争得：怎么能。蛾眉：喻美女，指陈圆圆。㉝“蛾眉”四句：写陈圆圆在战场被接回时的情景。传呼：喝道。残红印：泪湿脂粉，留下残红印痕。㉞“专征”句：写吴三桂携陈圆圆出镇云南时路过陕西关中地区。专征：古代诸侯经天子特许可以自行征伐。秦川：今陕西关中地区。㉟金牛道：汉中入蜀的古栈道。㊱斜谷：在今陕西眉县西南。这句写陈圆圆所至，吴三桂为她造楼安置。㊲散关：大散关，在今陕西宝鸡西南大散岭上。㊳消息：指陈圆圆为吴三桂宠爱的事。江乡：指苏州。㊴乌桕（jiù）：树名，夏日开花，秋叶变红。这句是说陈圆圆离别家乡十年了。㊵怜尚在：为陈圆圆还活着而高兴。㊶浣纱女伴：指陈圆圆的闺中密友。㊷衔泥燕：喻地位低微者。㊸“长向”句：写旧时女伴对自己命运的自叹。尊：同“樽”，酒杯。㊹“有人”句：写女伴对陈圆圆服侍王侯的艳羡。擅：据有。㊺声名：指陈圆圆早年色艺俱佳，曾为名妓。㊻竟延致：争相邀请。㊼一斛（hú）珠：相传唐玄宗曾命以一斛珍珠密赐梅妃。这里指陈圆圆身价之高。万斛愁：极言愁烦之多。㊽腰支细：因到处漂泊而腰肢瘦损。㊾“错怨”二句：是说曾经哀怨命运多变，如同随风飘荡的落花，后又意外地得到了荣华富贵。㊿倾国、倾城：形容女子容貌绝美，这里指陈圆圆。(51)周郎：三国东吴名将周瑜，这里指吴三桂。

受重名：指吴三桂因陈圆圆而扬名于世。㊷"全家"句：史载，李自成与吴三桂战于一片石，兵败，怒杀吴骧。㊹一代红妆：指陈圆圆。照汗青：名留史册。㊺馆娃：宫名，吴王夫差为西施而建。㊻越女：指西施。㊼香径：即采香径，据说是吴王种花处。㊽屧（xiè）廊：又名响屧廊，春秋时吴王宫的廊名。用梓板铺地，行走则有清脆声响。㊾换羽移宫：指演奏时变换曲调，暗喻人事变迁，朝代更迭。羽、宫为古代五音中的两个音级。㊿珠歌翠舞：指吴三桂沉浸于声色之中。古梁州：汉中南郑古称梁州。61吴宫曲：咏叹吴宫兴衰的歌曲。61这句化用李白《江上吟》"功名富贵若长在，汉水亦应西北流"诗意，暗示吴三桂的荣华富贵难以久长。

▌黄宗羲

黄宗羲（1610～1695年），字太冲，号南雷，又号黎洲，浙江余姚人。明末清初经学家、史学家、思想家、地理学家、天文历算学家、教育家。学问极博，思想深邃，著作宏富。与顾炎武、王夫之并称明末清初三大思想家，有《黄梨洲集》。

吊张苍水①

少年苦节何人似②？得此全归亦称情③。废寺醵钱收弃骨④，老生秃笔记琴声⑤。遥空摩影狂相得⑥，群水穿礁洗未平⑦。两世雪交私不得⑧，只随众口一闲评。

【注释】

①张苍水：张煌言（1620～1664年），字玄著，号苍水，浙江鄞州区人。明崇祯举人。有《张苍水集》传世。②苦节：坚守气节。③全归：全节归天，指为国殉难。称（chèn）情：与心志相合。④醵（jù）钱：凑钱。收弃骨：指料理后事。⑤记琴声：指黄宗羲为张苍水作墓志铭一事。这里用了嵇康的典故：嵇康被司马昭杀害，临刑前嵇康要求弹《广陵散》。黄宗羲用"记琴声"作喻。⑥遥空：向着长空。摩影：想象张苍水的身影。狂相得：都有狂放的性格，彼此相合。⑦群水穿礁：抗清的意志坚定，就像怒涛一样可以穿透礁石。⑧两世：两代人。雪交：交情像雪一样纯洁。私不得：不从私情出发。

▌李渔

李渔（1611～1680年），初名仙侣，后改名渔，字谪凡，号笠翁。浙江兰溪人。明末清初文学家、戏曲家。其诗浅显通俗，有《传奇十种》、《笠翁一家言》等。

清明前一日①

正当离乱世②，莫说艳阳天。地冷易寒食③，烽多难禁烟④。战场花是血，驿路柳为鞭⑤。荒垅关山隔⑥，凭谁寄纸钱⑦？

【注释】

①这首诗写1644年清兵南下时的战乱生涯，充满悲凉之绪。②离乱：战乱。③寒食：清明前一日是寒食节，从这一天起，三天不生火做饭，称为"禁火"，所以叫作寒食。④"烽多"句：遍地烽

火，狼烟四起，要禁火是很难的了。⑤"战场"句：极言战争惨烈，军情紧急。⑥荒垅：无人祭扫的坟墓。关山隔：隔着关隘和山岭，形容边塞之地，路途遥远，交通阻隔。⑦凭：依靠。

顾炎武

　　顾炎武（1613～1682年），原名绛，字忠清，江苏昆山亭林镇人。后改名炎武，字宁人，学者称为亭林先生。明末清初著名的思想家、史学家、语言学家，是清代古韵学的开山始祖。有《日知录》、《音学五书》、《亭林诗文集》等。

秋山①（二首）

　　秋山复秋山，秋雨连山殷②。昨日战江口③，今日战山边。已闻右甄溃，复见左拒残④。旌旗埋地中⑤，梯冲舞城端⑥。一朝长平败⑦，伏尸遍冈峦。北去三百舸⑧，舸舸好红颜⑨。吴口拥橐驼⑩，鸣笳入燕关⑪。昔时鄢郢人，犹在城南间⑫。

　　秋山复秋水，秋花红未已。烈风吹山冈，磷火来城市⑬。天狗下巫门⑭，白虹属军垒⑮。可怜壮哉县⑯，一旦生荆杞⑰。归元贤大夫，断脰良家子⑱。楚人固焚麇，庶几歆旧祀⑲。勾践栖山中，国人能致死⑳。叹息思古人，存亡自今始㉑。

【注释】

　　①这两首诗写于1645年秋，表现了人们败而不屈的精神和抗清复国的决心。②殷（yān）：红，指血染群山。③江口：长江口。④右甄（zhēn）：右翼。左拒：左翼。这二句是说义军两翼皆溃败。⑤"旌旗"句：把旌旗埋在地下，不让敌军得到。⑥梯冲：云梯和冲车，都是敌军的攻城器械。⑦长平：战国时代赵国地名，故城在今山西高平西北。秦将白起在此大败赵国军队，坑卒四十万人。⑧舸（gě）：大船。⑨好：美，漂亮。红颜：年轻女子。这两句写清兵掳掠大量美女北去。⑩吴口：吴地的人。橐（tuó）驼：骆驼。⑪鸣：吹奏。胡笳（jiā）：古代北方的一种管乐。燕关：山海关。关外是满族人的发祥地。⑫"昔时"二句：据《战国策·齐六》记载，不愿投降秦国的几百位楚国大夫聚集城南。鄢（yān）郢（yǐng）：楚国的都城。此处用此典故来说明清兵占领地区的人不愿意接受统治。⑬磷火：鬼火。⑭天狗：一种陨星，传说落地后状如狗头，天狗落在哪里，哪里就有灾祸。巫门：苏州城门名，指代苏州。⑮白虹：白色的日晕。古人认为，白虹出现是非常事件的先兆。属（zhǔ）：连接。军垒：军营周围的防守工事。⑯壮哉县：富庶的县份。⑰荆杞：荆棘和枸杞，都是野生的带刺儿灌木，常用来形容荒凉、萧条。⑱归元：把头送回来。据《左传》记载，春秋时晋与狄打仗，先轸（zhěn）被狄

人杀死，狄人把先轸的头送回晋国。断脰（dòu）：断头。这两句歌颂的是为了气节而牺牲的精神。⑲麇（jūn）：春秋时楚国地名，原址在今湖南岳阳东南。歆（xīn）：享受。据《左传》记载，麇地被吴国占领，楚人用火攻吴国军队，从前战死在麇地的楚国人可以享受祭祀。⑳据《国语》记载：春秋时越王勾践被吴国打败，退守在会稽山上，卧薪尝胆，奋发图强，最后消灭了吴国。㉑存亡：复国。

王士祯

王士祯（1634～1711年），字子真、贻上，号阮亭，又号渔洋山人，人称王渔洋，谥"文简"。诗风自然清新，委婉蕴藉，意味悠长。有《带经堂集》等。

秦淮杂诗①

其一

年来肠断秣陵舟②，梦绕秦淮水上楼。
十日雨丝风片里③，浓烟春景似残秋。

【注释】

①《秦淮杂诗》：以秦淮河为背景，抚今追昔，传诵一时。这是第一首，描写初春秦淮河冷落情景，抒发盛衰兴亡之慨。秦淮：秦淮河，流经南京城中，古时两岸遍布着歌楼酒肆，为著名游览胜地。②秣（mò）陵：指南京。顺治十八年（1661年），诗人以扬州推官至南京，居秦淮河侧。③雨丝风片：细雨微风。

真州绝句①

其二

晓上江楼最上层，去帆婀娜意难胜②。
白沙亭下潮千尺③，直送离心到秣陵④。

【注释】

①这是诗人由扬州任所到真州时写的一组诗，约作于康熙壬寅年（1662年）。诗人登楼远眺，目送帆船远影，心中顿生离情别绪，便写下这首诗。真州：今江苏仪征市，位于长江北岸，是通向南京的要道，城南沿江一带风景幽美。②去帆：远去的帆船。婀娜：形容帆船轻盈飘荡的样子。意：离别的愁苦。胜：经受，承受。③白沙亭：旧时在真州白沙洲上。④离心：离情。秣陵：指南京。

其四^①

江干都是钓人居^②，柳陌菱塘一带疏^③。
好是日斜风定后^④，半江红树卖鲈鱼^⑤。

【注释】

①本首描绘了明丽如画的真州的江边景致和黄昏时分江岸上的渔家生活。②江干：江岸，江边。钓人：渔民。③柳陌：柳荫小路。菱塘：长着菱荷的水塘。疏：稀疏。这句是说渔民的屋舍散落在柳荫路和菱塘间。④好是：最美好的是。⑤红树：指江岸树木在夕阳照射下略显红色。鲈鱼：一种食用鱼，长江下游所产肉味鲜美。

江上^①

吴头楚尾路如何^②？烟雨秋深暗白波。
晚趁寒潮渡江去，满林黄叶雁声多。

【注释】

①这首诗写在烟雨中渡江，既写了"吴头楚尾"的地方特点，又描绘了深秋的独特风景。②吴头楚尾：现江西省北部，春秋时为吴、楚两国交界之处。洪刍(chú)《职方乘》，"豫章（今江西南昌）之地为吴头楚尾。"

郑燮

郑燮（1693～1765年），字克柔，号板桥，江苏兴化人。清代著名画家、书法家，"扬州八怪"之一。其诗、书、画称为"三绝"。乾隆元年（1736年）进士，曾任范县、潍县知县。其诗多为反映现实生活，同情民间疾苦之作。风格质朴泼辣，体现了作者正直倔强的性格。有《郑板桥集》。

竹石^①

咬定青山不放松，立根原在破岩中^②。
千磨万击还坚劲^③，任尔东西南北风。

【注释】

①这是一首题画诗，把竹子人格化。赞美竹石坚定顽强的同时，隐喻作者坚贞刚劲的风骨。②破岩：岩石缝隙。③千磨万击：指狂风暴雨等磨折摧残。

潍县署中画竹呈年伯包大中丞括^①

衙斋卧听萧萧竹^②，疑是民间疾苦声。

些小吾曹州县吏③，一枝一叶总关情④。

【注释】

①这首题画诗，约作于乾隆十一年（1746年）诗人任潍县县令之初。诗借题画而自明心迹，展现了作者对民间疾苦的关怀和同情。年伯：古代称同榜考取的人为"同年"，对同年的父辈或父亲的同年称"年伯"。②萧萧：形容草木摇落的声音。《楚辞·九怀·蓄英》："秋风兮萧萧。"③些小：微小，这里指官职低微。吾曹：我们。④关情：牵动感情。

赵翼

赵翼（1727～1814年），字云松，号瓯北，晚号三半老人，江苏阳湖（今江苏常州）人。清朝文学家、史学家。乾隆二十六年（1761年）进士，为翰林院编修，官至贵西兵备道。晚年退闲，主讲安定书院。长于咏史诗。有《廿二史札记》、《陔余丛考》、《瓯北诗钞》、《瓯北诗话》等。

论诗①

其二

李杜诗篇万口传②，至今已觉不新鲜。
江山代有才人出③，各领风骚数百年④。

【注释】

①论诗绝句约作于乾隆四十九年（1784年）。赵翼论诗的主要精神在于创新。②李杜：李白和杜甫。③代：代代，每个时代。④风骚：《诗经》和《楚辞》的合称，指诗坛。领风骚，指为诗坛领袖，开一代风气。

林则徐

林则徐（1785～1850年），字元抚，号少穆、石麟，晚号俟村老人、俟村退叟、七十二峰退叟、瓶泉居士、栎社散人等，福建侯官（今福州市）人。清朝后期政治家、思想家和诗人，是中华民族抵御外辱过程中伟大的民族英雄。有《云左山房诗钞》。

赴戍登程口占示家人

其二

力微任重久神疲，再竭衰庸定不支。苟利国家生死以，岂因祸福避趋之！谪居正是君恩厚，养拙刚于戍卒宜①。戏与山妻谈故事，试吟断送老头皮②。

【注释】

①谪居：古代官吏被贬到边远地方居住。君恩厚：表面上说仅贬官流放而没给更重的处分，这是皇上的厚恩，实际上隐含不平。养拙：谓才能低下而闲居度日。戍卒：守边的士兵。②"戏与"二句，自注："宋真宗闻隐者杨朴能诗，召对，问：'此来有人作诗送卿否？'对曰：'臣妻有一首云：更休落魄耽杯酒，且莫猖狂爱咏诗。今日捉将官里去，这回断送老头皮。'上大笑，放还山。东坡赴诏狱，妻子送出门，皆哭，坡顾谓曰：'子独不能如杨处士妻作一首诗送我乎？'妻子失笑，坡乃出。"所引见《东坡志林》卷二《书杨朴事》。山妻：隐士的妻子，此乃自称其妻的谦辞。

出嘉峪关感赋①

其一

严关百尺界天西②，万里征人驻马蹄③。飞阁遥连秦树直④，缭垣斜压陇云低⑤。天山巉削摩肩立⑥，瀚海苍茫入望迷⑦。谁道崤函千古险？回看只见一丸泥⑧。

【注释】

①嘉峪关：在甘肃酒泉市西嘉峪山西麓。地势险要，为明、清以来西北军事要地，明长城西端终关。②严关：险要的关门。界：毗连。天西：极远的西方，此指新疆。③万里征人：诗人自称。驻：车马停止不前。④飞阁：凌空耸立的高阁，此指嘉峪关上的阁楼。秦树：陕西一带的树。⑤缭垣(yuán)：盘绕在山上的长城。陇：甘肃地处陇山之西，故称陇西，简称陇。⑥天山：横贯新疆中部的大山。巉(chán)削：高峻陡峭。摩肩立：高峰并峙，如与人摩肩而立。⑦瀚海：指沙漠。苍茫：空阔辽远。入望：进入视野。⑧崤(xiáo)函：崤山和函谷关。自古为险要关隘，少数兵力即可扼守。故有"一丸泥"可以"东封函谷关"的说法。

▍陆嵩

陆嵩（1791～1860年），字希孙，号房山，江苏元和（今苏州市）人。出身寒微，一生未中进士，只做过镇江府学教谕之类的小官。其诗作中颇多反映人民疾苦、社会矛盾的篇章。风格质朴自然，不假雕琢。有《意苕山馆诗集》。

鬻儿行①

老夫牵儿上街鬻，老妇相随道旁哭。"儿年虽幼颇有知，扫地烹茶习已熟②。"客问鬻儿几何钱③？老夫老妇俱涕涟④："是儿亲生不论价⑤，但愿小过休笞鞭⑥。"

儿随客去远难唤，老妇归来哭且怨。可怜老夫不敢言，忍泪吞声欲谁劝。君不见，东家有男朝无餐，西家有女衣不完⑦。老夫老妇慎勿叹，儿虽远去无饥寒。呜呼！儿苟无饥寒，鬻儿何用心悲酸。

【注释】

①作于道光二十年（1840 年）。鬻（yù）：卖。②烹茶：煮茶或沏茶。习：学习，练习。③几何：多少。④涕涟：泪流不断。⑤是：此，这个。⑥笞鞭：用鞭、杖或板子打，也作"鞭笞"。⑦完：完好，完整。杜甫《石壕吏》："出入无完裙。"

龚自珍

龚自珍（1792～1841 年），字璱人，号定盫（ān），浙江仁和（今杭州）人。清代思想家、文学家，他还是近代思想、文学及改良主义的先驱者。道光九年（1829 年）进士，官至礼部祠祭司行走、主客司主事。其诗文主张"更法"、"改图"，揭露清统治者的腐朽，饱含忧国忧民之情和追求理想的精神。风格瑰丽奇肆，情感激切，富于浪漫主义色彩。有《龚自珍全集》。

咏史①

金粉东南十五州②，万重恩怨属名流。牢盆狎客操全算③，团扇才人踞上游④。避席畏闻文字狱⑤，著书都为稻粱谋⑥。田横五百人安在，难道归来尽列侯⑦？

【注释】

①本诗作于道光五年（1826 年）。借咏史揭露了上流社会腐朽黑暗，世风浮靡险恶的时弊。②金粉：花钿与铅粉，旧时妇女装饰用品。古诗文中常用以此喻繁华绮丽的生活。东南十五州：泛指江南地区。③牢盆：煮盐的器具，这里指掌管盐务的官员。狎客：陪伴权贵游乐的人。操全算：执掌财政全权。④团扇才人：侍奉皇帝的内廷女官，借指皇帝身边的亲信。团扇，圆形的扇子，又称宫扇。才人，宫中女官名。踞上游：处于重要地位。⑤避席：古人席地而坐，有所敬畏则离席而起，称为避席。文字狱：旧时统治者为迫害知识分子，故意从其著作中摘取字句，罗织罪名，构成冤狱。⑥稻粱谋：比喻人谋取衣食。杜甫《同诸公登慈恩寺塔》："君看随阳雁，各有稻粱谋。"句谓一般士大夫埋头著书，只是为了谋取衣食俸禄。⑦"田横"二句：田横原为齐国贵族，秦末自立为齐王，刘邦建汉后，他率五百余人逃亡海岛。刘邦招降说："田横来，大者王，小者侯。"田横听说后就去洛阳投降，途中又深感事汉之耻辱，于是自刎，其余五百余人也都自杀（见《史记·田儋列传》）。作者此处写田横对刘邦的招降提出质疑，如果田横五百余人真的投降就会被封王封侯吗？此借田横事讥刺统治者惯于欺诈诱骗，讽劝士大夫不要贪恋功名，空存幻想。

西郊落花歌①

出丰宜门一里②，海棠大十围者八九十本③，花时车马太盛，未尝过也。三月二十六日，大风。明日风少定，则偕金礼部应城、汪孝廉潭、朱上舍祖毂、家弟自毂出城饮而有此作④。

西郊落花天下奇，古来但赋伤春诗⑤。西郊车马一朝尽，定盦先生沽酒来赏之。先生探春人不觉，先生送春人又嗤⑥。呼朋亦得三四子，出城失色神皆痴⑦。如钱唐潮夜澎湃⑧，如昆阳战晨披靡⑨。如八万四千天女洗脸罢⑩，齐向此地倾胭脂。奇龙怪凤爱漂泊，琴高之鲤何反欲上天为⑪？玉皇宫中空若洗，三十六界无一青蛾眉⑫。又如先生平生之忧患，恍惚怪诞百出难穷期⑬。先生读书尽三藏⑭，最喜《维摩》卷里多清词⑮。又闻净土落花深四寸⑯，冥目观想尤神驰⑰。西方净国未可到，下笔绮语何漓漓⑱。安得树有不尽之花更雨新好者⑲，三百六十日，长是落花时。

【注释】

①作于道光七年（1827年）暮春。与传统的伤春情调不同，作者用丰富奇特的想象以及淋漓酣畅的笔触，把引人伤感的落花写得壮美绮丽，形成一幅全新的艺术景观。②丰宜门：金代京城南面有三门，中为丰宜门，旧址约在北京右安门外西南。③围：量词。两手大拇指与食指合拢的圆周长。本：量词。张祥河《关陇舆中偶忆编》："京师丰宜门外三官庙海棠最盛，花时为士夫宴集之所。"④金应城、汪潭、朱祖毂、龚自毂：生平均不详。礼部：六部之一，掌礼仪、祭祀、贡举等职。金应城任职该部，故称。孝廉：汉代选拔官吏的科目之一，由郡国荐举，明清时对举人的俗称。上舍：清代对监生的别称。宋熙宁四年（1071年）定三舍法，分太学为上舍、内舍、外舍，上舍为最高层。⑤伤春：因春天到来而引起忧伤、苦闷。⑥"先生"二句："探春"、"送春"，抒写爱春深情。嗤：讥笑。⑦失色：面色改变。神皆痴：见落花壮丽景观而神情惊愕。⑧钱唐潮：即著名的浙江钱塘江潮。江面大潮汛期，潮头可高达三米多，奔腾澎湃，宛若银龙。此以江潮奔涌形容落花飘散之状。⑨昆阳战：汉更始元年（公元23年），刘秀率数千精兵，在昆阳（今河南叶县）击败王莽四十万军队，史称"昆阳之战"。披靡：溃散。此以大战后的狼藉景象来形容落花满地。⑩八万四千：佛经用语，极言众多。天女：即佛经故事里的散花天女。⑪奇龙怪凤：喻指落花。琴高：传说为周末赵国人，能鼓琴，后于涿水乘鲤鱼升天。事见刘向《列仙传》。⑫"玉皇"二句：玉皇：道教称天帝为玉皇大帝，简称玉皇、玉帝。三十六界：亦作三十六天。道教称神仙所居为天界，自玉皇宫至人世之间共三十六层（见《云笈七签》卷二一）。青娥眉：少女的代称。⑬恍惚：隐约不清，难以捉摸和辨认。怪诞：离奇荒诞。难穷期：难以完全预料。⑭三藏（zàng）：佛教经典的总称。分经、律、论三部分。⑮《维摩》：指《维摩诘所说经》。清词：清雅的词句。⑯净土：指佛教所谓庄严洁净，没有五浊的西方极乐世界，即佛国。下文"净国"同。⑰冥目：同"瞑目"，闭上眼睛。观想：反观回想。⑱绮语：佛

教语。指华艳绮靡的言词，十善戒中列为四口业之一。漓漓：水渗流的样子，这里形容言词滔滔不绝。
⑲雨：用成动词，落、下。

己亥杂诗①

其五

浩荡离愁白日斜②，吟鞭东指即天涯③。
落红不是无情物，化作春泥更护花④。

【注释】

①道光十九年（1839 年），作者辞官南归，后又北上接家属，往返途中杂述见闻、感想以及往事回忆等，写成这组诗，共计 315 首。②浩荡离愁：浩大深广的离愁。③吟鞭：行吟诗人的马鞭。东指：离京东行。即天涯：指归向远在天涯的东南故乡。刘禹锡《和令狐相公别牡丹》诗："莫道两京非远别，春明门外即天涯。"此化用其意。④"落红"二句：落红，指落花。诗人以落花自喻，落花有情，化作春泥去护持百花，而诗人甘愿如落花一般，贡献自己去培育新生力量，维护变革的理想。

其八十三

只筹一缆十夫多①，细算千艘渡此河。
我亦曾糜太仓粟②，夜闻邪许泪滂沱③！（五月十二日抵淮浦作④。）

【注释】

①筹：作动词，计算。缆，系船用的粗绳，此指纤绳。夫：纤夫，船工。②糜：耗费。太仓：古代京城储粮的大仓。粟：小米，泛指粮食。③邪（yé）许（hǔ）：劳动呼声。《淮南子·道应训》："今夫举大木者，前呼'邪许'，后亦应之，此举重劝力之歌也。"泪滂沱：泪下如雨。滂沱：雨下得很大。④淮浦：清代淮安府，即今江苏淮安市。

其八十五

津梁条约遍南东①，谁遣藏春深坞逢②？
不枉人呼莲暮客③，碧纱幪护阿芙蓉④。

【注释】

①津梁条约：指清政府制定的中外通商条约，其中包括禁止贩运鸦片的条例和规定。津梁：

指沿海海口。遍南东：遍喻东南沿海口岸。②藏春深坞：北宋刁约晚年筑花坞于家乡，号藏春坞。苏轼《赠张刁二老》诗"藏春坞里莺花闹"，即咏其事。坞：地势周围高而中央凹的地方。此以藏春坞喻指烟馆。③莲幕客：即幕客。南齐卫将军王俭用庾杲之为长史。"安陆侯萧缅与俭书曰：'盛府元僚，实难其选。庾景行（杲之字）沉渌水，依芙蓉，何其丽也！'时人以人俭府为莲花池，故缅书美之。"（《南史·庾杲之传》）后因称幕府为莲幕，幕客为莲幕客。这里泛指官僚及幕客。④碧纱幮（chú）：一种橱形帷帐。此指床帐。阿（kē）芙蓉：即鸦片。李圭《鸦片事略》说：罂粟初产埃及，古希腊人取其汁人药，称为阿扁，后阿拉伯人变"扁"音为芙蓉，波斯人又音变为"片"，故有阿芙蓉、阿片之名。"明人《医学入门》云'鸦片一名阿芙蓉'，始见'鸦片'二字。盖自印度、南洋辗转传至中国，复变阿音为鸦也。""不枉"二句，以嘲讽笔触揭露官僚幕客竞相吸毒，使阿芙蓉得到庇护的丑行。

其一百二十五

九州生气恃风雷①，万马齐喑究可哀②！我劝天公重抖擞③，不拘一格降人材④。（过镇江，见赛玉皇及风神、雷神者⑤，祷词万数，道士乞撰青词⑥。）

【注释】

①九州：相传古代中国分为九州，后用成中国的代称。生气：生命力，活力。恃：依赖，倚仗。风雷：狂风和雷暴，比喻气势浩大而猛烈的冲击力量。②万马齐喑（yīn）：喻当时全国死气沉沉的局面。苏轼《三马图赞引》称西域贡马"振鬣长鸣，万马皆喑"。喑：哑。究：毕竟，到底。③重：重新。抖擞：振作，奋发。④不拘一格：不局限于一种规格、标准。降：下降，产生。⑤赛：酬报，旧时祭祀酬神之称。⑥青词：道士设坛祈祷用的祝文，以朱笔写在青藤纸上，所以称为青词。

魏源

魏源（1794～1857年），名远达，字默深，湖南邵阳人。著名学者，中国近代启蒙思想家和文学家。道光进士，官至高邮知州。鸦片战争时曾参与浙东抗英战役。学识渊博，著述很多，主要有《书古微》、《诗古微》、《老子本义》、《圣武记》、《元史新编》和《海国图志》等。《海国图志》是他作为地理学家的代表作。他还写了不少山水诗，风格雄浑遒劲，朴素明快。有《古微堂集》。

江南吟十章　效白香山体

其八

阿芙蓉①，阿芙蓉，产海西，来海东。不知何国香风过，醉我士女如醇酥②。夜不见月与星兮，昼不见白日，自成长夜逍遥国③。长夜国④，莫愁湖⑤，销金锅里乾坤无⑥。溷六合⑦，迷九有⑧，上朱邸⑨，下黔首⑩，彼昏自痼何足言⑪，藩决膏殚付谁守⑫？语君勿咎阿芙蓉，有形无形朋则同⑬：边臣之朋曰养痈⑭，枢臣之朏曰中庸⑮，儒臣鹦鹉巧学舌⑯，库臣阳虎能窃弓⑰。中朝但断大官朋⑱，阿芙蓉烟可立尽。

【注释】

①阿芙蓉：即鸦片。②醇酎（nóng）：浓酒。③"自成"句：引用殷纣王荒淫享乐，"为长夜之饮"的典故，见《史记·殷本纪》。是说瘾客昼夜吸食鸦片，无忧无虑。④长夜国：比喻荒淫侈靡、浑浑噩噩的生活状态。《韩非子·说林上》："纣为长夜之饮，懼以失日，问其左右尽不知也。"⑤莫愁湖：在南京水西门外。相传六朝时有女子莫愁居此，故名。这里仅借"莫愁"二字来说吸鸦片者醉生梦死、无忧无愁，置国家安危于度外。⑥销金锅：喻大量花费金钱的处所，这里指吸鸦片的烟具。乾坤无：沉溺于吸食鸦片，神魂颠倒，仿佛天地都不存在了。⑦溷（hùn）：混浊。六合：上下及四方的合称。⑧九有：九州。《诗·玄鸟》："奄有九有。"毛传："九有，九州也。"⑨朱邸（dǐ）：古时诸侯有功者赐朱户，故称王侯第宅为朱邸。此指贵族官僚之家。⑩黔首：古时称老百姓。先秦称百姓为黎民，秦始皇二十六年"更名民曰黔首"（《史记·秦始皇本纪》）。⑪痼（gù）：积久难改的习惯，此指鸦片烟瘾。⑫藩决：边防被敌人突破。藩：屏藩，指国家边防。膏：油脂，喻财富，此指国家财富。殚：尽。⑬朏：诗末自注："俗语烟瘾之瘾，字书无之。《说文》：'朏，病癥也。'今借用之。"句谓无形的朏与鸦片危害相同。⑭边臣：守卫边疆的官员。养痈（yōng）：对毒疮不认真治疗。喻指姑息苟且，不治边患。⑮枢臣：朝廷中参与决策的大臣。中庸：儒家倡导的一种调和折中的思想。⑯儒臣：旧指读书人出身或有学问的大臣。鹦鹉巧学舌：比喻人云亦云，没有主见。⑰库臣：掌管府库的官员。阳虎：又称阳货。春秋鲁国人，原为季氏家臣，后擅权鲁国。周敬王五十八年（公元前502年），他在与鲁国三大贵族作战时，到鲁定公宫中盗出鲁国国宝宝玉大弓。这里用阳虎事说库臣监守自盗，指斥清朝官吏贪污盗窃成风。⑱中朝：即朝中。大官朋：语意双关，既指鸦片烟瘾，又指官僚们的诸多弊病。

寰海十章①

其九

城上旌旗城下盟②，怒潮已作落潮声。阴疑阳战玄黄血③，电挟雷攻水火并④。鼓角岂真天上降，琛珠合向海王倾⑤。全凭宝气销兵气，此夕蛟宫万丈明⑥。

【注释】

①这组诗大部分作于1841年。当年两江总督裕谦在浙江防御英军，魏源在其幕中，参加了抗英斗争。1841年5月，英军炮击广州，清守将奕山不战而和，本诗即有感于此而作。②城下盟：敌人兵临城下时，被迫订立屈辱的盟约。在《左传》桓公十二年："楚伐绞……大败之，为城下之盟而还。"杜预注："城下盟，诸侯所深耻。"这里指奕山与英军签订的一系列屈辱性条款。③"阴疑"句：《周易·坤卦》上六爻辞："龙战于野，其血玄黄。"《文言》："阴疑于阳必战。"孔颖达《正义》："阴盛为阳所疑，阳乃发动，故除去此阴；阴既强盛，不肯退避，故必战也，"玄黄：杂色。④电挟（xié）：比喻强兵挟制。雷攻：比喻攻击力迅猛。⑤"鼓角"句：汉景帝三年（公元前154年），周亚夫奉命讨伐吴楚七国之乱。赵涉建议他隐蔽奇袭，"直入武库，击鸣鼓，诸侯闻之，以为将军从天而降也。"亚夫采纳此议，获得胜利。见《汉书·周勃传》。此反用亚夫典，谓英军并非天降神兵，之所以能轻易得手，皆因清军腐败无能。琛（chēn）：珍宝。合：应当，此含讽刺意。海王：海上的首

领、霸王。⑥"全凭"二句：宝气：珍物、财宝等所显现的光气。兵气：战争的气氛。蛟宫：即龙宫。传说中的龙宫在东海中，"夜中远望，见此水上红光如日，方百余里，上与天连，船人相传龙王宫在其下矣"。此借指英军攫取的大量财宝光亮四射。

秋兴十章①

其八

粟死金生孰后先? 由来二物互操权②。荒年谷贸丰年玉③，下赋田征上赋钱④。寒食几曾烟果断⑤，尾闾愁说海堪填⑥。蜗庐外漏兼中蠹⑦，宵拥长沙家令篇⑧。

【注释】

①道光二十一年（1841年），黄河在河南东部决口，各地又闹灾荒，社会动荡不宁。诗人感时忧国，写了这组诗。②"粟死"二句：粟，粮食。金，金银财货。《商君书·去强》："金生而粟死，粟死而金生。"这是说钱、粮二物，互相制约，缺一不可，一同控制着国家和人民的命脉。③"荒年"句：荒年谷贵，与丰年玉价相当。贸，交易。④"下赋"句：历代田赋皆分等征收，清代分上中下三等。此指原定为下赋的田，荒年反倒按上赋标准征税。⑤寒食：节令名。这一天古人因禁火而冷食。果：果真。⑥尾闾（lú）：古代传说中的海水所归之处。《庄子·秋水》："天下之水，莫大于海，万川归之，不知何时止而不盈；尾闾泄之，不知何时已而不虚。"成玄英疏："尾闾者，泄海水之所也。"⑦蜗庐：蜗牛的螺壳，简陋居处的代称。喻指当时贫弱的国家。蠹（dù）：蛀蚀。⑧宵拥：夜里捧着（阅读）。长沙：指贾谊，他在汉文帝时任长沙王太傅。家令：指晁错，他在汉文帝时任太子家令。篇：指贾、晁的论著，主要指贾谊的《治安策》、《过秦论》，晁错的《贤良对策》、《言兵事疏》等研究西汉政治、军事的著名论文。

何绍基

何绍基（1799～1873年），字子贞，号东洲，晚号蝯叟，道州（今湖南道县）人。清代诗人、学者、书法家。道光十六年（1836年）进士，官翰林院编修，四川学政。因屡陈时务，被降官调职后主讲山东、湖南书院，晚年主持苏州、扬州书局。

山雨

短笠团团避树枝①，初凉天气野行宜②。谿云到处自相聚③，山雨忽来人不知。马上衣巾任沾湿，村边瓜豆也离披④。新晴尽放峰峦出，

万瀑齐飞又一奇。

【注释】

①笠：用竹或草编成的帽子，可以遮雨、遮阳光。②野行：在野外行走。③谿：山间的沟壑。④离披：形容瓜豆经雨散乱下垂的样子。

▌姚燮

姚燮（1805～1864年），字梅伯，号复庄、野桥，浙江镇海人。清代文学家。道光十四年（1834年）举人。其文集中较多反映民生疾苦的作品。鸦片战争爆发后，写了很多爱国诗篇。他主张诗应"自寄其性情"，反对过分追求格律。有《复庄诗问》等。

太守门①

鬼官设座太守门②，愚民号泣来诉冤，细书事状长跽陈③。鬼官不解民所语，旁有青衣相尔汝④：小事鸡一匹，大事犊一头⑤；我当释尔苦，官当如尔求。尔不鸡，褫尔衣⑥；尔不犊，割尔肉。缚鸡牵犊来献公，驱犊入栅鸡入笼。鬼官点头画破纸，画篆如符阔三指⑦，归贴门户堪辟灾。有不得者心悲哀，明朝当办肥犊来。君不见，墨书朱印天朝字⑧，门上犹悬太守示。

【注释】

①太守：清代知府的别称，为地方府一级长官。②鬼官：对英侵略者官员的蔑称。③事状：指诉状所陈述的事。长跽（jì）：长跪。跽，双膝着地，上身挺直。④青衣：穿青衣或黑衣的人，此指衙役。尔汝：彼此亲昵的称呼。相尔汝：指青衣与鬼官沆瀣一气。⑤"小事"二句：揭露鬼官明码标价，公然索贿。小事要交一只鸡，大事要交一头牛。⑥褫（chǐ）：夺去，褫夺。⑦画篆：签署判行文书。符：道士画的图形或线条，迷信说法认为"符"能驱使鬼神，消灾求福。⑧天朝字：指满文。

▌贝青乔

贝青乔（1810～1863年），字子木，号无咎，又号木居士，江苏吴县（今苏州）人。近代诗人。出身低微，科场不顺，大半生过着幕客生活。他的诗多写亲身经历之事，具有丰富的现实内容。诗风质朴平易，时有豪壮之气。著有《咄咄吟》、《半行庵诗存稿》。

咄咄吟①

其二十一

骆驼桥距镇（海）、宁（波）二城约二十余里，故张应云屯兵于此，以为两路后应。二十八日夜半，瞭见二城火光烛天，胜负莫决。继闻炮声四起，或请于应云曰：

"我兵不带枪炮，而今炮声大作，恐或失利，急宜运赴前队以助战。"而应云素吸鸦片烟，时方烟瘾至，不能视事。及二十九日天明，探报四至，迄无确耗。日中，镇海前队刘天保等败回，傍晚，宁波前队余步云、李廷扬自慈谿带兵至，知其并未进城，而段永福等已败入大隐山②。讹言蜂起，加以败残军士乏食，哭声震野。或谓宜再进，或谓宜速退，聚谋至黄昏不决。而英夷旋从樟市来犯，先焚我所弃火攻船以助声势，继闻发枪炮，豕突而至③。我兵望风股栗，不敢接战，咸向慈谿城退避。而应云犹卧吸鸦片烟半时许，始踉跄升舆而走④。

> 瘾到材官定若僧⑤，当前一任泰山崩。
> 铅丸如雨烟如墨，尸卧穹庐吸一灯⑥。

【注释】

①咄咄吟：组诗名。晋殷浩被黜后，常终日向空书写"咄咄怪事"四字。见《世说新语·黜免》，诗题取义于此。这是作者在清扬威将军奕经军中陆续写成的一组纪事讽刺诗，共一百二十首，此为其中一首。②张应云：原为安徽泗州知州，是奕经的门生。此人腐败无能，颇多丑行。视事：治事，任职。耗：消息。③讹（é）言：谣言。豕（shǐ）突：像野猪一样奔突窜扰。④股栗：大腿发抖，形容十分恐惧。升舆（yú）：登车，上车。⑤材官：武官。定若僧：像和尚坐禅入定一样。坐禅入定是佛教徒的一种修行方法，静坐息虑，凝心参究，使心定于一处。⑥铅丸：子弹。烟：硝烟。尸卧：像死尸一样躺着不动。穹庐：游牧民族居住的圆顶帐篷，这里指营帐。

洪秀全

洪秀全（1814～1864年），原名仁坤，广东花都区人。太平天国的创建者及思想指导者，称"天王"。洪秀全的诗一部分是抒发爱国革命壮志的，而绝大部分都是直接宣传鼓动革命的，诗歌成了他对敌斗争的一大武器。现存诗歌十余首，散见于《洪仁玕自述》、《太平天国起义记》等著中。

吟剑诗①

手持三尺定山河②，四海为家共饮和③。擒尽妖邪归地网④，败残奸宄落天罗⑤。东西南北敦皇极⑥，日月星辰奏凯歌。虎啸龙吟光世界⑦，太平一统乐如何⑧！

【注释】

①原载《洪仁玕自述》。作于道光十七年（1837年），表达了铲除奸邪，建立平等友爱、太平一统的新世界的政治理想。②三尺：指剑。剑长约三尺，故以"三尺"代剑。《汉书·高祖纪》："吾以布衣提三尺"。颜师古注："三尺，剑也。"③饮和：谓使人感到自在，享受和乐。语本《庄子·则阳》："故或不言而饮人以和"。④妖邪：指封建统治者。洪秀全在《原道觉世训》中把封建帝王当作"阎罗妖"来反对，正与此合。⑤奸宄

（guǐ）：原义内盗为奸，外盗为宄。后混用泛指坏人、恶人。奸宄亦指违法作乱的事情。⑥敦：崇尚。此有推崇、拥戴意。皇极：指皇位。极：特指帝王之位。班固《东都赋》："奋布衣以登皇极。"⑦虎啸龙吟：形容歌声雄壮而嘹亮。此写起义队伍充满生机和活力。⑧"太平"句：洪秀全在《原道醒世训》中号召群众变"陵夺斗争之世"为"公平正直之世"，实现"天下一家，共享太平"的理想，本句正是政治理想的形象概括。

张之洞

张之洞（1837～1909年），字孝达，号香涛，又号广雅、无竟居士，晚年自号抱冰。直隶南皮（今属河北）人。清朝洋务派代表人物之一，其提出的"中学为体，西学为用"，是对洋务派和早期改良派基本纲领的一个总结和概括。有《广雅堂诗集》。

四月下旬过崇效寺访牡丹，花已残损①

一夜狂风国艳残，东皇应是护持难②。
不堪重读元舆赋③，如咽如悲独自看。

【注释】

①约作于1899年。崇效寺：旧址在北京广安门内，唐初建寺，元代赐额"崇效"，后几经废兴，清代为游观胜地。②国艳：国中最艳丽的花，多指牡丹。东皇：指神话中的司春之神，此喻指光绪帝。③不堪：承受不了。元舆赋：指唐代舒元舆所作的《牡丹赋》。唐文宗大和九年（公元835年），宰相李训、节度使郑注谋诛宦官，舒元舆参与其事，事败被杀。《新唐书·舒元舆传》："元舆为《牡丹赋》一篇，时称其工。死后，帝观牡丹，凭殿阑诵赋，为泣下。"诗用此事暗指维新党人谋诛慈禧等顽固派未遂，反遭残杀的"戊戌政变"，"元舆"暗指作者门生杨锐。杨锐（1857～1898年），四川绵竹人。官内阁中书，戊戌变法六君子之一，被捕后，张之洞营救不及，与谭嗣同等同时被害。

郑观应

郑观应（1842～1921年），原名官应，字正翔，号陶斋，别号杞忧生、罗浮待鹤人。广东香山（今中山市）人。他是中国近代最早具有完整维新思想体系的理论家，揭开民主与科学序幕的启蒙思想家，也是实业家、教育家、文学家、慈善家和热忱的爱国者。诗集有《罗浮待鹤山人诗草》等。

闻中法息战感赋①

牢补亡羊尚未迟②，农工商是富强基③。强邻环伺犹堪虑④，当轴因循岂不知⑤！
贾谊上书唯痛哭⑥，班超投笔莫怀疑⑦。疮痍满目凄凉甚⑧，深盼回春国手医⑨。

【注释】

① 1885 年 3 月，中国军民在镇南关打败了入侵的法军，而清政府竟向战败的法国求和，与之签订停战协定。作者就此赋诗抒感，对国家频遭列强侵凌的艰危处境深表忧虑，疾呼变革图强，发展民族工商业，以拯救祖国的危亡。②"牢补"句：是说出了差错及时纠正、补救，还不为迟。《战国策·楚策四》："亡羊而补牢，未为迟也。"亡，丢失。牢，牲口圈。③"农工商"句：谓农工商业是国家富强的根基。郑氏力主发展民族工商业以抗御西方："欲制西人以自强，莫如振兴商业"，"论商务之源，以制造为急，而制造之法，以机器为先"。④强邻环伺：指列强四面窥伺我国，处境险恶，令人忧虑。⑤当轴：喻官居要职，掌握大权。此指当朝政要，如李鸿章之流。因循：沿袭旧法而不改革。⑥"贾谊"句：西汉贾谊曾向文帝上书，论治安之策，称当时天下事势"可为痛哭者一，可为流涕者二，可为长太息者六"（见《汉书·贾谊传》）。此用其事，谓当时天下之事令人伤痛。⑦"班超"句：班超家贫，为官府抄书养家，一日投笔叹道："大丈夫无他志略，犹当效傅介子、张骞立功异域，以取封侯，安能久事笔砚间乎？"此用班超事，谓在国家危难之时，应投笔从戎，无须迟疑。⑧疮（chuāng）痍（yí）满目：形容遭到严重破坏或灾害后的景象。⑨回春：冬去春来。喻医术高明，能治愈危重病症。国手：一国中某项技艺最为出众的人。

▎黄遵宪

黄遵宪（1848～1905 年），字公度，别号人境庐主人，广东嘉应州（今梅县）人。清末杰出的爱国诗人、外交家。潜心新体诗创作，被誉为"诗界革命巨子"。同时，他热心家乡教育事业，创立嘉应兴学会议所，自任会长，积极兴办新学堂。著作《日本杂事诗》、《日本国志》、《人境庐诗草》等。

哀旅顺①

海水一泓烟九点，壮哉此地实天险②。炮台屹立如虎阚，红衣大将威望俨③。下有深池列巨舰④，晴天雷轰夜电闪⑤。最高峰头纵远览，龙旗百丈迎风贴⑥。长城万里此为堑⑦，鲸鹏相摩图一啖⑧。昂头侧睨视眈眈⑨，伸手欲攫终不敢⑩。谓海可填山易撼，万鬼聚谋无此胆⑪。一朝瓦解成劫灰⑫，闻道敌军蹈背来。

【注释】

①旅顺：又称旅顺口，在辽东半岛最南端，形势险要，与山东威海卫同为北洋海军基地。光绪二十年（1894 年）十月十八日，日军进犯旅顺，徐邦道率部奋战数日，因敌众我寡、后援不继而战败，旅顺遂于二十一日被日军占领。本诗对北洋海军经营十余年的要塞旅顺口顷刻失陷表示哀伤和愤慨。这不仅是旅顺之哀，水师之哀，更是十九世纪末中华民族的悲哀。②"海水"二句：写旅顺地形，背山面海，扼渤海湾之口，为我国东北屏障，壮若天险。李贺《梦天》："遥望齐州（中州、中国）九点烟，一泓海水杯中泻。"③虎阚（hǎn）：虎怒的样子。红衣大将：指大炮。明末清初仿荷兰大炮而造的一种炮，称红衣大炮。威望俨：威望俨然，即威严可怕的样子。④深池：指大船坞。⑤"晴天"句：描写舰上演习发炮的情形。⑥贴（zhǎn）：飘动。⑦"长城"句：谓旅顺形势险要，好像是万里长城的护城河。⑧"鲸鹏"句：语本韩愈《送无本诗归范阳》："鲸鹏相摩宰，两举快一啖。"鲸鹏，这里喻指外国侵略者。摩：迫近，此有侵凌意。啖：吃。⑨睨（nì）：斜视。眈眈：威猛地看着。⑩攫：抓取，夺取。⑪万鬼：列强侵略者。无此胆：指没有进攻旅顺的胆量。⑫劫灰：劫火的余灰。劫火，佛家语，指坏劫之末（世界末日）所起的大火，也借指兵火。

上岳阳楼①

巍峨雄关据上游，重湖八百望中收②。当心忽压秦头日③，画地难分禹迹州④。从古荆蛮原小丑，即今砥柱孰中流⑤？红髯碧眼知何意⑥，挈镜来登最上头⑦。

【注释】

①光绪二十三年（1897年）六月，作者赴湖南长宝盐法道任，过岳州（今岳阳市），曾登岳阳楼。岳阳楼：湖南岳阳县城西门城楼，高三层，下临洞庭湖，始建于唐，宋代重修，范仲淹作《岳阳楼记》。②巍峨：形容山或建筑物的高大。雄关，指岳阳楼。据上游：岳阳楼在洞庭湖北端，位居上方。重湖：洞庭湖南面有青草湖，中隔沙洲，水涨时则两湖相连，故称重湖。八百：指洞庭湖、青草湖与赤沙湖（在洞庭湖西）三湖合一，周围八百余里，故有"八百里洞庭"之说。③秦头日：南宋权奸秦桧当政时，谢石拆"春"字说：秦头太重（暗喻秦桧权力太大），压日（指皇帝）无光。这里指帝国主义对中国侵略加剧，压迫益重。作者句下自注："近见西人势力范围图，竟将长江上下游及浙江、湖南指入英吉利属内矣。"④禹迹：相传夏禹治水，足迹遍于九州，后因称中国的疆域为禹迹。这是说中国领土是完整不可分割的。⑤荆蛮：古代中原人对荆楚地区（约今湖北、湖南一带）人的称呼。《诗·小雅·采芑》："蠢尔蛮荆，大邦为仇。……方叔率止，执讯获丑"，是说荆蛮蠢动，侵扰周王朝，但被方叔率军征服了。砥柱，山名，又称三门山。在河南三门峡市，当黄河中流，因山在激流中矗立如柱，故名。诗文中常用以比喻能负重任、支撑危局的人或力量。⑥红髯（rán）碧眼：指洋人。髯，胡子。⑦挈镜：带着望远镜。作者句下自注："是日有西人登楼者。"

书愤①

其一

一自珠崖弃②，纷纷各效尤③。瓜分惟客听④，薪尽向予求⑤。秦楚纵横日⑥，幽燕十六州⑦。未闻南北海，处处扼咽喉⑧。

【注释】

①作于光绪二十四年（1898年）。中日甲午战后，帝国主义竞相瓜分中国，强租领土，清政府腐败无能，屈膝投降，民族危机日益严重。面对这种局势，作者忧心如焚，便写下这组诗，以抒发悲愤之情。②珠崖弃：汉元帝初元元年（公元前48年），珠崖（海南省琼山区东南）等郡反叛，元帝拟发兵镇压，贾捐之劝阻说，珠崖非冠带（礼仪，教化）之国，现今关东民众久困，连年流离，"愿遂弃珠崖，专用恤关东为忧"。元帝听从其意见，下诏罢珠崖郡。事见《汉书·贾捐之传》。后以"弃珠崖"指抛弃国土。句下自注："胶州"。指清廷同意德国强租胶州湾。③效尤：明知不对而去仿效。这句下自注："旅顺、大连湾、威海卫、广州湾"。④客听：任客自便。《左传》成公二年：晋齐交战，齐军败，齐侯答应献出珍宝和土地，请求晋国退兵，并说："不可，则听客之所为！"此用其典，是说清政府腐败无能，听任帝国主义瓜分国土。客，指各国侵略者。⑤薪尽：语出《庄子·养生主》，说薪一烧便尽，而火却可以因为不断添薪而传下去。⑥秦楚纵横：战国时七国并峙，秦、楚两国最强，都想并吞他国，独霸天下。秦国在西，六国在东，地贯南北。当时以南北为纵，东西为横。故秦国争取与东方六国分别交好，为连横；楚国争取六国联合以拒秦，为合纵。这里以"秦楚

纵横"喻指帝国主义列强在中国互相争斗。⑦"幽燕"句：五代时，石敬瑭为后唐河东节度使，契丹南侵，他引契丹兵灭后唐，建立后晋，自称儿皇帝，称契丹为父皇帝，并割幽蓟十六州（又称燕云十六州）给契丹。这里混用两种名称为"幽燕十六州"，此借石敬瑭事抨击清王朝的卖国罪行。⑧南北海：指南北海口及重要地区。扼咽喉：喻控制要害。此二句是说：从未听说过南北海口各咽喉要地像今天这样被列强控制的。

夜起①

千声檐铁百淋铃②，雨横风狂暂一停③。正望鸡鸣天下白④，又惊鹅击海东青⑤。沉阴曀曀何多日⑥，残月晖晖尚几星⑦。斗室苍茫吾独立⑧，万家酣梦几人醒。

【注释】

①约作于光绪二十七年。诗针对沙俄入侵东北事，抒发了忧国伤时的感叹。②檐铁：即檐马，又称铁马，是挂在屋檐下的风铃。淋铃：指《雨淋铃》，相传唐玄宗入蜀，夜雨闻风铃，采其声而作此曲，以悼念杨贵妃。见《太真外传》。亦借指雨声。韦庄《夜蓬船》："夜来江雨宿蓬船，卧听淋铃不忍眠。"③横：粗暴，凶暴。④"正望"句：化用李贺《致酒行》"一唱雄鸡天下白"而成。全句寄予了作者对局势好转的深切期望。⑤"又惊"句，作者自注："元杨允孚《滦京杂咏》：'新腔翻得凉州曲，弹出天鹅避海青。'自注曰：'海青击天鹅，新声也。海东青者，出于女真，辽极重之。'"海东青：雕的一种，凶猛而珍贵，产于黑龙江下游及附近海岛，这里借指我国东北地区。鹅：谐音"俄"，指沙皇俄国。⑥"沉阴"句：用《诗·邶风·终风》"曀曀其阴"和《邶风·旄丘》"何多日也"，喻指当时局势暗淡，像连阴天一样。曀曀（yì）：天气阴沉昏暗。⑦晖晖：明亮。⑧斗室：比喻极小的屋子。苍茫：夜色昏暗，模糊不清。独立：单独站立。杜甫《独立》："天机近人事，独立万端忧。"

▌陈三立

陈三立（1852～1937年），字伯严，号散原，江西义宁（今修水）人。湖南巡抚陈宝箴之子，国学大师、历史学家陈寅恪之父。近代诗文名家，同光体赣派代表人物，被誉为中国最后一位传统诗人。早年多忧愤国事之作，对帝国主义的入侵、人民的苦难等均有所反映。有《散原精舍诗集》等。

夜舟泊吴城①

夜气冥冥白，烟丝窈窈青②。孤篷寒上月，微浪稳移星③。灯火喧渔港，沧桑换独醒④。犹怀中兴略，听角望湖亭⑤。

【注释】

①作于光绪二十七年（1901年）。这首诗写了舟泊吴城所见鄱阳湖夜景。借眼前所见之景，抒发心中情怀，希望为国家谋求一条富国强兵的中兴之路。吴城：镇名，在江西省永修县北，当赣江入鄱阳湖之口。②夜气：夜间的清凉之气。冥冥：弥漫。烟丝：指缕缕烟雾。窈窈：深邃幽暗。③篷：船篷。上月：指月升于空。稳：指浪小船稳。移星：星星倒映水中，波动星移。④沧桑："沧海桑田"的略语。指大海变农田，农田变大海，比喻世事变化巨大。语本葛洪《神仙传·王远》，这里指戊戌政变和庚子事变的发生。独醒：独自清醒，喻不同流俗。语出《楚辞·渔父》："世人皆醉我独醒"，句谓经历世事的巨大变化，获得了不同于流俗的清醒认识。⑤中兴略：使国家由衰而盛的谋略。角：古乐器，吹奏以报时，军中多用作军号。望湖亭：在吴城镇鄱阳湖边。

▌严复

严复（1853～1921年），字又陵，又字几道，晚号愈懋老人。福建闽侯（今福州市）人。清末很有影响的资产阶级启蒙思想家、翻译家和教育家，是中国近代史上向西方国家寻找真理的"先进的中国人"之一。翻译了《天演论》、《原富》等西方著作，对当时的思想文化界产生了很大影响。他不以诗著称，但也写了一些感时忧国之作。有《愈懋堂诗集》、《严复诗文选》等。

戊戌八月感事①

求治翻为罪②，明时误爱才③。伏尸名士贱④，称疾诏书哀⑤。燕市天如晦⑥，宣南雨又来⑦。临河鸣犊叹，莫遣寸心灰⑧。

【注释】

①作于光绪二十四年（1898年）夏历八月戊戌政变后。诗中痛惜变法失败和六君子被害，揭露以慈禧为首的顽固派的罪恶，并抒感自勉。②求治：谋求国家的安定太平，指变法维新事。翻：反而。③明时：政治清明的时代，此指光绪执政时。误爱才：光绪爱惜任用维新人才，反使自己和被重用的人遭到以慈禧为首的顽固派的迫害，所以作者这样说。④伏尸：尸体倒地，犹言死亡。指谭嗣同等六君子被杀害。⑤"称疾"句：指慈禧以光绪的名义下诏，声称有病，请太后再度临朝听政。⑥燕市：指北京。晦：黑夜。⑦宣南：指北京宣武门南。谭嗣同等六人被杀于宣武门外菜市口。雨又来：喻政变发生，志士被害。⑧"临河"二句：据《史记·孔子世家》记载，孔子准备去晋国见赵简子，走到黄河边，听说晋贤大夫窦鸣犊和舜华被赵

简子杀害，便叹息道："丘之不济此，命也夫！"于是返回。这里把谭嗣同等比作窦鸣犊、舜华，诗人为他们的遇害而叹息。

康有为

过虎门①

粤海重关二虎尊②，万龙轰斗事何存③？
至今遗垒余残石④，白浪如山过虎门。

【注释】

①作于光绪十三年（1887年）。诗中追怀林则徐在虎门的抗英业绩，慨叹如今海防空虚，无人御敌。虎门：在广东东莞，东西有大小虎山对峙如门，自明以后，即为我国海防要塞。②粤海：指中国南部广东一带的海域，又作为广东或广州的代称。重关：险要的关塞。二虎：指大小虎山。③万龙轰斗：指鸦片战争初期，林则徐坚决抵抗英国侵略，曾在虎门一带与英军激战的事。④"至今"句：慨叹林则徐当年修筑的营垒如今仅余残石。

出都留别诸公①

其二②

天龙作骑万灵从，独立飞来缥缈峰③。怀抱芳馨兰一握，纵横宙合雾千重④。眼中战国成争鹿⑤，海内人才孰卧龙⑥？抚剑长号归去也，千山风雨啸青锋⑦！

【注释】

①作于光绪十五年（1889年）。作者自注："吾以诸生上书请变法，开国未有。群疑交集，乃行。"1888年，康有为利用在北京参加顺天乡试之机上书清帝，陈述变法图强的必要性和紧迫性，建议"变成法，通下情，慎左右"。由于顽固派阻挠，该书未得上达，作者遂于1889年9月出京。②这首诗抒发了作者对国家民族命运的关切之情，展示了诗人变法图强的宏大抱负，志气豪迈，富有激情。③天龙：天上的龙。龙为传说中的一种神异动物，能兴云降雨，为水族之长。作骑（jì）：即"坐骑"。万灵：众神。飞来缥缈峰：高远隐约，如自天外飞来的奇峰。④"怀抱"二句：是说虽然自己保持着芳香高洁的志行，但是所处的世界却昏暗混浊。芳馨：芳香，也指香草。宙合：原为《管子》篇名，意思是囊括上下古今之道。这里借以指宇宙、世界、天下。⑤战国：指帝国主义列强。争鹿：即逐鹿。《汉书·蒯通传》："秦失鹿，天下共逐之。"⑥卧龙：诸葛亮的别号，此指杰出人才。⑦抚：持。号：长声大叫。青锋：即青锋剑，因剑身寒光闪烁，锋芒毕露，故称。此指宝剑。啸青锋：宝剑发出鸣叫声。

刘光第

刘光第(1859～1898年),字裴村,四川富顺人。清末维新派的著名爱国诗人,"戊戌六君子"之一。光绪进士,授刑部主事。光绪二十四年(1898年),加四品卿衔军机章京,参预新政。戊戌政变时被杀害。能诗文,善书法。有《介白堂诗集》、《衷圣斋文集》。

梦中①

梦中失叫惊妻子②,横海楼船战广州③。五色花旗犹照眼④,一灯红穗正垂头⑤。宗臣有说持边衅⑥,寒女何心泣国仇⑦。自笑书生最迂阔⑧,壮心飞到海南陬⑨。

【注释】

①约作于光绪十一年(1885年)中法战争后。诗借写梦境,表现了作者抗敌卫国的"壮心",并通过醒后自责,嘲讽了以李鸿章为首的投降派。②失叫:失声叫喊。③"横海"句:写自己在梦中参加了抗击法帝国主义侵略的战争。楼船:有楼的大船,古代多用作战船,亦代指水军。广州:指广州湾,在广东湛江市东。④五色花旗:指敌军战舰上的各色旗帜。照眼:犹"耀眼"。⑤红穗:指灯花。这句是写醒后残灯未灭。⑥宗臣:为当世所敬仰的名臣,此指李鸿章。持:操持,处理。边衅:边境争端。⑦寒女:贫家女子。《列女传》卷三载,春秋时鲁国漆地有一女子,过时未嫁,倚柱叹息。邻妇问她是不是想嫁人,她说:"吾忧君老,太子幼。"邻妇说:"此卿大夫之忧也。"她说:"鲁国有患,君臣父子皆被其辱,妇人独安所避乎?"此用其典,激愤地说,既然宗臣主降有理,我们这些普通老百姓又何必为国事痛哭流涕呢?这也是讽刺反语。⑧迂阔:不切合实际。⑨海南:指南海。陬(zōu):角落。

谭嗣同

谭嗣同(1865～1898年),字复生,号壮飞,又号华相众生、东海褰冥氏、廖天一阁主等,湖南浏阳人。著名维新派人物,与林旭、杨深秀、刘光第、杨锐、康广仁六人并称"戊戌六君子"。有《莽苍苍斋诗》、《谭嗣同全集》等。

出潼关渡河①

平原莽千里②,到此忽嵯峨③。关险山争势④,途危石坠窝⑤。崤函罗半壁⑥,秦晋界长河⑦。为趁斜阳渡,高吟击楫歌⑧。

【注释】

①作于光绪十五年(1889年)。时年农历正月,作者自浏阳抵兰州其父谭继洵任所,不久即与兄嗣襄赴北京应试。潼关:关隘名,故址在今陕西省潼关县东南,处陕、晋、豫三省要冲,历来为军事要地。②平原:指陕西关中平原,号称八百里秦川。③嵯(cuó)峨(é):高峻突兀。④关险:潼关西接华山,南临商岭,关城雄踞山腰,下临黄河,十分险要。⑤石坠窝:山石坠落,下陷为洼

处。⑥崤（xiáo）函：指崤塞（在今河南洛宁县北）和函谷（在今河南灵宝市）。罗：网罗。半壁：半边，此指半壁江山。句谓崤函封锁着半壁江山。⑦秦：古国名，辖地主要在今陕西。晋：古国名，辖地主要在今山西。长河：指黄河。句谓黄河为秦晋的分界。⑧击楫：东晋时五胡占据中原，祖逖统兵北伐，渡江中流，拍击船桨宣誓："祖逖不能清中原而复济者，有如此江！"见《晋书·祖逖传》。诗人借咏祖逖之事，表达了自己敢为天下先的壮志。

狱中题壁①

望门投止思张俭，忍死须臾待杜根②。
我自横刀向天笑③，去留肝胆两昆仑④。

【注释】

①光绪二十四年（1898年）变法失败，作者拒绝亲友们出奔避险的劝告，被捕入狱，意态从容，慷慨就义。此诗即遇害前在狱中所作。大有"死得其所，快哉快哉"的英勇气概。②张俭：字元节，东汉末年人，因弹劾宦官侯览，反遭诬陷，逃亡避害，"望门投止"（见门即往投宿），人们敬其品行，都冒险接待他。见《后汉书·张俭传》。忍死：强忍装死。须臾：片刻。杜根：东汉人，任郎中，时邓太后临朝摄政，他上书要求太后还政于帝，太后大怒，命人将他装入口袋，在殿上摔死。执法人同情杜根，施刑不用力，载其出城后苏醒。太后派人察看，杜装死三天，得以逃脱。后邓氏被诛，杜根复官为侍御史。见《后汉书·杜根传》。③横刀：横陈佩刀，以示英勇无所畏惧。《三国志·魏志·袁绍传》："董卓呼绍，议欲废帝，立陈留王。""绍伪许之，曰：'此大事，出当与太傅议。'卓曰：'刘氏种不足复遗。'绍不应，横刀长揖而去。"此用其事，表示自己反对废光绪帝和坚持维新的态度。向天笑：表示从容就义的英雄气概。被捕前作者曾说："各国变法无不从流血而成，今日中国未闻有因变法而流血者，此国之所以不昌也。有之，请自嗣同始。"④肝胆：比喻真诚的心。两昆仑：梁启超《饮冰室诗话》："所谓两昆仑者，其一指南海（康有为），其一乃侠客大刀王五……浏阳（谭嗣同）少年尝从之受剑术，以道义相期许。戊戌之变，浏阳与谋夺门迎辟（指营救光绪帝），事未就而浏阳被捕，王五怀此志不衰。"

梁启超

梁启超（1873～1929年），字卓如，号任公，别署饮冰室主人，饮冰子、哀时客、中国之新民、自由斋主人等。广东新会人。中国近代史上著名的政治活动家、启蒙思想家、资产阶级宣传家、教育家、史学家和文学家。戊戌变法领袖之一。有《饮冰室全集》。

读陆放翁集①

其一

诗界千年靡靡风，兵魂销尽国魂空②。
集中什九从军乐，亘古男儿一放翁③。

【注释】

　　①光绪二十五年（1899年）作于日本。陆放翁：即陆游，南宋著名爱国诗人。著有《剑南诗稿》、《渭南文集》等。②"诗界"二句：是说诗界近千年来充斥着柔弱、颓靡的风气，致使国家民族的战斗精神和高贵风尚都消磨尽了。国魂：国家的灵魂。指一国特有的高贵精神与风尚，一个国家、民族的活力。③什九：十分之九。此言其多，并非确指。亘古：自古以来，从古到今。诗末自注："中国诗家无不言从军苦者，惟放翁则慕为国殇（为国牺牲的人），至老不衰。"这是诗人对陆游一生忧国忧民，渴望为南宋统一驰骋沙场的精神的高度赞扬。

元明清词

🐉 元词

▌耶律楚材

鹧鸪天　题七真洞①

花界倾颓事已迁②，浩歌遥望意茫然。江山王气空千劫③，桃李春风又一年。
横翠嶂，架寒烟。野花平碧怨啼鹃④。不知何限人间梦，并触沈思到酒边。

【注释】

①七真洞：见顾况《步虚词》，"回步游三洞，清心礼七真"。陆龟蒙《和怀茅山》诗："望三峰拜七真堂。"自注："三茅、二许、一杨、一郭，是为七真。"②花界：香界，指佛寺。韦应物《游琅玡寺》诗："填壑跻花界。"罗邺《匡庐寺宿》诗："花界登临转悟空。"这句是说佛家认为自己所居之处为天堂和香花世界。③千劫：佛教用语，天地间一成一败叫作一劫。千劫指时间之久。④平碧：平芜，远望平原一片碧草。

【词解】

此词是作者看到倾颓的道观而生发的感怀。眼前荒凉颓废的道观与远处蓬勃生长的野草闲花两相映衬，形成了鲜明的对比，更显得人事之无常，让人感慨万千。寒烟、怨鸟，触目成愁，满怀愁绪都寄予词中。

前人评语，况周颐《蕙风词话》云，"耶律文正《鹧鸪天》歇拍云，'不知何限人间梦，并触沈思到酒边。'高浑之至，淡而近于穆矣，庶几合苏之清，辛之健而一之"。

▌赵孟頫

赵孟頫（1254～1322年），字子昂，号松雪道人，湖州（今浙江吴兴县）人。元代著名画家，楷书四大家（欧阳询、颜真卿、柳公权、赵孟頫）之一。书法和绘画成就最高，开创元代新画风，被称为"元人冠冕"。诗格清逸，词亦有风致，为人所称。有《松雪词》一卷。

渔父词

渺渺烟波一叶舟，西风木落五湖秋①。盟鸥鹭②，傲王侯。管甚鲈鱼不上钩。

【注释】

①五湖：指江苏太湖。②盟鸥鹭：与白鹭沙鸥结盟为伴。语出《列子》。

【词解】

这首渔父词写渔家逍遥自在的生活，与张志和《渔歌子》风格相似。

《太平清话》云："松雪夫人管仲姬，生浙西小蒸，至今其路尚名管道。工诗善画，亦能小词，尝题《渔父图》云：'人生贵极是王侯，浮利浮名不自由，争得似，一扁舟。弄月吟风归去休。'松雪和之云云。"

冯子振

冯子振（1257～1325年？），字海粟，号怪怪道人、瀛洲客，攸州（今湖南攸县）人。至元中以荐入仕，官至承事郎集贤待制。博学强记，才思敏捷，著有《海粟集》。散曲今存四十四首，贯云石《阳春白雪序》称赞他的散曲"豪辣灏烂"。

鹧鸪天　赠歌儿珠帘秀

凭倚东风远映楼，流莺窥面燕低头。虾须瘦影纤纤织，龟背香纹细细浮[1]。红雾敛，彩云收。海霞为带月为钩。夜来卷尽西山雨，不着人间半点愁。

【注释】

[1]虾须：指竹帘。陆畅诗："劳将素手卷虾须。"龟背：指烹茶所起的水纹。刘兼《从弟舍人惠茶》诗："龟背起纹轻炙处，云头翻液乍烹时。"

【词解】

这是一首赠送给歌女的诗。"流莺窥面"句，写出女子容貌之美，有沉鱼落雁之意。接着描写楼内烹茶之景以及晚霞收尽、弯月如钩的楼外景色。虽然字面上作者是在写景，实际上心系于佳人，句句扣住"帘"字，语意双关，衬托出佳人之美。

本文依张宗橚《词林纪事》本，与徐钆《词苑丛谈》本有出入。《丛谈》本原文："十二阑干映远眸，醉香空断楚天秋。虾须影薄微微见，龟背纹轻细细浮。香雾敛，翠云收，海霞为带月为钩。夜来卷尽西山雨，不著人间半点愁。"《词综》相同，唯改"月"为"玉"。《青楼集》云：珠帘秀，姓朱氏，行第四，杂剧为当今独步。胡紫山宣尉，尝以《沉醉东风》曲赠云："锦织江边翠竹，绒穿海上明珠，月淡时、风清处，都隔断落红尘土。一片闲情任卷舒，挂尽朝云暮雨。"

虞集

虞集（1272～1348年），字伯生，号道园，又号邵庵，宋丞相虞允文五世孙，其先武州宁远（今山西宁远）人，徙居江西崇仁。元代文学家，文与揭傒斯、柳贯、黄溍并称"元儒四家"；诗与揭傒斯、范梈、杨载齐名，人称"元诗四家"。著有《道园学古录》五十卷，《道园遗稿》六卷。

风入松　寄柯敬仲[1]

画堂红袖倚清酣，华发不胜簪[2]。几回晚直金銮殿，东风软、花里停骖[3]。书诏许传宫烛，轻罗初试朝衫[4]。

御沟冰泮水挼蓝。飞燕语呢喃[5]。重重帘幕寒犹在，凭谁寄银字泥缄[6]。为报先生归也，杏花春雨江南。

【注释】

①柯敬仲：即柯九思，仙居（浙江县名）人，字敬仲，工诗善画，官至奎章阁学士。②清酣：清新酣畅。苏轼《西太一见王荆公旧诗偶次其韵》诗："雨馀风日清酣。"华发不胜簪：是说白发稀少，已经没有办法再插住簪子了。③晚值金銮殿：金銮殿，皇帝宝殿。《文献通考·学士院》："故事，学士掌内庭书诏，故学士院常在金銮殿侧……前朝因金銮坡以为门名，与翰林院相接，故为学士者称金銮，以美之。"停骖：停驻车马。骖，车辕两侧之马。④传宫烛：传唤执烛的宫人。这里指用金莲炬送学士归院事。⑤呢喃：燕子的叫声。⑥银字泥缄：指书信。梁简文帝诗："昔日书银字。"

【词解】

这是一首寄赠友人的作品。以景结情，运情于景，可谓文采风流，自然雅致。"凭谁"句流露出对对方的思念，而"为报"句紧接之以自己的归讯相告，写得十分紧凑。

陶宗仪《辍耕录》云："吾乡柯敬仲先生，际遇文宗，起家为奎章阁鉴书博士，以避言

路居吴下。时虞邵庵先生在馆阁赋《风入松》词寄之，词翰兼美，一时争相传刻，而此曲遂遍满海内矣。"瞿宗吉《归田诗话》云："虞邵庵在翰林，有诗云：'屏风围坐鬓毵毵，银烛烧残照暮酣。京国多年情尽改，忽听春雨忆江南。'又作《风入松》词云云，盖即诗意也，但繁简不同尔。曾见机坊以词织成帕，为时所贵重如此。张仲举词云：'但留意江南杏花春雨，和泪在罗帕。'即指此也。"

詹正

詹正，生卒不详，字可大，别号天游，郢（今湖北江陵县）人。宋末官翰林学士，入元落拓以终。工词，语多故国乔木之悲。有《天游词》传世。

霓裳中序第一

至元间，监醮长春宫。见羽士丈室古镜，状似秋叶，背有金刻"宣和御宝"四字，有感因赋。

一规古蟾魄，瞥过宣和几春色①。知那个、柳松花怯，曾搓玉团香，涂云抹月。龙章凤刻。是如何儿女消得②。便孤了，翠鸾何限，人更在天北。磨灭，古今离别。幸相从，蓟门仙客③。萧然林下秋叶。对云淡星疏，眉青影白。佳人已倾国。谩赢得痴铜旧画。兴亡事，道人知否? 见了也华发。

【注释】

①蟾魄：古代传说月中有蟾蜍，所以用蟾魄指代月亮。《岁华纪丽谱》载"蛾眉蟾魄，皎兮出矣"之句，即指月出。词中"古蟾魄"是形容古镜像月亮一样明亮。又张佐《秦镜》诗有"圆规旧铸成"之句。宣和：宋徽宗年号。②"龙章凤刻"句：是说这面镌刻龙凤花纹的宝镜，十分贵重，不是一般人所能享用的。③幸相从，蓟门仙客：指宫镜落在道士手里。蓟门，代表燕都。仙客，指长春宫道士。

【词解】

这是一首咏物词。作者通过对古镜的吟咏，来寄托深刻的国家兴亡之感。上片首先用"古蟾魄"来形容古镜。中间用"柳松花怯"、"搓玉团香"、"涂云抹月"等词来形容宫中女眷妆饰之华丽。下片用"蓟门仙客"点出长春宫道人，又用"痴铜旧画"来形容古镜多年的被弃置的遭遇。词作用典甚多，但都非常贴切，无堆砌之病，而历史更迭的兴亡之感也寓于其中。

人月圆

惊回一枕当年梦，渔唱起南津①。画屏云嶂，池塘春草，无限消魂。
旧家应在，梧桐覆井，杨柳藏门。闲身空老，孤篷听雨，灯火江村。

【注释】

①渔唱：渔人所唱的歌曲。王勃《滕王阁序》："渔舟唱晚，响穷彭蠡之滨。"南津：南浦。

【词解】

这首小令上片"惊回"句使人回到过去，追忆之情笼罩全篇。接下来的"画屏"二句，回忆梦中之景。下片"梧桐"二句是回忆梦中之人。末尾"孤篷"二句承接"渔唱"而来，描写现在的景物。全词穿插记叙，结构严密。

小桃红

一江秋水洗寒烟，水影明如练①。眼底离愁数行雁。雪晴天。

绿苹红蓼参差见。吴歌荡桨，一声哀怨，惊起白鸥眠②。

【注释】

①水影明如练：练，熟绢。谢朓《晚登三山还望京邑》诗："澄江静如练。" ②吴歌：古乐府有吴歌，为江南一带民间歌曲。

【词解】

这首小令描绘了一幅美丽如画的风景，淡而有味，让人有置身旷野之感，可觉清气扑面。

▌萨都剌

萨都剌（1308～1355年），字天锡，号直斋，蒙古族人，居雁门（今山西代县）。元代著名诗人、画家、书法家。泰定四年（1327年）进士，历官闽海廉访知事、河北廉访经历等职。为文雄健而诗笔清丽，长于抒情。著有《雁门集》三卷，集外诗一卷。亦善词曲，有《天锡词》传世。

小阑干

去年人在凤凰池，银烛夜弹丝①。沉水香消，梨云梦暖，深院绣帘垂②。

今年冷落江南夜，心事有谁知？杨柳风柔，海棠月澹，独自倚阑时。

【注释】

①凤凰池：中书省所在地。《晋书·荀勖传》："勖自中书监除尚书令，人贺之，勖曰：夺我凤凰池，诸君何贺耶。"弹丝：弹奏琴瑟弦索。②沉水香消：即沉香。梨云梦暖：王建《梦梨花》诗："落落漠漠路不分，梦中唤作梨花云。"

【词解】

这首词是作者贬官江南之后所写的。上片写作者在翰林院应官时，宾僚宴集时的情景。下片写自己被贬官江南后独倚阑干的寂寞心情。两处的春夜景色一对比，含蓄地表达了作者心中的感怀触动。《词苑》云："笔情何减宋人。"

木兰花慢 彭城怀古

古徐州形胜，消磨尽，几英雄①。想铁甲重瞳，乌骓汗血，玉帐连空。楚歌八千兵散，料梦魂，应不到江东②。空有黄河如带，乱山回合云龙③。

汉家陵阙起秋风，禾黍满关中④。更戏马台荒，画眉人远，燕子楼空⑤。人生百年寄耳，且开怀，一饮尽千钟。回首荒城斜日，倚栏目送飞鸿⑥。

【注释】

①古徐州形胜：徐州古为大彭氏国，春秋时为宋地，战国时属楚，秦置彭城县。项羽自称西楚霸王，曾经在此定都。所以说是形胜之地。②"想铁甲重瞳"六句：指项羽。重瞳，目中有双瞳。《史记·项羽本纪》，"吾闻之周生曰：舜目盖重瞳子，又闻项羽亦重瞳子，羽岂其苗裔耶。"乌骓：项羽所骑战马。汗血：大宛产的千里马。此句用来形容乌骓。玉帐：指军营。八千兵散：《史记·项羽本纪》："项王欲东渡乌江，乌江亭长舣船待，谓项羽曰：江东虽小，亦足王也，愿大王急渡。项王曰：籍与江东子弟八千人渡江而西，今无一人还，纵江东父老见怜而王我，我何面目见之。遂自刎。"③黄河如带：徐州东下为黄河。《史记》："封爵之誓曰：使河如带，泰山若厉，国以永宁，

爰及苗裔。"云龙，山名。在徐州南。《通志》："云龙山，宋武帝微时憩息此山，有云龙旋绕之。""乱山回合云龙"，《雁门集》作"乱山起伏如龙"。④汉家陵阙：李白《忆秦娥》词："西风残照，汉家陵阙。"此句为借用。⑤戏马台：旧址在今江苏徐州南，是项羽所筑之台，用来观看戏马（又名掠马台）。宋刘裕在彭城有九日出项羽戏马台的故事，见《齐书》。燕子楼：旧址在徐州城北。白居易诗序："徐州故尚书张建封，有爱妓名盼盼。尚书既没，归东洛。而彭城有张氏旧第，第中有小楼，名燕子楼。盼盼念旧爱而不嫁，居是楼十余年。"⑥目送飞鸿：嵇康诗："目送归鸿，手挥五弦。"

【词解】

这是一首怀古词，作者登临彭城而生发无限怀古之情。上片记述了西楚霸王项羽兵败乌江之事。下片用项羽戏马台，及盼盼燕子楼之旧事，凭吊英雄，悲念美人。运用了很多的典故，但是并无堆砌之嫌，反倒运用自然，如水入盐，融化无痕，又有新意。读来回肠荡气，感人至深。

人月圆　客垂虹

三高祠下天如镜，山色浸空濛①。莼羹张翰，渔舟范蠡，茶灶龟蒙②。故人何在？前程那里③，心事谁同？黄花庭院。青灯夜雨，白发秋风。

【注释】

①三高祠：在江苏吴江市。龚明之《中吴纪闻》："越上将军范蠡，江东步兵张翰，赠右补阙陆

龟蒙，各有画像在吴江鲈乡亭。苏轼尝有吴江三贤画像诗。后易其名曰三高。"空濛：迷茫的样子。②莼羹张翰：刘义庆《世说新语》："张翰字季鹰，辟齐王东曹掾，在洛见秋风起，因思吴中菰菜莼羹、鲈鱼脍，曰：人生贵适意尔，何能羁宦数千里以要名爵！遂命驾便归。"渔舟范蠡：《国语》："范蠡乘轻舟浮于五湖，莫知其终极。"茶灶龟蒙：《唐书·陆龟蒙传》："升舟设篷，席赍束书，茶灶笔床，钓具往来。时谓江湖散人。"③前程那里：《词综》作"前程莫问"。

【词解】

　　上片写怀古之思，头两句描写三高祠下水天一色的美丽情景。接着用"莼羹"、"渔舟"、"茶灶"等有特征性的事物点出了三位前修的身份。下片感慨今朝，用黄花、青灯、夜雨、白发、秋风描述了一幅孤寂的凄凉晚景，表现得深婉有致，让人心生哀叹。

▎陶宗仪

　　陶宗仪（1329～约1412年），字九成，黄岩（今浙江黄岩县）人。著名的史学家、文学家。工诗文，深究古学。常客居松江，躬亲稼穑。闲时在树荫下休息，每有所得，即摘叶记录下来，然后把叶子储存在一个筐中，积累了十年之久，一日发而录之，得三十卷，名为《辍耕录》。又著有《南村诗集》四卷，及《说郛》、《书史会要》等。

南浦

　　会波村，在松江城北三十里，其西九山离立，若幽人冠带拱揖状。一水兼九山南过村外，以入于海，而沟塍畎浍，隐翳竹树间。春时桃花盛开，鸡犬之声相闻，殊有武陵风概，隐者停云子居焉。一舟曰水光山色，时放乎中流，或投竿，或弹琴，或呼酒独酌，或哦咏陶谢韦柳诗，殆将与功名相忘。尝坐余舟中作茗供。襟抱清旷，不觉度成此曲。主人即谱入中吕调，命洞箫吹之，与童子櫂歌相答，极鸥波缥缈之思云。

　　如此好溪山，羡云屏九叠，波影涵素①。暖翠隔红尘，空明里，著我扁舟容与②。高歌鼓枻，鸥边长是寻盟去③。头白江南，看不了，何况几番风雨。

　　画图依约天开，荡清晖，别有越中真趣。孤啸拓篷窗④，幽情远，都在酒瓢茶具。水荭摇晚⑤，月明一笛潮生浦。欲问渔郎无恙否？回首武陵何许⑥。

【注释】

　　①云屏九叠：李白《庐山诗》："庐山秀出南斗旁，屏风九叠云锦张。"词中用以形容云山重叠之状。②暖翠：形容春山的颜色。陈造诗："檐外浮岚暖翠堆。"容与：舒闲放任的样子。《史记·司马相如传》："楚王乃驾驯驸之驷，翱翔容与。"③鼓枻：枻，船桨。《楚辞·渔父》："鼓枻而去。"④拓篷窗：篷窗，小篷船的窗户。拓，打开。⑤水荭：草名，生水旁，又名大蓼。⑥"欲问"两句：引用陶渊明《桃花源记》的故事。

【词解】

　　开头"如此好溪山"一句，点明了全词描述的中心。"云屏九叠，波影涵素"，写沿溪山色之美。溪山风雨不定，四时烟景不同，所以说"看不了"。下片"画图依约天开"以下，具体描绘了溪山的妙趣所在：篷窗孤啸、月明一笛等，让人感到十分清幽飘逸，非常美妙。末句以"武陵何许"一问作结，余味益然。

明词

刘基

刘基（1311～1375年），字伯温，浙江青田人。元末明初军事家、政治家及诗人。在文学史上，刘基与宋濂、高启并称"明初诗文三大家"。通经史、晓天文、精兵法。诗文闳深顿挫，自成一家。有《诚意伯文集》等传世。

水龙吟

鸡鸣风雨潇潇，侧身天地无刘表①。啼鹃迸泪，落花飘恨，断魂飞绕。月暗云霄，星沈烟水，角声清嫋②。问登楼王粲，镜中白发，今宵又添多少③。

极目乡关何处，渺青山髻螺低小④。几回好梦，随风归去，被渠遮了⑤。宝瑟弦僵，玉笙指冷，冥鸿天杪⑥。但侵阶莎草，满庭绿树，不知昏晓。

【注释】

①鸡鸣：《诗经》："风雨潇潇，鸡鸣胶胶。"潇潇：风雨的声音。侧身天地：杜甫诗："侧身天地更怀古。"侧身：戒慎恐惧，不能安身的样子。刘表：后汉高平人，字景升，官荆州刺史。当时中原混战，荆州之地偏安一隅，于是当时的很多士人百姓都归附于他。②角声清嫋：画角声清，余音不断。"嫋"同"嬝"。苏轼《前赤壁赋》："余音嬝嬝，不绝如缕。"③登楼王粲：三国时王粲登襄阳城楼写下了流传千古的《登楼赋》。词里作者以王粲自比。④髻螺：盘成螺形的发髻。形容远山苍翠的样子。释惠洪诗："落日远山螺髻青。"⑤被渠：被他。渠，他。⑥冥鸿：高飞的鸿雁。扬子《法言》："鸿飞冥冥，弋人何慕焉。"

【词解】

这首词是作者还未取得显赫的声名之前所作。上片"鸡鸣风雨潇潇"二句，说元末政治局势动荡不安，而这时的士民却没有刘表那样的人物可以投靠依附。"啼鹃迸泪"三句，写心中的

无限愁绪。"月暗"以下几句，以王粲作客他乡、登楼作赋自比。下片承"登楼"意，写思乡之情。"不知昏晓"，与起句关合，反映了他对时势的看法。这首词化豪迈雄壮于婉约之中，富有特色。

《草堂词评》云此词，"感喟激昂"。徐珂云："伯温为元进士，入明以佐命功显，封诚意伯。此词为未遇时作。"

瑞龙吟

秋光好。无奈锦帐香销，绣帏寒早。钩帘人立西风，送书过雁，依然又到。故乡杳。空把泪随江水，梦萦江草①。何时赋得归来，倚松对柳，开尊醉倒②。

衰鬓不堪临镜。镜中愁见，蓬飞丝绕。门外远山，青青长带斜照。石泉涧月，辜负夜猿啸。伤心处，风凋露渚，荷枯烟沼。燕去元蝉老③。满天细语鸣羁鸟④。花蔓当篱袅。庭院静，遥闻清砧声捣。拥衾背壁，一灯红小。

【注释】

①梦萦江草：梦里还怀念着江边的花草。杜甫《哀江头》："江草江花岂终极。"②赋得归来：晋代陶渊明《归去来辞》："归去来兮，田园将芜，胡不归？"③元蝉：即玄蝉。④羁鸟：孤栖的禽鸟。陶渊明诗："羁鸟恋旧林。"词里以羁鸟自比。

【词解】

这首词大体上分为三个层次。第一层写秋光、锦帐、钩帘人以及过雁，都是眼前的实景；第二层就景生发感想，产生了浓郁的乡思之情。第三层感叹人之老去，不敢对镜观颜，怕看到丑陋的老态，心中充满了愁绪。结句"拥衾背壁，一灯红小"，以景结情，寄意深刻婉转。

▍杨慎

杨慎（1488～1539年），字用修，号升庵，四川新都人。正德六年（1511年）进士第一及第。官经筵讲官。以直谏忤旨，被明世宗朱厚熜廷杖谪戍云南永昌，死于贬所。杨慎博闻广识，著述极富，有《升庵词》二卷。其词好入六朝丽字，似近而远，然其妙处亦能过人。

转应曲

银烛①，银烛，锦帐罗帏影独。离人无语消魂。细雨斜风掩门。门掩，门掩，数尽寒城更点。

【注释】

①银烛：蜡烛之光皎洁如银，故称银烛。杜牧《秋夕》诗："银烛秋光冷画屏。"

【词解】

此调始于唐戴叔伦，又名《调笑令》。笔意回环，音调婉转。作者的措辞沿袭戴叔伦词，而且在神韵上也颇为相像。

临江仙

《廿一史弹词》第三段说秦汉开场词[1]。

滚滚长江东逝水，浪花淘尽英雄[2]。是非成败转头空。青山依旧在，几度夕阳红。

白发渔樵江渚上，惯看秋月春风。一壶浊酒喜相逢。古今多少事，都付笑谈中。

【注释】

①《廿一史弹词》：长篇弹词，为杨慎所作，以正史所记载的事迹为题材写成唱文。②"滚滚"两句：用杜甫《登高》诗"不尽长江滚滚来"诗意，以及苏轼《念奴娇》词"大江东去，浪淘尽，千古英雄人物"词意。

王世贞

王世贞（1526～1590年），字元美，号凤洲，自称弇州山人，江苏太仓人。嘉靖十六年（1547年）进士。官至刑部尚书。著名文学家，才识渊博，好为诗古文。著有《弇州山人四部稿》。

忆江南

歌起处，斜日半江红。柔绿篙添梅子雨，淡黄衫耐藕丝风[1]。家在五湖东[2]。

【注释】

①梅子雨：即黄梅雨。《四时纂要》载："闽人以立夏后逢庚日为入梅雨，芒种后逢壬日为出梅，得雨乃宜耕耨。"藕丝风：如藕丝般微细的风。②五湖：对于五湖的解说人们有不同的看法，有的认为五湖指具区、洮滆、彭蠡、青草、洞庭这五个湖泊，记载见《史记索隐》。又有的认为五湖是太湖的别名，因为太湖周行有五百余里，所以叫作五湖，记

载见《吴录》。本词中五湖当指太湖而言。

【词解】

这是一首写景词，作者用寥寥数语，描绘了一幅如画般的江南美景，让人不禁心生向往。语言简洁，风格清丽。

▌汤显祖

汤显祖（1550～1617年），字义仍，号海若，一字若士，别署清远道人，江西临川人，明代著名词曲家、评词家。万历十一年（1583年）进士。因弹劾权贵被贬，后投劾归。居玉茗堂，常以作曲自娱。有《玉茗堂词》、《汤评〈花间集〉》传世。

阮郎归

不经人事意相关。牡丹亭梦残[①]。断肠春色在眉弯。倩谁临远山。

排恨叠，怯衣单，花枝红泪弹。蜀妆晴雨画来难[②]。高唐云影间。

【注释】

①牡丹亭：汤显祖著有《牡丹亭》传奇，共五十五出，内容写杜丽娘与柳梦梅的生死恋爱故事。以浪漫主义的手法揭露了封建礼教的罪恶。文辞飘逸韶秀，真挚动人，对后世戏剧的发展影响很大。它与《南柯记》、《邯郸记》、《紫钗记》合称"四梦"，实为《西厢记》以后少见之佳作。词里"牡丹亭梦残"句，即指此。②蜀妆：四川妇女的妆饰。

【词解】

沈雄《柳塘词话》评曰："义仍精思异彩见于传奇，出其馀绪，以为填词……必指为义仍杰作也。"

▌王夫之

王夫之（1619～1692年），字而农，号薑斋，湖南衡阳人。明末清初杰出的思想家、哲学家，与方以智、顾炎武、黄宗羲同称"明末四大学者"。明崇祯举人。瞿式耜荐于桂王，授官行人。晚年居衡阳石船山，筑土室曰观生居，闭门著书，世称"船山先生"。后往深山。王夫之学问渊博，尤精于经学、史学、文学。一生著作很多，如《读通鉴论》，后汇刊为《船山遗书》三百二十四卷，附《鼓棹》及《潇湘怨词》。

烛影摇红

瑞霭金台，琼枝光射龙楼雪[①]。群仙笑指九阊开，朱凤翔丹穴。云暗雁风高揭[②]，向海屋重标珠阙[③]。文鹓飞舞，日暖霜轻，小春佳节[④]。

迢递谁知，碧鸡影里催啼鴂⑤。骖鸾不得玉京游，难挽瑶池辙⑥。黄竹歌声悲咽。望翠甍双鸳翼折⑦。金茎露冷，几处啼乌，桥山夜月⑧。

【注释】

　　①瑞霭金台：祥瑞云气笼罩着金台。"琼枝"一句：雪白的花枝光照龙楼。②群仙：指朝廷文武官员。九阊：九重天门。阊，天门。朱凤翔丹穴：红凤凰飞翔于丹穴山。《山海经》上记载说丹穴山上有凤凰。此处用以形容凤阙的美观。高揭：高高掀起。③向海屋重标珠阙：永历元年，南明行宫在广东肇庆，所以说海屋。珠阙，形容宫阙华丽。④文鹓(yuān)：鸟名，似凤，有文彩，所以叫文鹓。此指朝廷文武官员。小春：农历十月称小春。⑤碧鸡：山名，在昆明附近。⑥难挽瑶池辙：瑶池辙，指周穆王西征在泾川回山瑶池会见西王母之事。⑦甍(méng)：屋脊。双鸳：指瓦形如鸳鸯。⑧桥山：相传黄帝埋葬之处。

【词解】

　　此乃伤怀永历帝（南明最后一个皇帝朱由榔）之词。1646 年，清兵攻克福州，隆武帝（南明皇帝朱聿键号）被杀，朱由榔即位于广东肇庆，1656 年为清兵攻破，后入缅甸。1662 年为吴三桂所杀，南明亡。这首词用了一些象征性的事物，隐晦迷离地记录了这一段悲痛的历史。遗臣孤愤，哀怨焉能不深！

摸鱼儿

东洲桃浪，潇湘小八景词之三

　　剪中流，白蘋芳草，燕尾江分南浦①。盈盈待学春花靥②，人面年年如故。留春住，笑几许浮萍，旧梦迷残絮。棠桡无数③。尽泛月莲舒，留仙裙在④，载取春归去。

　　佳丽地⑤，仙院迢迢烟雾。湿香飞上丹户⑥。醮坛珠斗疏灯映，共作一天花雨⑦。君莫诉。君不见桃根已失江南渡⑧。风狂雨妒，便万点落英，几湾流水，不是避秦路⑨。

【注释】

　　①燕尾：江流南北分岔如燕尾形。②靥：面颊。春花靥，是说面貌像春天花朵一样。③棠桡：词句里代指船。④留仙裙：汉代时宫廷中流行的一种裙子的款式。⑤佳丽地：指东洲。⑥丹户：红色大门。⑦醮(jiào)坛：道士敬神的祭坛。珠斗：星斗。花雨：即雨花之义。⑧"君不见桃根"一句：引《古今乐录》，王献之妾名叫桃叶，

其妹名桃根。献之曾临渡歌送之："桃叶复桃叶，渡江不用楫，但渡无所苦，我自迎接汝。"又曰："桃叶复桃叶，桃树连桃根，相连两乐事，独使我殷勤。"后人把秦淮青溪合流处称为桃叶渡。词中之意是说南京已陷落，明朝已经灭亡了。⑨避秦路：引陶渊明《桃花源记》"先世避秦时乱"，在此指无避乱之地。

【词解】

叶恭绰曰："故国之思，体兼骚、辨。船山词言皆有物，与并时批风抹露者迥殊，知此方可以言词旨。"（《广箧中词》）

更漏子　本意

斜月横，疏星炯①。不道秋宵真永。声缓缓，滴泠泠。双眸未易扃②。

霜叶坠，幽虫絮③，薄酒何曾得醉。天下事，少年心。分明点点深。

【注释】

①炯：明亮。②声缓缓，滴泠泠：指漏壶滴水之声。双眸未易扃：两眼未易闭合，谓失眠。扃，关闭、合上。③幽虫絮：谓虫儿吟鸣，好像言语絮叨。

【词解】

朱彝尊云："花间体制，调即是题。如《女冠子》即咏女道士，《河渎神》即为送迎神曲，《虞美人》即咏虞姬是也。"此调《更漏子》题即为本义。这首小令在劲气直达中含情表慨，故不嫌坦直。此学五代气格之高者。

玉楼春　白莲

娟娟片月涵秋影，低照银塘光不定。绿云冉冉粉初匀①，玉露泠泠香自省。

荻花风起秋波冷，独拥檀心窥晓镜②。他时欲与问归魂，水碧天空清夜永。

【注释】

①绿云冉冉：绿云缓缓流动的样子。冉冉，缓缓意。②檀心：浅红色的花蕊。

【词解】

咏物之词以寄托为上。此词上片"月涵秋影"句已点出"白"字来，犹恐不足，又用"银塘"衬托。"绿云冉冉"二句写出白莲在玉露中幽香四溢。下片前二句写白莲檀心窥镜，顾影自怜，无人欣赏。结尾二句是说在此一片凄清之境中，有谁来问归魂？作者以此传述当时亡国漂泊无依之感，读来使人感受深刻。

蝶恋花　衰柳

为问西风因底怨①。百转千回，苦要情丝断。叶叶飘零都不管，回塘早似天涯远。

阵阵寒鸦飞影乱。总趁斜阳，谁肯还留恋。梦里鹅黄拖锦线^②，春光难借寒蝉唤。

【注释】

①因底怨：底，作"什么事"解。这句是说因什么缘故而生怨气。②鹅黄：浅黄色。

【词解】

这首词用托物寄怀之法，意在言外。上片"叶叶飘零都不管，回塘早似天涯远"，下片"梦里鹅黄拖锦线，春光难借寒蝉唤"句，喻明朝大势已去，局势已无法挽救。语调婉转而意义深远，把眷恋故国的悲怆之情含蓄而深致地表达了出来。

绮罗香

读《邵康节遗事》：属纩之际，闻户仆人语，惊问所语云何^①？且云："我道复了幽州。"声息如丝，俄顷逝矣。有感而作。

流水平桥，一声杜宇，早怕洛阳春暮^②。杨柳梧桐，旧梦了无寻处。拼午醉，日转花梢，甚夜阑、风吹芳树。到更残，月落西峰，泠然蝴蝶忘归路。

关心一丝别罣^③，欲挽银河水，仙槎遥渡^④。万里闲愁，长怨迷离烟雾。任老眼、月窟幽寻^⑤，更无人、花前低诉。君知否，雁字云沉，难写伤心句。

【注释】

①邵康节：北宋哲学家邵雍。②洛阳春暮：洛阳，当时北宋都城。此句意为宋室将乱。③罣：同"挂"。④仙槎：神话中能来往于海上和天河之间的竹木筏。槎：木筏。⑤月窟：月宫。

【词解】

此词乃伤念世乱之作，却不胜异代同悲之感。咏邵雍即所以自咏。缠绵凄切，忠爱之遗，实为词中独造之境。况周颐《蕙风词话》评云："世讥明词纤靡伤格，未为允协之论。明词专家少，粗浅芜率之失多，诚不足当宋元之续。唯是纤靡伤格，若祝希哲、汤义仍（原注，义仍工曲，词则弊甚）、施子野辈，偻指不过数家，何至为全体诟病。洎乎晚季，夏节愍、陈忠裕、彭茗斋、王蘦斋诸贤，含婀娜于刚健，有风骚之遗则，庶几纤靡者之药石矣。"

夏完淳

夏完淳，明末著名诗人。他的诗词悲壮慷慨。作有《大哀赋》，奇情异彩，读来令人惊心动魄。

卜算子

秋色到空闺，夜扫梧桐叶。谁料同心结不成①，翻就相思结。
十二玉阑干，风有灯明灭。立尽黄昏泪几行，一片鸦啼月。

【注释】

①同心结：古人用彩丝缠绕做同心之结。喻永结同心之意。

【词解】

这首词表面写闺怨，但寄意遥深。"立尽黄昏泪几行"，寓有国破家亡、身世凄凉之感。沈雄《柳塘词话》评云："夏存古《玉樊堂词》……慷慨淋漓，不须易水悲歌，一时凄感，闻者不能为怀。"

鱼游春水 春暮

离愁心上住，卷尽重帘推不去。帘前青草，又送一番愁句。凤楼人远箫如梦，鸳枕诗成机不语①。两地相思，半林烟树。

犹忆那回去路，暗浴双鸥催晓渡。天涯几度书回，又逢春暮。流莺已为啼鹃妒，蝴蝶更禁丝雨误。十二时中，情怀无数。

【注释】

①鸳枕：鸳鸯枕。机不语：机杼无声息。

【词解】

这首词表面写暮春时节情人隔地相思，转而"流莺"二句，却透露出国亡家破、盛时难再的时代悲哀。

烛影摇红

辜负天工，九重自有春如海①。佳期一梦断人肠，静倚银釭待②。隔浦红兰堪采。上扁舟，伤心欸乃③。梨花带雨，柳絮迎风，一番愁债。

回首当年，绮楼画阁生光彩。朝弹瑶瑟夜银筝，歌舞人潇洒。一自市朝更改。暗销魂，繁华难再。金钗十二，珠履三千，凄凉千载④。

【注释】

①天工：大自然的工巧。九重：九重天。春如海：春光如海水般浩荡。②银钲：指灯。③欸乃：棹歌声。④金钗十二：比喻侍女之多。珠履三千：比喻门客之多。珠履，《史记·春申君列传》中说春申君家中的上客皆穿珠履。

【词解】

这首词作于南都沦陷之后。上片写故乡松江之景，眼前的烟花都成愁怨。下片回忆当年南都旧事，曾经歌舞繁华都随流水一去不返。整首词表现出作者对国家颠覆的无限感伤。

《蕙风词话》评此词云："声哀以思，与《莲社词》（南宋张抡词集名）《双阙中天》阕，托旨略同。"

清词

毛奇龄

毛奇龄（1623 ~ 1716 年），字大可，又名甡，字初晴，一字于一，又号齐于、秋晴、晚晴，别号河右。浙江萧山人。清代的大学者、文学家。工诗词，其小令仿学"花间"，兼有南朝乐府风味，在清初词家中，独树一帜。著书数百卷，有《西河全集》附《桂枝词》六卷。

南柯子

淮西客舍接得陈敬止书，有寄①。

驿馆吹芦叶，都亭舞柘枝②。相逢风雪满淮西，记得去年残烛照征衣。

曲水东流浅，盘山北望迷③。长安书远寄来稀，又是一年秋色到天涯④。

【注释】

①淮西：淮河以西之地。②驿馆：驿站所设供行人休息之客舍。芦叶：即芦笳。乐器。都亭：城下之亭。柘枝：舞曲名。③曲水：形容河流曲折。盘山：形容山势蜿蜒。④长安：指京城。

【词解】

这首词写作者在羁旅中怀念京城友人。

谭献《箧中词》评此词云："北宋句法。"

相见欢

花前顾影粼粼^①，水中人，水面残花片片绕人身。

私自整，红斜领，茜儿巾。却讶领间巾底刺花新^②。

【注释】

①粼粼：水流清澈貌。②茜：暗红色。刺花：刺绣成的花朵。

【词解】

这首词写一个妇女在水边照影时，水面残花与人面交相辉映之景。艺术手法从温庭筠《菩萨蛮》"照花前后镜，花面交相映。新贴绣罗襦，双双金鹧鸪"词中转化而来。

陈廷焯《白雨斋词话》评毛词云："西河经术湛深，而作诗却能谨守唐贤绳墨，词亦在五代、宋初之间，但造境未深，运思多巧；境不深尚可，思多巧则有伤大雅矣。"

朱彝尊

朱彝尊（1629～1709年），字锡鬯，号竹垞，又号金风亭长、鷗舫，晚号小长芦钓鱼师。浙江嘉兴人。清康熙十八年（1679年）举博学鸿词，以布衣授翰林院检讨，入直南书房，曾参加纂修《明史》。曾出典江南省试。后因疾未及毕其事而罢归。其学识渊博，通经史，擅长诗词古文。词推崇姜夔、张炎，为浙派词的创始者。作品有《曝书亭集》等。

卖花声　雨花台^①

衰柳白门湾，潮打城还^②。小长干接大长干^③。歌板酒旗零落尽，剩有渔竿。

秋草六朝寒，花雨空坛^④。更无人处一凭阑。燕子斜阳来又去，如此江山^⑤！

【注释】

①雨花台：在江苏南京。②白门：此言刘宋都门事，即今南京。潮打城还：浪潮拍打城墙而回。③小长干、大长干：均为南京地名。④六朝：吴、东晋、宋、齐、梁、陈。花雨空坛：花雨，指雨花台。此句谓雨花台只剩下空坛了。⑤燕子斜阳来又去：燕子在斜阳中飞来飞去。

【词解】

这首词是作者游览雨花台的吊古伤今之名作。雨花台所在地南京，不仅是六朝的都会，明朝开国皇帝朱元璋和明末的福王也曾以南京为都城。作者生于明清交替之际，游览雨花台时有所感触。词中写道：繁华的都市荒凉，歌板酒旗零落，雨花台成为空坛，豪门贵族家的燕子飞到寻常老百姓家中去了。尤其是末二句："燕子斜阳来又去，如此江山！"是全词中的警句。这二句运用唐人诗意，写出作者对时过境迁而江山依旧这种沧桑兴亡的感慨。《卖花声》即《浪淘沙》。前代词家用《浪淘沙》词牌作词的，少见雄健之风，多有凄婉之意。朱彝尊这首词却写得刚断遒劲，声调雄健，从艺术性上看，有其独到之处。

纳兰性德

纳兰性德（1654～1685年），原名成德，字容若，号楞伽山人，满洲正黄旗人。大学士明珠长子。他的诗词不但在清代词坛享有很高的声誉，在整个中国文学史上，也以"纳兰词"为词坛一说而占有一席之地。

浣溪沙

谁念西风独自凉？萧萧黄叶闭疏窗。沈思往事立残阳。

被酒莫惊春睡重，赌书消得泼茶香①。当时只道是寻常。

【注释】

①赌书消得泼茶香：李清照《金石录后序》："余性偶强记，每饭罢，坐归来堂烹茶，指堆积书史，言某事在某书某卷第几页第几行，以中否角胜负，为饮茶先后。中，即举杯大笑，至茶倾覆怀中，反不得饮而起。"

【词解】

这是一首悼亡词。上片写丧偶后的孤单。下片"被酒"、"赌书"一联是回忆往事。结尾句从黄东甫《眼儿媚》"当时不道春无价，幽梦费重寻"句中化出，意思是说：生活里常常有这么一种情况——当时以为是极其寻常的事，到了后来追忆起来，才觉得它是多么珍贵！

菩萨蛮

催花未歇花奴鼓①，酒醒已见残红舞。不忍覆余觞，临风泪数行。

粉香看又别②，空剩当时月。月也异当时，凄清照鬓丝。

【注释】

①花奴鼓：引《杨妃外传》："汝阳王琎，小名花奴，尤善羯鼓。帝尝谓侍臣曰：'召花奴将羯鼓来为我解秽。'"②粉香：指妇女。

【词解】

这首词由离筵写起，羯鼓催花还没停，却见落花纷纷，暗比好景不常在。写盛筵将散，表现出伤离别的惆怅之情。下阕紧承上阕再渲染悲伤情绪，"空剩当时月"顿现寂寞凄凉。末二句回归实处，写独在月下的痴情思念，无法排解的忧伤。

蝶恋花

辛苦最怜天上月。一昔如环，昔昔都成玦^①。若似月轮终皎洁，不辞冰雪为卿热^②。

无那尘缘容易绝。燕子依然，软踏帘钩说。唱罢秋坟愁未歇，春丛认取双栖蝶^③。

【注释】

①一昔如环：谓一夜满月如环。一昔，一夜。环，圆形玉璧。昔昔都成玦（jué）：谓夜夜明月都如玉玦。半环玉佩曰玦。②冰雪：谓月轮中很冷。③秋坟：即指坟地。双栖蝶：东晋会稽梁山伯，以病死。相传山伯曾与上虞祝英台同学，祝适马氏，过山伯墓，大号恸，地忽自裂，遂与山伯同葬，后来化为双飞蝴蝶。

【词解】

这是一首情词，也可能是悼亡词。上片说，爱情如同月之圆缺，圆满的时间短，缺损的时间长。接着又说，如果爱情能像月亮一般始终皎洁，即使你在冰雪之中，我也要用爱情之火来温暖你。下片写伤逝者的哀伤：双燕在帘间呢喃，衬托出人的孤单。结语把永恒的爱情寄托在化蝶上。

浣溪沙

记绾长条欲别难，盈盈自此隔银湾^①。便无风雪也摧残。
青雀几时裁锦字，玉虫连夜翦春旛^②。不禁辛苦况相关。

【注释】

①记绾（wǎn）长条欲别难：谓两情相悦，如柳条系住，不易分离。绾，钩系。长条，指柳条。盈盈自此隔银湾：谓情人离别就像隔了一条清浅的银河。盈盈，清浅貌。银湾，银河。②青雀：《洞冥记》："有女人爱悦于帝（汉武帝），名曰巨灵。帝傍有青珉唾壶，巨灵出入其中。东方朔望见，目之，因飞去，化成青雀。帝乃起青雀台，时见青雀来，不见巨灵也。"锦字：指锦字书。玉虫连夜翦春旛：谓连夜在灯花下翦春旗。玉虫，指灯花。春旛，春旗。

【词解】

这是一首感伤离别的词，极言离别对于人的摧残，有如风雪。下片"青雀"一联是说春天到了，她的书信写了没有呢？他一连几夜在灯下等待着。赵师秀诗："有约不来过夜半，闲敲棋子落灯花。""闲敲棋子"和"翦春旛"同一机杼。结语说，思念人是很辛苦的事，何况她是他相关的人呢！

金缕曲　赠梁汾①

德也狂生耳！偶然间、缁尘京国，乌衣门第②。有酒惟浇赵州土，谁会成生此意③？不信道、遂成知己。青眼高歌俱未老，向尊前、拭尽英雄泪④。君不见，月如水。

共君此夜须沈醉。且由他、蛾眉谣诼，古今同忌⑤。身世悠悠何足问，冷笑置之而已！寻思起、从头翻悔。一日心期千劫在，后身缘恐结他生里⑥。然诺重⑦，君须记！

【注释】

①梁汾：顾贞观号。②德也狂生耳：纳兰性德自谓。缁尘京国：谓在京城奔走供职，衣裳为风尘染黑。缁，黑色。乌衣门第：乌衣，乌衣巷，六朝时王谢两大望族的居住地。此句谓生在贵族之家。③有酒惟浇赵州土：引李贺《浩歌》诗："买丝绣作平原君，有酒惟浇赵州土。"此说是因为平原君是赵国的贤公子，还因为燕赵自古多慷慨悲歌之士。成生：性德自指。不信道、遂成知己：不信道，表示惊怪之意。遂成知己：谓与顾贞观遂成知己朋友。④青眼：眼睛色青。喜时正视，则见青处。表示对之爱或尊重。尊前：酒杯前。尊同"樽"，盛酒的器具。⑤蛾眉谣诼：谓美女遭人妒忌。蛾眉，此指美女。谣诼，造谣诽谤。⑥一日心期千劫在：谓一日心期相许，成为知己，其情感虽经历千劫，仍然存在。后身缘：即身后因缘。这句话的意思是：到来生还要成为知己朋友。⑦然诺重：答允了的话，不再食言。

【词解】

纳兰性德在清初做了不少团结知识分子的工作。他以满族贵公子兼词家的身份，结交了许多汉族知名人士，徐乾学称纳兰性德"君所交游，皆一时俊异，于世所称落落难合者，若无锡严绳孙、顾贞观、秦松龄、宜兴陈维崧、慈溪姜宸英尤所契厚。吴江吴兆骞，久徙绝域，君闻其才名，赎而还之。坎坷失职之士，走京师，生馆死殡，于赀财无所计惜"。这首词中"有酒唯浇赵州土"句，是引用李贺的诗句，以此来说明他服膺平原君的为人。纳兰性德招揽当时许多文人才士，不仅为文坛增添声色，且对清初的政治局面起了稳定作用。

南乡子　为亡妇题照①

泪咽却无声，只向从前悔薄情。凭仗丹青重省识，盈盈，一片伤心画不成②。

别语忒分明，午夜鹣鹣梦早醒③。卿自早醒侬自梦，更更，泣尽风檐夜雨铃④。

【注释】

①亡妇：纳兰性德之妻。②丹青：指画。盈盈：形容美女之词。一片伤心画不成：谓眼前一片伤心之景作不成画。③忒（tuī）：太。鹣鹣：古称比翼鸟。④夜雨铃：用"雨淋铃"故事。《碧鸡漫志》记载：唐玄宗幸蜀，于霖雨中闻铃声，帝悼念贵妃，作《雨霖铃》，以寄恨。

【词解】

陈维崧《词评》评纳兰词："饮水词哀感顽艳，得南唐二主之遗。"顾贞观《通志堂词序》："容若天资超逸，倏然尘外，所为乐府小令，婉丽凄清，使读者哀乐不知所主。"《箧中词》引周之琦评语："容若长调多不协律，小令则格高韵远，极缠绵婉约之致。能使残唐坠绪，绝而复续，第其品格，殆叔原、方回之亚乎？"王国维《人间词话》："纳兰容若以自然之眼观物，以自然之舌言情，此由初入中原，未染汉人风气，故能真切如此，北宋以来，一人而已。"丁药园曰："容若填词，有《饮水》、《侧帽》二本，大约于尊前马上得之，读之如名花美锦，郁然而新。又如太液波澄，明星皎洁。"聂晋人曰："容若为相国才子，少工填词，香艳中更觉清新，婉丽处又极逸俊，真所谓笔花四照，一字动移不得者也。"

龚自珍

湘月

壬申夏泛舟西湖①，述怀有赋，时予别杭州盖十年矣。

天风吹我，堕湖山一角，果然清丽②。曾是东华生小客③，回首苍茫无际。屠狗功名，雕龙文卷，岂是平生意④？乡亲苏小，定应笑我非计⑤。

才见一抹斜阳，半堤香草，顿惹清愁起。罗袜音尘何处觅，渺渺予怀孤寄⑥。怨去吹箫，狂来说剑，两样消魂味。两般春梦，橹声荡入云水⑦。

【注释】

①壬申：嘉庆十七年（1812年）。②"天风吹我"三句：自谓生长在杭州。湖山清丽，指西湖风景。③东华生小客：谓小时曾客居京城。东华，指京城。生小，犹言幼时。客，作客或客居。④屠狗功名：谓屠狗者得功名。雕龙文卷：对文章精雕细琢。雕龙，比喻精细如雕刻龙纹。岂是平生意：谓平生大志，不是赢得功名与文名而已。⑤乡亲苏小：苏小，即苏小小，南齐钱塘名妓，见《乐府解题》。一说苏小小是南宋钱塘妓，见《武林旧事》。非计：不好的打算。⑥罗袜音尘：谓美人步履轻逸。渺渺：极目远视。⑦两般春梦：谓功名与文名都如春梦。橹：拨水使船前进之具。

【词解】

此词写出了作者的身世没落及其无奈情绪，读起来荡气回肠。此词出后，歙洪子骏赞曰："结客从军双绝技，不在古人之下。更生小、会骑飞马。如此燕邯轻侠子，岂吴头楚尾行吟者。"又曰："一棹兰舟回细雨，中有词腔姚冶。忽顿挫、淋漓如话。侠骨幽情箫与剑，问箫声剑态谁能画？且付与，山灵诧。"（歙洪子骏《金缕曲》）吴山人文徵为其作《箫心剑态图》。而谭献谓自珍词"绵丽飞扬，意欲合周（邦彦）辛（弃疾）而一之，奇作也。"此词即可一见。

鹊踏枝①

过人家废园作①。

漠漠春芜春不住，藤刺牵衣，碍却行人路。偏是无情偏解舞，濛濛扑面皆飞絮。

绣院深沉谁是主？一朵孤花，墙角明如许。莫怨无人来折取，花开不合阳春暮。

【注释】

①鹊踏枝：即《蝶恋花》。

【词解】

此词写作者过废园时所见之景，景语中有情语。此词上片中的藤刺与飞絮，或含有对时局的感慨（龚自珍生于清朝内忧外患初亟时）。下片中的墙角孤花，是作者对自己的写照。结语是美人迟暮之意。

浪淘沙　书愿

云外起朱楼，缥缈清幽，笛声叫破五湖秋①。整我图书三万轴，同上兰舟②。镜槛与香篝，雅憺温柔③。替侬好好上帘钩。湖水湖风凉不管，看汝梳头。

【注释】

①五湖：太湖之别名。②轴：卷轴。兰舟：指小船。③镜槛：镜架。香篝：香炉外的笼罩。篝，竹笼。憺（dàn）：安然。

【词解】

云外起朱楼，即所谓空中楼阁。此乃作者自勾出的理想的境界：整理图书，携她于太湖之上泛舟游玩，且看她梳头。此词中，作者隐约以春秋时范蠡在辅佐勾践灭吴后，功成身退，携西施泛舟五湖而不返之结局为他自己的理想归宿。

谭献《箧中词》评曰："定公能为飞仙、剑客之语，填词家长爪梵志也。昔人评山谷诗'如食蝤蛑，恐发风动气'，予于定公词亦云。"